VERONICA HENRY | Wie ein Sommertag

[redacted]

Zum Buch

In einem malerischen Küstenstädtchen in Cornwall beginnt ein langes, heißes Wochenende. Das Hotel am Hafen, das Claire und Luca gemeinsam führen, ist komplett ausgebucht. Während Luca in der Küche exquisite Köstlichkeiten kreiert, bereitet Claire voller Vorfreude alles für die Ankunft der Gäste vor. Bis plötzlich ihre erste große Liebe Nick vor ihr steht – als Bräutigam, der vor der Hochzeit ein letztes Wochenende mit seinen Freunden verbringen will. Die Begegnung weckt lang verborgene Gefühle und auch Erinnerungen an das tragische Ereignis, an dem ihre Beziehung zerbrach. Doch nicht nur Claires Leben gerät auf einmal durcheinander, auch ihre Gäste müssen sich ihren Sehnsüchten und Geheimnissen stellen. Für sie alle wird nach diesen Sommertagen voller großer Überraschungen, verhängnisvoller Lügen und wichtiger Entscheidungen nichts mehr so sein wie zuvor …

Zur Autorin

Veronica Henry arbeitete für die BBC und als Drehbuchautorin für zahlreiche Fernsehproduktionen, bevor sie sich dem Schreiben von Romanen zuwandte. Sie lebt mit ihrem Mann und ihren drei Söhnen in Devon, England. Im Diana Verlag erschien bisher ihr Roman *Für immer am Meer*.

VERONICA HENRY

Wie ein Sommertag

Roman

Aus dem Englischen von Charlotte Breuer
und Norbert Möllemann

Diana Verlag

Die Originalausgabe erschien 2012 unter dem Titel *The Long Weekend*
bei Orion Books, an imprint of the Orion Publishing Group Ltd, London

Zitate
John Masefield, *Sea Fever* (S. 208)
Aus dem Englischen übersetzt von Sebastian Wohlfeil
Abgedruckt mit freundlicher Genehmigung von The Society of Authors
as the literary representative of the estate of John Masefield

FSC www.fsc.org MIX Papier aus verantwortungsvollen Quellen FSC® C014496

Verlagsgruppe Random House FSC® N001967
Das für dieses Buch verwendete
FSC®-zertifizierte Papier *Holmen Book Cream*
liefert Holmen Paper, Hallstavik, Schweden.

3. Auflage
Deutsche Erstausgabe 05/2014

Redaktion | Sibylle Klöcker
Umschlaggestaltung | t.mutzenbach design, München
Umschlagmotiv | © plainpicture/Mike Hofstetter; shutterstock
Satz | Leingärtner, Nabburg
Druck und Bindung | GGP Media GmbH, Pößneck
Printed in Germany

ISBN 978-3-453-35776-1

www.diana-verlag.de

Mill House
Mimsbury
Silvester 1999

Meine geliebten Söhne,
wenn ihr diesen Brief lest, werdet ihr mir böse sein. Aber ich bitte euch, versucht, über eure derzeitigen Gefühle hinauszudenken und zu verstehen, warum ich diesen Entschluss gefasst habe. Ihr werdet denken, dass ich die Entscheidung ganz allein getroffen habe, ohne euch um eure Meinung zu bitten, und damit habt ihr recht. Vielleicht war das egoistisch von mir. Vielleicht habe ich es für mich getan. Aber ich wollte die Entscheidung nicht treffen müssen, und das ist das Grausame daran.

Ich hoffe also, ihr werdet mir verzeihen und mich so in Erinnerung behalten, wie ich es mir wünsche. Ebenso wie ich euch in Erinnerung behalten werde, wie es sein soll – lachend, glücklich, sorglos. Bleibt immer so. Für mich.

In ewiger Liebe
eure Mummy

Prolog

Selbst jetzt noch, nach sieben Jahren, lässt sein Geruch nach einer gemeinsamen Nacht, der scharfe Geruch nach seinem Schweiß, vermischt mit dem Duft von Issey Miyake, sie noch innerlich erglühen.

Er hat volle Lippen und eine gebrochene Nase – die Geschichte, wie sie ihm gebrochen wurde, ändert sich, je nachdem, wie viel er getrunken hat und wem er sie erzählt –, und seine dunkelbraunen Locken hält er bei der Arbeit immer noch mit einer Bandana in Schach. Seine Lider flattern leicht im Schlaf, sie verbergen grün-gelbe Augen, die manchmal orangefarben flackern. Er dreht sich um, und die Fahne von einer halben Flasche Grappa treibt ihr die Tränen in die Augen. Den Grappa braucht er zum Runterkommen, erklärt er ihr, nach einer Nacht in der Küche.

Das kauft sie ihm nicht ab. Er kann mit geschlossenen Augen für eine ganze Abendgesellschaft kochen. Für ihn ist Kochen wie Atmen. Es ist ihm in Fleisch und Blut übergegangen.

Dasselbe gilt für jede Art von Ausschweifung. Was einer der Gründe ist, warum sie ihn liebt. Und Teil des Problems. Er wird jetzt bis nach elf schlafen. Während sie in zehn Minuten aufstehen muss. Sie wacht immer kurz vor dem Wecker auf, aus Angst, dass er nicht klingelt. Einer von ihnen muss auf sein. Schließlich ist ein Hotel kein Selbstläufer, und die Angestellten sind nur so gut wie derjenige, der die Fäden zieht.

Und Claire Marlowe ist gut im Fädenziehen. Sie ist eine Meisterin des Delegierens, der Diskretion, der Diplomatie, des Multitasking.

Luca ist ein Meister im Kochen. Und im Reden. Und im Feiern. Und im Trinken. Was der Grund ist, warum Leute in seinem Restaurant essen und in seinem Hotel übernachten wollen.

Luca ist eine Legende.

Mit einer Legende zusammenzuleben ist anstrengend, und Claire ist erschöpft. Bis auf die Knochen. Aber vor ihr liegt eines der geschäftigsten Wochenenden des Jahres. Die Wettervorhersage ist perfekt: Es wird sonnig und warm. Eine Gelegenheit für die Leute abzuschalten und auszuspannen. Zumindest für die, die nicht in einer Kneipe oder einer Gärtnerei arbeiten.

Oder in einem Fünf-Sterne-Hotel am Meer.

Sie schaltet den Wecker aus, bevor er losrasselt. Sie braucht ihn nicht, um zu wissen, dass es Zeit zum Aufstehen ist. Sie schlägt die Daunendecke zurück. Luca regt sich neben ihr. Er streckt einen Arm aus und legt ihn um sie, ehe sie aus dem Bett steigen kann. Sie spürt, wie er ihr die Hüfte streichelt. Augenblicklich schmilzt ihr müder Körper dahin. Sie schließt die Augen.

Eine Beziehung lebt nicht nur vom Sex, denkt sie. Man kann nicht mit jemandem zusammenleben und die Tatsache, dass er einen ausnutzt, damit entschuldigen, dass man bei jeder seiner Berührungen fast in Ohnmacht fällt.

Oder?

Sie hört, wie draußen die Altglastonnen geleert werden. Mit lautem Krachen verschwinden die von den Hotelgästen in einer Woche geleerten Flaschen in dem riesigen gelben Schlund. Milchflaschen, Weinflaschen und Mineralwasserflaschen zerbrechen scheppernd zu Millionen Scherben. Sie ist überzeugt, dass die Männer absichtlich so viel Lärm machen wie möglich, obwohl es erst sechs ist. Würde das nicht jeder tun, der sein Geld damit verdient, den Müll anderer Leute zu beseitigen?

Sie windet sich aus Lucas Umarmung. Er wird nicht von ihr bekommen, was er will: ihre bedingungslose Hingabe. Wenn er Sex will, kann er ihr wenigstens die Ehre erweisen, zuerst ganz zu sich zu kommen. Dabei könnte sie durchaus in Versuchung geraten. Für sie gibt es keine schönere Art, den Tag zu beginnen, ihren Körper in Schwung zu bringen.

Es ist traurig, denkt sie, dass Sex zur Verhandlungssache geworden ist, dass sie ihn bestraft, indem sie ihm Sex vorenthält, obwohl er wahrscheinlich gar nichts von seiner Strafe ahnt, so bewusstlos, wie er gerade ist. Sie sehnt sich nach den Anfängen ihrer Beziehung zurück, als sie sich ihm jederzeit bereitwillig hingab, ohne darüber nachzudenken.

Doch seitdem hat sich einiges geändert. Jetzt haben sie Verpflichtungen. Das heißt, sie hat Verpflichtungen. Luca verlässt sich ganz auf sein Talent und seinen Charme und überlässt ihr die Buchhaltung.

So war es natürlich von Anfang an abgemacht. Sie waren Instinkt und Kontrolle. Yin und Yang. Seine Kochkünste und ihr Geschäftssinn ergaben das perfekte Team. Aber mit der Zeit ging das Gleichgewicht verloren, und zwar zu seinen Gunsten. Claire gönnt ihm das nicht.

Und es gibt nichts Schlimmeres in einer Beziehung als Missgunst.

Sie stellt sich auf einen Stuhl unter der Dachluke in der Ecke und schaut nach draußen. Da hocken sie, die drei Möwenküken, hässlich und erwartungsvoll. Seit dem Tag, an dem sie geschlüpft sind, beobachtet sie sie. Jedes Mal, wenn sie die Küken betrachtet, rührt sich etwas tief in ihrem Innern, und sie weiß ganz genau, was das bedeutet. Leider kann sie nichts daran ändern. Ein Kind könnte sie jetzt überhaupt nicht in ihrem Leben gebrauchen.

Froh, dass die Küken noch leben und wohlauf sind und nicht bei ihren ersten Flugversuchen, mit denen täglich zu rechnen ist, vom Dach gefallen sind, atmet sie die frische, salzige Morgenluft ein. Sie kann die Sonne beinahe riechen, auch wenn sie sie von ihrem Aussichtspunkt aus noch nicht sehen kann. Wahrscheinlich, denkt sie, lugt sie gerade an der Flussmündung kokett über den Horizont, um die Ausflügler zu begrüßen, die am Wochenende zu Hunderten nach Pennfleet strömen. Sie werden die engen, gewundenen Gassen füllen und sich auf der Uferpromenade drängen. Unersättlich wie die Möwenküken werden sie Fish 'n' Chips und Eis und Cornish Pasties essen, und die Einheimischen werden sich über die klingelnden Kassen freuen und über den Müll ärgern, den die Leute überall hinterlassen.

Claire tappt ins Bad. Ihr Zimmer befindet sich unterm Dach, weil die Decke hier zu niedrig ist für zahlende Gäste – obwohl Luca eins dreiundachtzig groß ist und sich ständig den Kopf an den Balken stößt. Eigentlich hatten sie geplant, sich irgendwo in der Stadt eine kleine Wohnung zu kaufen, in die sie sich zurückziehen könnten, aber dazu ist es nie gekommen. Sie haben weder die Zeit, sich nach etwas Passendem umzusehen, noch das nötige Kleingeld. In ihrer ersten Zeit in Pennfleet verbrachte Claire die Kaffeepausen damit, sehnsüchtig in Immobilienprospekten zu blättern, auf der Suche nach einem weiß getünchten Fischerhäuschen, das sie ihr Eigen nennen könnten, aber all ihr Geld ist in das Hotel geflossen. Jetzt wohnen sie also unterm Dach. Das Zimmer ist recht hübsch, mit weiß gestrichenen Holzwänden und einem großen Doppelbett, mit denen auch die Hotelzimmer ausgestattet sind, aber für ihre persönlichen Sachen ist kaum Stauraum vorhanden, und in den Schrank passt fast nichts hinein, bestenfalls ihre marineblauen, schwarzen und grauen Wickelkleider, die sie während der Arbeit trägt. Sie kann sich gar nicht mehr erinnern, wann sie das letzte Mal ihre ganz privaten »Claire-Klamotten« anhatte, die in einer Vakuumtasche verstaut sind, oder wann sie das letzte Mal einen Tag frei hatte. Wenn sie nicht als Empfangsdame tätig ist, hockt sie im Büro und arbeitet an Marketingkonzepten, macht die Abrechnungen, schreibt Pressetexte …

Zum Duschen braucht sie fünf Minuten. Fürs Anziehen und Zurechtmachen weitere fünf Minuten. Um Viertel nach sechs steht sie an der Rezeption, überprüft den Personalplan und betet, dass bei dem herrlichen Wetter niemand auf die Idee kommt, krankzufeiern.

An diesem Wochenende sind sie fast komplett ausgebucht. Sieben Zimmer und das Restaurant. In den nächsten drei Tagen wird sie mit etwas Glück zwölf Stunden Schlaf bekommen. Das liegt daran, dass sie so perfektionistisch ist, aber sie weiß auch, dass sie diesem Perfektionismus ihren Erfolg verdanken. Sie erlaubt sich keinen einzigen Ausrutscher.

Hinzu kommt Lucas ausgezeichneter Ruf als Koch, Thema

zahlloser Artikel in den Wochenendbeilagen von Tageszeitungen, in Zeitschriften und Gourmet-Blogs. Die Leute kommen übers Wochenende aus London, das drei Zugstunden entfernt liegt, nur um die raffinierten Gerichte zu probieren, die Luca aus Tintenfischen und Borlotti-Bohnen und Zucchiniblüten zaubert; seine gelati sind nahezu orgiastisch – so drückte sich zumindest ein berüchtigter Restaurantkritiker aus, der zwanzig Liter von Lucas Honig-Kaffee-Ricotta-Eis bestellte, um einen Vorrat davon in seinem Tiefkühlschrank zu haben. Luca ist zu einem richtigen Coverboy geworden, was ihn hier an der Küste zu einer Berühmtheit gemacht hat, ein Gesicht, das jeder kennt. Aber niemand erkennt Claire. Manchmal kommt sie sich regelrecht unsichtbar vor.

Wer ins Townhouse by the Sea kommt, kommt wegen Luca. Aber niemand weiß, dass er ohne Claire nichts wäre. Ein Niemand.

Eins

Blöde Möwen. Und dieser Trottel Jeff. Wieso konnte er den Müll nicht ordentlich in die Tonne stopfen? Sie hatten ihm hundertmal gesagt, dass die Möwen die Tüte zerfledderten, wenn er sie oben auf die Tonne legte, aber er hörte einfach nicht zu. Natürlich war die Tüte aufgerissen und der Müll über die zwei Quadratmeter Rasen verteilt, die sich mehr schlecht als recht als Vorgarten bezeichnen ließen. Der Rasen wurde auch nie gemäht, sodass das Gras wuchs, bis die Halme ermattet herunterhingen. Angelica trommelte mit der Faust gegen das Badezimmerfenster, doch die fünf Möwen ließen sich nicht beeindrucken, sondern labten sich unbeirrt an den Resten aus einem Pappkarton von Kentucky Fried Chicken, den jemand gestern Abend mitgebracht haben musste, obwohl der Himmel wusste, von wo – Angelica war sich ziemlich sicher, dass es im Umkreis von achtzig Kilometern kein KFC gab. Das war der Preis, den man bezahlte, wenn man in Pennfleet wohnte. Schöne Aussichten, ja, aber nichts von dem, was normale Zwanzigjährige zum Überleben brauchten, wie Topshop, McDoof oder auch nur ein Kino.

Wenn man Pennfleet erwähnte, dachten die meisten an einen romantischen kleinen Hafen, in dem Segelboote auf den Wellen schaukelten, an malerische Sträßchen mit putzigen, bonbonfarbigen Häuschen. Der Ort war Gegenstand zahlloser klischeehafter Gemälde, die Wände von Kneipen und Cafés zierten, wo sie zu saftigen Preisen zum Verkauf angeboten wurden. Die örtlichen Läden offerierten zurückhaltend modische Freizeitkleidung – neckische Kleidchen, weite Sweatshirts in Puderfarben und gemusterte Gummistiefel –, Henkeltassen mit vermeintlich geistreichen Sprüchen und handgemachten Modeschmuck – alles zu völlig überzogenen Preisen. Ganze Familien trampelten im Pulk durch die Straßen und tobten sich auf ihrem für den Sommer auserkorenen Spielplatz aus, ohne einen einzigen Gedanken an die Einheimischen zu verschwenden, die ihnen ihr Frühstück und ihre Cocktails servierten und den Ort über die langen Wintermonate hinweg in Schuss hielten. Im Sommer konnte man sich vor lauter Männern in khakifarbenen Shorts und Freizeitschuhen und wohlriechenden jungen Müttern in Caprihosen und Chanel-Sonnenbrillen kaum noch bewegen.

Die meisten Leute, die in Pennfleet Urlaub machten, wussten nicht, dass man, wenn man hinter dem Museum links abbog und der Straße an der kleinen Feuerwehr vorbei und über den Hügel in die Acland Avenue folgte, in eine heruntergekommene Reihenhaussiedlung gelangte, die ganz und gar nicht in das Bild des maritimen Idylls passte, das zu ihren Füßen lag. Das war die Schattenseite, hier wohnten diejenigen Einwohner von Pennfleet, die nicht mit einer Aussicht auf die grünen Flussufer und das Meer gesegnet waren und deren einzige Hoffnung auf ein finanzielles Auskommen darin bestand, während der Urlaubssaison Betten zu beziehen und Klos zu schrubben, wenn sie nicht zu den Glücklichen gehörten, die im Industriegebiet auf dem Weg nach St. Austell einen Job in der Pie-Fabrik hatten.

Und selbst die Chancen, Betten zu beziehen und Klos zu schrubben, standen immer schlechter. Um die Kosten zu minimieren, verrichteten viele Hotel- und Restaurantbetreiber mittlerweile die Drecksarbeit selbst, und viele Pensionsbesitzer vermieteten jetzt anstelle von Zimmern mit Frühstück komplett eingerichtete Ferienwohnungen für Selbstversorger. Die Zeiten waren hart. Und obwohl es überall hieß, die Leute würden wegen der Wirtschaftskrise in diesem Jahr ihren Urlaub im Land verbringen, gab es noch nicht viele Anmeldungen. Außer in den Luxushotels, die bereits für den ganzen Sommer ausgebucht waren. Und dafür war Angelica dankbar. Sie hatte vor fünf Jahren im Townhouse by the Sea angefangen, an Wochenenden und in den Ferien als Zimmermädchen zu jobben. Nachdem sie die Schule abgeschlossen hatte, hatte man ihr eine volle Stelle als Empfangsdame angeboten, und sie hatte die Gelegenheit beim Schopf ergriffen. Und vor drei Wochen war sie zur Leiterin des Zimmerservice befördert worden.

Sie hob ihr Kostüm vom Boden auf, wo sie es am Abend zuvor fallen gelassen hatte. Der schwarze Leinenrock war ziemlich zerknittert, die Jacke etwas weniger. Sie versuchte, den Stoff glatt zu streichen, aber die Falten waren hartnäckig. Sie musste die Sachen bügeln. Claire würde ausflippen, wenn sie nicht wie aus dem Ei gepellt zur Arbeit erschien. Im Townhouse by the Sea ging Stil vor Zweckmäßigkeit. Alles war pflegeintensiv, von den ägyptischen Baumwolllaken bis zu all dem Glas und Chrom in den Bädern, das mit weichen Tüchern poliert werden musste. Da wurde keine Schlamperei geduldet.

In ihrer neuen Stellung brauchte sie zum Glück nicht mehr die Knochenarbeit zu machen, zumindest solange nicht zu viele Mitarbeiter fehlten. Anfangs war Angelica beglückt gewesen über die Beförderung – bis sie festgestellt hatte, dass keine nennenswerte Gehaltserhöhung damit einherging.

»Wir haben im Moment einfach keinen Spielraum«, hatte Claire ihr mit großen Augen erklärt. »Aber wenn die Saison gut läuft, bekommst du einen Bonus.«

Und wenn nicht? Angelica, die in Pennfleet geboren und aufgewachsen war, wusste nur zu gut, dass ein verregneter Sommer jedem Gastronomiebetrieb an der Küste den Todesstoß versetzen konnte. Und bei den Preisen, die sie im Townhouse verlangten, würde das Hotel sich nicht mehr lange halten, davon war Angelica überzeugt. Luxus gut und schön, aber über zweihundert Pfund pro Nacht? Wenn das Wetter nicht mitspielte, konnten sie von Glück reden, wenn sie bis zum Ende des Sommers nicht pleite waren.

Was eine Katastrophe wäre. Nicht zuletzt für sie. Denn Angelica war endlich dort, wo sie schon immer hingewollt hatte. Sie genoss jede Minute, die sie im Hotel verbrachte, und sie war begierig, so viel wie möglich zu lernen. Jeder Job, den sie bis dahin gehabt hatte, war nichts weiter gewesen als ein Mittel zum Zweck, eine Möglichkeit, irgendwie Geld zu verdienen, aber die Arbeit im Hotel war etwas anderes. Wenn sie schon bis ans Ende ihres Lebens in diesem Kaff hängen bleiben würde – und im Moment sah es ganz danach aus –, dann am liebsten im Townhouse.

Auf jeden Fall stand das Hotel in krassem Gegensatz zu ihrer Wohnung. Lustlos sah sie sich im Bad um. Die rosafarbenen Kacheln waren uralt und von Rissen durchzogen, in denen sich der Schmutz sammelte. Jeff hatte eine Art Schlauch am Wasserhahn befestigt, damit sie duschen konnten, aber das Ding war nicht lang genug und taugte nichts. Angelica benutzte das Bad bei sich zu Hause kaum noch, sondern duschte in ihrer Pause heimlich im Hotel, nachdem sie im Plan nachgesehen hatte, welche Zimmer gerade gesäubert werden mussten. Sie genoss den kräftigen, heißen Wasserstrahl, den Kräuterduft des bereitliegenden Duschgels, die flauschigen, weißen Badetücher …

Wie schön es wäre, immer so leben zu können. Denn dass es Leute gab, die das taten, wusste sie inzwischen. Nicht alle saßen in einer Sackgasse fest. Zumindest hatte sie es sich nicht selbst zuzuschreiben, dass sie festsaß. Sie musste an ihre dummen, naiven Freundinnen denken, die sich selbst in ihre Zwangslage gebracht hatten, indem sie alles auf die Babykarte gesetzt hatten. Bei dem Gedanken daran konnte sie nur verächtlich schnauben. Was hatte man davon, sich ein Kind aufzuhalsen? Sie hatte die schäbigen Wohnungen gesehen, die man ihnen zugewiesen hatte, wusste, mit wie wenig Geld sie über die Runden kommen mussten. Das war doch keine Zukunft.

Natürlich stand es ihr frei, jederzeit wegzugehen. Aber wie konnte sie das tun? So egoistisch war sie nicht. Diesen Wesenszug hatte ihre Mutter ihr zum Glück nicht vererbt.

Sie betrachtete sich im Spiegel des Medizinschränkchens, das über dem Waschbecken hing. Milchweiße Haut, Augen, die vielleicht nicht besonders groß, aber dafür leuchtend blau waren, seidiges schwarzes Haar, schulterlang mit einem stumpfen Pony, breiter Mund und volle Lippen. Ungeschminkt war sie eher unscheinbar, was ihr bei der Arbeit im Hotel gelegen kam, weil sie einfach nicht auffiel. Aber abends konnte sie mithilfe von schwarzem Eyeliner, falschen Wimpern und knallrotem Lippenstift ein Gesicht zaubern, das niemand so schnell vergaß. Es war eine Schande, dass es niemanden gab, den sie damit beeindrucken konnte.

Na ja, bis auf einen, aber der war absolut tabu. Über ihn dachte sie möglichst nicht allzu lange nach.

Ihre Sachen unter den Arm geklemmt, eilte sie nach unten in die Küche. Sie zog das Bügelbrett aus der Lücke zwischen Kühlschrank und Wand und klappte es geräuschvoll auf, ohne sich darum zu scheren, dass Jeff gerade versuchte, die Verkehrsnachrichten im Radio zu hören. Als Kurier musste er wissen, ob sich bereits ferienbedingte Staus gebildet hatten.

»Schenkst du mir eine Tasse Tee ein, Jeff?«, flötete sie, während sie das Bügeleisen einstöpselte und auf Höchststufe einstellte. Das mit dem Müll würde sie lieber nicht erwähnen. Wenn sie zugab, dass sie die Sauerei bemerkt hatte, würde sie sich verpflichtet fühlen, sie zu beseitigen, und dann würde sie zu spät zur Arbeit kommen. Wenn ihre Mutter irgendwann aufzustehen geruhte, würde sie schon selbst sehen, was draußen los war. Den Stress mit Jeff überließ Angelica ihr gern. Schließlich hatte Trudy nicht viel anderes zu tun.

Jeff langte, ohne mit der Wimper zu zucken, nach der Edelstahlteekanne, goss den dunkelbraunen Rest Tee in eine Henkeltasse, schüttete einen Schluck Milch hinein und reichte ihr den Tee.

»Danke.« Angelica hob die Tasse an den Mund, stellte fest, dass der Tee lauwarm war, und verzog das Gesicht. »Ihh, was für eine ekelhafte Brühe.«

»Du weißt ja, wo der Wasserkessel steht«, brummte Jeff.

Sie stellte die Tasse ab, als der Dampf zischend aus dem Bügeleisen entwich.

»Komm schon, gieß mir einen frischen Tee auf, stell dich nicht so an.«

Jeff verdrehte die Augen und stand auf. Allein sein Anblick widerte sie an. Diese Wampe unter dem Jack-Daniel's-T-Shirt, optimistisch in die Jeans gestopft und eingequetscht von einem Gürtel mit einem goldfarbenen Adler als Schnalle. Dazu sein dünner grauer Pferdeschwanz und der Ziegenbart … Angelica schüttelte sich. Sie hatte nie begriffen, was ihre Mutter an dem Typen fand.

Doch, in Wirklichkeit wusste sie es. Jeff war lieb. Todlangweilig, aber eine gute Seele. Er tat alles für ihre Mutter – okay, außer den Müll ordentlich zu entsorgen –, und dafür war Angelica ihm dankbar, denn es nahm den Druck von ihr weg. Und auch wenn Jeff aussah wie der letzte Penner, war er ihr hundertmal angenehmer als der letzte Liebhaber ihrer Mutter.

Angelica hatte nie eingesehen, warum sie sich beim Bügeln etwas überziehen sollte. Jeffs Vorgänger hatte sich einmal die Freiheit genommen, ihr in die Unterhose zu langen, als sie sich einen Rock aufgebügelt hatte. Daraufhin hatte Angelica seine Hand gepackt, aufs Bügelbrett geknallt und mit dem Bügeleisen versengt. Er hatte gebrüllt und getobt und mehrere Sekunden gebraucht, bis er kapiert hatte, was passiert war.

»Du blöde Kuh! Ich zeig dich an! Das ist Körperverletzung!«, hatte er geschrien, war zur Spüle gestürzt und hatte seine Hand unter kaltes Wasser gehalten. »Ich verklag dich auf Schmerzensgeld!«

Angelica hatte ihm zugesehen und ungerührt geantwortet: »Das war Notwehr.«

Dann war Trudy nach unten gekommen, um nachzusehen, was der Lärm zu bedeuten hatte.

»Du musst mich ins Krankenhaus bringen«, hatte er gejault und ihr seine Hand gezeigt. »Sie hat mir die Hand mit dem Bügeleisen verbrannt!«

»Die Hand, die in meiner Unterhose war«, sagte Angelica. »Und hör schon auf rumzujammern. Das Bügeleisen war gar nicht richtig heiß. Es steht auf Polyester.« Das war vor dem Townhouse gewesen, als sie noch in der Bäckerei gejobbt hatte.

»Was musst du auch immer in Unterwäsche bügeln!«, hatte ihre Mutter geschrien.

»Ich *wohne* hier! Wenn ich will, bügle ich nackt!«, hatte sie geantwortet.

Der Typ war spurlos verschwunden, und Angelicas Mutter hatte wochenlang geschmollt. Bis sie Jeff am Country-and-Western-Abend in der örtlichen Kneipe kennengelernt und mit nach Hause gebracht hatte. Seitdem gehörte er zum Inventar. Er brachte ein bisschen Stabilität in den Haushalt, denn wenn Trudy einen Liebhaber hatte, war sie wesentlich ausgeglichener, was alles einfacher machte.

Angelica stellte das Bügeleisen krachend in die Halterung.

»Kannst du das für mich wegräumen?«, sagte sie beim Hinausgehen, wohl wissend, dass er es tun würde.

»Hey, und was ist mit deinem Tee?«, rief er empört hinter ihr her.

»Keine Zeit …«

Während sie die Treppe hochrannte, schaute sie auf ihre Uhr.

Sie hatte Dill so lange schlafen lassen, wie sie konnte, aber wenn sie ihn jetzt nicht aus den Federn warf, würden sie beide zu spät kommen. Sie öffnete die Tür und sah seine kleine Gestalt unter dem Federbett mit dem SpongeBob-Bezug. Vorsichtig tastete sie sich mit den Füßen durch das Chaos aus leeren DVD-Hüllen, Fußballkarten und Plastikmutanten mit scharfen Kanten, an denen man sich böse verletzen konnte, wenn man aus Versehen drauftrat.

Dill schlief noch tief und fest, die Kopfhörer über den Ohren. Sie hörte das blecherne Trällern von Jessie J in Endlosschleife. Er schlief immer mit eingeschaltetem iPod ein. Angelica sorgte sich, dass auf diese Weise sein Gehirn nie zur Ruhe kam. Sie hatte mal irgendwo gelesen, dass Kinder bei ausgeschaltetem Licht und ohne Sinnesstimulierung schlafen sollten. Die Frau vom Gesundheitsamt, die die Familie aufgesucht hatte, hatte ihr gesagt, sie solle sich keine Gedanken machen. Aber Angelica hatte kein großes Vertrauen zu der Frau. Sie schien in erster Linie daran interessiert zu sein, ihre Ruhe zu haben, genau wie Angelicas Mutter. Keiner der beiden schien Dills Wohlergehen wirklich am Herzen zu liegen.

»Hey, du kleine Schlafmütze.«

Sie versetzte ihm einen Stups durch das weiche Federbett. Er öffnete die Augen. Vorsichtig nahm sie ihm die Kopfhörer ab.

»Ich will noch nicht aufstehen«, murmelte er, während er sich so ausgiebig streckte, dass sein nackter Bauch unter seiner Schlafanzugjacke zum Vorschein kam. Mit seinen acht Jahren hatte er noch immer Pausbacken und Patschhändchen wie ein Kleinkind. Ihr kleiner Bruder. Okay, ihr Halbbruder – alle ihre Geschwister hatten einen anderen Vater –, aber er war und blieb ihr kleiner Schatz.

»Los, komm. Du hast eine halbe Stunde. Hopp, anziehen und Zähne putzen.«

Wenn es nach ihrer Mutter ginge, würde Dill noch zwei Stunden weiterschlafen. Trudy fand, es spielte keine Rolle, ob er zu spät zur Schule kam, wo er sowieso nie viel lernen würde. Was machten ein paar Stunden mehr oder weniger Unterricht schon für einen Unterschied? Aber Angelica legte großen Wert auf Regelmäßigkeit. Regelmäßige Zeiten waren wichtig für Dill, ob das nun irgendjemandem gefiel oder nicht.

Er drehte sich auf den Bauch und vergrub den Kopf unter dem Arm. Sie kitzelte ihn, und er begann zu strampeln, bis er schließlich kapitulierte, sich aus dem Bett rollte und sie angrinste.

Ihr ging das Herz über, wie immer. Sie liebte ihn. Was ein Glück war, denn er brauchte sie. Sollte sie jemals fortgehen, würde seine Zukunft ziemlich düster aussehen. Trudy würde sich nicht für ihn einsetzen, dafür kämpfen, dass er auf die örtliche Schule gehen konnte, dafür kämpfen, dass man ihn behandelte wie ein normales Kind. Er hatte das Downsyndrom, allerdings in schwacher Ausprägung. Aber er brauchte Kontinuität, Stabilität, Disziplin und viel Zuwendung. All das konnte Trudy ihm nicht geben. Ihre planlosen Erziehungsmethoden, ihre Sprunghaftigkeit und ihre langen depressiven Phasen waren für Dill das reinste Gift. Nicht dass Trudy ihren Sohn nicht geliebt hätte – natürlich liebte sie ihn –, aber sie war nicht in der Lage, die Opfer zu bringen, die nötig waren, um ihm die bestmögliche Entwicklung zu gewähren.

Angelica versuchte ihm zu geben, was er brauchte. Sie war für ihn fast wie eine Mutter. Aber das machte ihr nichts aus. Wie auch? Das Schicksal hatte ihr den kleinen Dill beschert, und solange er auf sie angewiesen war, würde sie ihn nicht im

Stich lassen. Und so schwer war es ja auch gar nicht. Sie konnte arbeiten gehen, und sie konnte ausgehen, wann sie wollte, denn sie war zum Glück nicht die Einzige, die für ihn verantwortlich war. Die anderen kümmerten sich auch um ihn, selbst ihre beiden Halbschwestern Kimberley und Faye. Und Jeff. Aber Angelica war Dills Sicherheitsnetz. Sie war immer die Erste, die Veränderungen mitbekam und sofort darauf reagierte. Ihre Mutter neigte eher dazu, alles laufen zu lassen. Natürlich würde Dill überleben, wenn er auf Trudy allein angewiesen wäre, aber Angelica fand, dass das nicht genug war. Sie wollte, dass er alles im Leben erreichte, was er konnte. Sie nahm ihn mit zum Schwimmen und zum Reiten. Sie las ihm vor und half ihm bei den Hausaufgaben. Sie brachte ihn zum Fußballtraining. Sie bot ihm so viele Anreize, wie es ihre Zeit und ihr Geldbeutel erlaubten.

Er war eben ihr kleiner Bruder.

Eine halbe Stunde später gingen sie aus dem Haus: Dill mit gegeltem Haar, wie er es gern hatte, in seiner grünen Schuluniform, seinen Doctor-Who-Rucksack auf dem Rücken und Angelica in ihrem frisch gebügelten Kostüm und mit tadellos sitzender Frisur. Am Schultor gab sie ihm wie alle anderen Mütter einen Abschiedskuss, während ihre eigene Mutter noch im Bett lag und selig schlief.

So ging es jeden Tag.

Gästen, die zum ersten Mal das Townhouse betraten, blieb unweigerlich vor Staunen der Mund offen stehen. Das fünfstöckige Gebäude am Hafen von Pennfleet war früher einmal das Zollhaus gewesen. Die großen Fenster in den dicken Mauern sorgten für eine lichtdurchflutete Atmosphäre. Die opulente Einrichtung war bar jeden maritimen Kitschs – in

Pennfleet gab es schon genug Matrosenstreifen. Die Tapete an den Wänden war blassgrün mit Vögeln in goldenen Käfigen. Über dem Empfangstresen hing ein Kronleuchter aus Muranoglas, der rosiges Licht auf die Tafel warf, an der jeweils die Wetteraussichten und die Gezeiten notiert waren. Unter der Tafel hingen die Schlüssel zu den acht Zimmern mit riesengroßen, ledernen Schlüsselanhängern, die man unmöglich verlieren konnte. In einer Nische standen eine mit dunkelorangefarbenem Samt bezogene Chaiselongue sowie zwei Ledersessel zu einer Sitzgruppe angeordnet, und auf einem runden Tisch in der Mitte der Eingangshalle thronte eine große, mit Moos und prächtigen Butterblumenblüten gefüllte Glasschale. Es roch köstlich nach frischem Kaffee und dem Duft einer Kerze mit drei Dochten, die das Aroma von Zimt, Ingwer und Kardamom verströmten.

Die Atmosphäre war zugleich beruhigend und stimulierend. Die Gäste fühlten sich wie in einem kleinen Paradies. Umschreibungen wie »unkonventionell« und »klassisch mit kreativem Touch« waren Claire eigentlich zu abgeschmackt, aber sie fand, dass das Hotel etwas von beidem hatte, auch wenn ihr Stil immer wichtiger war als Extravaganz. Alles war genauso, wie es sein sollte.

Sie überflog die Gästeliste für das Wochenende. Die drei Zimmer im dritten Stock waren für einen Junggesellenabschied gebucht worden. Zwei Männer pro Zimmer. Normalerweise vermied Claire derartige Herrenabende, aber Gus Andrews, der Trauzeuge, hatte ihr versichert: »Wir wollen nur ein bisschen segeln und anschließend bei einem gepflegten Abendessen und gutem Wein beisammensitzen. Wir werden den Bräutigam nicht nackt an den Empfangstresen fesseln.« Er hatte recht zivilisiert geklungen und eine saftige

Anzahlung geleistet, und so hatte Claire die Buchung akzeptiert. Jetzt betete sie, dass der Mann zu seinem Wort stehen würde.

Zwei Zimmer im zweiten Stock waren durch eine Tür miteinander verbunden und konnten von Familien »mit gut erzogenen Kindern über zehn« gebucht werden. Diese beiden Zimmer waren von einem Mr. Colin Turner reserviert worden, der in einem Zimmer ein Doppelbett und in dem anderen zwei Einzelbetten wünschte – für eine »Freundin« und deren Tochter. Das machte Claire neugierig. »Freundin« konnte ja Verschiedenes heißen.

Das kleinste Zimmer, das sie auf ihrer Webseite liebevoll als »Besenkammer« bezeichneten, war von einer Miss Laura Starling gebucht worden. Und die Suite im ersten Stock, mit Wohnzimmer und Balkon mit Blick auf den Hafen, war reserviert für die wichtigsten Gäste, Mr. Trevor Parfitt und dessen Gattin Monique. Claire spürte einen leichten Druck auf der Brust beim Gedanken an die Ankunft der beiden.

Trevor und Monique wohnten immer in der Suite, denn sie besaßen zwanzig Prozent Anteile am Townhouse. Trevor war schon ein großer Fan von Luca gewesen, als der noch in London gekocht hatte. Als Trevor erfahren hatte, dass Claire und Luca planten, ein Hotel zu kaufen, hatte er es sofort als Investitionsobjekt gesehen. Die Parfitts waren häufig im Hotel zu Gast, nutzten jedes verlängerte Wochenende, um die Früchte ihrer Investition zu genießen. Sie hatten sich sogar ein Boot zugelegt – eine strahlend weiße Jacht, die im Hafen von Pennfleet sofort ins Auge stach.

Und jetzt hatten die beiden plötzlich einen neuen Einfall. Sie wollten in London ein Hotel eröffnen, und Claire und Luca sollten mit einsteigen. Sie hatten ihnen den Plan drei

Wochen zuvor bei einer informellen Eigentümerversammlung unterbreitet. Trevor hatte von einem »Townhouse in the City« gesprochen, was Claire ziemlich irritiert hatte. Der Name »Townhouse« war ihre Idee gewesen. Jetzt wollte Trevor ihn offenbar als eine Art Markennamen verwenden, und Claire fühlte sich, als hätte er ihr Konzept gestohlen. Sie sagte sich, dass diese Strategie wahrscheinlich Teil seines Erfolgsrezepts war, denn dass er erfolgreich war, daran bestand kein Zweifel. Nicht viele Menschen hatten heutzutage Geld übrig, um es in ein Hotel zu stecken.

Außerdem wollte Trevor Monique so viel Mitspracherecht wie möglich einräumen, vor allem in Bezug auf die ästhetische Gestaltung des Hotels. Claire brauchte die beiden nicht zu Hause zu besuchen, um zu wissen, dass Monique eine Mischung aus Jackie Collins und Versace bevorzugen würde – jede Menge Marmor und Leopardenfell und Glitter, was ganz und gar nicht Claires Stil entsprach.

Als sie nach dem Gespräch ihre Befürchtungen Luca gegenüber erwähnte, hatte er nur gelacht. »Mit der wirst du schon fertig. Lass sie doch ein paar Vorhangstoffe und Kissenbezüge aussuchen.«

»Damit wird sie sich nicht zufriedengeben.«

»Dann lass sie richtig hart arbeiten. Schick sie kreuz und quer durch London, um Materialproben zu besorgen. Das hält sie nicht lange durch.«

Claire war nicht überzeugt. Monique war die Sorte Frau, die nicht so leicht lockerließ, wenn sie sich einmal irgendwo festgebissen hatte.

»Sei einfach nett zu ihr und schmier ihr Honig ums Maul. Später machen wir sowieso, was wir wollen. Trevor lässt uns bestimmt freie Hand. Für ihn ist das bloß ein Prestigeprojekt.«

Claire wusste nicht so recht, wie klug es war, an einem Prestigeprojekt beteiligt zu sein, aber Luca blieb hartnäckig.

»Trevor wird dafür schon sorgen, dass das gut läuft. Und Monique wird sich garantiert bald langweilen. Und eines Tages kaufen wir ihnen ihren Anteil ab. Vertrau mir, Claire.«

Aber Claire fragte sich, ob es wirklich das war, was sie und Luca wollten. Sicher, Luca hatte schon immer davon geträumt, in London etwas Eigenes zu haben, aber sie waren doch jetzt schon völlig überlastet. Er schien anzunehmen, sie könnten das Townhouse by the Sea einfach sich selbst überlassen, geführt von irgendjemandem, dem sie die Leitung übertrugen. Aber Claire wusste, dass das nicht so einfach war. Wer zum Beispiel würde kochen? Die Leute kamen, um bei Luca zu essen; sie liebten seine leichte Küche, es faszinierte sie, wie spielerisch er mit Gewürzen und Zutaten jonglierte. Einen Ersatz würden sie nicht akzeptieren.

Aber im Moment wollte sie sich über das Thema nicht den Kopf zerbrechen. Es war noch lange hin, bis der Traum Wirklichkeit werden würde. Sie druckte die Anmeldeformulare für die Wochenendgäste aus und war gerade dabei, sich auf einem Block verschiedene Sonderwünsche zu notieren, als die Tür aufging und Angelica hereinkam.

Angelica war Claires Rettungsanker. Während sie als Teilzeitzimmermädchen bei ihnen gejobbt hatte, war Claire aufgefallen, wie begierig das junge Mädchen darauf war zu lernen, wie fix sie war, und sie hatte sich vorgenommen, sich das zunutze zu machen. Als Claire dann erfahren hatte, dass Angelica die Schule abgeschlossen hatte, hatte sie ihr eine Ausbildung zur Empfangsdame in Aussicht gestellt. Angelica hatte begeistert zugesagt und die Stelle in einem Reisebüro in Bodmin, die man ihr angeboten hatte, abgelehnt.

Claire hatte ihr zweihundert Pfund gegeben, um sich die pinkfarbenen Strähnen wieder in ihrer natürlichen Haarfarbe tönen zu lassen und sich ein paar anständige Sachen zu kaufen. Und sie hatte darauf bestanden, dass sie ihr Zungenpiercing entfernte. Bei einem Zimmermädchen waren pinkfarbene Strähnen und Piercings akzeptabel, aber nicht bei einer Empfangsdame.

Am darauffolgenden Montag war Angelica mit einem dunkelbraunen Pagenschnitt erschienen. Sie trug einen schwarzen Leinenrock (ein bisschen kurz, aber Claire hatte zugeben müssen, dass das nicht schadete), eine taillierte weiße Bluse (unter der ihr schwarzer BH zu sehen war, aber auch dabei kam Claire zu demselben Schluss), einen Leinenblazer und Ballerinas. Und jetzt, drei Jahre später, war sie fast – *fast* – so weit, dass man ihr die Leitung des Hotels würde anvertrauen können. Sie hatte immer noch eine leichte Tendenz zur Scharfzüngigkeit, und Claire musste noch ein bisschen am Feinschliff arbeiten, aber im Großen und Ganzen war sie stolz auf ihren Schützling.

Sie hatte Angelica unter ihre Fittiche genommen. Sie wusste, dass bei ihr zu Hause nicht alles zum Besten stand, dass die junge Frau die Verantwortung für ihren kleinen Bruder sehr ernst nahm und dass ihre Mutter Trudy ein bisschen unberechenbar war. Claire bohrte nie nach, aber sie spürte es sofort, wenn Angelica gestresst war, und versuchte, ihr so gut wie möglich beizustehen. Nicht zuletzt war es ein schönes Gefühl zu wissen, dass sie einer jungen Frau aus dem Ort eine Chance gegeben hatte, anstatt eine selbstgefällige, ehrgeizige Absolventin einer Hotelfachschule einzustellen. Und trotz des Altersunterschieds waren sie einander sehr vertraut geworden. Wenn es still war im Hotel, plauderten sie miteinander und tauschten sich über ihre Sorgen und Probleme aus. Im Winter, als das Hotel fast leer gewesen war, waren sie sogar einmal wie zwei kleine Mädchen, die die Schule schwänzten, zum Bummeln in das große Einkaufszentrum in Bristol gefahren und beladen mit Schuhkartons, Schminkutensilien und Kleidern zurückgekommen – Sachen, die sie in Pennfleet zwar niemals tragen würden, die aber jede Frau einfach im Kleiderschrank haben musste.

Im Gegenzug nutzte Angelica Claires Großzügigkeit und Offenheit niemals aus. Während der Arbeit waren sie ein Team, und es stand nie infrage, wer die Chefin und wer die Angestellte war. Mit einer Angestellten ein allzu vertrautes Verhältnis zu pflegen konnte gefährlich werden, das wusste Claire. Aber sie glaubte, dass ihr der Balanceakt ganz gut gelang.

»Hallo«, sagte sie. »Ich hoffe, du weißt, was auf dich zukommt. Das wird ein langes Wochenende.«

»Der Parkplatz ist schon fast voll«, sagte Angelica. Sie nahm die Gästeliste und verzog das Gesicht. »Mr. und Mrs. Parfitt? Schon wieder? Die waren doch erst vor zwei Wochen hier.«

»Und an diesem Wochenende müssen wir ganz besonders nett zu ihnen sein.«

»Das sind wir doch immer«, entgegnete Angelica. »Ich gebe mir sogar extra Mühe, ihm keine Ohrfeige zu verpassen, wenn er mir den Hintern tätschelt.«

Claire lachte. Es stimmte, Trevor Parfitt war ein Mann alter Schule, der sich nichts dabei dachte, Hotelangestellten den Hintern zu tätscheln. Er nannte seine Frau »Baby« – ohne jede Spur von Ironie.

»Trevor wird sich nicht mehr ändern.«

»Nein«, sagte Angelica. »Aber warum müssen wir diesmal ganz besonders nett zu den beiden sein? Die Parfitts werden doch immer wie königliche Hoheiten behandelt, wenn sie hier sind.«

Claire zögerte. Sie hatten noch niemandem von den Plänen für das neue Hotel erzählt – solche Gerüchte machten die Angestellten nur nervös –, aber falls sie das Projekt verwirklichten, würde sie sich mehr denn je auf Angelica verlassen müssen. Claire entschloss sich, sie ins Vertrauen zu ziehen.

»Also, das bleibt unter uns«, sagte sie leise, »aber Trevor und Monique wollen, dass wir ein Hotel in London eröffnen.«

Angelica runzelte die Stirn.

»Aber ihr geht doch nicht von hier weg, oder?«, fragte sie. »Ohne dich arbeite ich nicht hier. Das weißt du doch, oder?«

»Nein, das wusste ich nicht«, antwortete Claire. »Aber du brauchst mich doch nicht.«

»Für jemand anderen arbeite ich nicht.«

»Deine Loyalität rührt mich.« Claire lächelte. »Aber keine Sorge, so schnell gehen wir nicht fort. Andererseits könnte es auch gut für dich sein. Dann würden wir nämlich jemanden brauchen, der hier die Stellung hält.«

Angelica sagte nichts. Claire wünschte fast, sie hätte nichts von dem Hotel in London erwähnt, aber sie mochte keine Heimlichtuerei. Nach ihrer Erfahrung kam nichts Gutes dabei heraus. Aus dem Augenwinkel sah sie den Fischer durch den Speisesaal zur Küche gehen, um den Tagesfang abzuliefern. Sie musste los, um den Fisch zu begutachten und den Empfang zu quittieren.

Sie reichte Angelica das Telefon.

»Könntest du bei Buddleia anrufen? Wir brauchen einen großen Strauß für das Zimmer der Parfitts, einen Ersatz für den Strauß auf dem Empfangstresen und das Übliche.« Angelica nickte. »Und wenn es dir nichts ausmacht, bring Luca einen Kaffee und sag ihm, er soll aufstehen. Heute Morgen wird hier unten jeder gebraucht.«

Claire ging in Richtung Küche. Sie brauchte selbst einen extrastarken Kaffee und eine Schüssel hausgemachtes Müsli mit griechischem Joghurt und Blaubeeren. Ein langer Tag lag vor ihr.

Während Angelica Claire nachschaute, zog sich ihr der Magen zusammen. Sie konnte es nicht glauben. Ein Hotel in London? Was würde das bedeuten?

Auf jeden Fall eine Veränderung. Angelica mochte keine Veränderungen. Wenn es nach ihr ginge, würde immer alles so bleiben, wie es war.

Bis auf die Dinge natürlich, die sie gern anders hätte. Aber so funktionierte das Leben nicht, das wusste sie. Sie holte tief Luft und sagte sich, dass noch nichts entschieden war. Noch brauchte sie nicht in Panik zu geraten. Noch war alles offen. Während sie die Nummer des Blumenladens wählte, überflog sie die Liste der Sonderwünsche der Gäste, die Claire notiert hatte, um zu sehen, was als Erstes erledigt werden musste. Angelica war schließlich gut ausgebildet.

Zwei

Es gab nicht viele, die Colin Turner für einen Trottel hielten. Im Gegenteil, die meisten respektierten und bewunderten ihn. Er schaffte es, erfolgreich zu sein, ohne Missgunst zu wecken. Niemand konnte bestreiten, dass er ein Arbeitstier war. Er war jeden Morgen um sechs in der Firma und scheute sich nicht, sich die Hände schmutzig zu machen. Er kümmerte sich um seine Angestellten, und er war ein großzügiger Arbeitgeber. Die Bedingungen sowohl in seiner Backwarenfabrik als auch in seinen diversen Cafés waren beispielhaft. Er nötigte niemanden dazu, Überstunden zu machen, und die Vergünstigungen, die er anbot, waren legendär: saftige Preisnachlässe, großzügige Bonusprämien und jedes Jahr eine verschwenderische Weihnachtsparty in einem örtlichen Hotel, bei der alle Getränke aufs Haus gingen. Und die harte Arbeit hatte sich für ihn bezahlt gemacht, was der schnittige Jaguar bewies, mit dem er auf die M5 einbog.

Er hatte in seinem Leben nur einen einzigen Fehler gemacht, sinnierte er, während er auf die Überholspur wechselte. Aber dafür einen riesengroßen. Und seine einzige Sünde war es gewesen, sich nach Liebe zu sehnen. Körperkontakt mit jemandem, der nicht bei jeder Berührung zusammenzuckte. Wann war er eigentlich so abstoßend geworden?, hatte er sich an jenem schicksalhaften Tag vor beinahe zwölf Jahren gefragt.

Inzwischen begriff er natürlich. Der Arzt hatte bei seiner Frau eine Depression diagnostiziert und ihr Antidepressiva verschrieben, aber da war es schon zu spät gewesen. Woher hätte Colin wissen sollen, dass eine Kindbettdepression immer noch akut sein konnte, wenn das Kind schon fünf Jahre alt war? Er war Bäcker, kein Psychiater. Dann waren die nächtlichen Zurückweisungen so häufig worden, dass er vollkommen verzweifelt war. Was ihn dazu gebracht hatte, einem spontanen Impuls zu folgen, etwas, was ihm selten passierte.

Die Ankunft seines zweiten Kindes war an allem schuld gewesen. Seitdem Ryan auf der Welt war, hatte Colin Alison jahrelang nicht mehr anrühren dürfen. Die Geburt war traumatisch gewesen – extrem lange Wehen, Zangengeburt, Dammschnitt. Er wünschte, er hätte auf einem Kaiserschnitt bestanden, als es hart wurde, aber die Hebammen hatten Alison auf eine natürliche Geburt eingeschworen. Und was hatte sie davon? Monatelang Schmerzen und Physiotherapie und eine totale Abneigung gegen Sex, über die niemand je mit ihr gesprochen hatte. Oder mit ihm.

Was Colin schließlich in die Arme von Karen Griffith getrieben hatte. Oder besser, zwischen ihre Beine, denn mit Zärtlichkeit hatte Karen nichts am Hut gehabt. Die Streicheleinheiten, nach denen Colin sich sehnte, waren von ihr nicht zu kriegen. Dafür war sie immer für Sex zu haben. Als Colin begriff, welchen Preis er dafür bezahlte, war es zu spät.

Hinterher hatte er sich gefragt, ob sie ihn von Anfang an hereingelegt hatte. Karen behauptete, Chelsey sei ein Unfall gewesen. Aber es war ein Kinderspiel herauszufinden, wie wohlhabend er war, und dann die altbekannte Falle zu legen. Außerdem war Colin keiner, der sich vor Verantwortung drückte. Er hätte niemals auf einer Abtreibung bestanden. Trotz seiner einmaligen Untreue war er immer noch ein Gentleman.

Und so begab er sich also jetzt auf seinen jährlichen Bußgang. Der Besuch, auf dem er bestand, denn schließlich war Chelsey von seinem Fleisch und Blut, und auch wenn er sie vor der Welt geheim hielt, so konnte er ihr doch einmal im Jahr die Ehre erweisen, sie als seine Tochter anzuerkennen.

Vorwände ergaben sich genug. Er war ständig unterwegs zu Messen und Konferenzen und auf Geschäftsreisen, sodass Alison keine Fragen stellte, wenn er wieder mal ein Wochenende nicht zu Hause verbrachte. Aber das Lügen drehte ihm den Magen um. Er kannte jede Menge Männer, die sehr geschickt darin waren und ihre Frauen ständig belogen: darüber, wo sie sich aufhielten, was sie vorhatten, über Geld – woher es kam und wo es hinging. Er hatte erlebt, wie sie wortgewandt die Wahrheit verdrehten, ohne jede Spur von schlechtem Gewissen. Aber Colin war ein Freund der Wahrheit. Warum heiratete man, wenn man einander belog?

Was jedoch seine Wochenenden mit Chelsey betraf, hatte er sich in eine Lage manövriert, die ihm nichts anderes übrig ließ, als unehrlich zu sein. Zum Glück war Alison noch nie auf die Idee gekommen, ihn zu fragen, ob sie ihn auf eine seiner Wochenendreisen begleiten könne. Sie hatte ihr eigenes Leben: Fitnessstudio, Tennis, Hundeausbildung, Wohltätigkeitsveranstaltungen – die sich endlos hinzogen – und Einkaufsbummel, um sich Kleider für diese Veranstaltungen zu kaufen. Nicht dass er ihr auch nur einen Penny missgönnte, den sie ausgab. Sie arbeitete hart: Sie hielt das Haus tipptopp in Ordnung, kümmerte sich um die Kinder und letztlich auch um ihn.

Colin hielt sich nicht für sexistisch. Er hatte in seinem Betrieb genug Frauen eine Chance gegeben, um gegen diesen Vorwurf gefeit zu sein, und er hätte Alison jederzeit unterstützt, wenn sie gern berufstätig gewesen wäre, aber manchmal fragte er sich, ob nicht manche Frau glücklicher wäre, wenn sie es wie Alison machte. Es erleichterte die Teamarbeit. Ihre Rollen waren klar definiert. Ihr Leben lief wie am Schnürchen, und nur in äußerst seltenen Fällen gerieten sich ihre Interessen und Zeitpläne in die Quere. Abgesehen von seinem einen Fehltritt führten sie eine perfekte Ehe.

Er warf einen Blick auf die Uhr am Armaturenbrett. Er war gut in der Zeit. Es war vereinbart, dass er Karen und Chelsey um halb elf abholen würde, dann würden sie wahrscheinlich kurz nach Mittag im Hotel sein. Er hatte in der Reisebeilage der *Sunday Times* einen Artikel über das Townhouse by the Sea gelesen – es sah idyllisch aus auf dem Foto. Er hatte Pennfleet gegoogelt und den Eindruck gewonnen, dass es das Richtige wäre für Chelsey. Sie konnten am Strand spielen und mit einem Boot rausfahren. Außerdem gab es jede Menge Pizzarestaurants und Eiscafés, von denen seine anderen Kinder begeistert gewesen wären, warum also nicht auch sie?

Bei dem Gedanken an seine Kinder bekam er Gewissensbisse: Ryan absolvierte gerade ein freiwilliges soziales Jahr, und Michelle studierte schon seit einem Jahr an der Uni in Warwick. Colin war mächtig stolz auf die beiden. Sie hatten so viel erreicht. Das hatten sie größtenteils Alison zu verdanken, die sich unermüdlich um sie gekümmert hatte, während sie heranwuchsen – sie hatte ihnen bei den Hausaufgaben geholfen, sie zu allen möglichen Freizeitaktivitäten gefahren und sie dazu ermutigt, alles auszuprobieren, was sie wollten. Nicht dass Colin kein Interesse an seinen Kindern gehabt hätte, aber er hatte leider einen verdammt langen Arbeitstag. Er kam kaum jemals vor sieben nach Hause, und bis dahin war das meiste schon getan. Natürlich hatte er ihre Ausbildung finanziert und alles, was dazugehörte, er unterstützte Ryan in seinem freiwilligen sozialen Jahr, und nur über seine Leiche würde er es zulassen, dass eins seiner Kinder einen Kredit aufnahm, um die Studiengebühren zu bezahlen, er hatte also in nicht unerheblichem Maße seinen Teil zu ihrer Erziehung beigetragen, aber alles, was Blut, Schweiß und Tränen gekostet und die Kinder zum Erfolg geführt hatte, war Alisons Anteil. Man konnte nicht behaupten, dass er seine Kinder finanziell verwöhnte. Im Gegenteil, er hatte beiden den Wert harter Arbeit eingeimpft. Sie hatten während der Schulferien bei ihm gejobbt: Ryan in der Fabrik, Michelle als Kellnerin in dem einen oder anderen Café. Sie wussten also, was es bedeutete, eigenes Geld zu haben. Sie waren Arbeitstiere, genau wie er.

Er platzte fast vor Stolz, wenn er jetzt an sie dachte, und die Vorstellung, sie könnten von seinem schmutzigen Geheimnis erfahren, machte ihn ganz krank. Das Geheimnis, das er schon so lange hütete, dass es zu einem Teil von ihm geworden war, einem Teil seines Herzens so schwarz wie Kohle.

Er bog von der Autobahn auf den Rastplatz ein, wo sie sich verabredet hatten. Da er nicht in seinem Auto bei Karen zu Hause vorfahren wollte, würde sie ihres übers Wochenende auf dem Rastplatz stehen lassen, und er würde die beiden auf dem Heimweg wieder hier absetzen. Er spürte, wie sein Puls sich leicht beschleunigte. Die Raststätte war eine Gefahrenzone, hier konnte er gesehen werden. Es war nicht auszuschließen, dass irgendein Bekannter zufällig hier aufkreuzte. Er würde das hier so schnell wie möglich hinter sich bringen.

Über die parkenden Autos hinweg schaute er zum Costa Coffee hinüber. Da waren die beiden. Sie hatten sich an einen Tisch im Freien gesetzt. Karen hatte ihr dunkles Haar zu einem Pferdeschwanz zusammengebunden, ihr geschminktes Gesicht war größtenteils hinter einer großen Sonnenbrille verborgen, sie trug hochhackige Schuhe und hautenge Jeans, ein knappes Top mit Spaghettiträgern und darüber eine kurze, pinkfarbene Wildlederjacke. Und neben ihr saß Chelsey.

Er war jedes Mal wieder gerührt, wenn er sie sah. Sie reichte Karen nur bis zur Schulter, wog aber sicher sechs, sieben Kilo mehr als ihre Mutter. Sie war klein, pummelig, blass, und ihr hübsches, herzförmiges Gesicht wirkte immer bedrückt. Eine Elfjährige dürfte nicht so aussehen, als laste das Gewicht der Welt auf ihren Schultern, dachte Colin, aber mit Karen zusammenzuleben war zweifellos mehr als stressig. Chelsey schien sich wahllos irgendwelche Sachen angezogen zu haben: pinkfarbene Leggings, verschlissene Schaffellboots und ein gelbes, mit Pailletten besetztes T-Shirt, das ihren Bauch nicht ganz bedeckte – Colin fragte sich, ob das die neueste Mode war oder ob ihr das T-Shirt einfach zu klein geworden war. Ihr Haar war strähnig und müsste mal wieder geschnitten werden. So hätte Alison Michelle niemals herumlaufen lassen. So ungepflegt. Seine Kinder waren immer wie aus dem Ei gepellt gewesen.

Sie hatten ihn noch nicht bemerkt. Karen rauchte, Chelsey aß einen Donut. Er ließ sich einen Moment Zeit, um Mutter und Tochter zu beobachten. Er mochte es nicht, wenn in seinem Auto geraucht oder gegessen wurde, aber wollte sich auch nicht pingelig geben. Vor lauter Schuldgefühlen hatte er einen Kloß im Hals und überlegte kurz, ob er sich in die Tankstelle schleichen sollte, um sich etwas zu trinken zu kaufen, verwarf den Gedanken jedoch gleich wieder. Zu riskant. Er sah, wie Karen in eine Tüte langte und Chelsey noch einen Donut reichte. Chelsey nahm ihn wortlos entgegen und biss hinein.

Colin runzelte die Stirn. Er mochte ja seinen Lebensunterhalt mit der Herstellung von Kuchen, Scones, Brot und allem möglichen dick machenden Gebäck verdienen, aber dieses Kind brauchte auf keinen Fall einen zweiten Donut. Er fuhr auf die beiden zu und machte sich mit einem fröhlichen kurzen Hupen bemerkbar. Karen ließ ihre Kippe fallen und trat sie mit dem Absatz aus. Chelsey stopfte sich den Rest ihres Donuts in den Mund und wischte sich hastig den Zucker von den Lippen.

Dann standen sie auf und kamen zum Auto.

»Alles klar?« Karen hauchte ihm einen Kuss auf die Wange. Sie roch nach Benson&Hedges, Kaugummi und einem scheußlichen, nach Vanille duftenden Parfum. »Gib deinem Dad einen Kuss, Chels.« Sie packte Chelsey an den Schultern und schob sie auf Colin zu.

Er drückte ihr einen Kuss auf die Wange. Sie schmeckte nach Zucker.

»Das wird ein tolles Wochenende«, sagte er. Er nahm die Taschen der beiden und verstaute sie im Kofferraum. Sie hatten Gepäck für eine ganze Woche dabei, aber das spielte keine Rolle. Der Kofferraum war groß genug.

»Ich hab mir das Hotel im Internet angesehen. Es hat keinen Swimmingpool. Und auch keinen Wellnessbereich.« Karen öffnete die hintere Tür, bugsierte Chelsey in den Wagen und stöckelte auf die andere Seite. Colin betrachtete sie, als sie es sich auf dem Beifahrersitz bequem machte und den Sicherheitsgurt über die Brüste legte, die ihm zum Verhängnis geworden waren.

»Es gibt ein Schwimmbad mit Wellnessbereich in einem Hotel in der Nähe, da kannst du hingehen.«

»Warum hast du denn nicht das Hotel gebucht?«

»Es sah nicht so einladend aus. Unseres liegt direkt am Strand. Wir haben Zimmer mit Blick aufs Meer.«

Karen wirkte nicht überzeugt.

»Und? Wie geht's dir?«, fragte er.

»Das letzte Jahr war ein Albtraum. In unserem Betrieb wurden jede Menge Leute entlassen, und wir müssen jetzt deren Arbeit zusätzlich machen, ohne dass man uns mehr bezahlt.« Sie klappte den Spiegel herunter, um ihr Make-up zu überprüfen.

Colin warf einen Blick in den Rückspiegel. Chelsey schaute aus dem Fenster.

»Und du, Chelsey? Alles klar in der Schule?«

»Ein Albtraum«, sagte Karen, offenbar ihr neues Lieblingswort. »Sie wird dauernd gemobbt von ihren Mitschülern. Die finden sie fett.«

Colin spürte, wie er rot anlief. Das Problem war, dass Chelsey tatsächlich fett war. Und Kinder nahmen nun mal kein Blatt vor den Mund. Aber es tat ihm weh zu hören, dass seine Tochter gehänselt wurde.

»Weiß deine Lehrerin davon, Chelsey?«

»Ja, aber die kümmert sich nicht darum«, antwortete Chelsey tonlos. »Die denkt wahrscheinlich, die hören schon wieder damit auf, wenn sie genug davon haben.«

Am liebsten wäre Colin zu Chelseys Schule gefahren und

hätte den verdammten Lümmeln den Hintern versohlt. Aber das ging natürlich nicht. Er konnte nur dafür sorgen, dass sie ein schönes Wochenende am Strand verbrachte. Ein Wochenende, das sie nicht so schnell vergessen würde.

Als er auf die Autobahn fuhr, kam die Sonne hinter den Wolken hervor.

»Wenn Engel reisen …«, sagte er.

Karen warf ihm einen Blick von der Seite zu und begann, am CD-Spieler herumzufummeln.

»Hast du was von Take That?«, fragte sie.

Er hörte Chelsey auf dem Rücksitz mit einer Tüte Süßigkeiten rascheln und roch die Wolke von Geschmacksverstärkern, die ihr entwich. Er hätte ihr gern gesagt, sie solle das Zeug weglegen, weniger wegen der möglichen Sauerei als aus Sorge um ihre Gesundheit. Aber das war wohl nicht der richtige Zeitpunkt, ihr einen Vortrag über ihre Ernährungsgewohnheiten zu halten. Schließlich war er nur ein Teilzeitvater. Ein Einmal-im-Jahr-Teilzeitvater.

Um die Tür zu Claires und Lucas Zimmer zu öffnen, musste Angelica die Klinke mit dem Ellbogen herunterdrücken. Entweder schlief Luca noch tief und fest, oder er stand unter der Dusche, oder er hatte ihr Klopfen nicht gehört. Vorsichtig trat sie ein, in den Händen das Tablett mit seinem allmorgendlichen, extrastarken Espresso. Neuerdings schien es zu ihrer Aufgabe zu werden, ihn aus dem Bett zu werfen. Das Zimmer lag im Halbdunkel – die Sonne schien durch das Oberlicht, aber die Vorhänge waren noch zugezogen.

Er schlief. Sie konnte seine Konturen unter der Bettdecke ausmachen. Sie holte tief Luft und atmete seinen Duft ein, scharf und maskulin.

»Luca!«, sagte sie halblaut. Er wälzte sich stöhnend herum und rieb sich die Augen. »Claire sagt, es ist Zeit zum Aufstehen.«

»Sag ihr, sie kann mich mal«, antwortete er verschlafen.

»Ich bringe dir deinen Kaffee.« Sie ging um das Bett herum und gab ihm einen Schubs mit dem Knie. »Komm schon. Du weißt doch, dass heute die Hölle los ist.«

Er streckte einen Arm aus. Sie dachte, er wollte die Kaffeetasse haben. Sie wollte sie ihm gerade reichen, als sie seine warmen Finger an ihrem Schenkel spürte, kurz unterhalb ihres Rocksaums. Eine flüchtige Berührung. Ein zartes Streicheln. Vertraut, liebevoll. Bedeutungslos.

Oder nicht?

»Nur noch fünf Minuten. Bitte, Angelica. Ich bin fix und fertig …«

Ihr Herz raste, während er sie streichelte. Es kostete sie all ihre Beherrschung, um nicht zu ihm unter die Decke zu schlüpfen, um seine Hände an ihrem ganzen Körper zu spüren. Wusste er eigentlich, in welche Versuchung er sie stürzte?

Natürlich wusste er es ganz genau.

Mit zitternden Händen stellte sie das Tablett mit dem Kaffee auf den Nachttisch.

»Deine Sache, Luca. Aber mir hat man immer eingebläut, dass hier Teamarbeit angesagt ist.«

Dann verließ sie das Zimmer.

Draußen im Flur lehnte sie sich gegen die Wand. Ihre Beine zitterten. Sie hatte so weiche Knie, dass sie kaum aufrecht stehen konnte. Sie stöhnte, schloss die Augen und legte verzweifelt den Kopf in den Nacken.

Sie war komplett verrückt nach diesem Mann. An manchen Tagen konnte sie einigermaßen damit umgehen. An anderen eher weniger. Zum Beispiel heute. Am ganzen Körper spürte sie ein Kribbeln auf der Haut, in ihren Adern summte es wie in einer Hochspannungsleitung.

Sie begriff nicht, warum sie sich nicht unter Kontrolle hatte. Wie oft hatte sie versucht, rational an die Sache heranzugehen. Manchmal gelang ihr das, und sie konnte sich benehmen wie ein normales menschliches Wesen. Aber manchmal kam es einfach über sie, raubte ihr den Atem, den Verstand und alle Energie.

Dabei mochte sie ihn nicht mal besonders.

Es ärgerte sie, wie er mit Claire umging. Seine Großspurigkeit ging ihr mächtig auf die Nerven. Wie er immer alles als selbstverständlich voraussetzte. Wie er die Leute herumscheuchte – nicht immer, aber wenn es in der Küche hoch herging, führte Luca sich auf wie ein Feldwebel. Und doch hatte er etwas ungeheuer Anziehendes. Er faszinierte sie. Sie wollte wissen, wie er tickte. Was in ihm vorging. Wollte seine geheimsten Hoffnungen und Ängste kennen. Er schien immer nur für den Augenblick zu leben, aber auch in seinem Leben hatte es doch sicher Enttäuschungen gegeben, oder? Schwelgte er manchmal in Erinnerungen? Hatte er Ambitionen? Fragte er sich jemals, was wäre, wenn …?

Sie selbst fragte sich das ständig.

Natürlich würde sie niemals Annäherungsversuche machen. Nie im Leben. Dafür mochte und respektierte sie Claire viel zu sehr. Aber zu Hause, wenn sie allein war, in ihren Gedanken … Das war etwas anderes. Der Fantasie waren keine Grenzen gesetzt.

Und sie wusste, dass Luca Bescheid wusste. Er witterte es, sah es in ihren Augen. Deswegen provozierte er sie dauernd. Für ihn war es ein Zeitvertreib, er genoss es, mit ihr zu spielen.

Sie zu testen, sie zu reizen, ihr vorzugaukeln, dass alles möglich wäre.

Sie musste an eine Situation auf der letzten Weihnachtsfeier denken, die immer im Januar stattfand, wenn der ganze Feiertagswahnsinn ausgestanden war. Sie war Luca im Treppenhaus begegnet. Sie hatte zwei Stufen höher gestanden, sodass sie auf Augenhöhe waren. Und er hatte sie angesehen. Provozierend, lockend.

»Engel. Angel. Angelica«, sagte er mit weicher, lasziver Stimme.

Er beugte sich vor. Seine Stirn berührte ihre. Nur Millimeter fehlten, und ihre Lippen hätten sich vereint. Geschlagene fünf Sekunden standen sie so da, und jeder wartete darauf, dass der andere den ersten Schritt machte. In Angelicas Kopf drehte sich alles. Am liebsten hätte sie ihn an den Haaren gepackt, ihn an sich gezogen und verschlungen. Aber sie wusste, wenn sie dem Impuls nachgab, würde es kein Zurück mehr geben.

Stattdessen hatte sie ihm den Zeigefinger auf die Lippen gelegt.

»Du Schlingel«, sagte sie. »Komm bloß nicht auf dumme Gedanken.«

Er hatte ihr tief in die Augen gesehen, so tief, dass ihr schwindlig wurde.

»Erzähl mir nicht, dass du es dir nicht wünschst.«

»Ja«, sagte sie. »Aber ich wünsche mir alles Mögliche, was ich nicht haben kann.«

Aus dem Augenwinkel sah sie Claire ins Treppenhaus kommen. Sie sah umwerfend aus in ihrem dunkelroten Samtkleid, eine Weihnachtsmannmütze kess auf ihrem Lockenkopf. Die hochhackigen Schuhe hatte sie längst abgestreift.

»Was macht ihr zwei denn da?«, fragte sie lachend, ein Glas Sekt in der Hand.

»Ich gebe meinem Chef einen Weihnachtskuss«, sagte Angelica, und vor Claires Augen nahm sie Lucas Kopf in beide Hände und küsste ihn. Es war ein Bühnenkuss, voller theatralischem Pathos, eine ausgelassene Betriebsfeiergeste, an der niemand Anstoß nehmen konnte. Claire stand am Fuß der Treppe und kicherte. Angelica schob sich an Luca vorbei und lief zu ihr hinunter. Sie spürte Lucas Blick in ihrem Rücken, als sie zurück in den Saal ging, um sich noch ein Glas Glühwein zu holen.

Als sie später im Kreis zusammensaßen und ihre Julklappgeschenke auspackten, fing Angelica Lucas Blick auf. Er schaute ihr einen Moment zu lange in die Augen; was er ihr sagen wollte, war unmissverständlich. Sie weitete die Augen, als verstünde sie nicht, und wandte sich ab. Sie würde nicht zulassen, dass er mit ihr spielte. Sie würde sich auf keinen Fall auf eine schäbige Affäre mit ihm einlassen. Hastiger Sex hinter verschlossenen Türen. Dazu war sie sich zu schade. Und dazu war ihr der Job viel zu wichtig. Und noch wichtiger war ihr die Freundschaft mit Claire. Claire war ihr Idol, ihre Mentorin, ihr großes Vorbild. Der erste Mensch auf der Welt, der je an sie geglaubt hatte. All das würde sie nicht für eine Nacht im Bett mit Luca opfern, egal, wie sehr ihr Körper sich nach ihm sehnte.

Außerdem galt für Angelica, was Männer anging, schon immer das Motto: alles oder nichts. Sie wusste, dass sie Luca nicht haben konnte, aber sie wollte ihn erst recht nicht mit einer anderen Frau teilen. Und dennoch quälte sie sich. Im Grunde genommen war es das Einzige, was sie aufrechterhielt, das Einzige, was sie davor bewahrte, nicht vollends durchzudrehen, auch wenn es der reine Wahnsinn war.

Hinter der Tür hörte sie das Bett quietschen, als Luca sich umdrehte. Sofort sah sie seinen Körper vor ihrem geistigen Auge, denn sie wusste, dass er unter der Decke nackt gewesen war. Sie glättete ihre Kleidung, fuhr sich mit den Fingern durchs Haar und ging nach unten. Zum Glück hatte sie alle Hände voll zu tun. Es gab nichts Schlimmeres, als an der Rezeption zu sitzen und sich den ganzen Tag nach ihm zu verzehren.

Drei

Laura Starling stand in der überfüllten Bahnhofshalle in Paddington und kaute auf ihrer Unterlippe. Ihr Blick wanderte hin und her zwischen der Anzeigetafel, auf der die Bahnsteigsnummer erscheinen und die Wartenden zum Zug nach Penzance leiten würde, und der Rolltreppe, die von der U-Bahn heraufführte. Wo war er bloß? Sie wusste es natürlich ganz genau. Er stand garantiert, den Arm um eine Stange in einem U-Bahn-Waggon der District Lane, die Musik aus seinem iPod in den Ohren, versunken in seiner eigenen kleinen Welt, und bekam nichts davon mit, dass sie vor Stress fast verrückt wurde.

Dan machte immer alles auf den letzten Drücker. Sie dagegen war für alle Fälle schon vor einer halben Stunde am Bahnhof eingetroffen. Was für Fälle das sein sollten, konnte sie gar nicht genau sagen, außer dass sie nun mal nicht gern ein Risiko einging. Dan würde im allerletzten Moment kommen. Wie immer. Seit sie ihn vor einem halben Jahr kennengelernt hatte, hatte er sie nicht ein einziges Mal versetzt, und doch war sie jedes Mal davon überzeugt, dass er nicht kommen würde.

Der Mann war einfach nicht aus der Ruhe zu bringen. Im Gegensatz zu Laura, die sich permanent ängstlich ausmalte, was alles schiefgehen konnte, war er für derartige Überlegungen völlig unempfänglich. Wenn sie ihn auf eine solche Möglichkeit hinwies, zuckte er nur die Achseln und sagte: »Und wenn schon? Davon geht die Welt nicht unter.« Das Ärgerliche daran war, dass er sogar recht hatte. Aber sosehr sie sich auch bemühte, es gelang ihr nicht, sich seine Einstellung zum Leben anzueignen. Oder ihn dazu zu bringen, dass er ihre Kleinmütigkeit bei seiner Zeitplanung berücksichtigte. Das war ihr Problem. Eine der Seiten an ihr, an der sie arbeiten musste, um die Person zu werden, die sie gern sein wollte.

Dabei beteuerte Dan ihr ein ums andere Mal, dass sie, so wie sie war, perfekt war.

»Na ja, perfekt ist übertrieben«, schränkte er dann ein. »Denn dann wärst du tödlich langweilig. Und das bist du nun wirklich nicht.«

Sie warf einen Blick auf ihre Armbanduhr, um nachzusehen, ob die Zeit darauf von der Bahnhofsuhr abwich, aber das war nicht der Fall. Sie atmete tief ein, um sich zu beruhigen. Es roch nach Donuts und Schweiß. Freudige Erwartung lag in der Luft, denn es waren nicht die üblichen Pendler, die hier auf den Zug warteten. Vor ihnen lagen ein langes Wochenende und die Aussicht auf Abenteuer. Der Exodus aus der Stadt hatte bereits begonnen.

Da war er endlich. Schlängelte sich mit seinen endlos langen Beinen durch die Menge, einen Leinenrucksack über der Schulter. Sie wusste, dass er nicht mehr eingepackt hatte als ein frisches Hemd, eine Hose, seine Zahnbürste und seine Kamera. Ihre Reisetasche dagegen war vollgestopft mit Kleidern, Jeans, T-Shirts, Schminkutensilien und Schuhen. In seinen ausgewaschenen Jeans und dem karierten Hemd, die Haare auf Sturm, sah er aus wie jeder beliebige junge Mann, bis man seinen Knochenbau wahrnahm und seine außergewöhnlichen Augen – grau und seelenvoll, eingerahmt von dichten, schwarzen Wimpern. Laura hatte andere junge Frauen regelrecht in Ohnmacht sinken sehen, wenn er sich nach ihnen umschaute, genauso, wie es ihr selbst ergangen war, als sie sich auf der Party eines gemeinsamen Freundes kennengelernt hatten. Die Liebenswürdigkeit, die aus seinen Augen sprach, war unermesslich. Denn Dan war, neben allem anderen, der liebenswürdigste Mensch, den sie je kennengelernt hatte.

»Hallo«, sagte er grinsend und drückte ihr in dem Moment, als die Bahnsteignummer erschien, einen Kuss auf den Kopf. Sie packte ihn am Ärmel.

»Los, komm«, sagte sie, schnappte sich ihre Reisetasche und vergewisserte sich noch einmal, dass sie ihre Fahrkarten in der Jackentasche parat hatte, damit sie ohne Verzögerung durch die Abfertigung gelangten. Sie hatte für sie beide Plätze reserviert. Bevor sie auf »jetzt bezahlen« drückte, hatte sie lange gezögert, sich jedoch gesagt, dass sie nicht gezwungen sein würden zu fahren, auch wenn sie die Karten kaufte; dass sie es sich bis zum letzten Moment noch anders überlegen konnte.

Sie wurden vom Strom der Reisenden mitgerissen, die alle versuchten, sich vorzudrängeln, als erwartete sie auf dem Bahnsteig ein Hauptgewinn. Sie eilten an den provozierend leeren Erste-Klasse-Waggons vorbei, bis sie Wagen F erreichten.

»Das ist er!«, rief sie und sprang hinein.

»Immer mit der Ruhe«, sagte Dan lachend. »Der Zug fährt erst ab, wenn alle eingestiegen sind.«

Er wollte seinen Rucksack im Gepäckabteil abstellen, doch sie hielt ihn zurück.

»Leg ihn lieber auf die Ablage über unseren Sitzen. Ich

hab gehört, dass manchmal Sachen aus dem Gepäck geklaut werden.«

»In meinem Rucksack ist nichts, was sich zu klauen lohnt.«

»Und deine Kamera?«

Er zuckte die Achseln. »Versichert.«

Laura schüttelte den Kopf. Wie konnte er so sorglos mit seiner Ausrüstung umgehen? Es wäre doch eine Katastrophe, wenn ihm die Kamera abhandenkäme. Aber sie ließ den Gedanken fallen, denn er befolgte ihren Rat und war gerade dabei, seinen Rucksack in der Gepäckablage über ihren Sitzen zu verstauen. Nachdem er auch ihre Reisetasche hochgewuchtet hatte, machten sie es sich nebeneinander bequem.

Laura packte zwei Smoothies und zwei Plastikbecher mit Müsli aus, die sie unterwegs bei Marks & Spencer gekauft hatte.

»Wie ich dich kenne, hast du garantiert noch nicht gefrühstückt …«

»Da liegst du richtig«, gab Dan freimütig zu, schraubte den Deckel von seinem Smoothie und trank in großen Schlucken.

Laura nahm den Prospekt heraus, den sie sich hatte schicken lassen. Ein kleines, geschmackvolles A5-Heft aus edlem Papier. Auf dem Umschlag war ein farbenfrohes Gemälde des Hafens von Pennfleet abgedruckt. »Lernen Sie vor pittoresker Kulisse an der Küste malen oder zeichnen. Tony Weston, Absolvent der Royal Academy, wird Ihnen helfen, Ihre Kreativität zu entfalten und den Monet oder Picasso in sich zu entdecken. Ideal als Geburtstagsgeschenk oder als Möglichkeit, sich selbst zu verwöhnen.«

In der Broschüre waren Tony Westons Referenzen aufgelistet sowie die Galerien, in denen er ausgestellt hatte. Zusätzlich waren mehrere seiner Arbeiten abgedruckt. Auf einem Foto saß ein Mittfünfziger an einer offenen Terrassentür mit Blick aufs Meer. Er hatte kurzes, graues Haar und trug eine modische Brille mit schwarzem Gestell und ein Hemd mit Stehkragen – die Sorte alternder Medientyp, denn aus seinem Lebenslauf ging hervor, dass er, bevor er sich in Pennfleet zur Ruhe gesetzt hatte, in der Werbung tätig gewesen war.

Laura hatte seine Gesichtszüge immer und immer wieder studiert, aber das Foto war nicht aussagekräftig genug, um daraus irgendwelche Schlüsse zu ziehen. Ein gestelltes Foto konnte einen Menschen nicht zeigen, wie er wirklich war. Man musste jemanden reden, lächeln, die Stirn runzeln und lachen sehen, um sein Wesen zu erfassen.

Im Großen und Ganzen hatte es Laura nie etwas ausgemacht, keinen Vater zu haben. Es unterschied sie von den anderen Kindern in der Schule, aber das hatte ihr eher gefallen. Sie hatte eine wunderbare Beziehung zu ihrer Mutter. Sie waren immer zu zweit gewesen. Marina war für Laura wie eine ältere Freundin oder eine große Schwester. Alle ihre Freundinnen beneideten sie darum, dass sie jemanden hatte, dem sie ihre Geheimnisse anvertrauen konnte. Mit der Zeit hatten auch sie angefangen, Marina ins Vertrauen zu ziehen. Ihr kleines Haus war immer voller Lachen und Schwatzen und Musik gewesen und erfüllt vom Duft selbst gebackener Schokoladenplätzchen. Marina hatte Lösungen für die kompliziertesten Probleme parat. Sie war nicht zu erschüttern. Es gab nichts, worüber man mit ihr nicht reden konnte.

Bis auf ein Thema, das absolut tabu war. Sie weigerte sich, über die Identität von Lauras Vater zu sprechen. Laura hatte irgendwann aufgehört zu fragen. Mit dreizehn hatte sie sich schließlich damit abgefunden, dass sie es nie erfahren würde. Sie war sozusagen das Ergebnis einer unbefleckten Empfängnis.

Mit fünfzehn war sie in Panik geraten bei dem Gedanken, dass ihre Mutter womöglich vergewaltigt worden war. Das würde auf jeden Fall erklären, warum Marina sich standhaft weigerte, mit der Wahrheit herauszurücken. Eines Abends, als Marina in einer ruhigen, nachdenklichen Stimmung gewesen war, hatte Laura ihren ganzen Mut zusammengenommen und nachgefragt. Sie saßen auf der winzigen Terrasse hinter ihrem Haus, die ihnen als Garten diente. In zahlreichen bunt bemalten Töpfen blühten herrliche Blumen, und eine Lichterkette spendete warmes Licht. Sie hatten sich nach draußen gesetzt, um die letzten Sonnenstrahlen zu genießen, Marina mit einem Glas Wein.

Laura fummelte am Saum der rosafarbenen Tischdecke, die auf dem wackeligen Holztisch lag, den Marina in einem Trödelladen erstanden hatte.

»Mum, sag mir wenigstens eins. Hat er dich vergewaltigt? Mein Vater?«

Marina streichelte ihr übers Haar. Ihr Gesichtsausdruck war nicht zu deuten.

»Nein, mein Schatz. Ganz und gar nicht. Das versichere ich dir.«

Laura nickte. Sie wusste, dass es keinen Zweck hatte weiterzubohren, aber wenigstens konnte sie diese Möglichkeit jetzt ausschließen. Und sie glaubte ihrer Mutter. Ihre Reaktion war echt gewesen.

Erst nachdem sie Dan kennengelernt hatte, war ihre Neugier wiedererwacht. Es hatte ihn gewundert, dass sie anscheinend nicht wissen wollte, wer ihr Vater war. Nicht dass er ihr Vorwürfe gemacht oder versucht hätte, in sie zu dringen, aber trotzdem hatte sie durch ihn wieder angefangen, über die Identität ihres Vaters nachzudenken. Und dann hatte er ihr einen Artikel in einer Zeitschrift gezeigt, zu dem er die Fotos beigesteuert hatte. Es ging um Männer, die in späten Jahren erfuhren, dass sie vor langer Zeit Kinder gezeugt hatten, ohne es zu wissen. Ausnahmslos brachten sie ihre Freude darüber zum Ausdruck, plötzlich einen Sohn oder eine Tochter zu haben, und wie sehr diese Erfahrung ihr Leben bereicherte, selbst wenn sie andere, rechtmäßige Kinder hatten.

»Ich will dich nicht drängen, nach ihm zu suchen«, hatte Dan gesagt. »Aber nicht einer dieser Männer war erschüttert oder zornig. Allerdings muss man so eine Sache mit Vorsicht angehen.«

Laura hatte darüber nachgedacht. Sie war immer davon ausgegangen, dass ihr Vater nichts von ihrer Existenz wusste, aber sie hatte die Situation noch nie von seinem Standpunkt aus betrachtet. Hatte ihre Mutter wirklich das Recht, ihm seine Tochter vorzuenthalten? Vielleicht hatte er gar keine anderen Kinder. Vielleicht würde auch er sich freuen, wenn er erführe, dass er eine Tochter hatte. Nicht zu wissen, ob man Kinder hatte, war eine Männern vorbehaltene Erfahrung – einer Frau konnte das unmöglich passieren. Wie sollte eine Frau also in der Lage sein sich vorzustellen, wie sich das anfühlte?

Die Sache ließ sie nicht mehr los. Und mit der Zeit begann sie, einen Groll gegen Marina zu hegen wegen ihrer Arroganz. Hatte nicht jedes Kind das Recht, seinen Vater zu kennen, und hatte nicht jeder Vater das Recht, seine Kinder zu kennen? Aber sie wusste gleichzeitig, dass es ihr niemals gelingen würde, ihrer Mutter den Namen ihres Vaters zu entlocken.

»Sie wird es mir nie erzählen«, hatte sie zu Dan gesagt. »Ich werde es allein rausfinden müssen.«

Er versprach, sie auf jede ihm mögliche Weise dabei zu unterstützen. Und für sie da zu sein, egal, was bei ihrer Suche herauskam. Sie machte sich daran, sich nach Hinweisen umzusehen. Durchsuchte Marinas Schubladen, wenn sie sonntags zum Mittagessen bei ihr zu Besuch war. Durchwühlte Schränke, Schuhkartons, leere Koffer. Schaute unterm Teppichboden nach. Aber sie entdeckte nicht die geringste Spur. Wenn die Beziehung zu ihrem Vater ihrer Mutter etwas bedeutet hatte, und davon ging Laura aus, dann müsste es doch irgendwelche Erinnerungsstücke geben, oder? Marina bewahrte alles auf – abgerissene Kinokarten, Fotos, Postkarten, Theaterprogramme, Urlaubssouvenirs. Sie war eine Sammlerin.

Der einzige Ort, an dem Laura nicht hatte nachschauen können, war die Aktenbox, in der Marina ihre Papiere und wichtige Unterlagen aufbewahrte – ihren Pass, ihren Führerschein, ihr Scheckheft. Die Box war stets verschlossen, und Laura hatte keine Ahnung, wo sie nach dem Schlüssel suchen sollte.

Dan lachte. »Kein Problem«, sagte er, als sie ihm das Schloss beschrieb. Und so hatten sich Laura und Dan einmal, als Marina übers Wochenende verreist war, ins Haus geschlichen, und Dan hatte das Schloss an der Aktenbox überlistet.

»Wo hast du das eigentlich gelernt?«, wollte Laura wissen.

»Stell mir keine Fragen, dann brauche ich nicht zu lügen«, antwortete er lachend. Wahrscheinlich war das der Augenblick gewesen, so glaubte sie, als ihre Gefühle für ihn von kindlicher Verliebtheit in etwas Tieferes umgekippt waren. Es war das erste Mal in ihrem Leben, dass sie sich von jemand anderem als ihrer Mutter beschützt gefühlt hatte. Da war ihr das Herz aufgegangen.

Sorgfältig ging Laura den Inhalt der Aktenbox durch und fand schließlich zwischen Steuererklärungen und Kontoauszügen den Hinweis, nach dem sie gesucht hatte. Eine kleine Aktzeichnung der jugendlichen Marina. Impressionistisch hingeworfen, aber meisterlich ausgeführt, zeigte es Marinas zierliche Figur, ihre vollen Brüste und das dichte, schwarze Haar, das ihr weich über die Schultern fiel.

Dan pfiff durch die Zähne. »Deine Mutter sieht ja heute noch umwerfend aus, aber das …«

Laura, die zwar hübsch war, aber seit sie denken konnte, darunter litt, dass sie nichts von der faszinierenden Ausstrahlung ihrer Mutter besaß, lächelte wehmütig. Es war mehr als einmal vorgekommen, dass einem Freund, den sie mit nach Hause gebracht hatte, bei Marinas Anblick die Kinnlade heruntergefallen war. Dan war bisher eher unbeeindruckt gewesen, aber diese Zeichnung brachte ihre ungekünstelte Schönheit so deutlich zum Ausdruck, dass er nicht anders konnte, als sie zu bewundern.

Während Laura die Zeichnung mit zitternden Fingern hielt, versuchte sie, die Signatur in der unteren rechten Ecke zu lesen.

»Tony Weston. Ich glaub, da steht Tony Weston.«

Dan betrachtete die Signatur und stimmte ihr zu.

»Wahrscheinlich ein ziemlich häufiger Name.«

»Glaubst du, er ist mein Vater? Das muss aus der Zeit vor meiner Geburt stammen. Sie hat mir erzählt, dass sie sich das Haar ganz kurz hat schneiden lassen, als ich ein Baby war, weil ich ihr immer an den Haaren gezogen habe.« Laura konnte gar nicht mehr aufhören zu plappern. So nah war sie der Enthüllung des Geheimnisses noch nie gewesen. »Glaubst du, er ist es?«

»Na ja«, sagte Dan. »Er muss ihr jedenfalls sehr nah gestanden haben, so wie sie ihn ansieht …«

Die Zeichnung drückte Intimität aus, kein Zweifel. Laura schluckte. Tony Weston könnte ihr Vater sein. Natürlich konnte sie die Zeichnung nicht mitnehmen, also machte sie eine Fotokopie davon, legte das Original zurück und schloss die Aktenbox wieder ab. Sie hatte den einen Gegenstand gefunden, den ihre Mutter ihr niemals gezeigt hätte. Aber warum die Heimlichtuerei? Warum sollte Laura nicht erfahren, wer ihr Vater war?

Laura und Dan mussten ziemlich lange im Internet suchen, bis sie eine Liste von möglichen Kandidaten zusammenhatten. Dan hatte recht behalten – Tony Weston war tatsächlich ein ziemlich häufiger Name. Aber mithilfe eines sorgfältigen Ausschlussverfahrens und intensiver Recherchen in der örtlichen Bibliothek hatten sie den Kreis immer weiter eingegrenzt, bis sie schließlich einen Hauptverdächtigen hatten.

Dieser Tony Weston war an der St. Benedict's School for Girls in der Stadt, in der Lauras Mutter Marina aufgewachsen war, Fachbereichsleiter für Kunst gewesen. An der Schule, die ihre Mutter besucht hatte. Er hatte in dem Jahr, in dem Laura geboren wurde, aufgehört, an der Schule zu arbeiten.

Laura fand seine Webseite, auf der er Mal- und Zeichenkurse anbot.

»In seinem Lebenslauf steht nichts von St. Benedict's«, sagte sie zu Dan.

»Das riecht doch direkt nach schlechtem Gewissen. Er verbirgt irgendetwas. Warum sollte man das auslassen, wenn man nicht etwas zu verbergen hat?«

»Oder wenn man etwas vergessen will …«

Sie begutachteten das Beweismaterial. Bei näherer Betrachtung wiesen die Zeichnungen auf Tony Westons Webseite starke stilistische Ähnlichkeit auf mit der Aktzeichnung, die sie gefunden hatten – kühn, impressionistisch, ausdrucksstark.

»Glaubst du, er ist es?«, fragte sie Dan.

»Tja, es gibt nur eine Möglichkeit, das rauszufinden«, antwortete er. »Du wirst ihn aufsuchen müssen. Ich schlage vor, wir fahren einfach übers Wochenende hin.« Er scrollte auf der Webseite nach unten. »Pennfleet sieht ganz hübsch aus.«

Und so hatte Laura Tony Weston eine E-Mail geschickt und für das Wochenende einen privaten Malkurs gebucht – allerdings unter falschem Namen. Starling war ein allzu außergewöhnlicher Name, und um ihn nicht vorzuwarnen, hatte sie den Namen einer alten Freundin benutzt, Emma Stubbs. Die Kursgebühr hatte sie mit einem Scheck von Dan bezahlt und erklärt, es sei ein Geburtstagsgeschenk. Tony Weston würde keinen Grund haben anzunehmen, dass sie ihm auf der Spur war.

Und jetzt saßen sie im Zug, der an Staines und Slough vorbei unaufhaltsam in Richtung Westen ratterte. Laura hatte keine Ahnung, wie sie die Sache angehen würde, ob sie sich zu erkennen geben würde oder wie sie überhaupt wissen sollte, dass sie den Richtigen gefunden hatte. Vielleicht würde sie gar nicht den Mut aufbringen, das alles durchzuziehen.

Als der Zug in Reading hielt, war sie drauf und dran auszusteigen.

»Ich glaub, ich schaff das nicht«, sagte sie zu Dan. »Lass uns lieber mit dem nächsten Zug zurück nach London fahren.«

»Sei nicht albern«, entgegnete er. »Wir haben die Fahrkarten und das Hotel bezahlt. Das wäre doch eine Riesenverschwendung. Das Schlimmste, was passieren kann, wenn du dich nicht zu ihm traust, ist, dass wir ein Wochenende in Pennfleet verbringen.«

Dem konnte Laura nichts entgegensetzen. Und so fuhren sie weiter, an Newbury, Hungerford und Pewsey vorbei. Als sie Castle Cary hinter sich ließen, hatten die Wärme im Abteil und die Müdigkeit sie übermannt, und sie war eingeschlafen. Jetzt gab es kein Zurück mehr.

Vier

Um kurz vor elf hörte Claire, wie die Eingangstür geöffnet wurde. Sie betete, dass es keine Hotelgäste waren. Sie konnte es nicht ausstehen, wenn Leute vor der vereinbarten Zeit eincheckten. Auf den Fluren wurde noch gestaubsaugt, Leinensäcke mit schmutziger Wäsche standen herum, und es gab keinen schlimmeren Anblick als eine weit offene Hotelzimmertür, durch die ein abgezogenes Bett zu sehen war. So war das nun mal – Hotelzimmer mussten gereinigt werden –, aber sie wünschte, die Leute würden erst nach Mittag aufkreuzen.

Trotzdem setzte sie ihr freundlichstes Lächeln auf. Falls das Zimmer noch nicht fertig war, ließen sich die Gäste gewöhnlich mit einer Tasse Kaffee und Gebäck auf der Terrasse besänftigen.

»Ich weiß, dass ich zu früh bin, aber ich dachte, ich könnte vielleicht mein …«

Der Mann brach ab und ließ seinen alten Lederkoffer auf den Boden fallen. »Claire?«

Sie ließ ihren Stift ebenfalls geräuschvoll fallen.

Jahrelang hatte sie von diesem Augenblick geträumt. Jahre, die ihr vorkamen wie eine Ewigkeit, in der sie versucht hatte, ihn zu vergessen. Und irgendwann war der Traum natürlich verblasst und beschlich sie nur noch hin und wieder im Schlaf, wenn sie ganz und gar schutzlos war.

»Nick?« Sie stand auf, und sie schauten einander über den Empfangstresen hinweg an. »Was machst du denn …? Hast du …?«

Sie wusste nicht, was sie sagen sollte. Ratlos zeigte sie auf den Computer.

»Ein Zimmer reserviert?«, beendete er die Frage für sie.

»Ja … Äh … Arbeitest du hier?«

»Das Hotel gehört mir.« Sie brachte ein Lächeln zustande. »Also, mir und meinem – Partner.«

Sie sagte nicht Freund.

»Alle Achtung.« Nick schaute sie unverwandt an.

Claire schüttelte ungläubig den Kopf. »Das ist der Hammer.«

»Du sagst es.« Er lächelte wehmütig. »Gus gibt sich die Kugel, wenn er es erfährt.«

»Gus?« Der Name kam ihr bekannt vor.

Nick antwortete nicht gleich.

»Gus Andrews. Mein Trauzeuge.« Er schob sich eine Strähne aus der Stirn. Die Strähne, die sie selbst ihm so oft aus der Stirn geschoben hatte. »Es ist – mein Junggesellenabschied.«

Natürlich. Die sechs Männer im dritten Stock.

»Du heiratest.«

Es war eine Feststellung. Sie hing schwer zwischen ihnen in der Luft, als Angelica die Eingangshalle betrat, fast nicht zu sehen hinter einem riesigen Strauß Gladiolen, die der Florist geliefert hatte. Sie legte den Strauß auf dem Empfangstresen ab und schaute erst Claire und dann den Gast an.

»Alles in Ordnung?«, fragte sie. »Du machst ein Gesicht, als hättest du einen Geist gesehen.«

Ein seltsamer Ausdruck huschte über die Züge des Mannes. Claire drehte sich hastig um und nahm einen Schlüssel vom Brett.

»Mr. Barnes ist ein bisschen früh dran, aber zum Glück ist sein Zimmer schon fertig – es war gestern nicht belegt. Wenn du ihn nach oben begleiten könntest …«

Angelica nahm den Schlüssel und streckte die Hand nach dem Koffer aus, doch Nick wehrte ab.

»Nein, nein, der ist viel zu schwer. Das mach ich lieber …«

»Ich schaff das schon.«

Entschlossen nahm Angelica den Koffer. Die Anweisung lautete, dass die Angestellten das Gepäck der Gäste aufs Zimmer zu bringen hatten, und zwar ohne auf Trinkgeld zu warten.

Die beiden starrten einander immer noch an.

»Würden Sie mir bitte folgen?«, sagte Angelica.

»Äh, sicher«, sagte Nick. Er drehte sich noch einmal zu Claire um. »Sehen wir uns später? Vielleicht auf einen Kaffee?«

Claire nickte. Angelica ging voraus zur Treppe.

»Die Bar ist gleich dort rechts, falls Sie einen Drink wünschen«, sagte sie. »Mittags servieren wir einen Imbiss auf der Terrasse. Falls Sie für das Abendessen einen Tisch reservieren möchten …«

»Ich glaube, es ist schon alles organisiert.« Bevor sie die Treppe hochstiegen, drehte Nick sich noch einmal um, doch Claire schaute konzentriert auf ihren Computerbildschirm.

Einen Augenblick später war die Eingangshalle leer. Angelicas Geschnatter im Treppenhaus entfernte sich, bis es nicht mehr zu hören war.

Junggesellenabschied. Natürlich heiratete er. Wie alt war er jetzt – dreiunddreißig? Zwei Jahre älter als sie. Claire betrachtete ihre linke Hand, an der sie keinen Ring trug, und stellte sich einen Verlobungsring mit einem funkelnden Diamanten am schlanken Finger einer strahlenden Blondine vor. Es überraschte sie, wie sehr der Gedanke schmerzte.

Von allen Hotels der Welt musste Nick Barnes sich ausgerechnet ihres für seinen Junggesellenabschied aussuchen.

Angelica schloss die Tür zu Zimmer sieben auf und machte Platz, um den Gast eintreten zu lassen. Sie musterte ihn wohlwollend: ein typischer Pennfleet-Sommergast – Jeans, blassgrünes Cordsakko, alles teuer, aber dezent abgenutzt, das aschblonde Haar mit einer Schildpattbrille von Ray Ban aus der Stirn gehalten. Vornehm, aber ohne die typische Art, durch das Personal hindurchzusehen, als wäre man aus Glas. Zerstreut, ohne unhöflich zu sein.

Sie zeigte ihm das Bad, die Minibar, den Thermostat und die Fernbedienung für den Fernseher. Er schien ihr kaum zuzuhören. Offensichtlich konnte er es nicht abwarten, dass sie endlich ging. Lächelnd reichte sie ihm den Zimmerschlüssel.

»Rufen Sie einfach an der Rezeption an, falls Sie noch etwas brauchen.«

Er bedankte sich, und Angelica ließ ihn allein. Sie schloss die Zimmertür und rannte die Treppe hinunter. Sie platzte vor Neugier. So durcheinander hatte sie Claire noch nie erlebt. Zweifellos kannten sich die beiden.

Claire stand am Empfangstresen und kämpfte mit den Gladiolen, die sie in einer viereckigen Vase unterzubringen versuchte. Sie wirkte immer noch ziemlich aufgewühlt. Ihre Wangen waren gerötet. Es war noch nie vorgekommen, dass Claire sich hatte aus der Fassung bringen lassen, nicht von noch so schwierigen Gästen, nicht einmal von Lucas Tobsuchtsanfällen. Stets blieb sie kühl und gelassen.

»Alles in Ordnung?«, fragte Angelica.

»Ja.« Es klang allzu beherrscht, um überzeugend zu wirken. Angelica musterte sie. Claire holte tief Luft.

»Es geht mir gut. Wirklich.« Sie warf einen kurzen Blick zur Uhr an der Wand. »Das heißt, nein. Es geht mir überhaupt nicht gut. Ich brauche einen Drink.«

»Es ist noch nicht mal Mittag.«

»Na und? Heute ist Feiertag. Da gibt es keine Regeln.« Claire rückte den Strauß noch ein letztes Mal zurecht, dann ging sie in Richtung Bar.

Angelica folgte ihr verwundert. Das passte überhaupt nicht zu ihrer Chefin. Sie trank hin und wieder mal ein Glas Wein nach einem anstrengenden Tag, aber im Gegensatz zu Luca ertränkte sie nicht jedes Problem in Alkohol. Jetzt jedoch nahm sie um halb zwölf mittags entschlossen eine Flasche Weißwein aus dem Kühlschrank. Wer war der Mann?, fragte sich Angelica.

Die Bar war nicht groß, sie bot gerade genug Platz für ein Dutzend Gäste, die einen Aperitif oder einen Absacker trinken wollten – sie wollten nicht zu viel wertvollen Raum vergeuden, den sie für Esstische brauchten –, und das Ambiente zeichnete sich durch sparsamen, kühlen Chic aus, der im Kontrast zu der opulenten Eingangshalle stand. Die Wände waren weiß gestrichen, geschmückt mit silbernen und bronzenen Abgüssen von Fischskeletten von Abigail Fallis, und die Sessel waren mit weichem türkisfarbenem Leinen bezogen.

»Wenn wir hier sitzen, bekommen wir mit, wenn jemand reinkommt.« Claire zeigte auf zwei Sessel, von denen aus man die Rezeption einsehen konnte. Angelica nahm ein Glas von ihr entgegen und setzte sich, unsicher, wie sie mit dieser neuen Situation umgehen sollte. Sie nippte an ihrem Wein. Sie trank nicht viel Alkohol, und wenn doch, dann bevorzugte sie süße

Alcopops. Sie schüttelte sich ein bisschen, als die scharfen Stachelbeeraromen ihre Geschmacksknospen irritierten.

»Also«, traute sie sich schließlich zu fragen. »Wer war das?«

Die Frage war ziemlich direkt. Aber sie glaubte nicht, dass Claire ihr viel anvertrauen würde. Sie war nicht der Typ, der über persönliche Dinge redete.

»Ein alter Freund«, antwortete Claire und trank einen großen Schluck von ihrem Sauvignon Blanc. »Mein erster richtiger Freund. Ich hatte ihn seit – ungefähr zwölf Jahren nicht gesehen.«

Sie wusste selbst nicht, warum sie so tat, als wüsste sie nicht ganz genau, wie lange es her war, dass sie Nick das letzte Mal gesehen hatte.

Elf Jahre und fünf Monate.

Das Telefon zerriss die Stille. Claire sah sich genervt um.

»Fünf Minuten Ruhe. Ist das zu viel verlangt?«

Angelica stand auf.

»Ich geh ran.«

Claire schaute ihr nach. Sie dürfte das eigentlich nicht tun. Es gab noch so vieles zu organisieren. Wenn sie sich schon am Mittag volllaufen ließ, würde ihr das nicht helfen, den Tag durchzustehen. Normalerweise war Pflichtbewusstsein ihr oberstes Gebot – was sie jetzt tat, passte überhaupt nicht zu ihr. Aber das war wohl der Schock, dachte sie, während sie das Glas an die Lippen hob und einen weiteren Schluck von dem köstlich kühlen Betäubungsmittel trank.

Elf Jahre, fünf Monate und siebenundzwanzig Tage.

Nick Barnes stand mitten in dem Zimmer, das man ihm im dritten Stock zugewiesen hatte. Er war viel zu benommen, um den Luxus um sich herum wahrzunehmen, den er normalerweise genossen hätte – die dicke Daunendecke, den modischen Sisalteppichboden, die iPod-Dockstation von Bose. Er ließ seine Tasche auf den Boden fallen und ging auf die Toilette, ohne im Bad den perlmuttfarbenen Fliesen und den Accessoires von Molton Brown Beachtung zu schenken.

Was für ein verfluchtes Timing. Es war das Allerschlimmste, was passieren konnte, die zufällige Begegnung, von der er so oft geträumt hatte. Was für eine Ironie des Schicksals, dass sein Traum ausgerechnet am Wochenende seines Junggesellenabschieds wahr wurde. Irgendjemand da oben lachte sich jetzt garantiert ins Fäustchen. Nicht dass Nick glaubte, dass es da oben jemanden gab. Diesen Glauben hatte er schon vor langer Zeit aufgegeben.

Er warf einen Blick auf seine Uhr. In ein paar Stunden würden seine Kumpels eintreffen. Er war allein hergefahren, weil er die Zeit hatte nutzen wollen, um einen klaren Kopf zu bekommen. Ohne zu ahnen, dass es mit der Klarheit Essig sein würde, sobald er das Hotel betrat. Er streifte seine Schuhe ab und ließ sich auf das Bett fallen, das dem Fenster am nächsten stand. Er schaute noch nicht einmal hinaus, um die fantastische Aussicht zu genießen. Obwohl es nicht kalt im Zimmer war, fröstelte er.

Er dachte an Sophie. Sie war jetzt unterwegs nach Brighton. Zusammen mit fünf oder sechs Freundinnen. Sie hatten sich in einem Hotel eingemietet, um am Wochenende ihrer Genusssucht zu frönen.

»Ich weiß, es ist ein langweiliges Kaff«, hatte sie zu ihm gesagt. »Aber es gibt nette Boutiquen, und ich hab ein ganz tolles Hotel entdeckt. Außerdem kommen wir da nicht auf allzu dumme Gedanken. Nur ein bisschen Cocktailtrinken und Tanzen und Shoppen und Wellness.«

Sophie. Die junge Frau, die am kommenden Sonntag mit ihm in der St. Mary's Church in Mimsbury vor den Altar treten würde, mit anschließendem Empfang im Haus seines Vaters. Sie waren sich einig gewesen, dass ein Festzelt am Flussufer auf dem Rasen hinter dem Haus der ideale Ort für den Hochzeitsempfang war, auch wenn es gegen die Tradition verstieß. Warum sollten sie einen Saal in einem protzigen Hotel mieten, wenn sie ein Idyll vor der Haustür hatten? Hundertvierzig Gäste, Canapés, ein Streichquartett, ein erlesenes Buffet – eine Tischordnung zu erstellen hatte ihnen beiden nur den Angstschweiß auf die Stirn getrieben – und anschließend Tanz bis in die Morgenstunden. Schon seit Monaten waren sie mit der Planung beschäftigt. Dieses Wochenende war für beide eine wohlverdiente Pause, die sie dringend brauchten. Nick hatte sich sehr darauf gefreut, mit seinen Freunden drei Tage lang abzuhängen, ein bisschen zu segeln, ein paar Bier zu trinken, zu quatschen und zu blödeln …

Wenn er auch nur einen Funken Verstand besaß, sagte er sich, während er die Hände unter dem Kopf verschränkte und sich ins Kopfkissen sinken ließ, dann würde er auf der Stelle abreisen. Die anderen anrufen, behaupten, er hätte sich eine Darmgrippe gefangen. Zu seinem Vater fahren, sich in die Arbeit stürzen oder den Rasen mähen und vergessen, dass Claire im ungünstigsten Augenblick wieder in sein Leben getreten war.

Er sprang auf und trat ans Fenster. Im Hafen schaukelten die Boote auf den Wellen und zerrten an ihren Ankern wie unruhige Wildpferde. Ein winziges Fährboot tuckerte übers Wasser und brachte Touristen zu einem Dorf, das sich auf der anderen Seite der Bucht wie das Spiegelbild von Pennfleet an den baumbewachsenen Hang duckte. Die Sonnenstrahlen verliehen dem Blau einen goldenen Schimmer. Eigentlich müsste er glücklich sein, voller Sehnsucht danach, aufs Wasser rauszukommen, die Seeluft einzuatmen, die Wärme zu genießen. Stattdessen war er wie gelähmt vor Angst.

Mach, dass du hier wegkommst, sagte er sich. Du hast nichts davon, wenn du hierbleibst. Es wird dir nur miserabel gehen. Und du wirst die Geister der Vergangenheit heraufbeschwören. Er fühlte in seiner Tasche nach den Autoschlüsseln, nahm sein Handy aus der Brusttasche und suchte Gus' Nummer im Adressbuch. Gus würde verstehen, dass es Probleme gab; er würde ihm keinen Stress machen. Die anderen würden sich eben allein amüsieren. Bloß weil der Bräutigam fehlte, hieß das nicht, dass sie sich kein nettes Wochenende machen konnten.

Nach kurzem Zögern wählte er die Nummer. Es klingelte mehrmals. Wahrscheinlich saß Gus gerade im Auto. Er würde ihm eine Nachricht auf die Mailbox sprechen müssen. Vielleicht wäre das überhaupt das Einfachste.

»Hallo Nick«, meldete sich sein Freund. »Alles klar?«

Nick antwortete nicht sofort. Er schaute an die Decke, als stünde dort geschrieben, was er sagen sollte.

»Hey, Kumpel?« Gus klang besorgt.

»Hallo Gus«, sagte Nick. »Ich wollte nur mal nachfragen, wann ihr ungefähr hier ankommt. Das Hotel ist spitze. Beeilt euch ein bisschen!«

Angelica legte auf und ging zurück in die Bar.

»Nur eine Tischreservierung für heute Abend«, sagte sie zu Claire und stellte überrascht fest, dass diese ihr Glas bereits ausgetrunken hatte. Noch mehr wunderte sie sich, als Claire nach der Flasche griff und ihr Glas noch einmal füllte.

»Keine Sorge«, sagte sie, als sie Angelicas Blick bemerkte. »Ich habe nicht vor, mir die Kante zu geben. Ich brauche nur ein bisschen Nervenfutter.« Sie füllte ihr Glas nur halb, hob die Flasche und sah Angelica fragend an, die jedoch den Kopf schüttelte.

»Eine von uns sollte lieber nüchtern bleiben«, sagte Angelica grinsend und setzte sich. Sie überlegte, wie sie das Gespräch wieder aufnehmen sollte. Vorausgesetzt, dass Claire noch Gesprächsbedarf hatte.

»Und? Hat der Typ dich sitzen lassen?«, fragte sie.

»So in etwa.«

»Mistkerl.« Von ihrer Mutter wusste Angelica, wie sehr Männer einer Frau wehtun konnten. Wie egoistisch, wie treulos sie sein konnten.

»Nein«, sagte Claire. »Es gab Gründe. Gute Gründe.«

»Ach ja? Hatte er vielleicht eine andere? So nach dem Motto *Es liegt nicht an dir, es liegt an mir?*« Angelica verdrehte die Augen. »Er sieht ja ganz sympathisch aus, aber letztlich sind sie doch alle gleich.«

Claire verkniff es sich, über Angelicas lebensüberdrüssige Weisheit zu grinsen. Es war eine Schande, dass sie mit ihren jungen Jahren schon so zynisch war. Wahrscheinlich war es eine Art Selbstschutz; der Schutzschild eines jungen Mädchens, das in seiner Familie nie emotionale Stabilität gekannt hatte. Claire wusste, dass Angelicas Mutter ständig andere Liebhaber hatte. Sie schaute auf ihre Uhr. Zwanzig vor zwölf. Schon bald würden die Mittagsgäste eintreffen. Unter der Woche boten sie nur ein Buffet an – Fred und Loz, zwei junge Burschen, die bei Luca ihre Ausbildung machten, waren gerade in der Küche mit den Vorbereitungen beschäftigt –, aber es war ein langes Wochenende, und die Sonne schien. Sie mussten damit rechnen, dass nicht nur Hotelgäste zum Mittagessen kamen.

Aber das Mittagessen war nicht das Problem, wie sich herausstellte.

»Ich hab etwas Schlimmes getan«, sagte sie zu Angelica.

»Das kann ich mir nicht vorstellen.«

Claire beugte sich vor.

»Damals dachte ich, es wäre das Richtige«, sagte sie eindringlich.

»Es war bestimmt das Richtige.« Angelica tätschelte ihr den Arm. Es fühlte sich seltsam an, Claire zu trösten. Sie hätte nie gedacht, dass Claire einmal Trost brauchen würde.

»Mist.« Claire lehnte sich zurück und schlug die Hände vors Gesicht. »Gott, es tut mir leid. Du musst mich für vollkommen verrückt halten.«

»Nein, das tue ich nicht.«

»Ich habe mir so oft vorgestellt, dass das passieren könnte, aber man glaubt einfach nicht, dass es wirklich dazu kommt …«

»Er schien sich aber über das Wiedersehen zu freuen.«

»Das ist ja das Problem.« Claire sah sich ängstlich um. »Ist Luca noch nicht auf?«

»Nein. Ich hab versucht, ihn zu wecken, aber es war zwecklos.«

»Gut.«

Eine Weile saßen sie schweigend da, Claire allein mit ihren Gedanken, Angelica allein mit ihrer Neugier. Schließlich sagte Claire: »Ich weiß nicht, wie ich mit der Situation umgehen soll. Aber ich werde es wohl irgendwie müssen.«

»Möchtest du darüber reden?«

»Ich weiß nicht. Ich habe noch nie mit jemandem darüber gesprochen. Nicht mal mit Luca.« Sie holte tief Luft. »Erst recht nicht mit Luca. Ich lebe schon so lange damit. Aber ich war damals erst neunzehn.« Sie sah Angelica gequält an. »Ich hatte von nichts eine Ahnung. Ich war mit dem schlimmsten vorstellbaren Geheimnis geschlagen und konnte mit niemandem darüber reden.« Sie sackte erschöpft in sich zusammen. »Irgendwann habe ich es natürlich jemandem erzählt, aber da war es zu spät.«

»Vielleicht war das, was du getan hast, gar nicht so schlimm, wie du glaubst. Das ist doch oft so. Je länger man es im Kopf herumwälzt, umso schlimmer kommt es einem vor, und am Ende hat man nur Schuldgefühle.« Angelica kannte das, sie hatte es in ihrem jungen Leben oft genug erlebt. Sie war zu dem Schluss gelangt, dass Schuldgefühle sinnlos waren, dass es, egal, wie schrecklich einem das vorkam, was man getan hatte, um einen herum immer Leute gab, die noch schlimmere Dinge taten. Diese Erkenntnis hatte ihr das Leben sehr erleichtert.

Claire sah sie nachdenklich an. »Ich versuche, nicht darüber nachzudenken. Es macht mich fertig, selbst heute noch.«

Angelica beugte sich vor. »Erzähl's mir«, sagte sie. »Ich werde dich nicht verurteilen. Ehrlich. Ich könnte dir Sachen aus meinem Leben erzählen, da würden sich dir die Haare sträuben.«

Claire nahm die Flasche und schenkte sich noch einen Schluck Wein nach.

»Gott, wenn ich so weitermache, stehe ich gleich volltrunken am Empfangstresen.«

»Mach dir keine Sorgen. Ich bin ja auch noch da. Ich kümmere mich um alles.«

Eine ganze Weile herrschte Stille, die nur durch das Ticken

der Wanduhr und das Kreischen der Möwen draußen unterbrochen wurde.

»Ich hatte nicht damit gerechnet, dass ich mich verlieben würde«, sagte Claire schließlich. »Und ich habe mich nicht nur in Nick verliebt, sondern in seine ganze Familie. In sein Leben. Sein Haus. Mit allem. Mit allen Barnes und allem, was dazugehörte …«

Fünf

Claire wartete gerade auf einen Zug, als sie die Brüder Barnes kennenlernte.

Ihre Eltern hatten sie am Bahnhof abgesetzt und waren dann in ihrem braunen Rover zum Atomic Weapons Establishment in Aldermaston gefahren, wo sie beide arbeiteten. Claire hatte nie so richtig gewusst, worin genau ihre Arbeit bestand. Das meiste war geheim, aber alles, was sie in ihrer Gegenwart besprachen, war bei Claire sicher aufgehoben, weil es sie sowieso nicht interessierte. Sie war nicht in die naturwissenschaftlichen Fußspuren ihrer Eltern getreten. Sie besuchte in Reading die Oberschule und hatte als Schwerpunktfächer Englische Literatur, Kunst und Wirtschaft gewählt. Auch wenn ihre Eltern es nie ausgesprochen hatten, so war sie sich doch ziemlich sicher, dass ihnen das nicht gefiel.

Claire war unterwegs zur Schule. Sie tauchten auf der anderen Seite der Gleise auf, als gerade die Schranken heruntergingen und das rote Warnlicht zu blinken begann. Claire sah, wie die drei einander erst verschwörerische Blicke zuwarfen und dann losrannten. Diese Idioten! Ausgelassen lachend rannten sie über die Gleise und sprangen auf den Bahnsteig. Claire sah zerzauste Haarschöpfe, Jeans und perfekte Zähne, während der Schnellzug nach London durch den Bahnhof raste.

Das Herz schlug ihr bis zum Hals. Die Mappe mit ihren Unterlagen wie einen Schutzschild an die Brust gedrückt, ging sie auf die drei zu.

»Habt ihr eine Ahnung, wie gefährlich so was ist?«, fragte sie.

Sie schauten sie höflich und zugleich verdattert an.

»Ich weiß, dass ihr das lustig findet, aber was wäre, wenn ihr überfahren würdet? Was glaubt ihr, wie der Lokführer sich dann fühlen würde?« Sie merkte selbst, wie sie vor Empörung immer lauter wurde.

»Hey, hör mal – wir rennen schon über die Schienen, seit wir …« Der größte der drei zeigte mit der Hand an, wie klein sie einmal gewesen waren.

»Das ist mir doch egal. Habt ihr schon mal gesehen, wie es aussieht, wenn einer von einem Zug überfahren wurde?«

Sie sahen einander an und schüttelten den Kopf.

»Also, ich schon, und es ist kein schöner Anblick.« Das war gelogen, aber sie wollte überzeugen.

»Das macht doch jeder«, sagte einer von ihnen.

Aus irgendeinem Grund kamen Claire die Tränen.

»Ihr seid komplette Idioten«, sagte sie. »Ihr denkt nur an euch selbst. Euch kommt es nur darauf an, ob irgendwas euch Spaß macht. Ihr hättet es glatt verdient, überfahren zu werden.«

Sie drehte sich auf dem Absatz um und ging. Hinter sich hörte sie die drei flüstern und lachen. Als sie eine Hand auf der Schulter spürte, fuhr sie wütend herum.

»Lass mich bloß in Frieden.«

»Hör zu. Du hast vollkommen recht. Unsere Mutter würde

ausrasten, wenn sie davon wüsste. Es ist so ziemlich das Einzige, was sie uns streng verboten hat.«

Claire schätzte, dass dies der mittlere der drei Brüder war. Vielleicht ein paar Jahre älter als sie. Auf jeden Fall alt genug, um zu wissen, was sich gehörte. Er trug verwaschene Jeans, ein gestreiftes Hemd unter einem weiten Pullover und Converse-Schuhe. Er hatte aschblondes Haar, das ihm in die Stirn fiel, und funkelnde Augen. Braune Augen mit langen Wimpern. Seelenvolle Augen, dachte sie, und merkte, dass sie hingerissen war.

Der Regionalzug fuhr ein, ein Witz im Vergleich zu dem Schnellzug, der gerade durchgerast war. Der junge Mann fasste sie am Ellbogen.

»Komm, wir fahren zusammen«, sagte er eindringlich. »Wir wollen dir beweisen, dass wir eigentlich gar keine Vollidioten sind.«

Es war das Letzte, was sie wollte. Am liebsten hätte sie sich so weit von den Brüdern weggesetzt wie möglich, sich die Kopfhörer eingestöpselt und über ihr Projekt nachgedacht. Aber sie konnte ihnen einfach nicht widerstehen. Sie nahmen sie beim Einsteigen zwischen sich, bugsierten sie auf einen Fensterplatz. Der, der sie angesprochen hatte, war Nick, der mittlere Bruder und neunzehn, genau wie sie vermutet hatte. Felix, der Älteste, war zweiundzwanzig, der siebzehnjährige Shrimp – Knirps – trug seinen Spitznamen, weil er fast zwei Meter groß war. Sie überschütteten sie mit Fragen. Wann sie nach Mimsbury gezogen sei? Und warum? Was sie dort mache? Wen sie kenne?

Sie lachte. »Was soll das werden? Die spanische Inquisition?«

»Die Inquisition von Mimsbury. Wir wollen alles über dich wissen.«

»Okay. Ich bin vor drei Wochen mit meinen Eltern hierhergezogen. Die arbeiten bei Aldermaston. Ich gehe auf die Oberschule. Und bisher kenne ich noch niemanden hier – aber ich habe gerade angefangen, im Mimsbury Arms zu kellnern.«

Die drei sahen einander an.

»Also«, sagte Nick, »dann solltest du am Samstag zu unserer Party kommen. Eigentlich geben unsere Eltern die Party, aber wir dürfen Freunde einladen.«

»Party?« Claire geriet innerlich in Panik. Sie glaubte sich vorstellen zu können, was für eine Art Party das sein würde. Junge Frauen in langen, glänzenden Taftkleidern. Männer im Smoking. Schon bei der Vorstellung wurde ihr ganz mulmig.

»Mach nicht so ein Gesicht!«, lachte Nick. »Das ist nichts Vornehmes. Zieh an, wozu du Lust hast – das machen alle so. Wir wohnen im Mill House.«

Er sagte das, als müsste sie genau wissen, welches Haus er meinte.

»Ich weiß noch nicht, was ich am Samstag mache. Wahrscheinlich muss ich arbeiten.«

»Dann komm halt hinterher.« Diese Typen waren es offenbar nicht gewöhnt, ein Nein als Antwort zu akzeptieren. »Nach elf geht die Party erst richtig los.«

Claire fand, dass es einfacher war nachzugeben, als weiter mit den dreien zu argumentieren. Wahrscheinlich würden sie die Einladung sowieso wieder vergessen, sobald sie außer Sichtweite war.

»Also gut, vielen Dank«, sagte sie. »Dann komme ich nach Feierabend.«

Natürlich hatte sie nicht die Absicht, zu der Party zu gehen. Die Brüder Barnes mochten vielleicht charmant sein, aber sie waren nicht ihr Fall. Sie hatte nichts mit ihnen gemeinsam.

Aber als sie in Newbury ausstiegen und sie ihnen nachschaute, wie sie den Bahnsteig entlanggingen, spürte sie ein Kribbeln im Bauch. Und als Nick sich umdrehte und ihr lächelnd zum Abschied zuwinkte, wurde ihr ganz warm ums Herz.

»Bis Samstag!«, rief er.

Er war nicht ihr Typ. Er kam aus vornehmem Hause, er war privilegiert, gebildet, reich …

Nett, lustig, nachdenklich.

Sexy.

Es irritierte sie, dass das warme Gefühl weiter nach unten wanderte.

Der Samstag kam natürlich mit unverschämt herrlichem Wetter daher, ein perfekter englischer Sommertag. Phil, der Wirt des Mimsbury Arms, hatte Claire angerufen; der Pub würde brechend voll werden, er brauchte jeden, der mit anpacken konnte. Der Anruf kam ihr gerade recht. Er bewahrte sie vor der Entscheidung, ob sie zu der Party gehen sollte oder nicht.

Aber als sie sich am Nachmittag auf den Weg zur Arbeit machte, entschloss sie sich, den schönen Weg zu nehmen, indem sie hinter ihrem Haus das Feld überquerte und dann am Fluss entlang zum Pub ging. Sie redete sich ein, sie tue das nur, um ein bisschen Bewegung zu bekommen, aber eigentlich wusste sie, dass die Neugier sie dazu trieb. Sie wollte sich das Haus ansehen, in dem die Barnes' wohnten. Sie vermutete zwar, dass diese Leute in einer ganz anderen Welt lebten als sie, aber sie wollte es genau wissen.

Ihre Eltern hatten in Mimsbury ein ziemlich unscheinbares Haus gemietet, und Claire fragte sich manchmal, wie sie das eigentlich geschafft hatten in einem Dorf, das berühmt war für seine pittoresken Häuser, deren Fassaden größtenteils aus rötlichem Backstein und hübschen Kieselsteinen bestanden. Aber Mitte der Siebzigerjahre hatte der Stadtrat anscheinend vorübergehend die Bestimmungen gelockert und am Ortsrand den Bau einer kleinen Siedlung mit trostlosen grauen, anonymen Reihenhäusern genehmigt, die dem Geschmack von Claires Eltern vollkommen entsprachen. Sie hatten es fertiggebracht, sich das langweiligste Haus des Dorfs auszusuchen, mit metallenen Fensterrahmen und einem hässlichen, von einem blickdichten, fast zwei Meter hohen Holzzaun eingefassten Garten. Immerhin war das Haus besser als die Doppelhaushälfte, die sie an der Durchgangsstraße von Isleworth bewohnt hatten, auch wenn es dazu nicht viel brauchte.

Claire war eine Stadtpflanze. Von ihrem zwölften Lebensjahr an war sie ein Schlüsselkind gewesen, war jeden Tag mit dem Bus zur Schule und an Wochenenden mit dem Zug in der Gegend herumgefahren, hatte sich, wenn ihre Eltern mal wieder spät von der Arbeit kamen, in der Imbissbude um die Ecke etwas zu essen geholt. Seit dem Umzug aufs Land fühlte sie sich lustlos und träge. Es fiel ihr schwer, sich an all die frische Luft, die Sonne, die Stille und das Vogelgezwitscher zu gewöhnen. Sie vermisste das Dröhnen der Flugzeuge am Himmel. Und den hektischen Straßenverkehr. Sie war froh über den Job im Pub, er brachte ein bisschen Schwung in ihre endlos langen Wochenenden, die einfach nicht vorbeigehen wollten. An der Schule hatte sie zwar schon ein paar Leute kennengelernt, aber noch nicht gut genug, um sich mit ihnen zu verabreden. Im Grunde war sie ziemlich schüchtern und nicht erpicht auf Veränderungen, und der Kellnerjob war die perfekte Gelegenheit, die Leere auszufüllen, bis sie sich in ihrem neuen Leben eingerichtet hatte.

Die Begegnung mit den Brüdern Barnes hatte sie völlig überrumpelt. Ihr Instinkt hatte ihr geraten, die Beine unter die Arme zu nehmen und vor diesen reichen Schnöseln davonzulaufen, aber angesichts ihrer Freundlichkeit waren ihre Vorbehalte zerbröselt. Und so machte sie sich nun ein bisschen vor der Zeit auf den Weg zur Arbeit und nahm einen Umweg, weil sie nicht widerstehen konnte sich anzusehen, wo die drei wohnten. Es war ein lauer Abend, das hohe Gras schlug ihr gegen die nackten Beine, als sie das Feld überquerte. Sie ging vorbei an schlafenden Katzen und herrlich duftenden Blumenampeln – in Mimsbury wurde man zweifellos nach seinen gärtnerischen Fähigkeiten beurteilt. Nur hin und wieder fuhr ein Auto durch die Straßen – im Schritttempo. In Isleworth war samstags um diese Zeit die Hölle los – wummernde Bässe und lautes Gehupe, die Luft erfüllt von Abgasen und dem Gestank nach Frittierfett aus den Imbissbuden, die sich auf den Ansturm der Kunden vorbereiteten. Als sie nach links abbog und die Straße nahm, die hinterm Bahnhof vorbei und dann am Fluss entlangführte, empfand sie ein erwartungsvolles Kribbeln im Bauch. Sie hatte zu Hause auf dem Stadtplan nachgesehen, den ihre Eltern gekauft hatten, und wusste, dass das Mill House hinter der nächsten Biegung lag.

Nichts hätte sie auf das Märchenschloss vorbereiten können, das sie vor sich sah, als sie um die Ecke bog. Das Mill House war aus Fachwerk und Backsteinen errichtet, die mit der Zeit einen warmen korallengelben Farbton angenommen hatten. Mit seiner Vielzahl an Mansardendächern und den ausgebleichten Eichenbalken erhob es sich auf der anderen Seite des sprudelnden Flusses Pease, über den eine hölzerne Brücke führte, die das Märchenland mit der realen Welt verband. Neben der Villa stand die Mühle, deren Flügel sich beharrlich drehten, und dahinter erstreckte sich eine weitläufige Rasenfläche mit vereinzelten Trauerweiden. Vor dem Haus standen ein silberner Range Rover, ein sportlicher Golf und ein kleiner Lieferwagen mit einem geschmackvollen Firmenlogo: »Melchior Barnes – Weinhändler«.

Claire stockte der Atem. Kaum zu glauben, dass dieses Traumschloss von normalen Sterblichen bewohnt wurde. Dass das Haus nicht perfekt restauriert war, wie man es von Mimsburys Prachtstück hätte erwarten können, verlieh ihm einen eher noch zusätzlichen Charme. Man spürte sofort, dass hier eine große Familie lebte, und das damit einhergehende Chaos war nicht zu übersehen. Aus den offenen Fenstern wehten Küchendüfte und Gelächter und Musik: Offenbar waren die Partyvorbereitungen in vollem Gange. Im Garten kämpfte ein Mann mit einem grünen Faltpavillon, den er aufzustellen versuchte. Wahrscheinlich der Vater der drei Brüder. Selbst aus der Entfernung wirkte er zu vornehm, zu kultiviert, um zum Dienstpersonal zu gehören.

Sie kam sich vor wie eine kleine Göre aus einem Roman von Charles Dickens, die ihre Nase am Fenster einer besseren Welt platt drückte. Ehe irgendjemand sie beim Spähen erwischen konnte, verdrückte sie sich hastig. Sie fragte sich, warum in aller Welt sie sich das antat. Sicher, die drei jungen Männer hatten sie zu einer Party eingeladen, aber keine zehn Pferde würden sie hierherbringen, und sie würde den Brüdern garantiert nicht fehlen. Sie machte sich nur selbst lange Zähne.

Sie beeilte sich, so weit wie möglich vom Mill House wegzukommen. Über die Hauptstraße ging sie in Richtung Dorfzentrum. Ihre Schuhe waren völlig eingestaubt, und sie schwitzte in der Wärme der Abendsonne. In der Küche des Pubs würde es heiß sein. Und heute würde es voll werden. Die Leute würden sich im Garten drängen, um bei einem kühlen Bier die letzten Sonnenstrahlen zu genießen. Na ja, zumindest würde sie zu beschäftigt sein, um ihren Gedanken nachzuhängen.

Endlich kam das Mimsbury Arms in Sicht, ein hübsches, cremefarbenes Haus am Ende der Straße. Sie trat ein und begrüßte Mel, die Frau des Wirts, überschwänglicher als üblich. Mit Mel verstand sie sich gut. Sie war bodenständig, eine Wirtsfrau, wie sie im Buche stand, in Mimsbury geboren und aufgewachsen. Sie hatte keine Allüren, stellte für Claire keine Bedrohung dar.

Während sie Flaschen in die Regale stellten und den Kühlschrank auffüllten, fragte sie Mel so beiläufig wie möglich nach Nick und seinen Brüdern.

»Die berüchtigten Barnes-Brüder?« Mels Augen weiteten sich. »Wo hast du die denn kennengelernt?«

Anscheinend wunderte sie sich darüber, dass Claire mit den Brüdern in Kontakt gekommen war.

»Am Bahnhof. Ich habe ihnen die Leviten gelesen, weil sie bei heruntergelassener Schranke über die Schienen gerannt sind.«

Mel grinste. »Und wie haben sie darauf reagiert?«

»Ehrlich gesagt kam ich mir ein bisschen vor wie ein Kindermädchen, als ich so mit ihnen geschimpft habe. Aber hinterher wollten sie mich gar nicht mehr weglassen.«

Mel nickte wissend. »Das sind nette Jungs, alle drei. Nur manchmal sind sie ein bisschen übermütig. Als ihre Mutter krank war, sind sie total über die Stränge geschlagen, aber irgendwann haben sie sich wieder beruhigt. Vielleicht sind sie einfach erwachsen geworden.«

»Was war denn mit der Mutter?«

»Krebs. Es war furchtbar.« Mel begann, die Gläser aus der Spülmaschine zu räumen. »Sie waren oft hier, wenn Isobel im Krankenhaus war«, fuhr sie fort. »Ihr Vater, Gerald, ist zu nicht viel zu gebrauchen. Sehr charmant, aber er hatte keine Ahnung, wie er mit seinen Söhnen umgehen sollte. Er ist jeden Abend mit zum Essen hierhergekommen. Oder er hat sie mit fünfzig Pfund hergeschickt. Der Mann hat einfach mehr Geld als Verstand. Er hätte eine Haushälterin einstellen sollen.« Ihr Blick würde wehmütig. »Ich hätte das jedenfalls so gemacht.«

»Sie wohnen im Mill House, nicht wahr?«

Mel seufzte. »Würdest du nicht sonst was dafür geben, in so einem Haus wohnen zu dürfen? Es ist mein Traumhaus. Aber das kann ich vergessen. Keiner von denen würde mich eines Blickes würdigen.«

»Mich auch nicht.« Claire lachte verschwörerisch, und Mels Schweigen bestätigte ihren Verdacht. Die Brüder Barnes waren eine Nummer zu groß für sie. Während sie frische Geschirrtücher an den Tresen hängte, atmete sie erleichtert auf. Immerhin würde sie sich der unvermeidlichen Demütigung nicht aussetzen müssen.

Bis Viertel vor elf war sie fix und fertig. Ohne Verschnaufpause servierte sie frittierte Scampi, Steaks, Bier, Pies, Pommes frites und Schwarzwälder Kirschtorte. Der Pub war am Wochenende immer gut besucht, aber diesmal ging es besonders hoch her. Als um elf alle Gäste gegangen waren, sagte

Phil, sie solle sich am Tresen ein halbes Lager einschenken – aufs Haus. Eigentlich wollte Claire nur noch nach Hause, sich in die Badewanne legen und den Küchengeruch von Haut und Haaren waschen, aber es wäre unhöflich gewesen, Phils Angebot abzulehnen. Sie hatte sich gerade auf einen Barhocker gesetzt und um einen Schnitz Zitrone für ihr Bier gebeten, als jemand ihr auf die Schulter tippte.

Es war Nick. Er wirkte ein bisschen zerzaust. Der Kragen seines weißen Hemds war hochgeschlagen, die Manschetten waren aufgeknöpft, und er trug enge schwarze Jeans. Sie bekam einen trockenen Mund.

»Ich wusste, dass du nicht freiwillig kommen würdest«, sagte er grinsend. »Ich habe Anweisungen, dich mit auf die Party zu nehmen, und wenn ich dich an den Haaren hinzerren muss.«

Claire schüttelte den Kopf.

»Vergiss es. So wie ich ausseh, kann ich nicht mitkommen.« Sie zeigte auf die Polyesterbluse und den schwarzen Rock, ihre Kellnerinnenuniform.

Nick hielt triumphierend eine Tasche hoch.

»Wir haben geahnt, dass du das sagen würdest, und haben den Kleiderschrank unserer Mutter geplündert. Du hast ziemlich genau ihre Größe.«

Er zog ein Kleid aus der Tasche – ein rotes Seidenkleid, schlicht, aber wunderschön geschnitten.

»Ich muss mich duschen. Meine Haare …«

Sie zeigte in gespielter Verzweiflung auf ihre Frisur.

Er langte hinter sie, löste die Spange, die ihre Locken zusammenhielt, und zauste ihr das Haar, bis es ihr auf die Schultern fiel.

»Sieht super aus. Wo ist das Problem?«

Claire suchte fieberhaft nach einer anderen Ausrede.

»Ich hab mein Schminkzeug nicht dabei.«

Nick pfiff durch die Zähne, um Mels Aufmerksamkeit zu erregen.

»Hey, Mel, kannst du Claire ein bisschen Schminkzeug leihen?«

Mel kam näher und betrachtete die beiden neugierig. Das würde guten Stoff für den Dorftratsch abgeben. Sie grinste Claire an, während sie in der großen Handtasche kramte, die sie immer hinter dem Tresen aufbewahrte. Dann brachte sie ein prall gefülltes Täschchen zum Vorschein.

Einen Moment lang stand Claire stumm da, in der einen Hand das rote Kleid, in der anderen Mels Schminkutensilien. Ihr fiel einfach keine Ausrede mehr ein.

»Na los, mach schon«, sagte Nick. »Du kannst dich auf der Damentoilette umziehen. Ich gehe hier nicht ohne dich weg. Und komm nur ja nicht auf die Idee, aus dem Fenster zu klettern.«

Kurz darauf betrachtete Claire sich ratlos im Spiegel. Was in aller Welt konnte sie tun, um sich halbwegs präsentabel zu machen? Sie war nicht übertrieben eitel, aber jede Frau, die einer solchen Einladung folgte, würde sich von ihrer allerbesten Seite zeigen wollen.

Sie schminkte sich selten, sie mochte es nicht, Aufmerksamkeit auf sich zu ziehen. Sie hielt sich selbst für bestenfalls durchschnittlich und wäre überrascht gewesen, wenn sie entdeckt hätte, dass sie eine natürliche Schönheit besaß, die den Leuten erst nach und nach bewusst wurde. Erst wenn sie sie schon eine Weile kannten, merkten sie, dass Claire absolut umwerfend aussah. Sie hatte keine Ahnung von dem Phänomen, da niemand es ihr sagte. Vielmehr war sie sich selbst gegenüber extrem kritisch; sie empfand ihr Gesicht als unscheinbar und unternahm selten etwas, um ihr Aussehen zu verbessern. Sie hatte ein ovales Gesicht mit einer hohen Stirn und dichtes, dunkelbraunes Haar, das ihr über die Schultern fiel. Ihre Brauen wölbten sich über blaugrünen Augen mit dunkel umrandeter Iris. Sie hatte helle Haut mit reichlich Sommersprossen, und wenn sie lächelte, erinnerten ihre vollen, hellrosa Lippen an eine Katze. Sie war schlank, doch sie verbarg ihre Figur unter Jeans und weiten T-Shirts und einem alten Armee-Parka. Ihre ganze Ausstrahlung sagte: Schau mich nicht an!

Aber an diesem Abend meinte sie der Natur ein bisschen nachhelfen zu müssen. Und obwohl Mels Farben zu grell waren und gar nicht zu ihr passten, wühlte sie mit zitternden Fingern in dem Schminktäschchen herum und benutzte, was sie fand, eher nach dem Zufallsprinzip. Dann riss sie sich ihre Kellnerinnenuniform vom Leib und streifte das rote Kleid über, das Nick ihr gegeben hatte. Die Seide fühlte sich glatt und geschmeidig an, und als sie sich das Kleidungsstück über den Kopf zog, atmete sie das Parfüm ein, das Nicks Mutter anscheinend benutzt hatte, als sie es zum letzten Mal getragen hatte, irgendein betörender Blumenduft. Einen Moment lang kämpfte sie mit dem Reißverschluss, doch als sie ihn endlich zubekam, schmiegte das Kleid sich an ihren Körper wie eine zweite Haut.

Während sie ihre Sachen in die Tasche stopfte, in der Nick ihre Abendgarderobe mitgebracht hatte, wurde ihr plötzlich bewusst, dass sie keine passenden Schuhe hatte. Sie konnte unmöglich die Treter anziehen, die sie während der Arbeit trug, flach und schwarz mit dicken Sohlen. Gut, dann würde sie einfach barfuß gehen, sagte sie sich.

Sie ordnete ihr Haar, holte tief Luft, fasste sich ein Herz und schaute in den Spiegel. Das Kleid saß perfekt. Es war tief ausgeschnitten und reichte ihr bis knapp über die Knie. Es betonte ihre schmale Taille und ihren hübschen Busen. Ihr etwas zerzaustes Haar fiel ihr über die Schultern. Ihre Augen waren von Kajal eingerahmt, und ihre Wimpern waren getuscht. Mit dem Lippenstift hatte sie sich einen knallroten Schmollmund gezaubert. Sie spürte ein Kribbeln im Bauch. Deswegen warfen Leute sich in Schale. Weil es aufregend war, jemand anders zu sein. Sie lächelte ihr Spiegelbild an.

Barfuß ging sie in den Schankraum. Nick fiel die Klappe herunter, als er sie erblickte.

»Heiliger Strohsack«, stammelte er.

Hinter ihm reckte Mel beide Daumen hoch.

»Also los«, sagte Claire. »Gehen wir auf die Party.«

Weil sie barfuß war, gingen sie über den Grünstreifen am Flussufer entlang, denselben Weg, den sie gekommen war, aber sie erwähnte es nicht. Sie wollte Nick ihre Neugier nicht eingestehen, er würde sonst wer weiß was von ihr denken. Unterwegs erzählte Nick ihr von seiner Familie. Er und sein älterer Bruder Felix arbeiteten mit ihrem Vater zusammen im Familienbetrieb.

»Mein Vater ist Weinhändler. Er sagt, wir sollen den Betrieb mal erben, aber Felix ist nicht besonders interessiert, ehrlich gesagt. Er geht im Oktober nach Cambridge, um Jura zu studieren, er ist nämlich ein richtig kluger Kopf. Meine Eltern können sich das nicht erklären, weil sie beide keine großen Leuchten sind. Mein Vater sagt, er ist ein Säufer, der sein Hobby zum Beruf gemacht hat, und meine Mutter …«

Er überlegte. »Sie ist einfach meine Mutter. Sie wollte nie einen Beruf erlernen. Sie sagt, sie hat noch nie eine berufstätige Frau kennengelernt, die glücklich und zufrieden ist.«

»Ah, ziemlich – postfeministisch.«

Nick warf ihr einen Blick von der Seite zu, unsicher, ob sie ihn auf den Arm nahm.

»Wahrscheinlich hat sie recht«, fügte Claire hastig hinzu. »Ich weiß nicht, ob meine Mutter glücklich und zufrieden ist. Dabei bedeutet ihre Arbeit ihr alles.«

»Was macht sie denn?«

»Sie ist Wissenschaftlerin. Physikerin. Ich hab keine Ahnung, was genau sie tatsächlich macht. Auf jeden Fall habe ich weder von ihr noch von meinem Vater die Intelligenz geerbt. Ich glaube, ich bin für die beiden eine ziemliche Enttäuschung.«

»Wie traurig.«

Claire zuckte die Achseln. »Ich hab mich dran gewöhnt. Sie sind nicht gemein zu mir oder so.«

»Ah …«

»Aber sie – interessieren sich auch nicht besonders für mich.«

»Das ist grausam, Kinder zu haben und sich nicht für sie zu interessieren.« Er blieb stehen und schaute sie an. »Wie ist es möglich, dass jemand sich nicht für dich interessiert?«

Claire spürte, wie ihr Herz zu schmelzen begann, nur ein ganz kleines bisschen, wie ein Eis, das zu langsam gegessen wurde.

»Sie lieben mich natürlich. Aber mit Kunst oder Poesie oder Musik können sie einfach nichts anfangen. Mit den Dingen halt, die mir wichtig sind.«

Nick verzog das Gesicht. »Die sind ja echt …«

»Langweilig?« Claire lachte. »Die leben auf, wenn sie über Quantenphysik diskutieren.«

»Du auch?«

»Äh … Nein. Ich hab Physik abgewählt, sobald ich konnte. Davon waren sie natürlich nicht gerade begeistert, aber mein Vater meinte, man kann Mädchen zwar an die Wissenschaft heranführen, aber man kann sie nicht zum Denken zwingen.«

»Mannomann.« Nick verdrehte die Augen. »Dem stellst du mich lieber nicht vor.«

»Mach dir keine Sorgen. Sie lassen mich meinen Weg gehen. Hat auch was für sich.«

»Ja, aber es macht auch – ziemlich einsam. Du wirkst irgendwie einsam.«

Claire ärgerte sich. Ihr wurde auf einmal klar, dass sie ihr Leben negativer dargestellt hatte, als es in Wirklichkeit war.

»Das bin ich nicht. Ehrlich. Sie lieben mich. Und ich liebe sie auch.«

»Schön.«

»Und wenn ich den Eindruck mache, als wäre ich einsam, dann liegt das daran, dass ich alle meine Freunde zurücklassen musste. Hier kenne ich noch niemanden.«

Sie waren beim Haus angekommen. Alle Fenster waren erleuchtet, laute Musik drang bis auf die Straße. Claire blieb wie angewurzelt stehen. Plötzlich war sie schrecklich nervös.

Nick nahm ihre Hand.

»Komm, es ist in Ordnung. Nach der Party wirst du mehr Freunde haben, als du gebrauchen kannst.«

Claire hatte einen trockenen Mund. Das alles war eine ganz dumme Idee gewesen. Am liebsten hätte sie auf der Stelle kehrtgemacht, wäre barfuß nach Hause gelaufen, hätte sich aufs Sofa geworfen, ihren Eltern eine Tasse Tee gemacht, die Keksdose geplündert …

»Los, komm.«

Er spürte ihr Unbehagen, aber er ließ ihr keine Chance, die Flucht zu ergreifen. Sie nahm all ihren Mut zusammen, während sie zusammen über die Brücke gingen. Unter ihnen gurgelte der Fluss, dunkel und gefährlich. Sie hörte, wie das Mühlrad sich drehte, angetrieben vom strömenden Wasser. Nick öffnete die Haustür, führte sie durch eine Eingangshalle, die größer war als das Wohnzimmer bei ihr zu Hause, und dann in die Küche.

In der Küche herrschte totales Chaos. Hemmungsloses Chaos. Mindestens dreißig Leute standen dort und redeten, lachten und tranken. Eine junge Frau in einem kurzen schwarzen Glockenrock und hohen schwarzen Stiefeln tanzte zu spanischer Gitarrenmusik, die aus den Lautsprechern dröhnte, auf dem Tisch Flamenco und ließ dabei lasziv ihr langes Haar fliegen. Eine Frau mit Rubensfigur saß in einem riesigen Sessel und wiegte ein Baby, das glücklich mit den Beinchen strampelte und sich aus all dem Lärm nichts zu machen schien. Über dem Tisch hing ein Vogelkäfig mit einem orangefarbenen Kanarienvogel, der vor sich hin trällerte. Hohe Glastüren führten in den Garten, wo Lampions den Weg zum Flussufer beleuchteten. Auch auf der Terrasse wimmelte es von lachenden, tanzenden, trinkenden Leuten.

Und inmitten des ganzen Trubels stand die schönste Frau, die Claire je gesehen hatte. Zierlich, zerbrechlich, das weißblonde Haar anmutig kurz geschnitten. In einem eisblauen Kleid, die Unterarme voller klimpernder silberner Armreifen, ging sie von einem Gast zum anderen. Nick nahm Claire an der Hand und zog sie zu der Frau hinüber.

»Das ist meine Mutter«, sagte er, nahm im Vorbeigehen ein Glas Sekt von einem Tablett und reichte es ihr. »Mum, das ist Claire, von der ich dir erzählt habe. Claire, das ist Isobel.«

Die Frau drehte sich um und schaute Claire mit Augen an, die genauso eisblau waren wie ihr Kleid. Aber sie waren nicht kalt. Sie leuchteten wie das Funkeln der Sonne auf einem Fjord – klar und hell. Isobel streckte die Arme aus und zog Claire an sich. Claire war nicht an Körperkontakt gewöhnt. Ihre Eltern umarmten sie nie. Normalerweise würde sie angesichts solchen Überschwangs stocksteif werden, aber Isobel war so herzlich, dass Claire einfach dahinschmolz und den intensiven Veilchenduft einatmete. Es war derselbe Duft, den ihr rotes Kleid verströmte.

»Nick sagt, Sie haben den Jungs eine Standpauke gehalten, weil sie über die Schienen gerannt sind?« Ihre Stimme war überraschend tief für so ein zerbrechliches Wesen; sie erinnerte an Marianne Faithfull.

Claire spürte, wie sie errötete. Gehörte Isobel zu der Sorte überfürsorglicher Mütter, die Anstoß daran nahmen, wenn man ihre Sprösslinge kritisierte?

»Das ist gefährlich.«

»Allerdings. Und ich habe sie oft genug darauf hingewiesen. Gut gemacht.« In gespielter Verzweiflung warf sie einen Blick gen Himmel. »Man sollte meinen, dass sie nie erwachsen werden.«

Claire zweifelte nicht daran, dass Isobel ihre Söhne in Wirklichkeit einfach nur großartig fand. Und das waren sie auch. Man konnte sich ihrem Charme nicht entziehen. Der schlaksige Shrimp, der schmächtige Felix und der eher kräftige Nick – sie waren wie die drei Musketiere und zugleich ausgeprägte Individualisten. Sie hatte bereits durchschaut, dass die Rollen unter den dreien klar definiert waren: Felix war der Denker, Shrimp der Clown und Nick der Vermittler.

Plötzlich wurde ihr bewusst, dass Isobel sie noch immer anschaute, einen Arm um ihre Schultern gelegt.

»Nick hat gesagt, Sie sähen umwerfend aus.«

Claire zuckte zusammen. So etwas hatte noch nie jemand über sie gesagt.

»Und er hat vollkommen recht.« Isobel fuhr mit einem Finger über Claires Wange, wie um sich davon zu überzeugen, dass sie ein lebendes Wesen war, nickte anerkennend und wandte sich dann dem nächsten Gast zu. Es kamen immer mehr Leute, obwohl es schon fast Mitternacht war. Nick war verschwunden, hatte sich, nachdem er die beiden Frauen einander vorgestellt hatte, unter die Partygäste gemischt. Plötzlich verunsichert, sowohl durch Isobels Kompliment als auch durch die Erkenntnis, dass sie jetzt auf sich allein gestellt war und hier niemanden kannte, trank Claire einen gierigen Schluck von ihrem Sekt. Sie passte nicht in diese Gesellschaft. Ganz und gar nicht. Sie fragte sich, ob sie vielleicht eingeladen worden war als eine Art Partygag. Als Kuriosität, über die sich die anderen amüsieren konnten. Die Leute hier machten den Eindruck, als würden sie sich sehr schnell langweilen.

Vielleicht konnte sie sich einfach verdrücken. Niemand würde es bemerken, wenn sie aus der Haustür schlüpfte. Morgen früh konnte sie das Kleid einfach durch den Briefschlitz werfen …

Dann spürte sie plötzlich zwei Arme, die sich von hinten um ihre Taille schlangen, und warme Lippen, die ihren Nacken liebkosten, und die Welt um sie herum hörte auf zu existieren. Ohne sich umzudrehen wusste sie, dass es Nick war. Er verschränkte die Hände vor ihrem Bauch, und ein nie gekanntes Glücksgefühl durchströmte sie.

»Komm, lass uns tanzen«, flüsterte Nick.

Gerade lief »Livin' la Vida Loca« von Ricky Martin, und alle stürmten auf die Tanzfläche.

»Ich tanze nicht.«

»Quatsch. Jeder kann tanzen.«

»Ich hab nicht gesagt, dass ich es nicht kann.«

Aber er hatte sie schon an der Hand gepackt und zog sie durch die überfüllte Küche, ohne auf ihre Protestschreie zu achten, die nach und nach in Lachen übergingen, bis er eine Lücke gefunden hatte, und dann legte er einen Arm um ihre Taille und nahm ihre rechte Hand. Claire vergaß, dass sie sich beim Tanzen unbeholfen und tapsig fühlte, ließ sich auf seine Führung ein und fühlte sich wie eine Ballerina, die sich auf einer Schmuckschatulle drehte. Als Nächstes folgte »Smooth« von Santana, ein langsameres Stück, und Nick zog sie dicht an sich.

»Erzähl mir was von dir, das du noch nie jemandem verraten hast«, sagte er.

Sie legte den Kopf schief und überlegte.

»Ich liebe Spinnen«, sagte sie.

»Dann wird dir dieses Haus gefallen«, erwiderte er. »Hier gibt's überall Spinnen. Dicke, fette, haarige.«

»Meine Lieblingssorte.«

»Du bist echt 'ne Marke.«

»Und du?«, sagte sie. »Erzähl mir auch was von dir.«

Er sah sie an. Wieder spürte sie ein Kribbeln im Bauch.

»Ich glaube an die Liebe auf den ersten Blick.«

Sie schnappte nach Luft.

»Klar«, sagte sie. »Wer tut das nicht.«

»Bis Dienstag hab ich nicht daran geglaubt.« Seine Worte hingen zwischen ihnen im Raum. »Ich möchte dich küssen.«

Er hörte auf zu tanzen und schaute sie an. Überall um sie herum tanzende Menschen, Arme fuchtelten, Haare flogen, aber im Auge des Sturms war es still. Claire fragte sich flüchtig, ob er das immer so machte, ob er jedes Mal eine Unbekannte mitbrachte und sie in aller Öffentlichkeit küsste. Dann legte sie den Kopf in den Nacken, und als ihre Lippen sich trafen, schmolz sie glückselig dahin. Sie umschlangen einander noch fester, so als versuchte jeder, den anderen in sich hineinzuziehen.

Wenn sie geahnt hätte, dass es so einfach war, sich zu verlieben, hätte sie sich nie davor gefürchtet. Wenn sie geahnt hätte, dass es so wunderbar war, hätte sie nicht so lange damit gewartet. Andererseits wäre es mit einem anderen vielleicht nicht dasselbe gewesen … Woher sollte sie das wissen? Sie hatte ja keinen Vergleich.

Von der anderen Seite des Raums aus sah Isobel ihnen zu. Und lächelte. Dann wandte sie sich ab. Und wenn irgendjemand genauer hingeschaut hätte, hätte er gesehen, wie ein Ausdruck des Schmerzes über ihr Gesicht huschte, bevor sie sich ein Glas nahm und nach draußen ging.

Um zwei Uhr in jener Nacht musste Claire einsehen, dass Nick recht behalten hatte: Sie hatte mehr Freunde gewonnen, als sie gebrauchen konnte. Sie fühlte sich alles andere als eingeschüchtert, denn die Brüder Barnes und ihre Freunde waren außerordentlich nett und charmant. Sie gaben ihr das Gefühl, interessant zu sein. Sie gaben ihr das Gefühl, schön zu sein – viele Männer hatten sie zum Tanzen aufgefordert, und sie kam sich vor wie die Ballkönigin. Sie machten ihr

Komplimente, ohne zudringlich zu werden. Sie behandelten sie mit Respekt. Als sie mit Gerald, Nicks Vater, zu »Jumpin' Jack Flash« tanzte, wurde ihr bewusst, dass sie sich noch nie so amüsiert hatte, dass sie sich noch nie so hatte gehen lassen. Sie hatte die Angehörigen der Oberschicht stets verachtet, denn sie hatte geglaubt, die hätten nichts Besseres zu tun als Steuern zu hinterziehen, darauf zu achten, dass man beim Essen das richtige Besteck verwendete, und wehrlose Tiere zu töten.

Als der Song endete, führte Gerald sie wie der vollendete Gentleman von der Tanzfläche und reichte ihr zum Abkühlen noch ein Glas Sekt. Inzwischen war ihr ganz schwummerig von all dem Alkohol, den sie getrunken hatte, und sie stützte sich ab, um ihr Gleichgewicht zu halten.

»Hey.« Plötzlich war Nick da und schaute sie besorgt an. »Komm. Ich bring dich ins Bett. Du siehst ja total fertig aus.«

Es beunruhigte sie ein bisschen, als er sie aus der Küche, durch die Eingangshalle und die geschwungene Treppe hochführte. Was hatte er vor? Ging er selbstverständlich davon aus, dass sie hier übernachten würde? Würde sie sich seiner erwehren müssen? Hatte sie sich etwa, indem sie seine Einladung angenommen hatte, auf irgendeine unausgesprochene Abmachung eingelassen? *Droit de seigneur* – davon hatte sie in der Schule im Geschichtsunterricht gehört …

Sie wappnete sich, als sie auf eine geschlossene Tür zugingen, aber als Nick die Hand auf die Klinke legte, drehte er sich um und lächelte sie so hinreißend an, dass ihr das Herz aufging und ihr plötzlich vollkommen egal war, was passierte. Sie vertraute ihm. In seinen Händen fühlte sie sich vollkommen sicher.

Sie folgte ihm in das Zimmer. Es war ein Dachzimmer,

lang und niedrig, mit Erkerfenstern, Holzdielen und Einbauschränken am hinteren Ende, sodass es an eine Schiffskabine erinnerte. Gemütlich. Und es war eine seltsame Mischung aus Jungen- und Männerzimmer: Ralph-Lauren-Klamotten fanden sich genauso wie Comic-Hefte, alte Schulfotos waren neben Postern von Kylie Minogue und Elizabeth Hurley an die Wand gepinnt. Auf der Kommode stand eine ganze Batterie teurer Aftershaves, Deodorants und Haargel. In einem Sessel saß ein alter Teddybär, der seine Umgebung mit ernstem Blick betrachtete. Und es gab stapelweise CDs, zum Teil untergebracht in alten Weinkisten, die neben einer hervorragenden Musikanlage als Regal dienten. An einer riesigen Korkpinnwand hingen Einladungen, Ansichtskarten, Konzertkarten und alberne Schnappschüsse von Nick und seinen Kumpels – eine Collage eines Lebens, das ihr total fremd war, wie ihr bewusst wurde, als sie die förmlichen, auf Büttenpapier gedruckten Geburtstagseinladungen und die an den Hängen von Val d'Isère aufgenommenen Familienfotos betrachtete. Sie war noch nie auf einer Party gewesen, wo Abendgarderobe verlangt wurde, und sie war noch nie Ski gelaufen und würde es wohl auch nie tun. Für Nick dagegen war all das so selbstverständlich wie das Atmen. Einen Moment lang wünschte sie, sie hätte darauf bestanden, nach Hause zu gehen. Das war einfach zu viel. Das war nicht ihre Welt.

»Du kannst in meinem Bett schlafen«, sagte Nick gut gelaunt. »Mrs. B bezieht es jeden Freitag frisch, es ist also nur ein ganz kleines bisschen verschwitzt.«

Er schüttelte das Kopfkissen und das Federbett auf. Das Bettzeug war blau-weiß gestreift. Wahrscheinlich suchte Isobel das Bettzeug ihrer Söhne sorgfältig aus. Von ihrer eigenen

Mutter konnte sie sich nicht vorstellen, wie sie irgendetwas kaufte. Sie hatte keine Ahnung, wo all die Sachen bei ihr zu Hause herkamen. Ihre Mutter ging nie shoppen.

»Ich guck nicht hin«, sagte Nick und drehte sich um. »Ich hab noch ein Federbett und ein Kopfkissen im Schrank. Ich schlafe auf dem Fußboden.«

Als er sich, Federbett und Kopfkissen in den Armen umdrehte, stand Claire neben dem Bett. Das Mondlicht beschien ihren nackten Körper.

»Schlaf bei mir«, sagte sie. »Da kannst du mich wärmen.«

Und so gab sie sich zu den Klängen von »Nightswimming« von R. E. M. in dem schmalen Bett dem ersten Mann hin, in den sie sich verliebt hatte.

Dem ersten. Und dem letzten.

Claire bewegte sich in einer unbekannten Welt. Manchmal fragte sie sich, warum. Warum war sie auserwählt worden? Sie war so anders als die anderen jungen Frauen, mit denen die Barnes' verkehrten – die Tashes und Hatties und Millies. Nick hätte jede von ihnen haben können. Er besaß Charme, Geld, Ansehen, Selbstvertrauen, das große Haus – alles, was er brauchte, um eins dieser langhaarigen, langbeinigen Geschöpfe mit ihrem affektierten Akzent, ihrem Pony-Club-Selbstbewusstsein, ihrer Überzeugung, dass ihnen ein reicher Ehemann zustand, für sich zu gewinnen.

Vielleicht lag es ja auch gerade daran, dass sie diese Überzeugung nicht hatte. Nick winkte jedes Mal ab, wenn sie ihn fragte, was er an ihr fand, und erklärte ihr, seit er sie kenne, würde er die Welt mit neuen Augen sehen.

»Ich mag meine Freunde, aber das sind alles Idioten«, gestand er ihr einmal, als sie zusammen im Bett lagen. »Die machen sich über nichts und niemand Gedanken. Du schon. Du bringst mich zum Nachdenken.«

»Ach, ich bin also dein soziales Gewissen?« Claire war sich nicht sicher, ob sie das als Kompliment auffassen sollte.

»Es ist nicht das Einzige.« Nick fuhr mit einer Hand über ihren Oberschenkel und küsste ihre Schulter. »Zum Beispiel, dass du beim Vögeln so abgehst. Die anderen Weiber liegen einfach da, warten, bis sie es hinter sich haben, und denken an England.«

Claire spielte die Empörte, tat so, als wollte sie ihn abwehren, was ihr natürlich nicht gelang, und gab sich ihm schließlich lachend hin. Sie konnte nie genug bekommen. Seit der ersten Nacht waren sie wie an der Hüfte zusammengewachsene siamesische Zwillinge. Seelenfreunde klang ein bisschen zu klischeehaft, aber sie hatte tatsächlich das Gefühl, als bestünde zwischen ihnen eine Art Seelenverwandtschaft, obwohl sie so unterschiedlich waren. Sie wurde vom Mädchen zur Frau. Auf einmal hatte das Leben einen Sinn. Und eine Bedeutung.

Und zum Glück fanden die anderen Familienmitglieder sie sympathisch. Man gab ihr nicht das Gefühl, ein schwarzes Schaf zu sein, eine, die nicht gut genug war. Felix und Shrimp behandelten sie wie eine Schwester, die sie aufzogen, aber auch beschützten: Einer der beiden nahm sie immer im Auto mit, wenn Nick verhindert war, sie kochten ihr Tee und liehen ihr ihre dicken Pullover, wenn sie fror, und ihre Lieblings-CDs, die sie sich auf dem Weg zur Schule auf ihrem Walkman anhören konnte.

Und Gerald, der weibliche Gesellschaft liebte, war glücklich, noch eine Frau im Haus zu haben. Mit seinen dunklen, seelenvollen Augen und dem dunklen Haar und den grauen

Schläfen sah er aus wie ein lebenslustiger Don Juan, und er wurde dieser Rolle vollkommen gerecht. Er ließ keine Gelegenheit aus, mit Claire zu flirten, machte ihr die unverschämtesten Komplimente und hatte ständig einen Drink in der einen und eine Zigarette in der anderen Hand. Aber Claire hatte schnell raus, dass das alles nichts als harmlose Schäkerei war und dass er Isobel über alles liebte.

Als Claire ihm gestand, dass sie sich fast ihr Leben lang von Fastfood und Fertigprodukten ernährt hatte, machte Gerald es sich zur Aufgabe, ihre kulinarische Bildung zu übernehmen. Gutes Essen und guter Wein waren Geralds Lebenszweck, und er konnte nicht verstehen, warum das nicht allen Menschen so erging. Dankbar, eine wissbegierige Schülerin zu haben, überschüttete er sie mit seinen feinschmeckerischen Fachkenntnissen. Er servierte ihr in Kräutern eingelegte Oliven, saftige Sardellen und dunkle Schokolade aus Venezuela, weichen Vacherin und pikanten Dolcelatte. Er kochte für sie Linguine mit Krabben und Coq au Vin und backte irisches Sodabrot. Zu seiner großen Freude war Claire rundum begeistert, während die drei Brüder nur die Augen verdrehten. Sie waren mit Geralds Leidenschaft aufgewachsen und wussten, dass er wie ein kleines Kind für alles, was er ihnen vorsetzte, gelobt werden wollte. Claire jedoch genoss das alles in vollen Zügen.

Aber vor allem die Welt des Weins war für sie eine Offenbarung. Sie stellte fest – oder besser, Gerald stellte fest –, dass sie einen außergewöhnlich empfindsamen Gaumen besaß. Sein größtes Vergnügen bestand darin, eine Flasche Wein zu öffnen, sie probieren zu lassen und zu bitten, sich Notizen zu machen. Da sie nicht mit Wein aufgewachsen war, waren ihre Reaktionen ganz und gar spontan und unvoreingenommen. Sagte sie zum Beispiel »Knetmasse«, bog Gerald sich beglückt vor Lachen.

Der Familienbetrieb faszinierte sie. Melchior Barnes (es gab gar keinen Melchior, aber Gerald hatte der Name gefallen, als er die Firma fünfzehn Jahre zuvor gegründet hatte) war in einer am Kanal gelegenen Lagerhalle in Sandleford untergebracht, einer nahe gelegenen Kleinstadt, deren Stadtbild geprägt war von Antiquitätenläden, Feinschmeckergeschäften und Modeboutiquen. Sie belieferten Restaurants und Hotels und anspruchsvolle Privatkunden mit Wein. Und sie importierten feinste Zigarren aus Kuba. Gerald war der Vertriebsleiter, und er betrachtete es als seine Lebensaufgabe, sowohl alte als auch potenzielle neue Kunden zu beschwatzen, sie zu Weinproben einzuladen und zur Experimentierfreudigkeit in Bezug auf ihre Weinauswahl zu ermuntern. Felix und Nick waren für die organisatorischen Dinge zuständig – Einkauf, Bestellung, Lagerung, Lieferung.

»Aber was wir wirklich brauchen«, sagte Gerald eines Tages zu Claire, »ist jemand, der das Marketing übernimmt. Wir sollten als Sponsoren für Veranstaltungen auftreten, unseren Namen bekannt machen, auf Hochzeitsmessen präsent sein, einen Weinclub gründen …«

»Du meinst doch nicht etwa, ich soll das übernehmen?«, entgegnete sie.

»Warum denn nicht? Das wäre der perfekte Job für dich. Du bist kreativ, du bist fantasievoll. Du liebst Wein. Und du bist viel besser organisiert als wir alle.«

»Ich habe doch noch nicht mal die Oberschule abgeschlossen. Wie stellst du dir das vor?«

Gerald machte seine typische wegwerfende Handbewegung, mit der er alle Ängste in den Wind schlug.

»Im Juni machst du deinen Abschluss. Dann kannst du im Sommer anfangen.«

Irgendetwas in Claire mahnte sie zur Vorsicht. Es würde bedeuten, dass sie alles auf ein Pferd setzte. Schon jetzt war ihr Leben so sehr mit der Familie Barnes verwoben. Sie fühlte sich ein bisschen überfahren.

»Ihr würdet doch eher jemanden mit Erfahrung brauchen, oder?«

Gerald tat ihren Einwand ab.

»Ich bilde dich aus. Das kann doch nicht so schwer sein. Du bist klug. Du weißt, um was es uns geht. Das lernst du mit der Zeit.«

Claire sah ihn skeptisch an.

»Kann ich noch ein bisschen darüber nachdenken?«

»Selbstverständlich. Ich will dich zu nichts nötigen.«

Aber das war eigentlich das Problem mit den Barnes'. Sie nötigten einen ständig zu irgendetwas, und zwar ohne dass man es merkte. Man ließ sich von ihrer Begeisterung mitreißen, von ihrer ansteckenden *joie de vivre,* und ehe man sich versah, hatten sie einen genau da, wo sie einen haben wollten.

Isobel war genauso. Claire wusste, dass Mütter von Freunden intrigant und eifersüchtig und manipulativ sein konnten, aber nichts davon traf auf Isobel zu. Sie hatte Claire mit offenen Armen im Schoß der Familie aufgenommen und war für sie zu einer Mischung aus Schwester, bester Freundin und Mutter geworden. Und fast unmerklich und mit großem Taktgefühl hatte sie Claires Verwandlung von der unscheinbaren Schülerin zur Rassefrau gesteuert. Sie hatte sie ermutigt, ihren eigenen Stil zu finden, hatte sie in Boutiquen begleitet, die sie allein nie zu betreten gewagt hätte, hatte sie dazu ermuntert, viel wagemutiger zu sein, als sie es gewohnt war.

»Natürlich kannst du so ein kurzes Kleid tragen. Du bist siebzehn und hast wunderschöne Beine.«

»Nimm das Kleid in Pink. Grau ist langweilig. In Pink siehst du umwerfend aus.«

»Nimm gleich zwei davon. Wenn dir das T-Shirt gefällt, nimm zwei.«

Natürlich erleichterte es die Entscheidung, dass Isobel häufig bezahlte. Nicht dass Claire darauf spekuliert hätte – schließlich hatte sie eigenes Geld von ihrem Job in dem Pub –, aber Isobel war fast beschämend großzügig, und wenn sie Claire etwas spendierte, schien ihr das ebenso viel Freude zu bereiten, als hätte sie es sich selbst gekauft. Bisher hatte Claire nur Jeans getragen, aber in Isobels Welt trug man Jeans bei der Gartenarbeit. Nicht dass sie sich übertrieben herausputzte, aber sie liebte schöne Kleider und hübsche Accessoires, und sie hatte es sich in den Kopf gesetzt, Claire die Freude an den schönen Dingen des Lebens nahezubringen. Und Claire genoss es, ihre feminine Seite zu entdecken. Die Schönheit mochte oberflächlich sein, aber es tat einfach gut, mit Komplimenten überhäuft zu werden, wenn man ein Zimmer betrat.

So musste es sich anfühlen, wenn man eine richtige Mutter hatte, dachte Claire. Sie zweifelte nicht daran, dass ihre Mutter sie liebte, natürlich liebte sie ihre Tochter, aber sie zeigte nie wirkliches Interesse an ihr oder nahm sich viel Zeit für sie. Wenn Claire zu Hause war, fühlte sie sich wie irgendein Mitglied des Haushalts, eine unabhängige Person, die nach Belieben kam und ging. Normalerweise war der Kühlschrank gefüllt, aber ihre Mahlzeiten kamen gewöhnlich aus einer Packung oder einer Konservendose oder aus dem Tiefkühlschrank. Claire versuchte, ein paar von den Gerichten zu kochen, die sie von Gerald gelernt hatte, aber ihre Eltern zeigten sich stets auf höfliche Weise desinteressiert. Von Begeisterung keine Spur. So verbrachte sie immer weniger Zeit zu Hause, und manchmal hatte sie sogar das Gefühl, dass ihre Eltern erleichtert waren, sie los zu sein.

Isobel bestand darauf, ihre Eltern zum Abendessen einzuladen, und Claire war keine Möglichkeit eingefallen, wie sie darum herumkommen sollte, ohne unhöflich zu werden. Es war fast unerträglich mitzuerleben, wie ihre unscheinbaren, passiven Eltern sich bemühten, mit den ausgelassenen Barnes zu plaudern, die sie mit Fragen bombardierten: ob sie vorhätten, zu dem Open-Air-Konzert in Highclere Castle zu gehen (nein), wohin sie dieses Jahr in Urlaub fahren würden (nirgendwohin), und ob sie auch am Tag der offenen Gärten im August teilnehmen wollten (auf keinen Fall). Claire schämte sich für die formlose blaue Strickjacke und die ausgebeulte Hose ihrer Mutter und für die billigen Turnschuhe ihres Vaters. Isobel und Gerald legten sich tapfer ins Zeug, kredenzten ihnen köstliche Speisen und erlesenen Wein. Was Claires Eltern überhaupt nicht zu schätzen wussten. Der Meursault kostete dreißig Pfund die Flasche, aber ihre Eltern hätten keinen Unterschied gemerkt, wenn man ihnen irgendeinen billigen Wein aus dem Supermarkt vorgesetzt hätte. Einen Moment lang verachtete Claire sie für ihre Verschrobenheit und Unbeholfenheit, nur um sich im nächsten Moment für ihre negativen Gefühle selbst zu verachten. Sie waren schließlich ihre Eltern, sie waren nie lieblos gewesen, und es war nicht ihre Schuld, dass sie nicht so waren wie Isobel und Gerald.

Claire wusste, dass sie selbst sich verändert hatte, und sie fragte sich, ob ihre Eltern das wohl bemerkt hatten. Sie wurde wahrgenommen. Sie fühlte sich lebendig und sprühte vor Energie, nachdem sie sich ihr Leben lang darum bemüht hatte, möglichst unauffällig zu bleiben. Und mit der Veränderung kam das Selbstvertrauen. Plötzlich war sie jemand. Und falls sie fürchtete, ohne die Familie Barnes wieder ein Niemand zu sein, so sprach sie es zumindest nie aus.

Noch bevor sie alle Abschlussprüfungen absolviert hatte, stand Claires Entschluss fest, bei Melchior Barnes zu arbeiten. Es gab keine Alternative, die ihr ein Leben in Aussicht stellte, das auch nur annähernd so anspruchsvoll und aufregend zu sein versprach. Und so wurde vereinbart, dass sie nach ihren Prüfungen die Stelle als Marketingchefin übernehmen sollte. Ihre Zukunft war gesichert. Und später würden sie und Nick heiraten. Sie hatten sich sogar schon, an einem faulen Nachmittag, die Namen für ihre Kinder ausgesucht. Ihre Tochter sollte Tabitha heißen und ihre Sohn Archie.

Aber das Schicksal hatte etwas anderes für sie alle vorgesehen.

Eines Nachmittags kam Claire früher als geplant aus der Schule. Nick würde noch nicht da sein, aber sie fühlte sich mittlerweile im Mill House wie zu Hause. Sie würde sich eine Tasse Tee machen, sich eine Weile mit einem Buch in den Garten setzen und dann nach oben in sein Zimmer gehen und auf ihn warten.

Isobel saß am Küchentisch. Als Claire eintrat, blickte sie auf, ohne zu lächeln. Claire blieb wie angewurzelt stehen. Isobel lächelte sonst immer.

»Was ist los?«, fragte sie ängstlich.

Isobel antwortete nicht. Sie war auf unheimliche Weise

still, die Lippen zusammengepresst, und Claire sah, dass ihr Kinn zitterte. Sie machte einen Schritt auf sie zu. Was auch immer passiert war, es war kein Unfall, und es hatte auch nichts mit einem Familienmitglied zu tun. Es war etwas Persönliches.

»Isobel?« Sie beugte sich hinunter und legte ihr einen Arm um die Schultern. Isobel fühlte sich zerbrechlich an, unter der Kaschmirjacke waren ihre Knochen deutlich zu spüren. Sie seufzte und lehnte sich mit dem Kopf gegen Claire. Sie wirkte vollkommen erschöpft.

»Ich habe den Kampf verloren«, sagte sie. »Ich konnte das verdammte Biest einfach nicht besiegen.«

Claire runzelte die Stirn. Isobel fluchte fast nie. Sie setzte sich neben sie, nahm ihre Hände und rieb ihre Handrücken mit den Daumen in der Hoffnung, ein bisschen Trost spenden zu können.

»Welches Biest?«, fragte sie. »Was meinst du?«

Isobel schaute sie an. Ihr Blick war durchdringend, das Blau noch intensiver von den ungeweinten Tränen.

»Aber du darfst den Jungs kein Wort davon sagen. Oder Gerald. Ich vertraue dir, Claire. Sie werden es nicht verkraften. Schon beim letzten Mal haben sie es nicht verkraftet. Ich kann ihnen das nicht noch einmal zumuten. Das ist mein Kampf …«

»Natürlich werde ich ihnen nichts sagen.« Claire hatte das Gefühl, als würden sich am Horizont dunkle Wolken zusammenbrauen. Gefährliche dunkle Wolken, die sie alle ins Elend stürzen würden.

»Ich weiß nicht, ob Nick mit dir darüber gesprochen hat … Ich hatte vor vier Jahren Krebs.«

Claire zog die Brauen zusammen.

»Ja, er hat es erwähnt. Aber er hat mir nichts Genaues erzählt.«

»Hm. Das waren schlimme Zeiten. Und keiner von uns ist besonders klug damit umgegangen. Ich war krank, und Gerald war – am Boden zerstört. Und die Jungs sind total durchgedreht.« Isobel atmete tief ein, wie um sich zu fassen. »Ich wurde operiert und bekam die gefürchtete Chemotherapie, und es war grauenvoll. Ich wäre am liebsten einfach gestorben. Und ich glaube, sie dachten alle, ich würde sterben. Man hört so oft, dass Familien im Angesicht einer schlimmen Krankheit zusammenhalten und gemeinsam die schlimme Zeit tapfer durchstehen, aber unsere Familie wäre beinahe daran zerbrochen.« Sie legte die Hände auf den Tisch, wie um sich zu stützen. »Irgendwann war es vorbei, ich kam wieder nach Hause, aber es hat mindestens noch ein Jahr gedauert, bis ich wieder bei Kräften war.« Sie fuhr sich wehmütig durch ihr blondes Haar. »Ich hatte mal eine blonde Mähne, auf die Barbie neidisch gewesen wäre. Vielleicht wollte die Natur mir einfach zu verstehen geben, dass ich in die Jahre gekommen bin und keine Mähne mehr brauche.«

»Aber die kurzen Haare stehen dir sehr gut.«

Isobel verdrehte die Augen.

»Es geht nicht um die Haare.« Sie seufzte. Claire lief es eiskalt über den Rücken. Die dunklen Wolken kamen näher. »Schon seit einigen Monaten weiß ich, dass etwas nicht stimmt. Aber ich habe einfach den Kopf in den Sand gesteckt. Denn ich hätte nicht die Kraft, ein solches Drama wie beim letzten Mal noch einmal auszuhalten. Und die Jungs auch nicht. Und Gerald erst recht nicht.« Sie schaute Claire an. »Letzte Woche war ich beim Arzt. Er hat mich zur CT geschickt. Heute habe ich den Befund bekommen.«

Mehr brauchte sie nicht zu sagen.

»Ach Isobel …«

Sie wollte aufstehen und Isobel in die Arme nehmen, aber die hob abwehrend die Hände.

»Nein. Nicht. Ich würde nur in Tränen ausbrechen. Und gleich kommen die anderen alle nach Hause. Ich muss die Fassung bewahren.«

Sie ballte die Hände zu Fäusten, um die Schmerzen zu ertragen.

»Es tut mir leid. Ich hätte es dir nicht erzählen dürfen. Aber ich habe es eben erst erfahren. Und ich möchte, dass du mir hoch und heilig versprichst, kein Wort darüber verlauten zu lassen. Ich muss eine Möglichkeit finden, damit umzugehen, und ich möchte nicht, dass sie davon wissen. Sie sind alles, was ich habe, und ich möchte ihnen unnötiges Leid ersparen.«

»Aber sie werden es wissen wollen. Sie werden dir beistehen wollen. Das kannst du doch nicht mit dir allein ausmachen.«

Isobel sah sie durchdringend an.

»Doch, das kann ich. Genau dazu habe ich mich entschlossen. Und ich bitte dich, als eine Frau, die Nick liebt und die hoffentlich auch uns andere liebt, meine Verbündete zu sein. Und manchmal mein Alibi. Ich werde beides brauchen.«

Claire hatte einen Kloß im Hals. Sie hatte keine Ahnung, wie sie mit einer solchen Situation umgehen sollte. Ihr Leben war so langweilig gewesen, so normal, sie hatte noch nie irgendwelche Dramen oder Krisen erlebt. Sie liebte Isobel fast so sehr, wie sie Nick liebte. Isobel war ihr gegenüber so warmherzig, so großzügig, so liebevoll – sie behandelte sie beinahe, obwohl sie nie so etwas Abgedroschenes gesagt hatte, als wäre Claire die Tochter, die sie nie gehabt hatte. Claire war ihr also etwas schuldig.

»Natürlich helfe ich dir. Ich tue, was auch immer du willst. Und ich werde niemandem ein Wort sagen.« Sie hoffte, dass es ihr irgendwann gelingen würde, Isobel umzustimmen. Sie stand offenbar noch unter dem Schock der schlechten Nachricht. Mit der Zeit würde sie sicherlich einsehen, dass der Weg, für den sie sich entschieden hatte, nicht der richtige war.

»Danke.« Isobel nahm ihre Hände und drückte sie ganz fest. »Das ist mir sehr wichtig. Ich werde das durchstehen. Das ist allein mein Problem …«

»Aber sie werden doch bestimmt etwas merken.«

Isobel antwortete nicht. Sie wandte sich ab.

»Sie dürfen nichts merken. Das musst du mir versprechen«, sagte sie tonlos.

Ihre Worte klangen endgültig.

Claire schluckte.

»Also gut. Ich verspreche es …«

Die Ungeheuerlichkeit dessen, was sie da gerade versprochen hatte, raubte ihr den Atem. Wie in aller Welt sollte sie ihr Wort halten?

Sechs

Eine einzelne Träne lief Claire über die Wange. Sie hatte die Geschichte für Angelica knapp zusammengefasst, aber die Erinnerung war fast so schmerzhaft wie die tatsächlichen Ereignisse damals. Eigentlich hätte der Schmerz doch nachlassen müssen über die Jahre, oder? Sie wischte die Träne fort, bevor noch mehr kamen. Sie durfte jetzt nicht die Fassung verlieren, nicht in der Öffentlichkeit. Nicht vor Angelica, die sie entgeistert anschaute – was kein Wunder war. Claire hatte sich ihr gegenüber noch nie einen Moment der Schwäche erlaubt.

Bis jetzt. Claire, die die Last dessen, was ihr vor zwölf Jahren zugestoßen war, so lange mit sich herumgetragen hatte, stand kurz davor, die Fassung zu verlieren. Schuldgefühle, Reue, Wut, Trauer – alles drohte aus ihr herauszubrechen.

»Hey«, sagte Angelica sanft. »Es ist in Ordnung, Gefühle zu zeigen.«

Claire lehnte sich in ihrem Sessel zurück und schaute an die Decke.

»Ich weiß«, antwortete sie gepresst. »Es ist nur … Ich habe so lange nicht mehr an all das gedacht. Und als Nick plötzlich vor mir stand …«

Sie wurde unterbrochen, als laute Schritte auf der Treppe zu hören waren. Einen Augenblick später sprang Luca die letzten drei Stufen herunter und trabte durch die Empfangshalle, zielstrebig und ungeduldig wie ein Windhund, der Auslauf brauchte. Luca, der innerhalb von Sekunden von bewusstlos und träge auf hellwach und tatkräftig umschalten konnte, war bereit, den Tag in Angriff zu nehmen.

Schon stand er mit einem strahlenden Lächeln vor ihnen. Er trug ein langärmeliges T-Shirt und eine Cargohose, sein dichtes, dunkles Haar war noch nass vom Duschen. »Hallo Mädels. Alles klar?«, fragte er verwundert, während er sich mit einer Hand durch die nassen Locken fuhr und mit der anderen sein T-Shirt in den Hosenbund stopfte. Angelica schluckte beim Anblick seines braun gebrannten Bauchs.

»Alles klar«, log Claire nicht sehr überzeugend.

»Normalerweise kippst du dir um diese Zeit keinen Weißwein hinter die Binde.«

»Tut mir leid, das ist meine Schuld.« Angelica hatte schnell gemerkt, dass Claire eine ganz schlechte Lügnerin war und drauf und dran war, sich zu verraten. »Ich hatte Claire um einen Rat gebeten.«

»Ach so.«

»Nichts Schlimmes. Nur ein blöder Streit mit meinem Stiefvater. Immer dasselbe.« Angelica wusste, dass die wichtigste Regel des Lügens darin bestand, nicht zu sehr ins Detail zu gehen.

Luca wandte sich an Claire. Angelicas Privatleben interessierte ihn nicht die Bohne.

»Wissen wir, um wie viel Uhr Trevor und Monique ankommen?«

»Nicht vor heute Abend, glaube ich. Ich habe sie fürs Abendessen eingetragen.«

»Ich weiß. Wir essen mit ihnen zusammen.«

»Ach ja?«

»Um halb neun.«

Claire seufzte. »Das ist wirklich nicht das ideale Wochenende für ein Geschäftsessen.«

»Pech«, entgegnete Luca knapp. »Du kennst ja Trevor. Er ist der Geldgeber. Wenn er übers Geschäft reden will, lassen wir alles andere stehen und liegen.«

»Und was ist mit unseren anderen Gästen? Wir sind bis auf ein Zimmer ausgebucht.«

»Das kriegen wir schon hin. Die Jungs in der Küche wissen, dass sie voll reinhauen müssen, falls ich vorübergehend ausfalle. Wir haben genug Leute.«

»Ich kann Überstunden machen«, erbot sich Angelica.

»Danke, Angelica, du bist ein Schatz.« Angelica wusste, dass Claires Lächeln mehr ausdrückte als Dankbarkeit für ihren Einsatzwillen. Sie hatte ihre Chefin gerade aus einer Zwangslage gerettet.

Doch anscheinend hatte sie sich zu früh gefreut. Hinter Luca sah Angelica Nick die Treppe herunterkommen. Claire hatte ihn ebenfalls gesehen und sprang mit einem übertrieben freundlichen Lächeln auf.

»Hallo Nick«, sagte sie mit vor Anspannung viel zu hoher Stimme. »Ich möchte dir Luca vorstellen. Er wird morgen euer großes Abendessen zubereiten. Luca, das ist Nick. Der Bräutigam. Unglaublich, wie der Zufall manchmal spielt. Er ist ein alter Freund von mir. Wir kennen uns schon seit Ewigkeiten.«

»Aha«, sagte Luca trocken. Er lächelte, aber das Lächeln

erreichte seine Augen nicht. Dann, als wäre ihm das gerade erst eingefallen, streckte er die Hand aus. Nick, die Höflichkeit in Person, schüttelte sie.

»Ein großartiges Haus, das ihr hier habt.«

»Ja«, sagte Luca. »Kann man wohl sagen.«

Sein Blick huschte zu der leeren Flasche, dann zu Claire, dann zu Nick.

Er weiß Bescheid, dachte Angelica. *Er weiß ganz genau, dass der Typ eine Gefahr darstellt.* Das war purer Instinkt, vermutete sie. Wahrscheinlich würde er gleich das Bein heben und alle Möbel anpinkeln.

Nick spürte die allgemeine Verlegenheit und lächelte in die Runde. Angelica meinte zu sehen, wie Claire kaum merklich mit dem Kopf schüttelte, die Augen geweitet, als würde sie ihn anflehen, nichts zu verraten.

»Ich dachte, ich seh mir mal den Ort an, bevor die anderen eintrudeln«, sagte er dann. »Die sind erst vor Kurzem in London losgefahren und werden noch nicht so bald hier sein.«

Claire nickte. »Gute Idee. Wir kümmern uns um sie, wenn sie ankommen, keine Sorge.« Sie räusperte sich. »Im Feinkostladen gibt's übrigens leckere Pasteten.«

Luca grinste. Angelica schlug das Herz bis zum Hals. Nick stopfte die Hände in die Jackentaschen.

»Also dann bis später.«

Als er zur Tür ging, folgten ihm drei Augenpaare, aber niemand sagte ein Wort.

»Tja, die Arbeit läuft uns leider nicht weg«, sagte Claire schließlich.

Luca hob eine Braue.

»Wo du recht hast, hast du recht.«

Angelica sammelte sie leeren Gläser und die inzwischen leere Flasche ein.

»Die war nur halb voll«, sagte Claire zu Luca.

»Du brauchst dich nicht zu erklären. Es ist wichtig, ein gutes Verhältnis zu den Angestellten zu pflegen.« Er wandte sich an Angelica. »Sag Bescheid, wenn du ein paar freie Tage brauchst, um dein Trauma zu verarbeiten.« Seine Worte trieften vor Sarkasmus.

Luca verschwand in Richtung Küche. Claire konnte Angelica nicht in die Augen sehen. Sie hatte ihr zu viel erzählt. Der Schock und der Wein hatten ihr die Zunge gelöst.

»Mist«, murmelte sie.

»Was willst du jetzt machen?«, fragte Angelica, die am liebsten noch mehr gehört hätte.

»Ruhe bewahren und weitermachen«, sagte Claire. »Was bleibt mir anderes übrig?«

Dann ging sie zur Rezeption, ohne sich noch einmal umzudrehen.

Im Gegensatz zu allen anderen war Luca in der Küche immer entspannt. Er hatte sie genau nach seinen Wünschen und Bedürfnissen eingerichtet. Er kannte jeden Schalter, jedes Gerät, jede Flamme. Er hätte mit verbundenen Augen ein mehrgängiges Menü kochen können. Er liebte jeden Quadratzentimeter dieser Perfektion aus rostfreiem Stahl. Seine Messer waren mörderisch scharf, seine Pfannen schwer und massiv. Seine Kühlschränke hatten die optimale Temperatur. Seine Privatsammlung an Werkzeugen war in einer großen Schublade untergebracht, und wehe demjenigen, der sich auch nur einen Messlöffel auslieh. Seine Regeln waren Gesetz. Wer gegen sie verstieß, wurde gefeuert. Seine beiden treuen Köche Fred und Loz hatten auf die harte Tour gelernt, mit ihrem Chef umzugehen, und sich seinen Respekt erworben. In einem der anderen Hotels oder Restaurants in der Gegend hätten sie sicherlich ein leichteres Leben, aber die Speisen, die sie dort produzieren würden, wären bei Weitem nicht so gut. Luca gab das Tempo vor, und sie hatten den Ehrgeiz mitzuhalten. Genauso wie sie sich Lucas Zorn zuziehen konnten, wenn ihnen mal etwas misslang, überhäufte er sie mit Lob, wenn sie gute Arbeit leisteten. Inzwischen vertraute er ihnen so weit, dass er sie mittags ohne seine Aufsicht arbeiten ließ. Sie waren gerade mit den Vorbereitungen für das Mittagsbuffet beschäftigt, eine Auswahl an leichten Gerichten, die in der Bar oder auf der Terrasse serviert wurden. Die Spezialitäten des Tages waren diesmal Krabbensalat, Kaninchenterrine und Hummerravioli.

»Hallo Boss!« Fred blickte von der Nudelmaschine auf, die hauchdünne Lagen Nudelteig auswalzte. Loz brachte Luca unaufgefordert einen Espresso. Sie spürten sofort Lucas innere Anspannung. Man konnte in seinem Gesicht lesen wie in einem Buch. Irgendeine Laus war ihm über die Leber gelaufen. Die beiden jungen Männer würden sich bedeckt halten und doppelte Arbeit leisten müssen.

Normalerweise war das jeden Tag der schönste Moment für Luca – in die Küche zu kommen, die Lieferungen zu begutachten und das Menü für den Abend zu planen. Aber heute lag etwas Merkwürdiges in der Luft. Er spürte, dass sich irgendetwas an Claire verändert hatte, und das gefiel ihm nicht. Es musste etwas mit dem Typen zu tun haben, den sie ihm vorgestellt hatte. Claire redete kaum über ihre Vergangenheit, das hatte sie noch nie getan. Sie behauptete, es gebe nichts zu erzählen, es würde ihn nur langweilen, aber er kaufte ihr nicht ab, dass eine Frau mit so viel Tiefgang, Leidenschaft und Lebensklugheit nichts vom Leben gesehen hatte.

Luca wurde den Verdacht nicht los, dass dieser Bräutigam mehr war als ein alter Freund. Vorerst würde er den Ball flach halten. In den vergangenen Jahren hatte er gelernt, seine Wut in Zaum zu halten. Wenn Claire ihm etwas beigebracht hatte, dann war es die Erkenntnis, dass man mit Überreaktion nicht weit kam. Er würde sich Zeit lassen, um sich erst einmal Klarheit zu verschaffen, ehe er zur Tat schritt. Falls das überhaupt nötig war.

Er trank seinen Kaffee und sagte sich, dass der Typ nächste Woche heiraten würde. Vielleicht machte es Claire einfach verlegen, dass jemand aus ihrer Vergangenheit plötzlich im Hotel auftauchte. Sie war ziemlich verschlossen.

Aber warum hatte sie Wein getrunken? Das hatte er bei ihr noch nie erlebt, nicht einmal nachdem zwei Gäste nach einer Woche die Zeche geprellt hatten und sie auf einer Riesenrechnung sitzen geblieben waren. Und die Geschichte mit Angelica war ein Witz. Angelica war mit allen Wassern gewaschen. Sie war wie er. Hart im Nehmen. Sie brauchte keinen Trost von Claire wegen eines bescheuerten Streits mit ihrem Stiefvater. Frauen wie Angelica verspeisten ihre Stiefväter zum Frühstück.

Er stellte die winzige Tasse in die Spülmaschine. Immer mit der Ruhe. Vor ihnen lag ein wichtiges Wochenende. Er würde sich vor Trevor und Monique nicht aus der Fasson bringen lassen. Er wollte unbedingt einen eigenen Laden in London haben, sich einen Namen machen. Okay, er hatte bereits einen guten Ruf, aber Pennfleet lag am Arsch der Welt.

London war der nächste Schritt, ein großer Schritt, und er wollte auf keinen Fall riskieren, dass sein Investor kalte Füße bekam. Sie mussten als Team auftreten. Als perfektes Team. Was sie ja auch waren. Daran bestand kein Zweifel.

Luca erzählte gern, er hätte in der Jugendstrafanstalt kochen gelernt, aber das war dummes Zeug. Er hatte zwar tatsächlich mal gesessen – mit siebzehn, weil er ein Auto geklaut hatte –, aber kochen hatte er in Südfrankreich gelernt, wohin seine Mutter mit ihm gezogen war, als sie dort einen Liebhaber hatte. Er hatte den ganzen Sommer in der Küche des Dorfrestaurants verbracht, und unter der Fuchtel des jähzornigen Wirts war er so gut geworden, dass er es mit jedem Sternekoch aufnehmen konnte. Das war ein typisches Intermezzo in Lucas Leben gewesen. Sein Lebenslauf war ein Flickenteppich aus Triumphen und Niederlagen, aus Elend und Luxus, je nachdem, mit wem seine Mutter gerade liiert gewesen war. Sie hatte ihn als kleinen Jungen überallhin mitgeschleppt – mal hatte er mit seinen Matchboxautos auf der Terrasse eines Hotels in Cap Ferrat gespielt, mal hatte er vor Kälte schlotternd in einer feuchten Wohnung in Hammersmith gehockt. All das hatte einen komplizierten Menschen aus ihm gemacht. Er konnte arrogant und voller Selbstverachtung sein, ausgelassen und verschlossen, selbstbewusst und bedürftig, süchtig und kontrolliert, voller Energie und total erschöpft. Über die Jahre hatte Claire ganz allmählich gelernt, seine Stimmungen im Voraus einzuschätzen, seine Verhaltensmuster zu durchschauen und damit umzugehen. Und sie hatte auch ihm beigebracht, damit umzugehen. Mehr oder weniger zumindest. Er war heute ein viel besserer Mensch, dachte er, als das Tier, das er gewesen war, als er Claire kennengelernt hatte.

Und deswegen war er vorhin in der Lage gewesen, sich zu beherrschen, sodass er sich jetzt in Ruhe den Fisch ansehen konnte.

Dicke, korallenrote Jakobsmuscheln – die konnte man mit ein bisschen Chorizo braten. Ein großes Netz blaue Miesmuscheln – daraus würde er irgendetwas Thailändisches zaubern, mit Kokosmilch und Chili und Koriander, etwas anderes als die ewigen Moules marinières. Pinkfarbene Krabben, die ihre Scheren erhoben, als würden sie um ihr Leben flehen. Sorry Kumpels, dachte er, ihr werdet zusammen mit rosa Pampelmuse zu Gratin verarbeitet. Der Wolfsbarsch brauchte nicht viel Firlefanz, den würde er auf einem Bett aus Meersalz backen und dazu geschmorten Fenchel servieren. Er überprüfte die restlichen Fische auf ihre Qualität, aber der Fischhändler hatte ihn noch nie enttäuscht. Die kleinen Fische würden alle in den großen schmiedeeisernen Topf wandern, in dem bereits Zwiebeln, Knoblauch und Tomaten vor sich hinköchelten für die Fischsuppe des Hauses – er war nicht so anmaßend, sie Bouillabaisse zu nennen.

Seine Speisekarte war kurz, abwechslungsreich, spontan. Sie enthielt immer ein paar bewährte Lieblingsgerichte, aber auch jeweils eine oder zwei neue Kreationen, denn die Auswahl der Gerichte hing davon ab, was der Markt gerade hergab und in welcher Stimmung Luca war. Er fuhr mit der Hand über ein Stück Schweinebauch. Er würde es braten, bis das Fett schön knusprig war, und dazu Rhabarberkompott servieren – die leuchtend grün-roten Stangen lachten ihn aus dem Gemüsekorb an. Er fühlte an ein paar dicke Birnen und horchte in sich hinein: vielleicht mit einer Toffee-Soße und Frangipanistreusel?

Zum Schluss inspizierte er den Brotkorb. Zum Brotbacken fehlte ihm die Zeit, und da sie sich keinen eigenen Bäcker leisten konnten, bestellte er sein Brot bei einer Frau, die früher bei einem Cateringservice gearbeitet hatte und, seit sie in Rente war, in Pennfleet wohnte. Er runzelte die Stirn. Die Walnussbrötchen waren zu lange gebacken. Misstrauisch nahm er eins in die Hand. Zu dunkel, zu hart. Er riss es auf, probierte, verzog das Gesicht.

»Fred!«, rief er, während er eine Käsestange aufbrach und zufrieden nickte. »Sag dieser Frau Dingsbums, sie soll mir frische Walnussbrötchen bringen. Die hier taugen nichts.« Er warf sie quer durch die Küche in den Mülleimer. »Übrigens habe ich heute ein paar spezielle Gäste, für die ich ein ganz besonders ausgefallenes Essen kochen muss. Fangt schon mal an, eure grauen Zellen zu bemühen, und denkt euch ein raffiniertes Menü aus.« Seine Augen funkelten. »Der Gewinner kriegt fünfzig Pfund.«

Außerdem konnte er spontan überaus großzügig sein.

Er nahm eine frisch gewaschene grüne Bandana aus einer Schublade, rollte sie auf und band sie sich um seine Lockenpracht.

»Okay«, sagte er. »Los geht's.«

Claire nahm einen Stapel Briefe vom Empfangstresen.

»Angelica … Ich flitze eben zur Post. Diese Prospekte müssen heute noch raus.«

Angelica sah sie an. Claire ging nie selbst zur Post. »Kein Problem. Ich halte die Stellung.«

»Danke.« Claire steckte die Post ein und ging zur Tür.

Auf den von zwei Lorbeerbäumen flankierten Eingangsstufen blieb sie kurz stehen und schaute nach rechts und links. Pennfleet war klein. Es würde nicht schwierig sein, Nick zu finden. Links kamen ein paar Geschäfte, dann wand sich die Straße zum Jachtclub hinunter. Unwahrscheinlich, dass er dorthin gegangen war. Sie wandte sich nach rechts. Während sie die Straße entlangeilte, ließ sie den Blick über die Köpfe der Passanten wandern in der Hoffnung, seinen vertrauten blonden Haarschopf zu entdecken. Die Sonne schien, und die Stadt füllte sich. Die Leute flanierten gemächlich durch die Straßen. Sie fühlten sich von Claires Hast irritiert. Sie waren in Urlaubsstimmung, ohne Eile irgendwo anzukommen. Claire war ein Störfaktor. So wie sie bewegte man sich im Berufsverkehr, in der U-Bahn, nicht am Beginn eines sonnigen Wochenendes.

Im Vorbeigehen schaute sie in jeden Laden. Die Bäckerei, die belegte Brötchen und klebrige Teilchen feilbot. Der winzige Buchladen, der sich mit Bestsellern, Krimis, Landkarten und Reiseführern so gerade eben über Wasser hielt. Die Geschenkboutique, wo Dinge verkauft wurden, die kein Mensch brauchte, aber plötzlich im Urlaub unbedingt haben musste. Nicht nach Nicks Geschmack. Der Antiquitätenladen – sie blieb kurz stehen, um an Krönungsporzellan, Art-déco-Lampen und Spitzentischdecken vorbei bis in die düsteren Tiefen zu lugen, aber hier war er auch nicht. Der Feinschmeckerladen, den sie ihm empfohlen hatte – eine lange Schlange stand wegen der Pasteten an, aber kein Nick. Vielleicht im White Lion? Eher nicht, das war nicht das Publikum, das ihm behagte. Dort konnte sie später immer noch nachsehen, falls sie kein Glück hatte, aber sie wollte jetzt keine Zeit vergeuden. Der Postkartenladen, der Teeladen – nichts. Sie sprang in den Zeitungsladen, womöglich war er da drin, um sich eine Zeitung oder ein Kitkat zu kaufen …

Er liebte Kitkats. Sie hatten sich oft, wenn sie auf seinem Bett lagen, eins geteilt. Sie erinnerte sich an das Geräusch beim Zerbrechen der langen Riegel, wie es gekrümelt hatte und wie sie sich die Stücke gegenseitig in den Mund geschoben hatten. Hinterher hatten ihre Küsse nach Schokolade geschmeckt.

Im Zeitungsladen war er auch nicht.

Sie war fast am Ende der Straße angekommen. Als Nächstes würde sie bis zur Uferpromenade gehen und dann hinter den Läden entlang zurück zum Hotel. Als sie um die Ecke bog, wurde sie einen Moment lang von der grellen Sonne geblendet. Sie hob einen Arm über die Augen und suchte die Leute ab, die an dem schmiedeeisernen Geländer lehnten. Normalerweise war sie jedes Mal von der Aussicht überwältigt, aber heute nahm sie sie kaum wahr.

Sie merkte, dass die Leute sie anstarrten. Wahrscheinlich wirkte sie total gehetzt. Um nicht noch mehr Aufmerksamkeit auf sich zu ziehen, ging sie langsamer. Hier an der Uferpromenade waren noch mehr Menschen. Sie schleckten Eis und warfen den ewig hungrigen Möwen die Reste von ihren Pasteten zu. Claire suchte die Menge ab: junge Familien mit kleinen Kindern und ältere Paare, keine Jugendlichen, da die Schule noch nicht aus war. Eine Gruppe Rentner auf einem Tagesausflug, ängstlich darauf bedacht, einander nicht zu verlieren. Der Biergarten hinter dem White Lion war brechend voll, und eine gestresste Kellnerin hastete mit Scampi-Körben zwischen den Tischen hin und her. Das erinnerte Claire daran, dass die Hotelterrasse bereits dabei war, sich zu füllen; dass sie eigentlich längst wieder zurück sein müsste; dass die für den Nachmittag angekündigten Gäste bald eintreffen würden.

Sie schlang die Arme um den Körper und machte sich auf den Rückweg. Sie musste verrückt gewesen sein, hierherzukommen. Was würde sie Nick überhaupt sagen? Und was würde Luca denken, wenn er merkte, dass sie fort war?

Und dann sah sie ihn. Er lehnte am Ende der Uferpromenade am Geländer und schaute auf die Wellen hinunter, die gegen die graue Backsteinmauer schlugen. Sie würde seinen Hals überall erkennen, den im Nacken spitz zulaufenden Haaransatz.

Sie war zwölf Schritte von ihm entfernt. Dann sieben.

»Nick.«

Er drehte sich um.

Langsam ging sie auf ihn zu. Dann flog sie in seine Arme, und er zog sie fest an sich.

Er duftete wie immer. Nach Seife und Must de Cartier und nach – Nick. Gott, wenn sie seinen Geruch nicht eingeatmet hätte, wäre sie der Gefahr vielleicht entgangen, aber es war ein Gefühl wie nach Hause kommen. Das Gefühl, von dem sie so oft geträumt hatte. Er durfte sie nicht küssen. Er erdrückte sie fast. War es die Umarmung eines alten Freundes, oder war es mehr?

»Ich weiß nicht, was wir tun sollen«, brachte sie mühsam hervor, während sie ihre Tränen unterdrückte. »Ich weiß nicht, was ich denken soll.«

Er streichelte ihr zärtlich übers Haar. »Wohin bist du damals verschwunden?«, fragte er. »Wo warst du? Ich habe dich überall gesucht, aber du warst wie vom Erdboden verschluckt …«

»Du hast gesagt, du wolltest mich nicht mehr sehen«, antwortete sie, das Gesicht an seine Brust gedrückt.

»Das habe ich doch nicht so gemeint, Claire.« Seine Stimme

brach beinahe. »Du kannst doch nicht glauben, dass ich das ernst gemeint habe.«

Sie schaute zu ihm hoch. Es hatte keinen Zweck, die Tränen zurückhalten zu wollen. Was machte es schon, wenn jemand sie weinen sah?

»Woher sollte ich das denn wissen?«, flüsterte sie. »Nach allem, was passiert war. Woher sollte ich wissen, dass das nicht ernst gemeint war?«

»Wir waren so jung, Claire, halbe Kinder. Und um uns herum das totale Chaos … Ich hab einfach überhaupt nichts mehr kapiert.« Er vergrub sein Gesicht in ihrem Haar und atmete ihren Duft ein. Sie roch wie immer. Es war, als wären die zwölf Jahre nie gewesen. »Ich kapier es immer noch nicht«, sagte er.

Eine Weile hielten sie einander still umschlungen. Leute spazierten um sie herum, ohne das Geringste von ihrem Dilemma zu ahnen. Wie konnten sie sich in aller Öffentlichkeit so aufführen?

»Wir müssen hier weg«, murmelte er.

»Ich weiß. Und ich muss zurück ins Hotel«, sagte sie. »Ich muss unsere Gäste in Empfang nehmen.«

Es fühlte sich seltsam an, über das Hier und Jetzt zu sprechen, während sie beide nur an die Vergangenheit dachten.

»Vielleicht sollte ich besser wieder abreisen«, murmelte er.

»Nein!« Sie klang fast hysterisch. Sie musste sich beruhigen. »Nein. Wir sind inzwischen beide erwachsen. Es gibt keinen Grund, deine ganzen Pläne über den Haufen zu werfen.« Sie nahm seine Hände. »Das hier ändert nichts. Es bedeutet nur, dass wir nach all den Jahren Frieden schließen können. Dass wir uns versöhnen, damit wir unser Leben weiterführen können.«

Sie wollte nicht, dass er abreiste. Sie wollte ihn in ihrer Nähe behalten. Aber sie musste vorsichtig sein. Wenn es den Anschein hatte, als würde sie diesem schrecklichen Zufall zu viel Bedeutung beimessen, würde sie riskieren, dass Nick die Flucht ergriff. Männer konnten mit dem Unvorhergesehenen nicht gut umgehen.

Sie lächelte ihn an, ganz die besonnene, vernünftige Frau.

»Deine Freunde würden ziemlich enttäuscht sein.«

»Allerdings«, sagte Nick. »Sie haben dieses Wochenende als Überraschung für mich geplant. Es sind alles Jungs, die ich vom Job her kenne. Sie würden es mehr als merkwürdig finden, wenn man ihnen sagen würde, ich wäre gerade abgereist.«

»Kommen Shrimp und Felix eigentlich auch?« Claires Herz begann zu pochen bei dem Gedanken an Nicks Brüder. Noch mehr Erinnerungen, die sie einholen würden.

»Nein. Sie konnten dieses Wochenende nicht. Wir wollen am Donnerstag zusammen einen draufmachen. Im Mimsbury Arms …«

Claire konnte es sich genau vorstellen. Mel hinterm Tresen, die drei Brüder wild entschlossen, sich volllaufen zu lassen. Sie rang sich ein Lächeln ab.

»Luca wird euch morgen Abend ein erstklassiges Dinner zubereiten, das darfst du dir nicht entgehen lassen. Lass uns das alles nicht überbewerten. Es ist nicht mehr als ein – glücklicher Zufall. Der es uns erlaubt, die Geister der Vergangenheit zur Ruhe kommen zu lassen.«

»Sicher.« Er nickte. »Du hast recht. Nichts Weltbewegendes.

Nur ein Schreck in der Morgenstunde.« Er ließ sie los und trat einen Schritt zurück.

»Vielleicht können wir zwischendurch mal ein Glas Wein zusammen trinken. Wenn es im Hotel ein bisschen ruhiger ist …« Auch sie trat einen Schritt zurück. Aus der Vergangenheit zurück in die Gegenwart.

»Klar. Gute Idee. Und ich würde Luca gern kennenlernen.«

Sie nickte, dann hob sie die Hand zum Abschied.

»Bis später.«

Auch er hob eine Hand.

»Bis dann.«

Er schaute ihr nach.

Okay, Mum, dachte er. *Was mach ich jetzt?*

»Hat dieses Hotel nicht mal einen eigenen Parkplatz?«, fragte Karen ungläubig. Von der Fahrt über die kurvigen Straßen war ihr regelrecht übel, und sie sehnte sich nach einer Zigarette, als Colin den Jaguar vorsichtig an den Pollern vorbei auf den öffentlichen Parkplatz steuerte.

»Du weißt doch, wie diese winzigen Nester an der Küste sind. Parkplätze sind rar und teuer.«

»Genau deswegen hätten wir wieder nach Torquay fahren sollen.« Sie mochte das Hotel Palace. Da gab es alles, was ihr gefiel.

»Ich hatte gedacht, öfter mal was Neues. Außerdem könnten wir uns hier ein Boot mieten.«

»Ohne mich.« Keine zehn Pferde würden Karen in ein Boot kriegen.

»Aber das würde doch bestimmt Spaß machen, oder?« Colin schaute Chelsey an.

Sie lächelte. »Ja.«

Colin schaute sich um. Der Parkplatz war bereits voll besetzt.

»Alles voll. Hier finden wir keine Parklücke«, blaffte Karen.

»Dann warten wir eben.« Colin ließ den Motor laufen. »Irgendwann wird ja mal jemand wegfahren. Wir haben's doch nicht eilig.«

Karen seufzte. Sie nahm ihre Handtasche und öffnete die Tür.

»Ich geh eine rauchen.«

»Kein Problem.«

Colin schaute ihr nach. Sie ging ein paar Schritte, blieb beim Parkscheinautomaten stehen und kramte in ihrer Tasche. Als sie sich eine Zigarette anzündete, sah sie ein Auto aus einer Lücke setzen. Sie winkte ihm zu und zeigte hektisch in die Richtung. Aber auf der anderen Seite hatten Leute schon länger gewartet, und Colin ließ ihnen den Vortritt.

Karen riss die Beifahrertür auf.

»Herrgott noch mal, beeil dich!«

»Die waren vor uns da«, sagte er.

»Aber du bist näher dran.«

»Karen, beruhige dich einfach, okay? Rauch deine Zigarette. Wir finden schon noch eine Lücke.«

Karen knallte die Tür zu, stellte sich wieder an den Automaten und verschränkte die Arme vor der Brust.

Colin schaute Chelsey an, die ratlos die Achseln zuckte.

»So ist sie immer«, sagte sie.

Colin lächelte sie an. Sie war ein nettes Mädchen. Ganz anders als ihre Mutter. Langsam, geduldig. Vielleicht ein bisschen wie er. Auf jeden Fall hatte sie seinen Stoffwechsel geerbt. Er hatte nie eine gute Figur gehabt, mit seinen gerade mal eins fünfundsechzig. Sein Metier brachte es mit sich, dass die Pfunde sich ansammelten, ohne dass er es merkte, und in dem Fitnessraum, den er sich in seinem Wintergarten eingerichtet hatte, konnte er so viele Gewichte stemmen, wie er wollte, es half alles nichts.

Karen dagegen schien immer dünner zu werden. Bis auf ihre Brüste, die verdächtig rund und prall waren. Mit ihrem gegelten Haar, dem billigen Schmuck und den zu engen Klamotten gab sie eine Erscheinung ab, die Colin beinahe den Magen umdrehte. Was ihn einst angezogen hatte, stieß ihn jetzt ab. Offensichtlich gab sie eine Menge Geld für ihre Schönheit und die Erhaltung ihrer Jugendlichkeit aus – ihre Gesichtshaut war unnatürlich straff und glatt –, aber hier in Pennfleet wirkte sie vollkommen fehl am Platz. Er schüttelte sich angewidert.

In der Nähe setzte ein Volvo rückwärts aus einer Parklücke. Colin legte den Gang ein.

»Na also«, sagte er. »Perfekt. Warten lohnt sich doch immer.«

Auf dem Weg zurück zum Hotel fiel Claire auf, dass sie ihre Briefe nicht eingeworfen hatte, ihr Alibi. Also rannte sie noch schnell zur Post und kaufte die nötigen Briefmarken. Es schien eine Ewigkeit her zu sein, dass sie losgegangen war, aber es war nur eine Viertelstunde vergangen. Während sie die Prospekte in den Briefkasten vor der Post stopfte, warf sie einen Blick ins Schaufenster der Boutique nebenan. Eine Puppe trug ein Kleid, schulterfrei mit weitem Rock, marineblau, mit altmodischen Postkarten von Küstenorten bedruckt.

Eine Stimme in ihrem Kopf sagte: *Liebes, das passt genau zu dir. Das musst du unbedingt haben.*

Wie angewurzelt stand sie da. Ihre Nackenhaare sträubten sich. Sie ermahnte sich, nicht albern zu sein. Die Toten redeten nicht mit den Lebenden. Aber sie konnte den Blick nicht abwenden. Irgendwie erinnerte sie das Kleid an das junge Mädchen, das sie einmal gewesen war. Sie musste es haben.

Wann hatte sie sich das letzte Mal leichtsinnig etwas gekauft? Etwas, das ihr auf Anhieb gefallen hatte? Einfach so?

Sie betrat den Laden und sprach die Verkäuferin an.

»Das Kleid da im Fenster. Haben Sie das in Größe zwölf?«

»Würden Sie es gern anprobieren?«

»Nein, ich nehme es so mit. Es passt bestimmt. Aber ich habe es eilig …«

»Kein Problem.«

Die Verkäuferin nahm das Kleid in der richtigen Größe von einem Ständer und ging damit zur Kasse, während Claire ihre Kreditkarte zückte.

»Ist es für einen besonderen Anlass?«

Claire konnte die Frage nicht beantworten. Sie hatte ganz einfach das Gefühl, dass sie es besitzen musste. Als hätte das Kleid einen Einfluss auf das, was als Nächstes passieren würde.

»Ich weiß nicht«, sagte sie. »Es gefällt mir einfach.«

»Das ist der beste Grund, ein Kleid zu kaufen.« Die Verkäuferin wickelte das Kleid in Seidenpapier und schob es in eine Tragetasche. »Eigentlich der einzige.«

Als sie ins Hotel zurückkam, herrschte dort totales Chaos. Mehrere Leute saßen in der Bar und warteten darauf, bedient zu werden. Hastig stellte sie ihre Tasche ab und entschuldigte sich. Wenige Minuten später hatte sie eine Flasche Wein aus dem Kühlschrank geholt und drei der Gäste an einem Tisch untergebracht. Zwei andere geleitete sie in den Speisesaal und übergab sie an Cherry, die Kellnerin, die mittags bei ihnen aushalf. Angelica stand an der Rezeption und füllte gerade die Anmeldung für einen stämmigen Mann aus, der ein kleines Mädchen bei sich hatte. Angelica wirkte gestresst. Am Eingang stand eine Frau gelangweilt herum, die eher für einen Besuch in einem Nachtclub gekleidet war als für ein Wochenende am Meer. Claire erinnerte sich an die »Freundin«, die Mr. Turner erwähnt hatte, als er das Zimmer gebucht hatte. Als Ben, der junge Mann, den sie an Wochenenden als Gepäckträger beschäftigten, das merkwürdige Trio zur Treppe führte, dachte Claire, dass sie vielleicht nicht die Einzige war, die ein kompliziertes Leben hatte.

»Luca ist auf dem Kriegspfad«, zischte Angelica, als Claire hinter den Rezeptionstresen kam. »Wo warst du?«

»Ja.« Wie aus dem Nichts stand Luca plötzlich hinter ihnen. »Das wüsste ich auch mal gern.«

Claire straffte die Schultern. Sie hatte nicht vor, sich verhören zu lassen.

»Ich war auf der Post«, sagte sie. »Und ich hab mir ein Kleid gekauft. Wo ist das Problem?«

Luca betrachtete die Tragetasche, die sie zum Beweis hochhielt.

»Du warst shoppen. Aha. Während hier alles drunter und drüber geht.«

»Immer mit der Ruhe. Wir haben alles im Griff«, widersprach ihm Angelica.

»Ich dachte, es wäre nicht schlecht, etwas Neues zum Anziehen zu haben für das Essen mit Trevor und Monique heute Abend. Du weißt doch, wie sie sich immer aufbrezelt.

Ich dachte, ich leg mich auch mal ein bisschen ins Zeug.« Genial. Sie war ein Genie. Sie zog das Kleid aus der Tüte und hielt es hoch.

Luca nickte anerkennend, wirkte jedoch nicht gänzlich besänftigt. Er ließ sich in den ledernen Sessel hinter der Rezeption fallen und drehte sich damit hin und her, die langen Beine ausgestreckt.

»Dann erzähl mal von diesem Dings«, sagte er liebenswürdig. »Deinem alten Freund.«

Es hatte keinen Zweck, so zu tun, als wüsste sie nicht, von wem er redete. Damit würde sie sich sofort verdächtig machen.

»Nick? Seine Eltern besaßen das größte Haus in dem Dorf, in dem ich aufgewachsen bin. Eine Zeit lang hab ich viel Zeit dort verbracht. Mit ihm und seinen Brüdern.« Sie musste schlucken. »Nach dem Tod seiner Mutter haben wir uns dann aus den Augen verloren.« Sie lächelte unaufrichtig. »Ich hoffe, dass du die Jungs morgen Abend mit einem richtig tollen Essen verwöhnst. Mein Ansehen in Mimsbury hängt davon ab.«

»Ich dachte immer, du hättest es nicht erwarten können, von da wegzukommen?«

»Konnte ich auch nicht. Trotzdem lege ich Wert auf meinen guten Ruf.«

»Typische Mittelschichtkomplexe.«

Claire knuffte ihn spielerisch. »Von wegen Mittelschicht! Ich bin aus Isleworf, hast du das schon vergessen?«, sagte sie mit dem typischen Akzent der Südlondoner Arbeiterviertel.

Luca grinste.

»Keine Bange. Ich werde dafür sorgen, dass er seinen Junggesellenabschied nie vergisst.«

Er schaute erst Claire, dann Angelica an, dann stand er auf und verzog sich in die Küche. Claire blies erleichtert die Backen auf. Es hatte sie sonst was gekostet, die Unbefangene zu spielen und mit Luca herumzufrotzeln, aber es war die beste Möglichkeit gewesen, Lucas Argwohn zu besänftigen.

Angelica schaute sie mit großen Augen an.

»Sag jetzt nichts«, murmelte Claire. »Und frag mich nichts. Ich hab dir schon viel zu viel erzählt.«

»Sie ist also gestorben? Seine Mutter?«

»Natürlich ist sie gestorben. Sie war von oben bis unten voll mit Metastasen.«

»Und was bedeutet das?«

»Krebs im Endstadium.«

Genauso hatte Isobel sich ausgedrückt.

Seit Claire sie an jenem Nachmittag in der Küche angetroffen hatte, war sie Isobels Vertraute. Aber sie begriff immer noch nicht, warum Isobel ihre Krankheit unbedingt geheim halten wollte. Natürlich würden Gerald und die Jungs bestürzt sein, aber sie mussten doch Bescheid wissen, oder?

Isobel blieb eisern.

»Ich versuche nur, sie zu schützen, Liebes. Verstehst du das denn nicht? Es würde mir überhaupt nicht helfen, wenn sie eingeweiht wären. Genau das hat es beim letzten Mal so unerträglich gemacht. Und jetzt, wo Nick und Felix bei Gerald im Betrieb arbeiten, ist es noch wichtiger, alles von ihnen fernzuhalten. Ich kann doch nicht riskieren, dass das Geschäft den Bach runtergeht. Ich weiß, dass es den Anschein hat, als hätten wir Geld wie Heu, aber die finanzielle Situation der Familie ist im Moment ziemlich prekär. Die Firma Melchior Barnes muss gedeihen. Wenn Gerald sich um mich sorgt, wird er das Geschäft vernachlässigen. Letztes Mal wäre er beinahe pleitegegangen – er hat mehrere wichtige Kunden verloren. Bei den Bestellungen und Lieferungen ging alles drunter und drüber. Er hat fast ein Jahr gebraucht, um den Laden wieder auf Vordermann zu bringen. Warum alles aufs Spiel setzen, wenn sie es nicht zu wissen brauchen?«

Und so war Claire zu dem Schluss gekommen, dass sie, wenn Isobel tapfer genug war, um mit ihrer Krankheit allein zurechtzukommen, diese Entscheidung respektieren musste und nicht das Recht hatte, den anderen die Wahrheit zu sagen. Sie schützte Isobel, so gut sie konnte, und tat alles, um ihr zu helfen. Als sie mitbekam, dass Isobel immer schneller ermüdete, erledigte sie so diskret wie möglich die Einkäufe und die Hausarbeit für sie.

Im Herbst magerte Isobel stetig ab. Es war für niemanden zu übersehen. Gerald lag ihr dauernd in den Ohren, sie solle einen Arzt aufsuchen.

»Du musst es ihm sagen«, redete Claire Isobel zu. »Er sieht doch, dass du krank bist.«

Fassungslos erlebte sie, wie Isobel ihren Mann und ihre Söhne beim Abendessen schamlos belog.

»Ich war beim Arzt. Heute habe ich die Untersuchungsergebnisse bekommen. Ich hab irgend so einen ganz blöden Virus – irgendwas Unaussprechliches. Der Arzt sagt, dass Leute, die eine Chemo hinter sich haben, für so was besonders anfällig sind. Hat irgendwas mit dem Immunsystem zu tun. Ich brauche einfach viel Ruhe. Und er hat mir geraten, in Urlaub zu fahren. Er meint, viel Sonne würde mir guttun.«

»Es sind also keine … Der Krebs ist nicht zurückgekommen? Haben die das überprüft?« Die Angst stand Gerald ins Gesicht geschrieben.

»Natürlich haben die das überprüft. Das machen die als Allererstes.« Isobels Lächeln war unglaublich überzeugend. »Jedenfalls habe ich Sally in Lanzarote angerufen. Sie sagt, ich kann Anfang Januar zu ihr fahren und so lange bleiben, wie ich will.«

»Fahr sofort!«, drängte Gerald sie. »Damit du Weihnachten wieder bei Kräften bist.«

»Nein«, entgegnete Isobel. »Vor Weihnachten möchte ich nirgendwohin. Außerdem will ich Silvester nicht verpassen. Die Jahrhundertparty!« Sie lächelte in die Runde. Sie planten die Party schon seit Monaten – das Fest aller Feste am Ende des Jahres 1999. »Dann kann ich mir zum neuen Jahrtausend etwas richtig Gutes gönnen.«

Alle schienen einverstanden zu sein. Bis auf Claire, der das Ganze ziemlich unheimlich war. Isobel hatte gar nichts über ihre Behandlung gesagt.

»Was machen die Ärzte eigentlich im Moment mit dir?«, fragte sie sie eines Tages.

Isobel sah ihr direkt in die Augen. »Nichts«, antwortete sie. »Sie können nichts mehr für mich tun. Wenn es aufs Ende zugeht, bekomme ich Schmerzmittel. Eine palliative Behandlung. Das war's dann.«

Claire zog die Stirn kraus. »Das war's? Was meinst du damit?«

»Ich sterbe, Liebes. Sie geben mir noch vier Monate. Wenn ich Glück habe.«

Claire ließ sich erschüttert auf einen Stuhl sinken. Ihr war nicht klar gewesen, dass sie mit Isobel konspiriert hatte, um ihren bevorstehenden Tod zu verheimlichen. Bei Krebs war diese Möglichkeit natürlich immer gegeben, aber sie hatte geglaubt, es gehe nur darum, dass die anderen nichts von den neuerlichen Strapazen einer Chemotherapie mitbekamen. Erst jetzt wurde ihr bewusst, wie naiv sie gewesen war. Es gab gar keine Chemo.

Isobel langte über den Küchentisch und nahm Claires Hände. Wie oft hatte die Familie an diesem Tisch glücklich beim Essen beisammengesessen.

»Hör zu, Claire«, sagte sie. »Am Neujahrstag gehe ich fort. Das heißt, wenn ich bis dahin durchhalte. Ich gehe in ein Hospiz. Und ich möchte nicht, dass irgendjemand davon erfährt. Ich möchte nicht, dass irgendjemand mich leiden sieht. Die anderen werden glauben, ich würde für ein paar Wochen nach Lanzarote zu meiner alten Schulfreundin fahren, um mich zu erholen.«

Claire schüttelte den Kopf.

»Das kannst du nicht machen.«

»Was wäre denn die Alternative?«, entgegnete Isobel schroff. »Ich schenke allen reinen Wein ein, verderbe unser letztes gemeinsames Weihnachtsfest, lege mich oben ins Bett und warte darauf, dass ich innerlich verrotte, während die anderen versuchen, sich zusammenzureißen, und darauf warten, dass ich sterbe. Sie werden miterleben, wie ich vor Schmerzen vergehe – und es wird verdammt schmerzhaft werden, das hat man mir klipp und klar gesagt. Das möchte ich Gerald und den Jungs nicht zumuten. Wochenlang zwischen Hoffen und Bangen, ohne zu wissen, wann es endlich vorbei ist. Warum sollte ich ihnen das antun, Claire? Warum?«

Sie schlug mit der Faust auf den Tisch und verzog das Gesicht, weil es wehtat. Ihre Augen füllten sich mit Tränen. Isobel weinte fast nie, aber jetzt schluchzte sie hemmungslos.

»Du musst verstehen, warum ich das tue. Ich möchte einfach nicht, dass sie mich als ein abgemagertes Skelett in Erinnerung behalten, das nicht mehr weiß, wer sie sind. Ich möchte abtreten, wenn es am schönsten ist. An Silvester geben wir eine große Party, die größte Party aller Zeiten, und dann ist Schluss. Ich möchte sie mit glücklichen Gesichtern in Erinnerung behalten. Ich möchte, dass sie mich so in Erinnerung behalten, wie ich bin. Verstehst du das?«

Claire hatte noch nie solche Angst gehabt. Isobel war unerbittlich, aber der Tod war noch unerbittlicher. Sosehr sie sich den Kopf zerbrach, ihr fiel kein Argument ein, mit dem sie Isobel von ihrem Vorhaben hätte abbringen können. Wie sollte man jemanden davon überzeugen, dass die Menschen, die einen am meisten liebten, zusehen wollten, wie man elendiglich dahinsiechte? Niemand wollte das.

»Wenn du einmal selbst Kinder hast«, sagte Isobel, »wirst du mich verstehen.«

»Ich verstehe dich auch jetzt«, sagte Claire. »Das glaube ich zumindest.«

»Du wirst ihr Fels in der Brandung sein müssen«, fuhr Isobel fort. »Du wirst mich ersetzen müssen. Ich weiß, dass du das schaffst. Sie lieben dich alle.«

»Was wird denn passieren?« Claire brachte die Worte kaum heraus. »Wie werden sie es erfahren?«

»Das Hospiz wird sich bei ihnen melden. Ihnen sagen, dass ich sanft entschlafen bin. Auch wenn ich vor Schmerzen schreiend gehe.«

Claire legte den Kopf auf den Tisch und bedeckte ihn mit den Armen.

»Ich halt das nicht aus«, schluchzte sie.

»Nenn mir eine Alternative.« Isobel hatte die Fassung wiedergewonnen. Sie klang resolut. Sie war die Stärkere. »Nenn mir eine bessere Möglichkeit, und ich werde darüber nachdenken. Aber eins darfst du dabei nicht vergessen – ich werde sterben.«

Doch Claire fiel einfach keine Alternative ein. Was Isobel sagte, hatte eine perverse Logik. Und da sie diejenige war, die starb, musste Claire ihre Wünsche respektieren.

Was sie in dem Moment nicht wusste, war, ob Nick ihr je verzeihen würde. Falls er denn je von alldem erfuhr.

Sieben

Hier ist es überhaupt nicht wie in der Suite, die wir sonst immer im Hotel Palace haben. Hier gibt es gar kein Wohnzimmer.«

Karen stand mitten in ihrem Zimmer und sah sich missmutig um. Colin unterdrückte seinen Ärger. Es war das schönste Hotelzimmer, das er seit Langem gesehen hatte. Nachdem er seit Jahren immer wieder in Fünf-Sterne-Hotels abstieg, war er all den ostentativen Luxus allmählich leid und wusste Charakter und guten Geschmack zu würdigen. Nicht so Karen. Ihr konnte es nicht protzig genug sein. Das hier war für sie viel zu dezent.

»Es war keine Suite mit Wohnzimmer frei«, sagte er. »Aber schau dir doch mal die Aussicht an. Ist das nicht fantastisch?« Er riss das Fenster auf und atmete die frische Luft ein.

Karen beachtete ihn nicht, sondern hievte ihren Koffer aufs Bett. Louis-Vuitton-Imitat.

»Chelsey?« Colin wandte sich an seine Tochter. »Komm mal her. Von hier aus kann man das Meer sehen.«

Chelsey stellte sich neben ihn, und sie beugten sich aus dem Fenster. Zu ihrer Rechten mündete der Fluss ins Meer, das man vom Erdgeschoss aus nicht sehen konnte, und vor ihnen erstreckte sich der türkisfarbene Ozean bis zum Horizont.

Karen klappte ihren Koffer auf und kramte in ihren Sachen herum. Sie hatte genug für eine ganze Woche gepackt. Nach Colins Erfahrung nahmen Frauen immer viel zu viel mit, aber er fragte sich, was Karen hier mit einem Leopardenfummel und einer knallengen, mit Pailletten besetzten Hose wollte. So wie es aussah, hatte sie dagegen keine bequemen Schuhe eingepackt, was wahrscheinlich bedeutete, dass er die geplante Wanderung über den Küstenpfad vergessen konnte.

»Fuck«, sagte sie. »Ich hab mein Glätteisen vergessen.«

»Macht nichts. Wir sind im Urlaub. An der Küste«, entgegnete Colin betont gut gelaunt, auch wenn er wusste, dass das nichts dazu beitragen würde, die Krise abzuwenden.

Karen warf ihm einen vernichtenden Blick zu und knallte ihren Koffer zu.

»Ich wette, dass es in diesem gottverlassenen Kaff nicht mal einen guten Frisör gibt.«

Chelsey setzte sich auf die Bettkante und ließ den Kopf hängen.

Colin wandte sich vom Fenster ab. Er konnte seinen Unmut nicht länger unterdrücken.

»Willst du uns eigentlich das ganze Wochenende verderben?«, fragte er. »Ich hatte gehofft …«

Karen hob abwehrend die Hände.

»Tut mir leid«, sagte sie. »Ich weiß, dass ich eine launische Kuh bin. Ich hatte einfach in letzter Zeit jede Menge Stress auf der Arbeit.«

Sie versuchte zu lächeln, und Colin begriff, dass sie wirklich gestresst war und dass es ihr ehrlich leidtat.

»Wollen wir den Zimmerservice anrufen und uns Tee bringen lassen?«, schlug er vor.

Doch Karen war noch nicht fertig. »Es werden jede Menge Leute gefeuert, und alle, die bleiben, müssen doppelte Arbeit leisten. Aber keiner traut sich zu meckern, aus Angst, er könnte der Nächste sein. Die Kunden beschweren sich, weil alles nicht mehr so glattläuft. Immer mehr kündigen und gehen jetzt in das Fitnessstudio am anderen Ende der Stadt, weil da nicht an jeder Ecke gespart wird. Man kann's den Leuten nicht verdenken.«

Sie stand kurz davor, in Tränen auszubrechen. Colin hatte Verständnis für ihre Notlage. Es war überall dasselbe. Er war stolz darauf, dass er seinen Betrieb im Griff hatte und bisher niemanden hatte entlassen müssen. Es schieden immer mehr Leute aus Altersgründen aus, wodurch die Belegschaft auf natürliche Weise schrumpfte. So weit, so gut, und er versicherte seinen Angestellten immer wieder, dass er alles tun würde, um sie in Lohn und Brot zu halten. Er war keiner, der seine Leute wegen des Profits opferte, und das war einer der Gründe für seinen Erfolg. Seine Leute gaben ihr Bestes, weil sie wussten, dass er ein guter Chef war. In früheren Zeiten hätte man jemanden wie ihn als Philanthrop bezeichnet.

Aber er konnte Karen nicht beruhigen, indem er ihr versicherte, dass ihre Arbeitsstelle nicht in Gefahr war, denn höchstwahrscheinlich war das nicht der Fall.

»Hör zu«, sagte er mitfühlend. »Lass uns beim Abendessen darüber reden. Wir trinken einen guten Wein, dann ist die Welt wieder in Ordnung.« Er wandte sich an Chelsey, die immer noch betrübt auf der Bettkante hockte. »Komm, wir machen einen Spaziergang zum Hafen, dann kann deine Mum sich in Ruhe frisch machen und ihre Sachen auspacken.«

Chelsey sprang erleichtert auf. Colin wollte nur noch weg. Sowohl Karens süßlicher Duft als auch ihre depressive Stimmung raubten ihm den Atem. Vielleicht hätte er doch die Suite im Hotel Palace buchen sollen. Doch nein. Er hatte sich Chelsey zuliebe für Pennfleet entschieden. An diesem Wochenende ging es um sie und nicht um ihre Mutter.

Um kurz nach vier betraten Trevor und Monique Parfitt das Townhouse. Sie stanken nach Geld.

Eigentlich stanken sie nach Gucci – sie bevorzugte Envy, er Guilty, passende Duftnoten, die sie sich gerade bei Harrod's gekauft hatten. Auf jeden Fall war offensichtlich, dass es ihnen nicht an Kleingeld mangelte. Und auch, dass das jeder sehen sollte.

Sie waren beide braun gebrannt. Trevor war groß, kahl geschoren und muskulös. Er trug einen schwarzen Anzug, darunter ein seidenes weißes T-Shirt, das sich über seinen durchtrainierten Brustmuskeln spannte, Wildlederslipper ohne Strümpfe, um den Hals eine dicke goldene Kette und am Handgelenk die unvermeidliche Rolex. Seine Frau Monique, zierlich und zartgliedrig, trug einen weißen Hosenanzug mit einem sehr freizügigen Revers und nichts darunter. Mit ihren zehn Zentimeter hohen Stilettos und der hochtoupierten wasserstoffblonden Mähne kam sie auf knapp einen Meter sechzig. Ihre makellose Erscheinung wurde ein wenig dadurch verdorben, dass sie Kaugummi kaute.

Beide hatten sich die Sonnenbrille auf den Kopf geschoben, er eine Prada, sie eine riesengroße Chanel.

»Mr. und Mrs. Parfitt«, rief Angelica aus und eilte hinter der Rezeption hervor, um ihnen die Hände zu schütteln.

»Hallo Angelica.« Trevor schenkte ihr ein strahlendes Lächeln. »Sie sehen so umwerfend aus wie immer, Baby.«

»Danke. Sie beide sehen aber auch verdammt gut aus.«

»Warten Sie ab, wie wir erst nach einem Wochenende bei Ihnen aussehen. Sagen Sie mal, hat Luca inzwischen für einen Einparkservice gesorgt? Mein Benz steht im Halteverbot.«

»Ich fürchte nein«, sagte Angelica. »Aber wenn Sie einen Moment warten würden – ich rufe Ben und sage ihm, er soll Ihre Koffer holen …«

Sie gab Ben ein Zeichen, der eifrig aufsprang.

»… dann sehe ich mal, ob ich jemanden finde, der Ihren Wagen für Sie einparkt.«

»Lassen Sie nur«, schaltete Mrs. Parfitt sich ein. »Trevor macht das schon. Ich hab ihm gleich gesagt, dass das hier nicht diese Art Hotel ist. Eigentlich müsste er es inzwischen wissen.«

Trevor zuckte die Achseln. »Du weißt, was für ein Perfektionist ich bin. Ich hab's Luca schon mal gesagt – wenn wir fünf Sterne wollen, dann brauchen wir einen Einparkservice. Die Gäste erwarten das.«

Angelica nickte. »Wenn Sie zwei Sekunden warten würden … Ich sage Claire Bescheid, dass Sie da sind. Wenn Sie so lange schon mal Ihre Koffer ausladen wollen.«

Angelica verschwand im Büro, wo Claire gerade dabei war, die Löhne für das Wochenendpersonal zu berechnen.

»Trevor und Monique sind da«, flüsterte sie. »Du müsstest mal die Diamanten an ihren Ohren sehen. Ich wette, die sind sogar echt.«

Claire stand auf. Sie sah müde aus, dachte Angelica. Der unerwartete Gast schien sie ziemlich erschüttert zu haben.

»Danke«, sagte sie und begab sich mit einem freundlichen Lächeln in die Eingangshalle.

»Hallo Trevor. Hallo Monique.« Sie streckte ihre Hand

aus, aber Trevor war nicht in der Stimmung für Formalitäten und schloss sie stattdessen in die Arme.

»Hallo Claire, Baby. Ich kann dir gar nicht sagen, wie aufgeregt wir sind. Und du hast perfektes Wetter für uns bestellt.«

»Tja, wir bemühen uns, unseren Gästen das Beste zu bieten«, keuchte Claire, wand sich aus seiner Umarmung und gab Monique Luftküsse auf die Wangen. »Hat Angelica dafür gesorgt, dass euer Gepäck nach oben gebracht wird?«

»Ben ist schon unterwegs«, sagte Angelica.

Als Claire sich zur Tür umdrehte, sah sie, wie Ben sich mit zwei riesigen Koffern abmühte.

Trevor reichte Ben seinen Autoschlüssel und einen zwanzig-Pfund-Schein. »Hier, Kumpel. Du kannst den Benz für mich einparken. Ich bin gut versichert. Und vergiss nicht, das Verdeck zu öffnen.«

Ben sah den Autoschlüssel entgeistert an. »Äh … Ich hab gar keinen Führerschein. Ich bin erst sechzehn.«

»Ich mach das.« Angelica streckte ihre Hand aus.

»Soll ich mein Auto etwa einer Frau anvertrauen? So ein Luxusmodell?« Er ließ die Schlüssel vor ihrer Nase baumeln und zwinkerte ihr zu.

Angelicas Augen weiteten sich.

Monique lächelte sie freundlich an. »Er meint das nicht so, Schätzchen. So ist er einfach.«

»Natürlich meine ich das nicht so. Monique ist eine viel bessere Fahrerin als ich. Sie hat Geduld.«

Als Trevor den Schlüssel in Angelicas ausgestreckte Hand fallen ließ, kam Luca mit einem strahlenden Lächeln aus der Bar.

»Trevor! Monique!«

In dem Durcheinander von Händeschütteln, Küsschen und exaltierten Begrüßungen schlüpfte Angelica unbemerkt nach draußen.

Das Auto stand am Bordsteinrand, ein Mercedes SL Cabrio in glänzendem Kirschrot, das ihr das Wasser im Mund zusammenlaufen ließ. Sie öffnete die Fahrertür und stieg ein. Es roch alles ganz neu, und es duftete nach Leder, nur am Sicherheitsgurt hing noch der Geruch von Trevors Aftershave. Es war ein Hochgenuss, wie der butterweiche Sitz sich an ihren Körper schmiegte. Sie fuhr mit der Hand über das elegante Armaturenbrett, bewunderte das Design, die hochmodernen Instrumente, das Lenkrad.

Sie steckte den Schlüssel ins Zündschloss, schaute sich nach allen Seiten um und versuchte, sich an Jeffs Anweisungen zu erinnern.

Sie hatte Trevor Parfitt nicht gesagt, dass sie ihre Führerscheinprüfung noch gar nicht abgelegt hatte. Bisher hatte sie nur ein paar Fahrstunden genommen, und Jeff hatte sie einige Male seinen Van fahren lassen. Der Gute war die Geduld in Person. Er geriet nie in Panik, regte sich nie auf, sondern blieb ruhig und gelassen, während er ihr genaue Anweisungen gab. Er war früher mal Fahrlehrer gewesen, und er hatte ihr gesagt, sie sei eine gute Fahrerin, ein richtiges Naturtalent, und deshalb war Angelica davon überzeugt, dass sie den Mercedes sicher auf den Parkplatz steuern würde.

Einen Augenblick später schnurrte der Motor. Sie setzte den Blinker, legte den ersten Gang ein und fuhr vorsichtig die Straße hinunter in Richtung Parkplatz, verfolgt von den neidischen und bewundernden Blicken der Passanten. Sie platzte fast vor Stolz. So etwas Aufregendes hatte sie noch nie gemacht. Die Aufmerksamkeit, die sie erregte. Sie kam sich verwegen vor. Sie schaltete die Stereoanlage ein, und Elton Johns Stimme ertönte – nicht unbedingt ihre Musik, aber das spielte keine Rolle. Die Musik kam von allen Seiten, die Bässe ließen ihren ganzen Körper vibrieren.

Sie unterdrückte den Impuls, einen Freudenschrei auszustoßen. Sie strahlte von einem Ohr bis zum anderen. Auf der rechten Seite kam die Einfahrt zum Parkplatz. Sie verlangsamte das Tempo, enttäuscht, dass ihr Abenteuer so schnell zu Ende war. Dann begegnete sie dem Blick eines Mannes, der sie unverhohlen neidisch ansah.

Was soll's?, dachte sie. Wann würde sie noch einmal Gelegenheit haben, am Steuer eines solchen Wagens zu sitzen? Sie würde eine kleine Spazierfahrt machen. Später würde sie einfach behaupten, sie hätte eine Ewigkeit auf eine Parklücke warten müssen. Sie ließ den Parkplatz rechts liegen und fuhr die steile Straße hoch, die aus dem Ort hinausführte.

Sie könnte einfach immer weiter fahren. Pennfleet hinter sich lassen. Wie lange würden sie brauchen, um sie einzuholen? Die Straße erstreckte sich einladend vor ihr, schlängelte sich an der Küste entlang. Sie gab Gas und spürte den kraftvollen Motor.

Das war der Hammer. Das war das Leben, von dem sie träumte. Freiheit. Luxus. Schnelle Autos.

Sie spürte den Wind in den Haaren und stieß einen Freudenschrei aus. Was sie tat, war pflichtvergessen, das wusste sie. Aber es war ihr egal. Ihr halbes Leben bestand aus Pflichterfüllung.

Oben auf dem Hügel fuhr sie in eine Haltebucht, von wo aus man einen fantastischen Blick auf das Meer hatte. In der Ferne pflügte ein weißes Schnellboot durch die Wellen. Angelica konnte sich vorstellen, wie die Leute auf dem Boot sich fühlten, sie waren garantiert genauso aufgeregt wie sie jetzt. Dann wurde ihr plötzlich schwer ums Herz. Wem versuchte sie eigentlich etwas vorzumachen? Ein glamouröses Leben lag weit außerhalb ihrer Reichweite. Das musste sie akzeptieren. Sie streichelte das mit dunkelbraunem Leder bezogene Steuerrad und dachte an die Parfitts. Woher die wohl ihr Geld hatten? Ob Monique Trevor wegen seines Geldes geheiratet hatte? Es war für eine attraktive Frau der einfachste Weg zu Reichtum und Luxus, dachte sie.

Sie klappte den Schminkspiegel herunter. Für einen Mann wie Trevor wäre sie durchaus begehrenswert, das war ihr klar. Es kam nicht selten vor, dass sie lüsternen Blicken begegnete. Sie hielt sich das Haar hoch, kniff die Augen zu Schlitzen zusammen, zog einen Schmollmund und betrachtete ihr Profil durch ihre Wimpern hindurch. Wie schwer konnte es sein?

Aber tief in ihrem Herzen wusste sie, dass sie diesen Weg nicht gehen würde. Eines Tages würde sie aus Liebe heiraten, dachte sie, während ein schattenhaftes Bild von Luca vor ihrem geistigen Auge auftauchte. Sie verscheuchte das Bild und erinnerte sich daran, dass sie eigentlich ein Glückspilz war: Sie wohnte in einer der attraktivsten Städte Englands, sie liebte ihren Job, sie arbeitete mit Menschen zusammen, die sie bewunderte …

Eine Wolke schob sich vor die Sonne, und sie fröstelte. Sie musste ins Hotel zurück, bevor man sich fragte, wo sie steckte. Sie hatte Mühe, den Wagen zu wenden, verwirrt, wie sie war, nachdem der Adrenalinrausch verflogen war. Zurück in der Wirklichkeit, dachte sie, und einen Moment lang wünschte sie, sie hätte sich nicht gestattet, mit einer Möglichkeit zu flirten, die für sie so vollkommen unerreichbar war. Sie drehte die Musik leiser und fuhr den Hügel hinunter, ernüchtert und ernst. Plötzlich hatte sie Angst, sie könnte beim Einparken eine Delle in den Luxusschlitten fahren. Ihr Puls beruhigte sich, als sie die vertrauten Straßen der Stadt erreichte, und sie wünschte, ihre Mutter könnte sie vorbeifahren sehen.

Eines Tages vielleicht, dachte sie. Eines Tages vielleicht.

Laura hatte vorsichtshalber den Wecker an ihrem Handy eingeschaltet – aus Angst, sie könnten beide im Zug einschlafen und erst in Penzance wieder aufwachen –, und er klingelte fünf Minuten, bevor sie in den Bahnhof von Pennfleet einfuhren. Als sie aufwachte, merkte sie, dass sie den Kopf an Dans Schulter gelegt hatte. Er lächelte sie an, und sie setzte sich verwirrt auf, wusste zuerst gar nicht, wo sie war und warum. Dann sprang sie auf und begann, ihre Sachen von der Gepäckablage zu reißen.

»Hey«, sagte Dan. »Immer mit der Ruhe. Wir sind noch nicht mal in Pennfleet.«

»Ich weiß«, sagte Laura, bereits auf dem Weg zum Ausgang. »Ich weiß, dass ich komplett neurotisch bin, aber daran lässt sich nun mal nichts ändern.«

Dan nahm seinen Rucksack herunter und folgte ihr. An der Waggontür stellte er sich hinter sie und umschlang sie mit den Armen. Laura lehnte sich gegen ihn, dankbar, dass er sie begleitete. Sie hätte es schrecklich gefunden, allein an einem fremden Ort einzutreffen.

Der Zug hielt, und Dan öffnete die Waggontür. Der Bahnhof von Pennfleet war eher unansehnlich. Grau, heruntergekommen, mit Eisengittern und Rissen im Betonboden, aus denen Unkraut spross, weit entfernt von dem, was sie sich unter einem malerischen Küstenstädtchen vorgestellt hatten.

Sie machten sich auf die Suche nach einem Taxi. Vor dem Bahnhofsgebäude standen zwei nebeneinander. Die beiden Fahrer plauderten gemütlich miteinander durch die offenen Fenster. Sie warteten eine Weile, bis Dan die Geduld verlor und einen scharfen Pfiff ausstieß.

»Zum Townhouse by the Sea, bitte«, wies Laura den Fahrer an.

»Oha, vornehmes Haus«, bemerkte der Mann, und Laura fürchtete schon, er könnte in dem Glauben, sie seien gut betucht, heimlich das Taxameter manipulieren. Normalerweise leistete sie sich keine teuren Hotels, aber das, was sie am Wochenende vorhatte, verunsicherte sie dermaßen, dass sie sich an einem Ort aufhalten wollte, an dem sie sich rundherum wohlfühlte, und das Townhouse schien genau das Richtige zu sein. Sie wollte nicht mit Dan in einem schäbigen Bed & Breakfast mit orange-braun gemustertem Teppichboden absteigen, wo man sich nicht sicher sein konnte, dass die Betten frisch bezogen waren.

Als das Taxi losfuhr und Laura sich in ihrem Sitz zurücklehnte, dachte sie daran, dass sie am Abend mit ihren Freunden nach Camden hätten fahren können, um die letzten Sonnenstrahlen bei einem Cocktail zu genießen, anschließend wie jeden Freitag in einen Club hätte gehen und auf dem Heimweg ein köstliches Kebab mit scharfem Harissa essen können. Wahrscheinlich war dieser Wochenendausflug eine einzige Verschwendung von Zeit und Geld.

»Sind Sie bereit?«, fragte der Fahrer kurz vor einer Kurve. »So eine Aussicht haben Sie Ihr Lebtag noch nicht gesehen. Warten Sie's ab.«

Dan und Laura setzten sich erwartungsvoll auf. Dann, als sie die Kurve umrundet hatten, jauchzte Laura vor Glück, denn vor ihnen lag das glitzernde Meer. Und unten in der Bucht lag das Städtchen Pennfleet, ein Anblick wie aus dem Bilderbuch.

»Wow«, murmelte Dan.

Der Fahrer grinste.

»Da fällt jedem die Klappe runter«, sagte er. »Man muss schon scheintot sein, um nicht zu sehen, dass das hier was ganz Besonderes ist.«

»Hast du den nicht schon mal gesehen?«

»Doch, ganz oft. Das ist mein Lieblingsfilm.«

Colin betrachtete die DVD, die Chelsey ihm gegeben hatte. *Rapunzel.* Es versetzte ihm einen kleinen Stich ins Herz.

Am Nachmittag waren sie sich uneins darüber gewesen, ob Chelsey mit ihnen zusammen zu Abend essen sollte. Colin war dafür gewesen. Er und Alison hatten ihre Kinder von klein auf mit ins Restaurant genommen, wenn sie auswärts gegessen hatten. Er fand, dass Kinder auf diese Weise lernten, sich ordentlich zu benehmen, und wozu hatte man überhaupt Kinder, wenn es einem keine Freude bereitete, mit ihnen zusammen zu sein? Aber Karen sah das anders.

»Du hast doch bestimmt keine Lust, mit den langweiligen Erwachsenen zu Abend zu essen, oder, Chelsey?«

Colin sah, dass Chelsey es gewöhnt war, dass man ihr die Worte in den Mund legte, und dass sie die Antworten auswendig kannte.

»Nein, ich bleib lieber hier oben.«

»Sie kann sich vom Zimmerservice was bringen lassen und ein bisschen fernsehen.«

Wahrscheinlich war es klüger, jetzt keinen Streit anzufangen, dachte Colin. Und letztlich hatte Karen recht. Sie brauchten ein Gespräch unter vier Augen. Er zumindest hatte ihr einiges zu sagen. Aber um sein Gewissen zu besänftigen, war er mit Chelsey zum Zeitungsladen gegangen, damit sie sich eine DVD aussuchen konnte.

»Du kannst dir auch zwei mitnehmen«, sagte er jetzt.

Sie zögerte. »Wirklich?«

»Na klar.«

Erneut ging sie die Reihen mit den DVDs durch. Colin dachte, wenn es Michelle wäre, würde er ihr noch eine Tüte Süßigkeiten dazu spendieren, aber Chelsey brauchte wirklich keine weitere Kalorienbombe. Was sollte er tun? Im Hotelzimmer stand eine Schüssel mit frischem Obst, aber sie damit abzuspeisen würde ihm geizig vorkommen. Und er hatte sich doch vorgenommen, sie an diesem Wochenende zu verwöhnen. Seiner Ansicht nach musste man Kinder einfach nach Strich und Faden verwöhnen.

Seufzend nahm er eine Tüte Schokonüsse. Eine Tüte mehr oder weniger machte im Moment auch keinen Unterschied. Beim Abendessen würde er mit Karen ein ernstes Wort über Chelseys Ernährung reden. Auch wenn er fürchtete, auf taube Ohren zu stoßen.

Chelsey hatte eine zweite DVD ausgesucht, die sie ihm verlegen hinhielt. Er musste an das Spielzimmer seiner Kinder zu Hause denken, an den riesigen Fernsehbildschirm und die Regale voller DVDs, die vermutlich mehr enthielten, als hier in dem Laden angeboten wurden. Inzwischen war das Zimmer fast das ganze Jahr über leer, und es war fast unheimlich still dort drinnen. Seine Kinder fehlten ihm sehr, und er wusste, dass es Alison genauso erging.

Er hielt die Tüte Schokonüsse hoch.

»Magst du die?«

Chelsey nickte, und er ging zur Kasse. Als sein Blick auf die Zigaretten an der hinteren Wand fiel, überkam ihn ein ungeheures Verlangen, so wie er es nicht mehr empfunden hatte, seit er vor fünfzehn Jahren mit dem Rauchen aufgehört hatte. Das lag wahrscheinlich daran, dass Karen die ganze Zeit rauchte. Aber er war fest entschlossen, nicht schwach zu werden, und kaufte sich stattdessen ein Päckchen Kaugummi.

»Möchtest du sonst noch etwas?«, fragte er Chelsey.

Sie schüttelte den Kopf.

Er hätte dahinschmelzen können. Wusste sie nicht, dass sie alles von ihm haben konnte? Egal, was?

Angelica kehrte von ihrer Spritztour zurück und tat wie die Unschuld in Person. Sie hinterlegte die Autoschlüssel für die Parfitts in der Schublade an der Rezeption und wandte sich mit einem Lächeln an ein junges Paar, das gerade einchecken wollte.

Der Anblick der beiden versetzte ihr einen Stich. Die junge Frau war kaum älter als sie, und die beiden wirkten so liebenswürdig. Der junge Mann hatte seinen Rucksack über die Schulter geschlungen, in der Hand hielt er ohne jede Spur von Verlegenheit eine geblümte Reisetasche, den anderen Arm hatte er seiner Freundin um die Schultern gelegt.

»Wir haben für das Wochenende ein Zimmer gebucht«, sagte die junge Frau. »Auf den Namen Starling. Zwei Übernachtungen.«

»Man könnte meinen, wir hätten für eine ganze Woche gebucht«, bemerkte ihr Freund grinsend, »wenn man sich unser Gepäck ansieht.«

Seine Freundin knuffte ihn in die Rippen.

»Man muss für alle Eventualitäten gerüstet sein«, sagte die junge Frau. »Oder?« Sie schaute Angelica Zustimmung heischend an.

»Aber sicher«, sagte Angelica. »Man weiß ja nie, wie das Wetter sich entwickelt. Oder was alles passieren kann.«

Sie schaute im Computer nach und stellte fest, dass die »Besenkammer« für die beiden reserviert war, das kleinste Zimmer des Hotels. Es war ein niedliches Zimmer, aber eigentlich nur für eine Person geeignet, auch wenn es mit einem Doppelbett ausgestattet war.

Einem spontanen Impuls folgend warf Angelica einen Blick auf ihre Uhr. Es war später Nachmittag, und es war ziemlich unwahrscheinlich, dass jetzt noch jemand ein Zimmer fürs Wochenende bestellte.

Mit leuchtenden Augen beugte sie sich vor.

»Hören Sie. Es ist noch ein etwas größeres Zimmer frei«, sagte sie leise. »Ich werde es Ihnen ohne Aufpreis geben.« Sie strahlte die beiden an. »Aber verraten Sie's keinem.«

»Danke!«, sagte die junge Frau. »Das ist aber wirklich nett von Ihnen.«

Ihr Freund nickte. »Cool«, sagte er. Cooler Typ, dachte Angelica. Seine tiefgrauen Augen faszinierten sie, und sie hoffte, dass die junge Frau wusste, was sie für ein Glück hatte.

Sie händigte den beiden den Zimmerschlüssel aus und schaute ihnen nach, als sie Ben nach oben folgten. Ihr wurde ganz warm ums Herz vor Freude darüber, dass sie ihnen einen Gefallen getan hatte. Sie fragte sich, ob sie das jemals erleben würde, dass sie mit einem Mann, den sie liebte, in einem Hotel eintraf und man ihnen ein besseres Zimmer anbot. Sie konnte sich nicht vorstellen, wie sich das anfühlen würde. Als sie die Reservierung im Computer änderte, fühlte sie sich ein bisschen ernüchtert, doch sie hoffte, dass ihre großzügige Geste gutes Karma bedeutete und ihr eines Tages das Gleiche passieren würde.

Laura ließ sich auf das riesige Doppelbett fallen, auf dem sich weiche Kissen türmten.

»Ich fasse es nicht! Dass sie uns dieses Zimmer gegeben hat!« Sie drückte sich ein Kissen an die Brust und sah sich mit vor Glück geweiteten Augen um. »Gott, ist das schön hier.«

Das Zimmer war in Korallenrot und Cremetönen gehalten. Vorhänge mit Seesternmotiven reichten bis zum Boden. Vor dem Fenster stand ein riesiger silberner Sitzsack. Über dem Bett hing ein gerahmtes Poster von *Fünf Freunde verfolgen die Strandräuber,* und an der Wand gegenüber dem Fenster hingen drei Gemälde von Pandora Mond, die in metallischen Blautönen schimmerten.

Dan stellte seinen iPod in die Dockstation, und kurz darauf erfüllten die satten, wabernden Akkorde seiner neuen Lieblingsband das Zimmer.

Laura war im Bad verschwunden. Als sie herauskam, hielt sie eine Flasche Badeöl hoch.

»Sieh mal! Badeöl von Molton Brown! Jede Menge! Ich werde hier eine Badeorgie veranstalten!« Sie schraubte den Deckel von der Flasche und schnupperte genüsslich daran.

Dan entdeckte eine silberne Keksdose. Sie war gefüllt mit selbst gebackenem Sandgebäck.

»Das wird ein schönes Wochenende«, murmelte er verträumt, während er von einem Keks abbiss. Dann hielt er Laura die Dose hin.

Sie schüttelte den Kopf und trat ans Fenster. Das Zimmer lag zur Seite des Hotels hin, aber wenn man den Hals reckte, konnte man das Meer sehen. Rechts hatte man einen Blick auf das kleine Pennfleet mit seinen engen Gassen. Dann fiel ihr plötzlich wieder ein, warum sie hier waren. Auf keinen Fall, um ein romantisches Wochenende zu zweit zu verbringen. Sie ließ den Blick über die Häuser wandern, die sich an den Hang duckten, und fragte sich, welches davon wohl dem Mann gehörte, der vielleicht – oder vielleicht auch nicht – ihr Vater war.

Dan trat hinter sie und umarmte sie. Sie schmolz dahin. Gott sei Dank hatte sie Dan. Ohne ihn hätte sie es niemals bis hierher geschafft, das wusste sie. Egal, was passierte, wenn das Wochenende vorüber war, würde sie ihn immer noch haben.

Monique durchquerte das Wohnzimmer der großen Suite und riss die Tür zu dem winzigen Balkon auf, von dem aus man direkt auf den Hafen blickte. Sie atmete die salzige Luft ein und legte den Kopf in den Nacken, um die Sonne zu genießen.

»Herrlich«, sagte Trevor.

Monique lächelte und betrachtete die Boote, die in der Brise an ihren Tauen zerrten.

»Da ist es.« Sie zeigte auf ein großes weißes Motorboot. Trevor stellte sich neben sie und grinste stolz. *The Blonde Bombshell.* Vor zehn Jahren hatte er es Monique zum vierzigsten Geburtstag geschenkt. Er hatte es nach eigenen Plänen extra für sie bauen lassen und war jede Woche zur Werft gefahren, um sich zu vergewissern, dass jedes Detail, bis hin zu den weißen Lederkissen, genauso wurde, wie er es wollte. Er wusste, dass er die Bootsbauer fast um den Verstand brachte, aber das war ihm egal. Es war sein Geld, es war das Geschenk für seine Frau, und es sollte perfekt werden.

Er musste daran denken, was sie für ein Gesicht gemacht hatte, als er es ihr geschenkt hatte. Ihre Augen hatten vor Überraschung und Freude geleuchtet, als es im Hafen von Lymington vom Stapel gelassen wurde. Übermütig vor Glück hatte sie die Champagnerflasche gegen das Boot geworfen. Und es hatte ihnen mehr glückliche Stunden beschert, als er es sich je hätte träumen lassen.

Aber wo einst Lachen gewesen war, war jetzt nur noch Düsternis. Moniques Augen suchten immer noch nach der schattenhaften Gestalt, die nie da sein würde. Und er konnte ihr nicht helfen, es gab nichts, was er für seine geliebte Frau tun konnte. Es brach ihm das Herz zu wissen, dass er den Qualen seiner Frau gegenüber machtlos war. Und so überhäufte er sie mit Geschenken und Ablenkungen in der vergeblichen Hoffnung, dass sie eines Tages die Hoffnung aufgeben würde.

Trevor selbst hatte die Hoffnung schon lange aufgegeben.

Aber dieses Wochenende würde ein Wendepunkt sein, dessen war er sich gewiss. Ein Hotel in London zu eröffnen war ein Gedankenblitz gewesen, und er war froh, dass Monique sofort voller Begeisterung auf die Idee angesprungen war. Das Projekt würde sie beschäftigen, sie vom Grübeln abhalten, ihrer rastlosen Suche ein Ende setzen. Er hoffte nur, dass Claire und Luca einsteigen würden. Er vertraute ihnen, er war überzeugt von ihrer Vision, und er wollte nicht nach anderen Leuten suchen müssen, die die Federführung bei seinem Projekt übernahmen. Ungeachtet seiner betont überschwänglichen Herzlichkeit war Trevor kein Mann, der leicht jemanden ins Vertrauen zog. Die Parfitts ließen schon lange niemanden mehr an sich heran.

Sie hatten gelernt, sich zu verstellen. Wer sie kennenlernte, würde denken, sie hätten nicht die geringsten Sorgen und würden das Leben in vollen Zügen genießen. Sicher, oberflächlich betrachtet führten sie ein traumhaftes Leben. Trotz allem war Trevor finanziell immer erfolgreicher geworden, und sie schränkten sich in keiner Hinsicht ein.

Aber es machte ihn fix und fertig, dass er Monique das Einzige, was sie sich wirklich wünschte, nicht kaufen konnte. Er würde alles darum geben, ihr altes Lächeln noch einmal zu sehen. Das Lächeln, das ihre Augen erreichte. Anstatt des abwesenden Blicks, gegen den auch die Antidepressiva nichts ausrichten konnten. Immerhin halfen ihr die Medikamente, durch den Tag zu kommen. Und Leute bekamen das Zeug wegen wesentlich geringerer Probleme verschrieben. Wegen nichts und wieder nichts, so schien es ihm.

In stiller Verzweiflung sah er sie zu ihrer Handtasche gehen. Zum x-ten Mal nahm sie das Handy heraus, um nachzusehen, ob eine SMS eingegangen war, hielt es hoch, um sich zu vergewissern, dass sie Empfang hatte. In Pennfleet wusste man das nie so genau – die Reichweite der Satelliten schwankte –, aber jetzt schien es kein Problem zu geben, denn sie nickte zufrieden und ließ das Handy wieder in ihre Tasche fallen.

Keine SMS. Es würde nie eine kommen. Trevor wusste das. Aber Monique würde die Hoffnung nie aufgeben.

Sie ging zurück zum Fenster und schaute wieder nach draußen. Der Wind, der vom Meer herwehte, zerzauste ihr das Haar. Sie wirkte so jung. So verletzlich. Und er spürte den Kloß im Hals, der ihn immer wieder daran erinnerte, wie hilflos er war. Er schluckte ihn hinunter.

»Wollen wir vor dem Abendessen einen kleinen Spaziergang machen?«

Sie lächelte ihn an und nickte.

»Ja, lass uns zum Hafen runtergehen. Ein bisschen Meeresluft schnuppern. Das macht Appetit.«

Manchmal dachte er, es wäre alles leichter zu ertragen, wenn sie nicht so tapfer wäre.

Acht

Den frühen Abend im Hotel genoss Claire immer ganz besonders. Wenn die Sonnenstrahlen zwischen fünf und sechs Uhr schräg in die Fenster fielen, herrschte eine Stimmung zwischen Schläfrigkeit und freudiger Erwartung. Während in der Küche die Vorbereitungen auf Hochtouren liefen und der Barmann seine Eisbehälter füllte, zogen die Gäste sich auf ihre Zimmer zurück, machten ein Nickerchen, sahen sich die Nachrichten an, frischten auf sonnengebräunter Haut ihr Make-up auf oder gaben sich träge und entspannt der Liebe hin.

Claire nutzte diese Zeit, um sich zu vergewissern, dass alles so war, wie es sein sollte, dass die Zeitungen weggeräumt, keine Blumen verwelkt und die Toiletten blitzsauber waren. Natürlich hatte sie Angestellte, die sich um all diese Dinge kümmerten, aber es konnte nicht schaden, alles noch einmal selbst zu überprüfen, um sicherzustellen, dass das Ergebnis ihren hohen Ansprüchen genügte. Häufig brachte Mitch, der Barmann, ihr eine seiner neuesten Cocktailkreationen zum Probieren, und wenn sie Glück hatte, fand sie Zeit, um sich zehn Minuten auf die Terrasse zu setzen und die köstlichen Düfte zu genießen, die aus der Küche kamen.

Um Viertel nach sechs war es dann vorbei mit der Ruhe. Passanten schauten herein, um zu fragen, ob sie kurzfristig noch einen Tisch reservieren konnten, Stammgäste trafen sich auf einen Aperitif, und die Bar füllte sich allmählich mit den Hotelgästen, die zum Abendessen herunterkamen.

Und bei den fantastischen Wetteraussichten für das verlängerte Wochenende herrschte ganz besonders großer Andrang. Das Restaurant war bereits komplett ausgebucht, und Claire hatte schon mehrere enttäuschte Urlauber wegschicken müssen.

Nicks Freunde hatten sich in der Bar eingefunden. Lauter ausgesprochen attraktive Kerle – alle Anfang dreißig, selbstbewusst, aber keine Angebertypen. Claire war sich ziemlich sicher, dass sie sich an ihr Versprechen halten und kein Saufgelage veranstalten würden, aber es war nicht zu übersehen, dass sie in Feierlaune waren. Das große Festessen im Townhouse war erst für den nächsten Tag geplant, und für heute Abend hatten sie in einem Pub einige Kilometer außerhalb von Pennfleet, den Luca ihnen empfohlen hatte, einen Tisch reserviert.

Claire brachte ihnen ein Tablett Canapés: mit Stilton und Chutney überbackener Toast, Rosmarinpfannkuchen mit Ziegenkäse und Crab Cakes mit Chili-Limonen-Mayonnaise, alles in Miniaturformat.

Einer der Männer stand auf, um Claire zu begrüßen.

»Hallo, ich bin Gus. Der Trauzeuge. Ich glaube, wir haben miteinander telefoniert.« Dann stellte er die anderen kurz vor, die üblichen Wills und Jamies und Tobys, wie nicht anders zu erwarten. Als er sah, wie Claire die Mojitos beäugte, die vor ihnen auf dem Tisch standen, sagte er: »Keine Sorge, das wird nicht aus dem Ruder laufen. Die sind nur zum Einstimmen.«

Seine braunen Locken und das sommersprossige Gesicht verliehen Gus etwas Jungenhaftes. Claire fragte sich, ob Nick ihm erzählt hatte, dass sie beide einmal ein Paar gewesen waren. Sie lächelte.

»Sie dürfen sich gern amüsieren«, sagte sie zu Gus. »Allerdings würden wir es begrüßen, wenn Sie Ihre Kleider anbehalten und nicht auf den Teppich kotzen würden.«

»Ihr habt's gehört, Jungs: Nackt kotzen streng verboten!« verkündete Gus feierlich. »Wir warten nur noch auf den Bräutigam. Er duscht gerade.«

»Nur noch eine Woche Freiheit«, sagte einer der anderen. »Der arme Teufel.«

»Ach, komm«, sagte Gus. »Sophie ist ein Schatz. Die beiden werden ein perfektes Paar.«

Alle lachten.

Außer Claire. Vor ihrem geistigen Auge tauchte plötzlich die kleine Kirche von Mimsbury auf, Nick mit Gus an seiner Seite vor dem Altar, den Blick voller Bewunderung auf die schöne Braut gerichtet, die unter den neidvollen Blicken der Hochzeitsgemeinde durch den Mittelgang auf ihn zuschritt.

Hastig setzte sie das Tablett mit den Canapés ab.

»Eine Aufmerksamkeit des Hauses«, brachte sie mühsam hervor, bevor sie die Flucht ergriff. Wahrscheinlich waren die Männer völlig verdattert, aber sie konnte sich nichts mehr von Nicks bevorstehender Hochzeit anhören. Sie schlüpfte in die Toilette, schloss sich in einer Kabine ein, setzte sich auf den Klodeckel und vergrub das Gesicht in den Händen.

Die Wochen nachdem Isobel Claire den letzten Teil ihres Plans offenbart hatte, waren die Hölle gewesen. Während Isobel anscheinend kein Problem damit hatte, sich zu benehmen, als wäre alles in Ordnung, fand Claire es unerträglich, sich den anderen gegenüber normal zu verhalten.

Hin und wieder sprach Nick sie darauf an, dass sie in letzter Zeit so abwesend und müde wirkte.

»Ist es mein Vater?«, fragte er. »Macht er dir auf der Arbeit zu viel Druck? Ich weiß, dass er hohe Ansprüche hat, aber wenn es dir zu viel wird, musst du es ihm sagen. Er merkt einfach nicht, dass er die Leute stresst.«

Claire wusste nicht, was sie ihm sagen sollte. Die Arbeit bei Melchior Barnes machte ihr Spaß. Sie fühlte sich kein bisschen gestresst. Aber es war einfacher, Probleme im Betrieb vorzuschieben, als Nick die Wahrheit zu sagen, auch wenn sie schon mehrmals kurz davor gestanden hatte. Doch sagte sie sich jedes Mal, dass bald Weihnachten war, und sie konnte Isobel auf keinen Fall ihr letztes Weihnachtsfest ruinieren.

Und die ganze Zeit betete sie, dass irgendein Wunder geschah. Natürlich wurde ihr Gebet nicht erhört, und ehe sie sich versah, war Weihnachten. Sie wachte auf mit Halsschmerzen, einem dicken Kopf und einem schweren Herzen, aber ihren Eltern zuliebe quälte sie sich aus dem Bett. Die beiden hatten angefangen, sich Sorgen um sie zu machen, und sie wollte ihnen den Weihnachtsmorgen nicht verderben, zumal sie vorhatte, nach dem Mittagessen zu den Barnes' zu gehen.

Sie setzten sich alle drei im Morgenmantel an den Küchentisch, aßen Toast mit Speck und tranken Nescafé. Zwischen diesem Szenario und dem, was sich gerade in der Küche im Mill House abspielte, lagen Welten – dort würde geräucherter Lachs aufgetischt und Rührei, es würde Sekt eingeschenkt, und aus dem CD-Spieler würden Weihnachtslieder vom

King's College in Cambridge ertönen, es würde duftenden Bohnenkaffee geben, und der Tisch würde festlich geschmückt sein –, aber zum ersten Mal, seit sie die Barnes' kennengelernt hatte, wäre sie am liebsten zu Hause geblieben. Bei ihren Eltern fühlte sie sich aufgehoben, denn die hätten sie, auch wenn sie ihre eigenen Fehler hatten, niemals in eine solche Zwangslage gebracht. Wenn sie von Claires Pakt mit Isobel wüssten, wären sie entsetzt. Sie würden es überhaupt nicht verstehen. Ihre Eltern verstellten sich nie. Das lag einfach nicht in ihrer Natur. Vielleicht war das ein Mangel an Fantasie, aber auf jeden Fall wusste man bei ihnen, woran man war. Immer.

Claire war zutiefst gerührt von ihrem Geschenk – sie gaben ihr einen großzügigen Scheck für die Renovierung ihres Zimmers.

»Es hat keinen Zweck, dass wir das selber machen«, sagte ihre Mutter. »Wir hätten sowieso keine Ahnung, was dir gefällt. Aber wir möchten, dass du dir dein Zimmer nach deinem Geschmack einrichtest. Wir haben ja im Haus nicht viel gemacht, seit wir hier eingezogen sind.«

»Ich kann dir beim Anstreichen helfen«, sagte ihr Vater. »Das schaffen wir an einem Wochenende.«

Die Ziffern auf dem Scheck verschwammen vor Claires Augen, vor allem, als sie daran dachte, wie oft sie sich über ihre Eltern geärgert hatte, weil sie im Vergleich zu Isobel und Gerald so wenig Energie darauf verwandten, ihre Umgebung schön zu gestalten.

Sie wurde um drei Uhr im Mill House erwartet, aber mit jeder Minute, die verging, wuchs ihre Angst. Wie konnte sie von Weihnachtskugeln und Lametta umgeben dasitzen in dem Wissen, dass dies sehr wahrscheinlich Isobels letztes

Weihnachtsfest im Kreise ihrer Lieben war, die die Festlichkeiten ahnungslos genossen?

Sie würde nicht hingehen, beschloss sie. Eine Erkältung kündigte sich bei ihr an. Sie könnte die anderen anstecken, das wäre nicht in Ordnung. Sie rief an und hinterließ eine Nachricht auf dem Anrufbeantworter. Sie fühle sich krank. Aber die Barnes' wollten nichts davon wissen. Sie riefen dreimal an, um zu hören, wo sie steckte – sie warteten darauf, dass sie kam, um ihre Geschenke vor dem Lunch zu öffnen, den sie immer am späten Nachmittag einnahmen. Um halb fünf klopfte Nick bei Claires Eltern an die Tür.

»Was in aller Welt ist los mit dir?«, fragte er. »Es ist doch bloß eine kleine Erkältung. Niemand stört sich daran. Komm mit. Ein paar Gläser Sekt, und du merkst nichts mehr von deiner Erkältung. Du kannst auch deine Eltern mitbringen, wenn du sie nicht allein lassen willst.«

»Das ist es nicht«, schniefte Claire.

»Was dann? Komm schon. Mum hat einen Weihnachtsstrumpf für dich gefüllt.«

Und so wurde Claire trotz ihrer Proteste zum Mill House abgeführt. Im Salon schenkte Gerald ihr ein Glas Sekt ein, und Isobel überreichte ihr einen mit lauter kleinen Päckchen gefüllten Weihnachtsstrumpf aus rotem Samt. »Ich hatte nie Gelegenheit, Mädchensachen zu kaufen, immer nur Aftershave und Socken und irgendwas mit Batterien. Es sind aber nur Kleinigkeiten.«

Claire war überwältigt. Zehn Minuten später war sie umgeben von einem Berg aus silbernem Seidenpapier und mehr Geschenken, als sie gebrauchen konnte: eine mit Perlen bestickte Geldbörse, ein Paar Schaffellpantoffeln (im Mill House waren die Fußböden im Winter eiskalt), eine Spitzenstrumpfhose, ein Taschentuch von Jilly Cooper, eine Flasche Romance von Ralph Lauren …

»Und das ist von mir«, sagte Gerald und überreichte ihr ein Glas, ihr ganz persönliches Weinprobierglas von Riedel. Dann sprang er auf, öffnete eine Flasche, die er dabei so hielt, dass sie das Etikett nicht sehen konnte, und schenkte ihr einen Schluck Burgunder ein.

»Sag mir, was du davon hältst«, befahl er.

Claire brach in Tränen aus. »Es tut mir leid«, krächzte sie. »Ich fühle mich nicht gut …«

Sie rannte aus dem Zimmer und schloss sich in der Toilette ein. Sie musste sich zusammenreißen, wenigstens Isobel zuliebe. Isobel benahm sich, als wäre überhaupt nichts. Woher nahm sie bloß die Kraft dazu, fragte sich Claire. Wo sie genau wusste, dass dies das letzte Weihnachten war, das sie mit ihrem Mann und ihren Söhnen verbringen würde.

Selbst in der Toilette konnte Claire Isobels Gegenwart nicht entgehen. Der kleine Raum trug unverkennbar ihre Handschrift. Die Wände waren in kräftigem Indischrot gestrichen, an der Decke hing ein antiker Kronleuchter mit glitzernden Kristallen. Die Handtücher waren dick und flauschig, auf dem Waschbecken lag ein perfektes, cremefarbenes Stück Seife, das nach Lavendel duftete. Sie dachte an die Gästetoilette bei ihren Eltern. Steril und schmucklos. Am Haken neben dem Waschbecken ein zerschlissenes Handtuch, das nur selten gewaschen wurde. Ein hässliches, von schwarzen Rissen durchzogenes Stück Kernseife. Das einzige Anzeichen dafür, dass sich jemand ein paar Gedanken über das Thema Dekoration gemacht hatte, war ein veralteter Kalender mit Fotos vom Lake District. Claire hatte keine Ahnung, woher der Kalender stammte. Ihre Eltern fuhren nie in Urlaub. Plötzlich sehnte sie sich nach zu Hause. Bei ihren Eltern in der Küche am Morgen hatte sie sich geborgen gefühlt.

Sie klappte den Klodeckel herunter, setzte sich darauf und lehnte sich mit dem Kopf gegen die Wand. An der gegenüberliegenden Wand hing eine von diesen Fotocollagen, wie sie bei der englischen Mittelschicht so beliebt waren. Bei einigen von Nicks Freunden zu Hause hatte sie ähnliche gesehen. Diese Collage war eine Chronik der Familie Barnes. Pummelige, glückliche Babys auf dicken Teppichen. Drei flachsblonde kleine Jungs, die im Garten herumtollten. Cricket-Spiele. Ski-Urlaube. Partys. Und immer mit dabei: Isobel. Die schöne, lebensfrohe Isobel, aus deren Lächeln das Glück sprach, das ihre Familie ihr bescherte.

Ihre eigene Mutter hatte Claire noch nie so lächeln gesehen. Sorglos. Hingerissen. Großherzig. Ihre Mutter konnte nie loslassen. Ließ sich nie anmerken, ob irgendjemand ihr etwas bedeutete.

Sie bekam einen Kloß im Hals, als sie sich fragte, ob sie ihre Mutter für Isobel opfern würde. Sie würde sicherlich weniger Trauer empfinden. Wenn man Trauer denn messen konnte. Sie schob den Gedanken weg, von sich selbst angewidert, dass ihr so etwas überhaupt in den Sinn kam, denn es war total egoistisch. Würde ihre eigene Mutter sterben, hätte sie wenigstens die Chance, mit Nick glücklich zu werden. Sie und ihr Vater würden natürlich um ihre Mutter trauern, aber …

Sie wollte nicht darüber nachdenken. Es war ein Unding, die Auswirkungen des Todes eines Menschen mit denen eines anderen zu vergleichen, als wäre eine Frau wichtiger als die andere, bloß weil sie zufällig mehr Kinder hatte und es ihr leichter fiel, Gefühle zu zeigen. Außerdem zweifelte Claire nicht daran, dass ihre Mutter sie liebte. Sie war nur nicht so extrovertiert wie Isobel.

Fünf Minuten später klopfte Nick an die Klotür.

»Claire? Alles in Ordnung?«

Sie öffnete und trat heraus. »Tut mir leid. Ich weiß auch nicht, was mit mir los ist. Weihnachten flippe ich immer aus.«

»Und du hast ein schlechtes Gewissen.« Nick sah sie wissend an.

»Weswegen sollte ich ein schlechtes Gewissen haben?«, stammelte sie.

»Na, weil du nicht bei deinen Eltern bist.«

Claire rieb sich das Gesicht. Ihr dröhnte der Schädel. Sie hätte nicht so viel Sekt trinken sollen, aber im Mill House wurden die Gläser irgendwie immer von selbst wieder voll. Ihr wurde ganz schwindlig.

Nick fing sie auf.

»Vielleicht solltest du dich ein bisschen hinlegen.«

»Nick«, stieß sie hervor. »Ich … Ich halt das nicht mehr aus.«

»Was denn?«

Sie musste es ihm sagen. Die Last erdrückte sie. Sie konnte es nicht länger für sich behalten.

In dem Augenblick kam Isobel aus dem Salon.

»Claire, Liebes – du siehst ja furchtbar aus. Komm mit. Ich mache dir eine heiße Zitrone mit Honig. Nick, das Feuer brennt herunter, würdest du noch etwas Holz holen?«

Ehe sie wusste, wie ihr geschah, saß Claire in der Küche, und Isobel machte sich daran, eine Zitrone zu pressen.

»Ich schaff das nicht«, jammerte Claire.

»Du musst.« Isobel gab einen Löffel Manuka-Honig in eine Henkeltasse. »Es ist genauso, wie es sein soll«, fuhr sie fort. »Wir sind alle glücklich. Es ist ein Weihnachtsfest, das wir nie vergessen werden. Was würde es bringen, das zu zerstören?«

Claire nahm die dampfende Tasse entgegen.

»Du wirkst so …«

Heiter. Bezaubernd. Gelassen. Strahlend. Sorglos.

»Innendrin«, sagte Isobel, »bin ich vollkommen ausgelaugt. Aber wenn es so weit ist, werde ich alle Zeit der Welt haben, um zusammenzubrechen.«

Neujahr. Beim bloßen Gedanken an den Tag wurde Claire übel. Aber es blieb ihr nichts anderes übrig, als sich der Herausforderung zu stellen. Sie musste so unerschrocken sein wie Isobel. Sie trank die heiße Zitrone, spülte sie mit einem Glas Sekt herunter und setzte ein tapferes Lächeln auf. Später, in der Nacht, klammerte sie sich verschwitzt und verängstigt an Nick. Sie würde ihn verlieren. Sie spürte es.

An Silvester war sie immer noch erkältet. Den ganzen Tag half sie bei den Vorbereitungen für die große Party. Sie konnte Isobel kaum in die Augen sehen und den anderen erst recht nicht. Zum Glück konnte sie ihre gedrückte Stimmung auf ihre Erkältung schieben. Sie zog das schwarze, eng anliegende Spitzenkleid an, das Isobel ihr gekauft hatte, die elastischen Overknee-Stiefel und die mit Strass besetzten Chandelier-Ohrringe.

»Du siehst – umwerfend aus«, sagte Nick.

Sie rang sich ein schwaches Lächeln ab. »Du auch.« Sie wandte sich hastig ab, bevor er die Tränen in ihren Augen sehen konnte. Die Brüder, alle drei in Anzug und Krawatte, waren elegante Erscheinungen. Beim Gedanken, wie stolz Isobel auf ihre Söhne sein würde, zog sich Claire der Magen zusammen.

Irgendwie überstand sie den Abend. Es waren so viele Leute da, und sie lenkte sich ab, indem sie ständig Getränke nachfüllte und Häppchen herumreichte. Als die Uhrzeiger sich Mitternacht näherten und die Aufregung über die nahende Jahrtausendwende wuchs, schlich sie sich in die Küche, während alle anderen sich vor der großen Uhr in der Eingangshalle drängten. Aus den Lautsprechern dröhnte »1999« von Prince, während die Stimmung immer ausgelassener wurde.

Claire rollte sich in dem weichen Sessel vor dem großen Herd zusammen. Ihr war, als hätte Isobel all ihre Schuldgefühle und all ihre Trauer auf sie abgeladen und als würde sie selbst wie eine Leihmutter einen dicken Klumpen Schmerz mit sich herumtragen, der stetig wuchs und immer größer und schwerer wurde. Natürlich litt Isobel, aber Claire würde sich später mit den Nachwirkungen herumschlagen müssen. Claire würde sich um den Schmerz und die Trauer der anderen kümmern müssen. Den Schmerz und die Trauer, denen Isobel so entschlossen aus dem Weg ging.

In der Eingangshalle hatte der Countdown begonnen. Claire hörte die Stimmen der von der Tragweite des Ereignisses aufgeputschten Menschen, die die Jahrtausendwende herbeizählten. Der Optimismus eines neuen Jahrs, vertausendfacht. Die Zukunft lag strahlend vor ihnen. Ein unbeschriebenes Blatt. Das Jahr 2000 – eine Chance für einen Neuanfang.

Sie sollte aufstehen und sich zu den anderen gesellen. Nick suchte sie bestimmt schon überall. Er würde sie küssen wollen, wenn die Uhr Mitternacht schlug. Es hätte ein perfekter Augenblick für sie beide sein können, jung und verliebt, wie sie waren. Aber sie konnte ihn nicht küssen, nicht, solange sie diese schreckliche Last trug.

Aber sie konnte sich auch nicht länger verstecken.

Sie öffnete die Küchentür. Die Eingangshalle war so voll mit Gästen, die lauthals die Sekunden herunterzählten, dass Claire kaum hinauskam. Um Punkt Mitternacht brachen alle in Jubelrufe aus. Sektkorken knallten, Trillerpfeifen schrillten, Luftschlangen flogen durch die Luft, irgendjemand stimmte »Auld Lang Syne« an, und alle fielen einander um den Hals.

Sie entdeckte Isobel auf der anderen Seite des Raums. Sie war so abgemagert, dass sie aussah wie eine Zwölfjährige. Aber sie war immer noch eine Schönheit in ihrem silbernen, mit Pailletten besetzten Kleid. Es sah aus, als würde sie sich königlich amüsieren, als hätte sie nicht die geringsten Sorgen. Aber Claire wusste, dass sie fast den ganzen Nachmittag geschlafen hatte, um Kraft zu sammeln für den langen Abend. Sie sah, wie Isobel Gerald an sich zog und ihn küsste. Es war der innige Kuss zweier Menschen, die einander alles bedeuteten. Dann sah sie sich in dem Getümmel nach ihren Söhnen um. Sie packte Felix am Arm und drückte ihn ganz fest, bekam Shrimps Hand zu fassen und zog ihn an sich, während sie Nick suchte, der wiederum Claire suchte.

Sie stand in der Tür zur Garderobe, als er sie fand.

»Wo warst du?«

Er hob sie hoch, wirbelte sie herum und küsste sie, als ginge es um sein Leben. Sie schloss kurz die Augen, wünschte, es wäre alles Wirklichkeit, wünschte, sie hätten eine glückliche Zukunft vor sich, die sie doch verdient hatten. Als sie die Augen wieder öffnete, stand Isobel neben ihr und wartete geduldig darauf, dass sie ihrem Sohn ein frohes neues Jahr wünschen konnte. Claire trat zur Seite und sah zu, wie Mutter und Sohn einander umarmten.

Dann wandte Isobel sich ihr zu und legte ihr die Arme um den Hals. Claire nahm ihren typischen Veilchenduft wahr.

»So ist es gut«, flüsterte Isobel ihr ins Ohr. »Genauso ist es gut, Claire. Ich danke dir.«

Sie spürte Isobels Lippen an ihrer Wange, trocken und warm. Am liebsten hätte sie sie weggestoßen, sie angeschrien, die Wahrheit herausgeschrien. Sie wollte nicht länger die Hüterin ihres Geheimnisses sein. Sie konnte es hier und jetzt allen verraten, die Last mit allen Gästen teilen und sich aus ihrem bösen Griff befreien.

Aber das würde nichts an dem ändern, was passieren würde. Es würde die grässliche Krankheit nicht aufhalten und Isobel keine Erleichterung verschaffen. Und in dem Augenblick begriff Claire, dass Isobel recht hatte. Es ging um Schadensbegrenzung. Was hätten all diese ausgelassenen Menschen davon, wenn sie die Wahrheit erführen? All die Menschen, die tanzten und sangen und lachten und die Jahrtausendwende feierten? Welches Recht hatte sie, Claire, Gerald und Felix und Shrimp und Nick um die Erinnerung an diesen denkwürdigen Augenblick zu bringen?

Nick schaute sie an. Er nahm ihr Gesicht in beide Hände.

»Du weinst ja«, sagte er grinsend. »Du alte Heulsuse.«

Sie hatte gar nicht gemerkt, dass ihr die Tränen gekommen waren. Sie sagte nichts. Sie brachte kein Wort heraus. Sie schaute auf die Uhr.

Eine Minute nach Mitternacht. Das schlimmste Jahr ihres Lebens hatte begonnen.

Am Neujahrstag war sie im Bett geblieben, hatte vor Kälte zitternd unter der Decke gelegen und sich mit einem Kater und ihrer Erkältung entschuldigt. Sie konnte es nicht ertragen mitzuerleben, wie Isobel sich von Gerald und ihren Söhnen verabschiedete, sie zum letzten Mal umarmte, während das Taxi draußen wartete, das sie angeblich zum Flughafen, aber in Wirklichkeit ins Hospiz bringen würde. Stattdessen hatte sie sich unter ihrer Decke zusammengerollt und versucht, die schrecklichen Bilder zu verdrängen, die Bilder von Isobels Abschied von ihrer Familie, bevor sie sich auf den Weg in den Tod machte …

Als Claire jetzt auf die Kalksteinfliesen in der Gästetoilette starrte, ächzte sie unter der Last der Erinnerungen. Alle Schuldgefühle und der ganze Schrecken waren wieder hochgekommen. Aber all das war nichts im Vergleich zu einer grundlegenden Erkenntnis.

Sie hatte geglaubt, sie sei von allem geheilt. Sie hatte geglaubt, sie sei glücklich mit Luca. Sie hatte geglaubt, sie hätte die Erinnerungen hinter sich gelassen. Aber jetzt war es, als wäre seit damals kein Tag vergangen. Nach all den Jahren waren ihre Gefühle so intensiv wie eh und je. Verzweifelt lehnte sie den Kopf an die Wand.

Sie liebte Nick immer noch.

Und er würde bald heiraten.

Sie musste zu ihm gehen. Ihm sagen, dass er nicht in ihrem Hotel bleiben konnte. Entweder er reiste ab, oder sie musste übers Wochenende weg, aber das war unmöglich, es sei denn, sie simulierte eine Blinddarmentzündung. Nein, Nick würde sich bei seinen Freunden entschuldigen und verschwinden müssen. Nur so würde sie das Wochenende überstehen; das

Abendessen mit Luca und Monique und Trevor. Das für den Abend anberaumte Treffen war überaus wichtig, aber solange Nick unter ihrem Dach weilte, konnte sie sich nicht konzentrieren, nicht funktionieren, an keinem Gespräch teilnehmen. Sie musste die Situation in der Hand behalten. Sie und Luca mussten als Team auftreten.

Sie trat aus der Kabine, drehte an einem Waschbecken den Wasserhahn auf und spritzte sich kaltes Wasser ins Gesicht in der Hoffnung, das könnte ihr helfen, einen klaren Gedanken zu fassen. Sie schaute in den Spiegel. Ihr Gesicht war ausdruckslos. Keine Spuren der Geheimnisse, die sich dahinter verbargen. Sie trocknete sich Gesicht und Hände ab, glättete ihr Haar und ging mit sicheren Schritten zur Rezeption.

»Kannst du ein paar Minuten die Stellung halten?«, fragte sie Angelica.

Angelica blickte auf, spürte, dass etwas in der Luft lag.

»Alles in Ordnung?«, fragte sie.

Einen Augenblick lang war Claire in Versuchung, sich ihr anzuvertrauen. Angelica war erfrischend unvoreingenommen. Aber sie hatte keine Zeit.

»Ich will nur kurz meine Notizen für die Besprechung heute Abend durchgehen«, sagte sie wenig überzeugend.

Angelica nickte. Sie glaubte ihr kein Wort.

»Wenn du reden willst …«, sagte sie.

Claire nickte und lächelte schmallippig.

»Danke«, sagte sie. »Nicht nötig.«

Sie rannte die Treppe hoch, immer zwei Stufen auf einmal nehmend. Sie klopfte an Nicks Zimmertür. Mitch würde seine Freunde schon bei Laune halten, und Luca war mit Fred und Loz in der Küche beschäftigt. Sie hatte ein paar Minuten Zeit, um ihn zu überreden.

Er öffnete die Tür, ein Handtuch um die Hüften, das Haar nass vom Duschen, und schaute sie fragend an.

Sie betrachtete seinen Körper, der ihr selbst nach all den Jahren noch vertraut war. Seine Schultern waren ein bisschen muskulöser, sein Brustkorb ein bisschen breiter geworden. Ohne ihn zu berühren wusste sie, wie er sich anfühlte. Sie bekam einen trockenen Mund.

»Hallo«, sagte er. »Was ist los?«

»Ich schaff das nicht«, sagte sie und spürte gleichzeitig, wie ihr die Tränen in die Augen schossen. »Du musst weg … Es tut mir leid. Ich kann nicht damit umgehen.«

Nick schaute sie einen Moment lang schweigend an.

»Ich weiß«, sagte er schließlich. »Ich hätte sofort abreisen sollen.« Er schlang das Handtuch fester um seine Hüften und trat einen Schritt zurück. »Ich packe meine Sachen. Ich werd den anderen sagen, es gibt ein Problem im Betrieb oder irgend so was …«

Aber er rührte sich nicht vom Fleck. Sie standen da und starrten einander an. Claire kam sich albern vor; wie eine hysterische Jugendliche, die ihre Bedingungen klarstellte. In ihrem Alter sollte sie eigentlich in der Lage sein, die Situation auf vernünftige Weise zu handhaben. Weil sie nur an sich selbst denken konnte, würde sie Nick ein unvergessliches Wochenende mit seinen Freunden versauen. Sie musste endlich erwachsen werden. Abgesehen von allem anderen war so ein Junggesellenabschied ein gutes Geschäft für sie. Wenn sie Nick bat abzureisen, würden die anderen womöglich auch ihre Koffer packen und das für den nächsten Abend geplante Festessen abbestellen. Auf dieses Geld konnten sie eigentlich nicht verzichten. Und wie würden sie vor Trevor und Monique dastehen?

»Tut mir leid«, sagte sie. »Es ist einfach …«

Was sollte sie ihm sagen? Wie sollte sie ihm erklären, was in ihr vorging? Dass ihre Gefühle noch genauso intensiv waren wie an dem Tag, als sie sich zum letzten Mal gesehen hatten? Dass sie nichts anderes wollte, als ihn zu berühren? Dass sie krank war vor Eifersucht?

»… schwierig«, brachte sie schließlich heraus. Das Wort klang so läppisch.

»Ich weiß.« Er schaute sie an. Und rührte sich nicht.

Claire gelang ein Lächeln. Sie hätte nicht nach oben kommen sollen. Sie hätte einfach alles laufen lassen sollen. Sie holte tief Luft. Straffte sich. Sie würde das hinbekommen. Wenn sie Nick fortschickte, würde das seinem unerwarteten Erscheinen eine viel zu große Bedeutung geben. Ein klassischer Fall von einer Mücke, aus der ein Elefant gemacht wurde. Claire hatte sich immer damit gerühmt, keine Dramaqueen zu sein.

»Ach, vergiss einfach, was ich gesagt habe.« Sie lachte verkrampft. »Du brauchst nicht abzureisen, was für ein Quatsch. Ich will dir dein Wochenende nicht verderben. Zieh dich an. Deine Freunde warten auf dich.«

Sie wandte sich zum Gehen.

»Claire!« Sie spürte seine Hand auf ihrer Schulter. Sie drehte sich um. Er zog sie am Arm, während er mit der anderen Hand sein Handtuch festhielt.

Wenn er sie nicht berührt hätte, wäre nichts passiert. Sie wäre nach unten gegangen, hätte mit den Gästen geplaudert, sich auf das Abendessen vorbereitet. Aber ehe sie wusste, wie ihr geschah, war sie in einer fließenden Bewegung in seinen Armen gelandet, waren sie in seinem Zimmer, war die Tür zu, und sein Handtuch fiel zu Boden.

Wie im Rausch presste sie ihre Lippen an seine feuchte Haut. Sie sanken auf eins der beiden Betten, während er ihr Kleid hochschob. Es gab kein Vorspiel. Und es gab auch keine Gegenwehr. Nichts konnte sie aufhalten. Kein Gewissen, keine Angst vor der Entdeckung, kein Selbsterhaltungstrieb, keine Schuldgefühle.

Es war Wahnsinn. Es war Schicksal. Es war falsch. Und es war ganz und gar richtig. Wenn hinterher die Welt stehen blieb, spielte das keine Rolle.

Es war, als wären sie nie getrennt gewesen. Sein Haar fühlte sich genauso zwischen ihren Fingern an wie früher. Sein Brustkorb war breiter, seine Arme kräftiger, aber sie hätte ihn überall blind erkannt. Ihre Becken fanden sich, wie sie es immer getan hatten. Er gehörte in sie hinein. Sie spürte, wie sie sich in ihm verlor in dem Moment der Schwerelosigkeit, als würde sie sich vollkommen auflösen.

Sie spürte Tränen auf ihrem Gesicht und merkte, dass es seine waren. Ihre Herzen schlugen wild; dann beruhigte sich ihr Keuchen allmählich, bis sie im Gleichtakt atmeten.

»Ah«, sagte Claire leise, und in diesem einen Ausdruck lagen tausend verschiedene Gefühle. Ehrfurcht, Verwunderung, Bestürzung, Dankbarkeit, Seelenqual. Nick löste sich von ihr und blieb neben ihr liegen. Ihre Hände suchten einander, und ihre Finger verschränkten sich. Was jetzt? Ihnen blieben nur Sekunden für eine Entscheidung. Es würde nicht mehr lange dauern, bis einer von Nicks Freunden hereingestürmt kam oder jemand nach Claire zu suchen begann.

»Ich fahre Sonntagabend nach Hause«, sagte Nick. »Wenn du mitkommst, blase ich die Hochzeit ab.«

Claire sagte nichts. Es gab nichts zu debattieren. Sie wussten beide nur zu gut, was sie verlieren und gewinnen konnten.

Sie rollte sich vom Bett und hob ihre Kleider auf. So schnell, wie sie ihre Sachen vor ein paar Minuten abgestreift hatte, war sie wieder angezogen. Sie stand neben dem Bett und fasste ihr Haar im Nacken mit ihrer Spange zusammen. Die Begierde schnürte ihre die Kehle zu, obwohl ihr Herz sich nach dem Sex noch nicht wieder ganz beruhigt hatte.

Er setzte sich auf und machte Anstalten, sie wieder in die Arme zu schließen, doch sie hob abwehrend eine Hand.

»Nicht.« Ihre Stimme klang tief. Eine Warnung.

Sie glättete ihr Kleid und schaute ihn an. Ratlos zuckte sie die Achseln.

»Wir wissen beide, dass es nicht immer ein Happy End gibt«, sagte sie.

Er schaute sie an.

»Ist das ein Nein?«

»Ich weiß nicht ...«

Sie beugte sich über ihn, nahm sein Gesicht in die Hände und küsste ihn.

»Ich muss gehen.«

»Okay. Ich verstehe.« Einen Augenblick lang sah er aus dem Fenster. »Möchtest du, dass ich abreise? Wäre es leichter für dich?«

Sie zögerte. Es wäre viel leichter.

»Nein«, antwortete sie.

»Die Entscheidung liegt bei dir. Ich habe meine Entscheidung bereits getroffen.«

Sie nickte.

»Ich weiß.«

Zwei Sekunden später war sie draußen und zog die Tür hinter sich zu. Sie fiel mit einem Klicken ins Schloss.

Angelica war gestresst. Sie musste die Speisekarten für den Abend ausdrucken, und der Drucker bockte. Plötzlich legten sich zwei Hände um ihre Taille.

Als sie mit einem spitzen Schrei herumfuhr, sah sie geradewegs in Lucas Augen.

»Gott, hast du mich erschreckt!«

»Ich konnte nicht widerstehen.« Er grinste.

Sie hielt ihm die zerknitterten Seiten hin.

»Der verdammte Drucker frisst mal wieder das Papier.«

Luca nahm ihr die Seiten aus der Hand und warf sie in den Papierkorb. »Wir kaufen einen neuen.« Er sah sich um. »Wo ist Claire?«

Angelica erstarrte. Wenn sie sich nicht irrte, hatte Claire sich darauf verlassen, dass Luca eine Weile in der Küche beschäftigt sein würde.

»Ich glaub, sie ist hochgegangen, um sich umzuziehen«, sagte sie.

»Genau das habe ich auch vor.« Luca zog sich das Tuch vom Kopf. »Ich hab an Fred und Loz übergeben. Das ist heute ein wichtiger Abend für uns.«

Angelica überlegte fieberhaft. Was, wenn Claire immer noch mit diesem Typen zugange war, der seinen Junggesellenabschied feierte?

»Luca«, rief sie hinter ihm her.

Er drehte sich um.

»Ja?«

»Claire – hat mir von euren Plänen erzählt. Das Hotel in London. Mit den Parfitts.«

»Ach?« Luca zog die Brauen zusammen.

Vielleicht hätte sie ihm das nicht sagen sollen. Aber egal – besser als zu riskieren, dass er Claire bei irgendetwas erwischte.

»Ich wüsste gern – was das bedeuten würde. Für das Hotel hier. Für … Na ja, für mich eben.«

Luca kam zur Rezeption zurück. Lächelte sie an.

»Du machst dir doch keine Sorgen, oder?«

Angelica nickte. Ihr Herz pochte. Ob das daran lag, dass sie Angst um Claire hatte, oder daran, dass Luca so dicht vor ihr stand, hätte sie nicht sagen können. Er legte ihr eine Hand auf die Schulter.

»Claire und ich halten große Stücke auf dich, Angelica. Falls wir dieses Projekt verwirklichen – was ich hoffe –, werden wir dich in jede wichtige Entscheidung mit einbeziehen. Du bist ein unverzichtbares Mitglied unseres Teams.«

»Danke.«

»Wir werden nicht einfach das Schiff verlassen. Wahrscheinlich werden wir uns anfangs abwechseln – einer von uns bleibt hier, während der andere in London ist.«

Ihre Blicke begegneten sich. An seinem Gesichtsausdruck war nichts abzulesen, aber die Bedeutung seiner Worte war klar.

»Oh«, sagte sie und grinste kokett. Sie musste ihn unbedingt bei der Stange halten und verhindern, dass er nach oben ging. Eigentlich dürfte sie nicht mit ihm flirten. Es war absolut daneben. Und es heizte nur ihre lächerlichen Sexfantasien an. Es würde alles nur noch schlimmer machen. Alles in ihr schrie, sie solle bloß die Finger von Luca lassen. Er würde nur mit ihr spielen. Und sie würde hinterher leiden.

»Andererseits, wenn ich's mir recht überlege«, fuhr er fort. »Kann gut sein, dass für dich in London ein Posten drin wäre. Wir brauchen dort Leute, auf die wir uns verlassen können. Und du willst doch sicher nicht bis an dein Lebensende in Pennfleet versauern, oder?«

Auf die Idee, dass sie sie in London brauchen könnten, war Angelica noch gar nicht gekommen. Aber es wäre natürlich eine Möglichkeit. Sie war loyal und verlässlich und fleißig. Sie hatte das Zeug dazu. Was also sprach dagegen, dass sie ihr bei ihrem neuen Projekt eine wichtige Rolle zudachten?

London, dachte sie. Die Vorstellung war so verlockend, dass es ihr die Kehle zuschnürte. Sie stellte sich eine kleine Wohnung vor, die sie sich vielleicht mit einer Freundin teilte, die auch im Hotel arbeitete. Sie sah sich durch die Londoner Straßen schlendern, in der Hand eine Einkaufstüte aus einem der großen Edelkaufhäuser.

Sie und Luca in einer Cocktailbar.

Träum weiter, Angelica, schalt sie sich. Was würde dann wohl aus Dill werden? Vergiss es.

»Tja«, sagte sie. »Dann wünsche ich euch viel Glück heute Abend.«

»Ja, drück uns die Daumen.«

Er hielt ihren Blick fest. Sie wusste nicht, was sie tun sollte. Eigentlich war sie nicht so leicht zu erschüttern, aber Luca brachte sie immer wieder vollkommen aus dem Konzept.

Zum Glück kam Claire die Treppe herunter, ehe sie etwas sagen musste.

»Ich dachte, du wolltest dich fürs Abendessen umziehen«, bemerkte Luca.

»Nein«, antwortete Claire verwirrt, dann fing sie Angelicas Blick auf. »Das heißt, doch. Aber du weißt ja, wie das ist – ich bin abgelenkt worden.«

Luca nickte.

»Ja«, sagte er dann. »Ich weiß genau, wie das ist. Ich bin auch abgelenkt worden.«

Er grinste Angelica verschwörerisch an, bevor er sich wieder zu Claire umdrehte.

»Wir sollten uns fertig machen. Ich hab uns für halb neun einen Tisch reserviert, aber wir müssen vorher noch mal ein paar Sachen durchgehen. Uns vergewissern, dass wir uns in allem einig sind.«

Claire nickte. »Geh dich doch schon mal duschen, damit das Bad frei ist, wenn ich raufkomme.«

Luca durchquerte beschwingt die Eingangshalle und stieg die Treppe hoch. Angelica und Claire sahen ihm nach, dann schauten sie einander an.

Sie sagten beide nichts. Es war alles viel zu kompliziert.

Nick lag auf dem Bett und lauschte in die Stille des Zimmers.

Er sollte aufstehen. Er sollte sich anziehen. Er sollte nach unten gehen und die nächste Runde bestellen. Sich mit seinen Freunden volllaufen lassen. Aber er fühlte sich vollkommen erschlagen. Genauso unfähig, sich zu bewegen oder etwas zu tun wie an dem Tag, als seine Mutter gestorben war. Wie an dem Tag, als ihm klar geworden war, dass Claire ihn hintergangen hatte.

Natürlich hatten sie Isobel ihre Geschichte abgekauft: dass sie nach Lanzarote flog, um sich von dem Virusinfekt zu erholen. Sie war absolut überzeugend gewesen. Und natürlich hatten sie sich nicht gewundert, als sie kaum etwas von ihr hörten – in Sallys Villa auf Lanzarote gab es kein Telefon, hatte sie gesagt. Sie hatte zweimal angerufen, angeblich aus einer Telefonzelle in Teguise. Sie war kaum zu verstehen gewesen, was, wie sie behauptete, an der schlechten Verbindung lag. Als drei Wochen später die Krankenschwester anrief, um ihnen mitzuteilen, dass Isobel gestorben war, hatten sie erfahren, dass sie aus dem Hospiz angerufen hatte, aus dem Krankenbett, in dem sie im Sterben lag.

Sie waren alle vier am Boden zerstört gewesen. Vollkommen verwirrt und zutiefst schockiert. Keiner wusste, wie er mit dem umgehen sollte, was Isobel getan hatte. Gerald war wie benommen, unfähig, irgendeine Entscheidung zu treffen, und so waren die drei Brüder näher zusammengerückt und hatten sich bemüht, alles zu organisieren. Claire war ihre Rettung gewesen. Sie hatte sich um den Haushalt gekümmert, alles mit dem Bestatter geregelt, mit dem Pfarrer gesprochen. Sie war ihr Fels in der Brandung gewesen. Sie traf instinktiv die richtigen Entscheidungen, und sie war rund um die Uhr für sie da gewesen, hatte sie in den Armen gehalten, für sie gekocht, Besucher weggeschickt oder eingelassen. Sie hatte die Blumen bestellt, die Lieder ausgesucht, die Trauerfeier organisiert, die Todesanzeigen verschickt. Sie hatte Eintopf gekocht und sie zum Essen gezwungen. Sie war mit Gerald zum Arzt gefahren und hatte dafür gesorgt, dass er Schlaftabletten bekam. Sie hatte mit dem Hausvater von Shrimps Internat gesprochen, die wichtigsten Kunden von Melchior Barnes informiert, sich mit dem Familienanwalt in Verbindung gesetzt.

Nachts hatte Nick sich an ihren warmen Körper geklammert. Er hatte den Boden unter den Füßen verloren, war wütend auf sich selbst, weil er nicht wusste, was er tun und wie er sich benehmen sollte, außerstande, mit seinem Vater zu reden. Sie alle waren so sehr von Trauer überwältigt, dass sie vollkommen handungsunfähig waren. Er hatte sich einfach nicht vorstellen können, wie das Leben ohne Isobel aussehen sollte. Ihre Abwesenheit hatte alles im Haus zum Stillstand kommen lassen. Sie war ihr Lebensanker gewesen.

Ohne sie waren sie orientierungslos, keiner von ihnen besaß die Kraft, das Ruder zu übernehmen. Zum Glück hatten sie Claire. Es bereitete ihm ein schlechtes Gewissen, dass sie ihr so viel zumuteten, aber sie schien der Situation gewachsen zu sein, obwohl sie immer noch an ihrer Erkältung laborierte. Sie brauchten sie. Sie hatte tapfer und ohne zu zögern Isobels Rolle übernommen.

Und dann, drei Tage vor der Beerdigung, hatte er begriffen, warum.

Sie saßen in der Küche und debattierten über die Einzelheiten der Trauerfeier – es ging darum, ob sie Musik laufen lassen sollten, wenn die Gäste nach der Beerdigung ins Haus kamen – und Claire hatte gesagt: »Ja, sie wollte Musik.«

Nick schaute sie an. »Sie *wollte* Musik?«

»Ja«, sagte Claire.

»Du meinst wohl, sie *hätte Musik gewollt?*«

Stille. Die sich lange hinzog, bis Claire ein unsicheres Lachen ausstieß und sagte: »Ja. Hätte gewollt.«

Und in dem Augenblick war es Nick wie Schuppen von den Augen gefallen: Claire hatte von Anfang an Bescheid gewusst. Sie war in den Plan eingeweiht gewesen. Sie war auf ihre Rolle vorbereitet worden. Sie wusste genau, was Isobel wollte. Sie hatte den Auftrag, sich um sie alle zu kümmern.

Zitternd stand er auf.

»Du hast es die ganze Zeit gewusst.«

Claire konnte ihm nicht in die Augen sehen. »Was hab ich gewusst?«

»Du wusstest, wo Mum war.« Er machte einen Schritt auf sie zu. »Gib's zu, Claire. Sie hat sich mit dir verbündet, stimmt's? Du warst ihre verdammte Komplizin. Jetzt wird mir alles klar. Das passt zu Mum …«

Die Tränen, die über Claires Wangen liefen, sagten ihm alles, was er wissen musste.

»Raus«, sagte er. »Verschwinde aus diesem Haus, und lass dir nur ja nicht einfallen, zur Beerdigung zu kommen. Du hast mich hintergangen. Mich, Dad … Uns alle. Wie konntest du nur?«

»Ich musste es ihr versprechen«, schluchzte Claire. »Und vielleicht hatte sie sogar recht. Was hätte es euch denn genützt, wenn ihr es gewusst hättet? Es hätte nichts daran geändert, dass sie sterben musste.«

Nick hörte seinen Vater ins Haus kommen.

»Erzähl das Dad«, sagte er zu Claire. »Sieh ihm in die Augen und rechtfertige dich vor ihm. Dann werden wir ja sehen, was er dazu sagt.«

Claire sah ihn erschüttert an. Dann nahm sie ihre Handtasche.

»Ich habe es getan, weil ich sie geliebt habe. Weil ich euch alle liebe. Und weil ich es für richtig hielt.«

Ehe er sie aufhalten konnte, stürzte sie durch die Terrassentür nach draußen und rannte über den Rasen. Als Gerald die Küche betrat, sah er sie gerade noch die Brücke überqueren.

»Wo will Claire denn hin?«, fragte er.

Nick brachte kein Wort heraus. Er setzte sich an den Tisch, legte den Kopf auf die Arme und weinte sich die Seele aus dem Leib. Er konnte nicht fassen, was die junge Frau, die er liebte, ihm und seiner Familie angetan hatte. Er wollte sie in seinem ganzen Leben nie wieder sehen.

Von außen betrachtet, war das Begräbnis so würdevoll und schön, wie Isobel gewesen war. Aber die Wahrheit unter der schönen Oberfläche war so hässlich wie der Krebs, der ihr

Leben gefordert hatte. Gerald, Shrimp, Felix und Nick gelang es, die Fassung zu wahren, aber das Entsetzen über Claires Verrat hatte sie noch tiefer in ihrer Trauer versinken lassen. Denn Nick hatte den anderen die Wahrheit sagen, Claires Abwesenheit erklären müssen. Ihnen war keine Zeit geblieben zu verarbeiten, was Nick ihnen offenbart hatte, darüber nachzudenken, was falsch und richtig war, bevor der Anwalt jedem von ihnen einen Brief von Isobel überreichte.

Die Briefe waren handgeschrieben, mit der vertrauten türkisfarbenen Tinte, die sie immer für Dankesschreiben und Einladungen benutzt hatte, ihre Schrift elegant, mit schön geschwungenen Bögen, und sie hatten alle denselben Wortlaut:

Meine geliebten Söhne,
wenn ihr diesen Brief lest, werdet ihr mir böse sein. Aber ich bitte euch, versucht, über eure derzeitigen Gefühle hinauszudenken und zu verstehen, warum ich diesen Entschluss gefasst habe. Ihr werdet denken, dass ich die Entscheidung ganz allein getroffen habe, ohne euch um eure Meinung zu bitten, und damit habt ihr recht. Vielleicht war das egoistisch von mir. Vielleicht habe ich es für mich getan. Aber ich wollte die Entscheidung nicht treffen müssen, und das ist das Grausame daran.

Ich hoffe also, ihr werdet mir verzeihen und mich so in Erinnerung behalten, wie ich es mir wünsche. Ebenso wie ich euch in Erinnerung behalten werde, wie es sein soll – lachend, glücklich, sorglos. Bleibt immer so. Für mich.

In ewiger Liebe
eure Mummy

Der Brief an Nick jedoch enthielt ein Extra-PS.

Nick, mein Liebling,
bitte, zieh Claire nicht dafür zur Rechenschaft, dass sie meine Verbündete war. Ich brauchte ganz dringend eine Vertraute, und sie hat den Mut aufgebracht, meine Wünsche zu respektieren. Ich weiß, wie schwer ihr das gefallen ist, aber bitte lass dir von mir versichern, dass sie das Richtige getan hat. Sie liebt dich sehr, ebenso wie ich, und ich weiß, dass dein Herz bei ihr immer gut aufgehoben sein wird.
Mummy

Er lag auf dem Bett und starrte auf die Worte. Er wusste jetzt, dass er es nicht ertragen konnte, gleichzeitig die beiden Menschen zu verlieren, die er am meisten liebte. Die Trauer um seine Mutter hatte die Trauer um Claire überlagert, aber wenigstens sie konnte er vielleicht zurückbekommen.

Seine Mutter war eine meisterhafte Überredungskünstlerin gewesen, das wusste er. Sie konnte jeden um den kleinen Finger wickeln. Er stellte sich ihre blauen Augen vor, die Claire in ihren Bann zogen, ihre rauchige Stimme, den honigtriefenden Tonfall, die emotionale Erpressung.

Wut auf Isobel stieg in ihm auf. Welches Recht hatte sie gehabt, seine Beziehung mit Claire aufs Spiel zu setzen? Sie hätte wissen müssen, dass er außer sich sein würde, dass er ihr Verhalten verurteilen würde.

Er zerknüllte den Brief zu einem Ball und warf ihn quer durchs Zimmer. Dann stand er auf, zog sich seine Turnschuhe an, lief durch den Flur, die Treppe hinunter und nach draußen. Er rannte über die Brücke und die Straße entlang, sprang über den Zaun und sprintete über die Wiese, die Abkürzung zu Claire.

Atemlos kam er bei dem Haus an, in dem sie wohnte. Der

unscheinbare Rover ihrer Eltern stand in der Einfahrt. Es gab weder einen Türklopfer noch eine Klingel, als bräuchten sie so etwas nicht, weil sie sowieso keinen Besuch bekamen. Er klopfte an das Fenster in der Haustür, schaute am Haus hoch und versuchte sich zu erinnern, welches ihr Fenster war. Er war erst einmal mit in ihrem Zimmer gewesen, als sie sich eine Strickjacke geholt hatte.

Ihr Vater kam an die Tür.

»Hallo.« Er musterte Nick argwöhnisch.

»Ich wollte fragen – ob Claire zu Hause ist. Ich muss mit ihr reden.« Er lächelte, wie um zu beweisen, dass er kein Verrückter war, obwohl er wahrscheinlich wie einer aussah, so verschwitzt und außer Atem, wie er war.

»Tut mir leid, aber sie ist nicht da.«

»Wissen Sie, wann sie zurückkommt?«

Mr. Marlowe legte die Stirn in Falten. »Nein, keine Ahnung.«

»Ist sie auf der Arbeit?«

»Sie ist …« Mr. Marlowe zögerte, als widerstrebte es ihm, eine schlechte Nachricht zu übermitteln. Nick rutschte das Herz in die Hose. Womöglich hatte Claire einen Unfall gehabt, und er hatte nichts davon mitbekommen. »Sie ist weggefahren. Und wir wissen nicht, wann sie wieder zurückkommt.«

»Sie meinen, sie ist – verreist?«

»Nein.« Seine Miene war ernst, beinahe ausdruckslos. »Sie ist ins Ausland gegangen.«

»Wohin denn?« Nick wurde von Panik gepackt. Mit dieser Möglichkeit hatte er nicht gerechnet. Claire hatte nie den Eindruck auf ihn gemacht, als sei sie abenteuerlustig, als wäre sie der Typ, der spontan seine Siebensachen packte und sich auf Reisen begab. Einfach verschwand.

»Tut mir leid. Sie hat uns gebeten, niemandem zu sagen, wo sie ist.« Mr. Marlowe sah ihn streng an. Nick fühlte sich, als würde er beurteilt. Er fragte sich, wie viel Claire ihren Eltern erzählt hatte. Normalerweise gab sie ihnen gegenüber nicht viel preis, aber so wie er sie behandelt hatte, wäre es denkbar, dass sie sie diesmal ins Vertrauen gezogen hatte. An wen sonst hätte sie sich auch wenden können?

Er schaute Mr. Marlowe an und überlegte, wie viel er wusste.

»Es ist ziemlich wichtig. Es gibt etwas, das ich ihr unbedingt sagen muss.«

»Tja«, erwiderte Mr. Marlowe. »Ich fürchte, das wird warten müssen.«

Wie konnte dieser Mann, der seiner Tochter nie gezeigt hatte, dass er sie liebte oder sich für ihr Leben interessierte, es wagen, über ihn zu urteilen?

»Wenn Claire mit Ihnen Kontakt aufnehmen möchte, dann wird sie es tun. Bis es so weit ist, sollten Sie ihre Privatsphäre respektieren. Bitte kommen Sie nicht wieder her.«

Mit diesen Worten hatte er die Tür zugemacht.

Nick hatte keine Ahnung, was er tun sollte. Es war zwecklos, sie auf dem Handy anzurufen, das er ihr zu Weihnachten geschenkt hatte – sie hatte es auf dem Küchentisch liegen lassen, als sie aus dem Mill House geflüchtet war.

In den folgenden Tagen versuchte er alles, um herauszufinden, wo Claire hingefahren sein konnte. Er ging zu der Schule, die sie besucht hatte, trieb sich vor dem Kunstsaal herum, sprach Schüler an, die in dem Jahrgang unter ihrem sein konnten, fragte, ob sie sie kannten oder von ihr gehört hatten. Er erntete jedoch nur merkwürdige Blicke, bis ihn schließlich ein Lehrer ansprach und ihm sagte, er werde den

Sicherheitsdienst verständigen, wenn er noch länger vor dem Gebäude herumlungerte.

Er ging zum Pub. Claire hatte dort immer noch ausgeholfen, wenn samstags viel Betrieb war. Sie würde doch bestimmt den Wirtsleuten eine Adresse hinterlassen oder ihnen irgendeine Erklärung gegeben haben, die ihm weiterhelfen konnte.

Aber Mel wusste auch nichts. Sie stellte ihm ein Lager mit Johannisbeersirup auf den Tresen, als wäre er fünfzehn.

»Sie hat uns nur gesagt, dass sie nicht mehr kommt. Hat sich noch nicht mal den Rest ihres Lohns abgeholt. Sie meinte, wir sollen das Geld ihren Eltern geben. Aber sie wollte mir nicht sagen, wohin sie ist.«

Nick legte den Kopf auf die Arme. Mel tätschelte ihm die Schulter.

»Es tut mir leid«, sagte sie. »Es ist unerträglich für euch beide. Für euch alle. Das Leben ist verdammt ungerecht.«

»Nicht so ungerecht wie der Tod«, murmelte er in seinen Ärmel.

»Tränen sind in Ordnung«, flüsterte Mel, und er hatte sich umgedreht und schluchzend das Gesicht am Busen der Wirtin vergraben, der nach Obsession duftete, und sie war so fürsorglich, und obwohl sie seiner Mutter in nichts ähnelte, erinnerte sie ihn so sehr an Isobel, dass er gar nicht mehr aufhören konnte zu weinen. Zu Hause weinten sie nicht, er und sein Vater und seine Brüder, denn wenn sie einmal damit anfingen, würden sie wahrscheinlich nie wieder aufhören. Er weinte über eine Stunde lang, und Mel hielt ihn und streichelte ihn und murmelte tröstende Worte und wiegte ihn wie ein kleines Kind.

Hinterher ging er nach Hause, schlich sich auf sein Zimmer und wusch sich die geröteten Augen mit kaltem Wasser.

Dann legte er sich aufs Bett, starrte an die Decke und fragte sich, wie man jemanden finden konnte, der nicht gefunden werden wollte. Ihm blieb nichts anderes übrig, als zu hoffen und zu beten, dass sie seine Liebe spürte und zu ihm zurückkehrte. Und wenn sie dort ankam, wohin sie unterwegs war, erkannte, dass es der falsche Weg war.

Aber sie kam nicht zurück.

Fünf Jahre lang hatte er getrauert. Um seine Mutter und um seine Freundin. Und die schreckliche Wendung des Schicksals verflucht, die ihm alles genommen hatte, was ihm lieb und teuer gewesen war. Mit der Zeit hatte der Schmerz nachgelassen, wenn er auch nie ganz verschwunden war, und er war ganz allmählich in sein normales Leben zurückgekehrt, war wieder mit seinen Kumpels ausgegangen und hatte wieder angefangen, sich zu amüsieren wie andere junge Leute auch. Und natürlich hatte es Frauen gegeben – wunderbare junge Frauen, die zu seiner Heilung beigetragen hatten.

Und irgendwann hatte er Sophie kennengelernt und sich mit der Zeit in sie verliebt. Es war keine leidenschaftliche, grenzenlose Liebe, eher ein entspanntes, kameradschaftliches Verhältnis, das sich richtig anfühlte, eine Beziehung, die sich anfühlte, als könnte sie lange halten. Eines Abends hatte er Sophie die Geschichte erzählt, denn man konnte schlecht beschließen, sich ein Leben lang an jemanden zu binden, ohne sein wahres Ich preiszugeben. Und sie war so lieb und verständnisvoll gewesen. Sie hatte ihn in den Armen gehalten und ihm gesagt, dass alles gut werden würde, dass sie glücklich sein würden. Sie hatte gesagt, sie wolle ihm helfen zu vergessen und ihm einen Grund geben, in die Zukunft zu blicken.

Bis heute hatte er geglaubt, Sophie sei die Lösung. Er hatte sich darauf gefreut, sie zur Ehefrau zu haben, mit ihr eine Familie zu gründen. Aber seitdem Claire wieder in sein Leben getreten war, war alles anders.

Und seine Freunde warteten unten, um mit ihm seinen Junggesellenabschied zu feiern. Er würde sich zu ihnen gesellen und so tun müssen, als sei alles in bester Ordnung. Bis er wusste, wie Claire sich entscheiden würde, musste er sich alle Optionen offen halten.

Widerstrebend stand er aus dem Bett auf und zog sich Jeans und Hemd an. Er konnte seine Freunde jetzt nicht enttäuschen. Sie hatten sich vorgenommen, ihm ein unvergessliches Wochenende zu bescheren.

Und bisher sah es ganz danach aus, als würde es das werden.

Nachdem Luca geduscht hatte, ging Claire ins Bad, verriegelte die Tür und ließ Badewasser einlaufen.

Sie hatte kein schlechtes Gewissen. Sie war vollkommen aufgewühlt. Alle Gefühle des Nachmittags, an dem sie Nick das letzte Mal gesehen hatte, kamen zurück. Sie erinnerte sich daran, als wäre es gestern gewesen. Sie war aus dem Haus gestürzt, ohne anzuhalten über die Brücke und die Wiese nach Hause gelaufen, hatte die Haustür aufgerissen, war die Treppe hochgestürmt, hatte sich auf ihr Bett geworfen und bitterlich geweint. Sie war so verzweifelt gewesen und hatte so herzerweichend geschluchzt, dass selbst ihre Eltern es mitbekommen hatten.

Das war das einzig Gute, das die tragischen Ereignisse mit sich gebracht hatten, nämlich dass sie ganz plötzlich ein inniges Verhältnis zu ihren Eltern gefunden hatte. Sie waren in ihr Zimmer gekommen, hatten voller Sorge nachgefragt, bis sie ihnen ihr Herz ausgeschüttet hatte.

Ihr Vater war fürchterlich wütend geworden. Nicht auf Claire, nicht im Geringsten, nein, sondern auf Isobel, auf die ganze Familie Barnes, auf sich selbst und auf Claires Mutter, weil sie alle zugelassen hatten, dass Claire in eine so schreckliche Situation geraten war.

»Was zum Teufel hat diese Frau sich dabei gedacht, Claire die ganze Last aufzuhalsen?«, hatte er zu Claires Mutter gesagt. »Die Frau muss ein Ungeheuer gewesen sein. Ein egoistisches, gefühlloses Ungeheuer.«

»Sie war kein Ungeheuer«, widersprach Claire. »Sie hat sie einfach alle zu sehr geliebt.«

»Ja, aber jetzt ist sie tot, und du bezahlst den Preis dafür.«

»Es ist unsere Schuld«, sagte ihre Mutter. »Claire hätte sich vertrauensvoll an uns wenden sollen, aber das hat sie nicht getan.«

Das konnte Claire nicht leugnen. Sie war gar nicht auf die Idee gekommen, ihre Eltern um Rat und Hilfe zu bitten. Weil sie sich nach außen hin immer selbstbewusst und kompetent gegeben hatte, hatten ihre Eltern geglaubt, sie wäre glücklich und zufrieden, das wurde ihr jetzt bewusst. Sie hatten jeder in seiner kleinen Welt gelebt, ohne etwas von den Bedürfnissen der anderen mitzubekommen, hatten nie an der Fassade gekratzt, die jeder von ihnen nach außen zeigte.

Aber jetzt, wo die Wahrheit heraus war, wurden ihre Eltern zu ihren Beschützern. Sie gaben Claire Kraft, waren liebevoll und besorgt. Sie sprachen den ganzen Vorfall mit ihr durch, ermahnten sie, keine Schuldgefühle zu haben, betonten, dass man sie in eine unzumutbare Situation gebracht hatte. Sie konnte es kaum glauben, wie verständnisvoll und fürsorglich sie waren. Warum hatte sie ihnen bisher nie vertraut? Sie schämte sich dafür, dass sie sie so schäbig behandelt und ihnen, geblendet von ihrem neuen, glamourösen Leben mit den Barnes', den Rücken gekehrt hatte.

Die Erkältung, die sie sich Weihnachten zugezogen hatte, war ihr inzwischen auf die Bronchien geschlagen, und sie litt an einem quälenden Husten, der gar nicht mehr abklingen wollte. Dass Nick die Beziehung beendet hatte, machte alles nur noch schlimmer. Eines Abends bekam sie hohes Fieber. Um Mitternacht konnte sie kaum noch atmen. Um ein Uhr riefen ihre Eltern den Notarzt.

Fünf Tage lag sie mit einer schweren Lungenentzündung im Krankenhaus. Es war nicht sicher, ob sie überhaupt überleben würde. Doch dann reagierte ihr Körper auf die Antibiotika. Eine Woche später wurde sie aus dem Krankenhaus entlassen. Sie war blass und konnte sich kaum auf den Beinen halten.

Als sie zu Hause in der Küche mit ihren Eltern zusammensaß, fragte sie ihren Vater, ob Nick sich nach ihr erkundigt habe.

»Nein«, sagte ihr Vater. »Wir haben nichts von ihm gehört.«

Claire legte sich aufs Sofa, stumm vor Trauer. Er wollte nicht wissen, wie es gewesen war. Er wollte es wirklich nicht wissen. Hätte die Chance bestanden, dass er ihr verzieh, dann wäre er vorbeigekommen.

Aber sie besaß weder die Kraft noch den Mut, zum Mill House zu gehen und ihre Version der Geschichte zu schildern. Und sie würde sich ja auch nicht nur mit Nick auseinandersetzen müssen, sondern auch mit Gerald, Felix und Shrimp. Sie hatte sie alle verraten.

»Du solltest zu Annie nach Kalifornien fahren«, sagte ihre Mutter. »Du brauchst Sonne. Und Annie wird dir guttun. Ich rufe sie gleich an.«

Annie war die Schwester und das absolute Gegenteil ihrer Mutter. Und fünfzehn Jahre jünger. Sie wohnte mit ihrem Mann, einem Architekten, und ihren zwei kleinen Kindern in Sausalito und führte ein kalifornisches Traumleben.

Claire lag auf dem Sofa und dachte über den Vorschlag ihrer Mutter nach. Es war die einzige Lösung. Ihren Job bei Melchior Barnes konnte sie vergessen. Und die Vorstellung, weit, weit weg vom Ort ihres Albtraums in der Sonne zu sitzen, war mehr als verlockend. Sie hatte Annie immer gemocht, die so aufgekratzt und begeisterungsfähig war wie ihre Mutter dezent und zurückhaltend.

»Glaubst du, sie würde mich bei sich aufnehmen?«, fragte Claire. »Und wer bezahlt das Flugticket?«

»Natürlich nimmt sie dich bei sich auf«, erwiderte ihre Mutter, den Hörer bereits in der Hand.

»Und wegen des Flugtickets mach dir mal keine Gedanken«, sagte ihr Vater. »Du solltest dir im Moment über gar nichts Gedanken machen. Wir haben genug zurückgelegt, um dir über die Runden zu helfen, bis du dich wieder vollkommen erholt hast.«

Annie freute sich auf Claires Besuch. Sie spielte mit dem Gedanken, einen Laden für Silberschmuck zu eröffnen und eine Kinderfrau für ihre beiden Sprösslinge anzuheuern. Sie schlug vor, dass Claire den Job für ein halbes Jahr übernehmen sollte. In der Zeit würde sich zeigen, ob so ein Laden rentabel war. Auf diese Weise würden sie zwei Fliegen mit einer Klappe schlagen, und danach würde man weitersehen.

Wenn sie nicht in Sausalito an Leib und Seele wieder

gesund wurde, dachte Claire, als sie dort eintraf, dann gab es keine Hoffnung für sie. Das Haus ihrer Tante war atemberaubend: eine lichtdurchflutete Villa an der Küste mit Blick auf die Golden Gate Bridge. Und der lässige kalifornische Lebensstil war jetzt genau das Richtige für sie. Sie fügte sich problemlos in die Familie ein – was nicht verwunderlich war, gehörte sie doch zur Familie. Die Kinder waren umgänglich und brav, und Claires Leben verlief in einem angenehmen Rhythmus: Spaziergänge im Park, Fahrradausflüge, Spritztouren in dem Boot der Familie, das in dem belebten Hafen von Sausalito vor Anker lag. Es war eine ganz andere Welt als Mimsbury. Und wenn sie ab und zu drauf und dran war, Nick eine Postkarte zu schreiben, schaffte sie es jedes Mal im letzten Moment, davon Abstand zu nehmen.

Während sie an diese sonnige, heilsame Zeit zurückdachte, klopfte Luca plötzlich an die Tür und holte sie in die Gegenwart zurück.

»Bist du in der Wanne ertrunken?«

»Noch zwei Minuten!«, rief Claire.

Sie musste sich anziehen und schminken und für das Abendessen mit Trevor und Monique fertig machen. Über ein gewagtes neues Projekt zu diskutieren war eigentlich das Letzte, was sie jetzt gebrauchen konnte. Aber ihr blieb keine andere Wahl.

Sie schlüpfte in das Kleid, das sie sich am Nachmittag gekauft hatte, trat aus dem Bad und bat Luca, den Reißverschluss zuzumachen.

»Du siehst großartig aus«, sagte er. Als er ihr den Nacken küsste, musste sie sich beherrschen, um ihn nicht wegzustoßen.

»Meinst du nicht, das grenzt schon an Stalken?« Laura las noch einmal die E-Mail mit der Wegbeschreibung zu Tony Westons Haus, die sie sich ausgedruckt hatte.

»Auf jeden Fall.« Dan grinste. »Aber bisweilen muss man zu außerordentlichen Mitteln greifen. Ich bin dreimal bei dir vorbeigefahren, bevor ich mich zum ersten Mal mit dir verabredet habe.«

»Nein!« Sie sah ihn mit großen Augen an.

Er nickte. »Manchmal kann es nicht schaden, ein bisschen nachzuforschen, um ein Gefühl für die Situation zu bekommen.«

Sie sah ihn stirnrunzelnd an, konnte sich jedoch ein Schmunzeln nicht verkneifen. »Und was hast du gesehen, als du bei mir vorbeigefahren bist?«

Dan lachte. »Überhaupt nichts. Deine Wohnung halt. Aber du hast eine merkwürdige Nachbarin, die im Schlafanzug einkaufen geht.«

»Nein«, sagte Laura, »das sind ihre ganz normalen Klamotten.« Sie musste über seinen verdatterten Blick lachen. »Das ist der typische Hoxton-Style.«

Dan schlug sich vor die Stirn, als hätte er etwas vergessen. »Ja, natürlich.«

Laura spähte mit zusammengekniffenen Augen die Straße hinunter.

»Ich glaub, es ist das da. Clarence House.« Anstatt mit dem Finger zu zeigen, machte sie eine Kopfbewegung in die Richtung. Sie wollte keine Aufmerksamkeit auf sich ziehen und riskieren, dass man sie für Spinner hielt.

Das Clarence House war die mittlere von mehreren viktorianischen Villen, die sich auf der einen Seite der Straße an den Steilhang schmiegten, sodass man von deren Fenstern aus über die gegenüberliegenden Häuser hinweg einen guten Blick auf den Hafen hatte. Einige der Villen waren halb verfallen, andere aufwendig renoviert, mit schwarzen Holzveranden und Balkons aus Glas und Stahl. Das Clarence House lag irgendwo dazwischen, allerdings hatte man bei der Renovierung offensichtlich Wert darauf gelegt, die ursprünglichen Stilelemente zu erhalten. Auf der vorderen Veranda standen große Blumentöpfe mit üppig blühenden Geranien und Fleißigen Lieschen, rustikale Gartenmöbel waren in einem zarten Lavendelton angestrichen, und zwischen den Blumentöpfen waren Laternen im orientalischen Stil aufgestellt. An der Hauswand lehnte ein antiker dreiteiliger Spiegel, der das Meer reflektierte.

Laura bekam Herzklopfen, als ihr bewusst wurde, dass die Villa sie an ihr Zuhause erinnerte.

»Was meinst du?«, fragte sie Dan.

»Ein tolles Haus. Von da aus hat man bestimmt einen fantastischen Blick aufs Meer.«

»Nein, ich wollte wissen, ob du meinst, dass mein Vater dort wohnen könnte.«

Dan legte ihr einen Arm um die Schultern. »Laura, seine Blumentöpfe werden es dir nicht verraten. Wenn du es wissen willst, wirst du ihn schon fragen müssen.«

»Und wenn mich der Mut verlässt, sobald er vor mir steht?«

Dan seufzte. »Lass es uns auf morgen verschieben. Ich schlage vor, wir gehen zurück ins Hotel, setzen uns mit einem guten Cocktail auf die Terrasse und genießen den milden Abend. Ich möchte nicht, dass du dich verrückt machst.«

»Tut mir leid. Ich weiß, ich geh dir auf die Nerven.«

»Nein, tust du nicht. Das ist ein Riesending für dich. Aber

mit Vermutungen kommst du nicht weiter.« Er nahm ihr Gesicht und drückte ihr einen Kuss auf die Nase. »Morgen können wir so viel reden, wie du willst. Aber lass uns heute Abend was Schönes machen.« Er nahm sie an der Hand und zog sie in Richtung Hotel. Sie musste laufen, um mit ihm Schritt zu halten, aber sie wusste, dass er recht hatte.

Sie kamen an einer niedrigen Mauer zwischen zwei Häusern vorbei, von wo aus man den Hafen sehen konnte. Die Abendsonne leuchtete tieforange, und die Spiegelung des Wassers veranstaltete ein wahres Lichtspiel aus Silber und Gold in der Bucht.

»Bleib da stehen«, befahl Dan und zog eine kleine Kamera aus der Tasche, die er für Schnappschüsse benutzte.

Laura lehnte sich gegen die warme Mauer und lächelte. Sie hob eine Hand, um ein paar Strähnen wegzuschieben, die die Meeresbrise ihr ins Gesicht wehte.

»Nein, lass. Das sieht schön aus. Laura im Wind.«

Später schaute sie sich die Fotos von sich auf dem Bildschirm an. Das bin ich an dem Tag, bevor ich den Mann kennenlerne, der mein Vater sein könnte, dachte sie. Wie werde ich morgen aussehen?

Neun

Colin konnte das Abendessen nicht genießen.

Es war eine Schande. Er hatte sich unter anderem für das Townhouse entschieden, weil er das Restaurant so ansprechend fand. Aber als Karen die Speisekarte sah, verzog sie entnervt das Gesicht. Sie mochte keinen Fisch, und da Fisch die Spezialität des Hauses war, blieb nicht mehr viel übrig, was für sie in Frage kam. Am Ende entschied sie sich für Pâté und Steak, während Colin Muscheln bestellte, die in einer großen, dampfenden Pfanne serviert wurden. Sie sah ihn angewidert an, als er begann, sich über die Muscheln herzumachen.

»Ich weiß nicht, wie du so was essen kannst.«

Wie sollte man sein Essen noch genießen, wenn jemand am Tisch die Nase über das rümpfte, was man sich da einverleibte?

Zu allem Überfluss hatte Alison angerufen, kurz bevor sie ins Restaurant hinuntergegangen waren. Normalerweise rief sie ihn nie an, wenn er unterwegs war. Sie wollte ihn nicht mit Banalitäten belästigen. Aber diesmal musste sie mit ihm einen Termin absprechen, und nachdem er ihr versichert hatte, dass sie ihn wirklich nicht störte, hatte sie ihm ausführlich von ihrem Tag berichtet – ein bisschen Dorfklatsch, Ryan hatte ein paar Fotos geschickt, der Landschaftsgärtner war endlich gekommen und hatte die Hecken geschnitten … Nachdem sie das Gespräch beendet hatten, wünschte Colin, er wäre zu Hause und könnte sich zu einem entspannten Abendessen mit seiner Frau an den Tisch setzen, anstatt einen anstrengenden Abend mit seiner Exgeliebten durchstehen zu müssen.

Karen hatte bereits zu viel getrunken. Sie mochte keinen Wein – scheußliches Zeug. Also hatte er für sich eine Flasche Weißwein bestellt und für sie einen Wodka mit Soda.

»Das hat die wenigsten Kalorien«, sagte sie. Sie hatte einen Tick mit ihrem Gewicht. Aber mittlerweile hatte sie schon vier Wodka intus und den fünften in Arbeit, und er hielt es für ratsam, das Thema, das ihm auf den Nägeln brannte, anzusprechen, ehe sie volltrunken war.

»Wir müssen über Chelsey reden.«

»Ja.« Sie stellte ihr Glas geräuschvoll auf dem Tisch ab. »Stimmt.«

»Sie scheint nicht besonders glücklich zu sein.«

»Ist sie auch nicht.« Sie bedeutete dem Kellner, ihr noch einen Wodka zu bringen. »Ich hab dir ja erzählt, dass sie in der Schule gemobbt wird.«

»Glaubst du, es liegt daran, dass sie so dick ist?«

Karen zuckte die Achseln. »Wahrscheinlich. Aber was soll ich machen?«

»Du könntest eine Menge machen. Zum Beispiel aufhören, ihr so viel Junkfood vorzusetzen.«

»Was?« Karens Empörung war beinahe lustig.

»Ich habe den Eindruck, dass sie ziemlich viel Müll isst.«

»Sagt der Mann, der mit Keksen und Kuchen Millionen verdient.«

»Ich habe meine Kinder nicht mit dem Zeug gefüttert, sondern darauf geachtet, dass sie eine gesunde, ausgewogene Ernährung bekamen.«

Er wusste, dass er sich auf gefährliches Terrain begab, aber Karen gegenüber musste man rigoros auftreten. Mit Feingefühl kam man bei ihr nicht weit.

»Nein, das hast du nicht getan.« Ihre Augen wurden gefährlich schmal. »Das hat deine Frau getan. Sie hat für deine Kinder gekocht und eingekauft. Es ist verdammt einfach, gute Eltern zu sein, wenn man zu zweit ist.«

Sie wurde allmählich laut. Colin hob beschwichtigend eine Hand.

»Okay. Tut mir leid. Ich weiß, dass du es nicht leicht hast.«

»Das kannst du laut sagen.«

Colin schaute sie an. Nach fünf Wodka sah sie ziemlich mitgenommen aus, und aus der Nähe betrachtet sah man, dass die Jahre ihren Tribut gefordert hatten. Das Sonnenstudio und das viele Rauchen machten es nicht besser, und er wurde den Verdacht nicht los, dass sie sich auch regelmäßig einen hinter die Binde kippte, denn ihre Augen waren ziemlich gerötet. Vielleicht urteilte er zu streng über sie, dachte er. Vielleicht war sie ja einfach nur müde. Aber er glaubte nicht, dass ihr Lebensstil ihr guttat. Oder vielleicht strengte sie sich auch nur viel zu sehr an, jung zu wirken, anstatt ihr Alter würdevoll zu akzeptieren.

Er dachte an Alison, die eigentlich mit den Jahren immer schöner geworden war. Seitdem sie sich wieder gefangen hatte, hielt sie sich schlank und achtete sorgfältig auf ihr Äußeres. Sie hatte ihren eigenen Stil gefunden – nichts Ausgefallenes, aber sie war immer gut gekleidet. Obwohl sie wahrscheinlich zehn Jahre älter war als Karen, wirkte sie jünger. Allerdings hätte

Karen für Alisons Geschmack sicher nur ein spöttisches Grinsen übrig und würde sie als alte Schachtel bezeichnen.

Seine Grübeleien würden ihm bei der Lösung des Problems nicht helfen.

»Kann ich vielleicht irgendetwas tun? Für Chelsey?«

»Ja, das kannst du.« Karen kramte in ihrer riesigen Handtasche und zog einen weißen DIN-A4-Umschlag heraus. »Ich arbeite fast rund um die Uhr. Fast jeden Abend Spätschicht. Vor zehn bin ich selten zu Hause. Ich muss die Spätschicht machen, sonst feuern die mich. Darum muss ich Chelsey andauernd irgendwo unterbringen oder jemanden ins Haus kommen lassen, der sich um sie kümmert.«

»Klingt anstrengend.«

Sie nahm etwas aus dem Umschlag und schob es über den Tisch. Es war eine Broschüre. Eine Hochglanzbroschüre für eine Privatschule.

Dieselbe Schule, auf die seine Kinder gegangen waren. Die Schule, die Ryan gerade abgeschlossen hatte.

Sie sah ihn erwartungsvoll an. Er verzog keine Miene. Über den Tisch hinweg roch er ihr Parfüm. Bittermandel. Zyanid, dachte er. Seine Zehen verkrampften sich in seinen Schuhen.

»Das Gute ist, dass diese Schule auch ein Internat hat. Da könnte sie dann zeitweise wohnen.« Sie fuhr sich mit ihren scheußlich eckig geschnittenen Fingernägeln durchs Haar. »Sie sieht mich ja auch so fast nie. Da wäre sie wenigstens mit anderen Kindern zusammen und hätte Hausaufgabenbetreuung.«

»Und Chelsey? Was hält sie von der Idee?«

Karen blinzelte.

»Ich hab noch nicht mit ihr darüber gesprochen. Ich wollte keine falschen Hoffnungen wecken.«

»Hältst du das wirklich für die richtige Lösung? Sie auf ein Internat zu schicken, wenn sie jetzt schon gehänselt wird? An der Schule wimmelt es von gertenschlanken Mädchen aus reichem Elternhaus. Glaub mir, ich weiß, wovon ich rede. Michelle hat es eine Zeit lang richtig schwer gehabt, bis sie gelernt hat, mit diesen Mädchen umzugehen.«

Karen schmollte.

»Ich will nur das Beste für sie.«

»Was ist denn das Beste für Chelsey?«

Was er mit der Frage sagen wollte, war klar: dass das, was Karen wollte, egoistisch war.

»Für deine anderen Kinder war die Schule gut genug, oder? Aber vielleicht ist Chelsey dir ja nicht so viel wert wie die beiden.«

Sie hätte ihm genauso gut ihr Steakmesser in den Bauch stoßen können.

»Ich kann das nicht über die Bücher laufen lassen, Karen. Viertausend pro Trimester. Zwölftausend im Jahr. Das wäre noch mal dasselbe, was ich dir jetzt zahle.«

»Deine uneheliche Tochter ist – das Geld also nicht wert? Willst du mir das damit sagen?«

»Nein.«

»Es würde dich nicht mehr kosten als – ein Familienurlaub auf den Malediven.«

Er hätte ihr das nie erzählen dürfen.

»Es geht mir nicht ums Geld, auch wenn es schwierig wäre. Aber ich glaube einfach nicht, dass es das ist, was Chelsey im Moment braucht. Ich glaube, sie braucht Stabilität. Und Zuwendung. Es wird ihr nicht guttun, in eine ihr fremde Welt abgeschoben zu werden, in der sie untergehen würde.«

Entnervt riss er ein Stück Brot ab. Karen nickte ernst, als würde sie ihm zustimmen.

»Aha, so siehst du das also.« Sie nahm ihr Glas, lehnte sich zurück und ließ den Wodka kreisen. »Du bist offenbar der Meinung, dass ich nicht weiß, was das Beste für meine Tochter ist. Obwohl ich diejenige bin, die sie großzieht.«

»Das habe ich nicht gesagt. Ich äußere nur – meine Meinung.«

»Ich finde, wir sollten ein paar Dinge klarstellen, ehe wir irgendwelche Entscheidungen in Bezug auf *unsere* Tochter treffen.«

Sie stützte sich auf dem Tisch auf und beugte sich vor.

»Ich war für dich da, als es dir schlecht ging, Colin. Als deine Ehe im Arsch war und du eine brauchtest, die dich tröstet. Ich hab dir zugehört, ich war immer für dich da, und ich hab nie irgendwas von dir verlangt. Dann hieß es auf einmal ›Tut mir leid, Karen, das kann nicht so weitergehen, Alison braucht mich‹, und schwupp, warst du weg. Und ich musste damit zurechtkommen, dass du ganz plötzlich aus meinem Leben verschwunden warst. Ich hab dir keine Szene gemacht, ich bin nicht hysterisch geworden. Ich hatte ja von Anfang an gewusst, woran ich bei dir war. Aber dann stellte sich heraus, dass ich mit Chelsey schwanger war …«

Sie umklammerte ihr Glas so fest, dass Colin fürchtete, es könnte zerbrechen. Er berührte ihre Hand.

»Komm, beruhige dich.«

Sie riss ihre Hand weg und funkelte ihn wütend an. Er sah den Schmerz in ihren Augen. Kein Gift, wie er erwartet hatte, sondern echten Schmerz.

»Ich hätte tun können, was andere Frauen tun. Ich hätte mir einen Termin für eine Abtreibung besorgen können.

Aber ich fand das nicht in Ordnung. Ich weiß genau, was du denkst. Du glaubst, ich hätte gedacht, wenn ich sie bekomme, habe ich einen Ernährer, ich hätte sie als Blankoscheck betrachtet …«

»Das habe ich nie gedacht.«

»Bullshit, natürlich hast du das.«

Sie sah ihn immer noch wütend an, und er wich ihrem Blick aus. Natürlich hatte er genau das gedacht, immer und immer wieder.

Sie beugte sich noch weiter vor. Er konnte in ihren Ausschnitt sehen, die Brüste, die ihn vor all den Jahren in Bann geschlagen hatten. Die Brüste, die ihn in die Falle gelockt hatten.

»Ich habe dich geliebt, weißt du das? Früher habe ich davon geträumt, dass deine Ehe in die Brüche gehen würde. Dass du eines Tages zu mir kommen und mir sagen würdest, wir könnten für immer zusammenbleiben. Aber ich habe dich nie unter Druck gesetzt. So was macht man nicht mit verheirateten Männern. Das ist ein ungeschriebenes Gesetz.«

Colin spürte, wie ihm der Schweiß ausbrach. Mit so etwas hätte er nie gerechnet. Seit Chelseys Geburt trafen sie sich einmal im Jahr, aber er hatte nie geahnt, dass sie einmal Liebe für ihn empfunden hatte. Er schaute sich um, um zu sehen, ob jemand ihr Gespräch mithören konnte. Die Tische standen zwar nicht sehr eng, aber zweifellos würde jeder hier im Restaurant ihre Auseinandersetzung ausgesprochen spannend finden.

»Hör mir zu!« Karen riss ihn aus seinen Gedanken. »Während ich schwanger war, hab ich immer weiter geträumt. Das hat mich aufrechterhalten. Ich habe mir alles genau ausgemalt. Das kleine Haus mit den Kletterrosen über der Tür.

Wie wir gemeinsam einen Namen für sie aussuchen. Nachmittage am Strand mit Eimer und Schäufelchen. Sachen wie …« Sie machte eine ausladende Handbewegung. »… das hier. Du und ich und sie.«

Colin sah, dass sie kurz davor stand, in Tränen auszubrechen.

»Als du mich nicht im Krankenhaus besucht hast, da wusste ich, dass der Traum nie wahr werden würde. Denn du konntest ja nicht kommen, wegen deiner tollen Familie, die du nicht gefährden wolltest.«

Colin konnte sich an den Tag erinnern. Es war ein Sonntag gewesen. Er saß mit Alison, Michelle und Ryan in ihrem neuen Wintergarten beim Mittagessen. Das Lamm war ihm fast im Hals stecken geblieben, weil er wusste, dass wenige Kilometer entfernt gerade sein Geheimnis das Licht der Welt erblickt hatte. Er hatte Karen und das Baby besucht, sobald er es hatte einrichten können, hatte ihr einen großzügigen Scheck ausgestellt, damit sie alles kaufen konnte, was sie brauchte, und ihr monatliche Unterhaltszahlungen zugesichert.

»Ich hab es verdammt schwer, weißt du das eigentlich? Klar, du bist großzügig und kommst deinen finanziellen *Pflichten* nach.« Sie spuckte das Wort aus wie ein Schimpfwort. »Aber wer ist denn da, wenn Entscheidungen getroffen werden müssen? Wer war da, als sie die Windpocken hatte und ich arbeiten gehen musste? Wen kann ich um Rat bitten, wenn sie gemobbt wird? Auf wen kann ich mich jetzt verlassen, wo der Druck auf der Arbeit immer größer wird und ich rausfliege, wenn ich nicht mitspiele? Denn deine *Zuwendungen*« – auch dieses Wort spuckte sie verächtlich aus »– decken längst nicht alles, verstehst du?«

Sie war immer lauter geworden.

»Karen, bitte. Beruhige dich. Wir können doch über alles reden.«

»Ich glaube nicht, dass es irgendwas zu bereden gibt.« Sie nahm die Serviette von ihrem Schoß, zerknüllte sie und warf sie neben ihren Teller auf den Tisch. »Ich tue alles für sie, aber ich kann nicht mehr. Falls es dich interessiert, ich nehme Antidepressiva. Genau wie deine Frau damals. Klingelt da irgendwas?«

Sie stand auf und beugte sich über ihn.

»Ich bin fix und fertig, Colin. Am Ende. Ich kann nicht mehr.«

Sie stand kurz davor zu schreien, und die Leute drehten sich nach ihnen um.

»Karen.« Colin stand auf und legte ihr eine Hand auf die Schulter. Sie schlug sie weg.

»Rühr mich nicht an. Und komm mir nicht so gönnerhaft. Ich weiß genau, was du denkst. Ich sehe es in deinem Blick. *Wie konnte mir das nur passieren?* Also, ich hab mein Bestes getan, um unser Kind großzuziehen, aber ehrlich gesagt kann ich nicht mehr dafür garantieren, dass sie bei mir in Sicherheit ist.«

Sie zeigte auf die Broschüre, die immer noch auf dem Tisch lag.

»Ich dachte, das wäre die Lösung. Ich dachte, wenn sie auf diese Schule geht, könnte ich mal durchatmen. Aber du hast dich ja ziemlich klar ausgedrückt. Du glaubst, ich will dich mal wieder nur ausnehmen.«

»Das glaube ich nicht. Ich schwöre es«, sagte Colin leise, immer noch bemüht, sie zu beruhigen.

»Doch, das glaubst du«, entgegnete sie und nahm ihre Handtasche. »Ich geh raus eine rauchen.«

Er schaute ihr nach. Hohe Absätze, hautenge Hose, aufreizendes T-Shirt, das ihr von der Schulter rutschte, wippende, künstlich verlängerte Haare. Die Handtasche unter den Arm geklemmt. Er spürte, dass auch alle anderen ihr nachschauten. Ihre Körpersprache war überdeutlich, und ihre klappernden Pfennigabsätze übertönten jedes Gespräch.

Colin setzte sich wieder an den Tisch. Er würde ihr nicht nachlaufen. Wenn man versuchte, eine Frau in einem derart aufgewühlten Zustand zu beruhigen, handelte man sich nur Ärger ein. Er würde ihr erst einmal Zeit geben, Dampf abzulassen.

Er betrachtete seinen Teller. Sein Appetit war verflogen. Er trank sein Weinglas aus und schenkte sich aus der Flasche nach, die in einem Kühler auf einem Beistelltisch stand.

Er nahm die Broschüre und versuchte zu verarbeiten, was Karen ihm gesagt hatte. Dass sie ihn immer geliebt hatte. Dass sie sich mehr erhofft hatte. Davon hatte er nie etwas geahnt. Sie hatte immer so unabhängig gewirkt.

Er dachte an die Zeit zurück, in der sie sich kennengelernt hatten. An die finstere Zeit, als Alison sich völlig in sich zurückgezogen hatte. Er hatte angefangen, ins Fitnessstudio zu gehen, um den Stress abzubauen und sein Gewicht zu kontrollieren, denn die Versuchung war groß, zu viel zu essen und zu trinken, wenn es zu Hause nicht gut lief. Er hatte versucht, Alison zu überreden mitzukommen, um die Pfunde loszuwerden, die sie so ärgerten, aber sie hatte abgelehnt. Sie wollte die Kinder nicht allein lassen. Dabei hatte seine Mutter sich erboten, so lange auf die beiden aufzupassen.

Also war er allein gegangen. Karen war immer da gewesen, sie gehörte sozusagen zum Inventar, denn sie arbeitete im Schönheitssalon nebenan. Jede Minute, die sie frei hatte, trainierte sie, und wenn er auf dem Laufband oder der Rudermaschine schwitzte, bewunderte er ihre Figur. Hin und wieder wechselten sie ein paar Worte am Wasserspender oder an den Hanteln. Aus dem Geplänkel war im Lauf der Monate, während Colin fitter und selbstbewusster wurde, Flirten geworden. Und als das Fitnessstudio eine Weihnachtsparty veranstaltete, war er hingegangen, weil er einen der Verlosungspreise gestiftet hatte – ein Jahr lang ein Kuchen pro Woche gratis, was ihn köstlich amüsiert hatte, da die meisten Leute doch ins Fitnessstudio gingen, um die Kalorien abzuarbeiten, die sie sich einverleibten.

Sie tranken billige, scheußlich süße Cocktails und plauderten. Dann tanzten sie – Colin schwofte gern, und er hatte nicht oft Gelegenheit dazu. Und als Karen ihn nach der Party eingeladen hatte, noch auf einen Kaffee mit zu ihr zu kommen, war es ganz einfach gewesen, Ja zu sagen. Es war so einfach gewesen, als sie in ihrem Wohnzimmer ihr Kleid ausgezogen und in Mieder und Strümpfen und Highheels vor ihm gestanden hatte. Sie hatte »Sexual Healing« von Marvin Gaye aufgelegt und vollkommen unbefangen für ihn getanzt. Sexuell ausgehungert, wie er war – seit zwei Jahren ging das jetzt so mit Alison –, hatte er das Gefühl, gestorben und im Himmel wieder aufgewacht zu sein.

Damals war sie schön gewesen, sagte er sich jetzt, um sich dafür zu rechtfertigen, dass er schwach geworden war. Er hätte verrückt sein müssen, ihr Angebot abzulehnen.

Nein, sagte er sich. Es hatte keinen Sinn, nach Ausreden zu suchen. Er war auf erbärmliche Weise schwach geworden. Er hatte seinen niederen Instinkten gehorcht, ohne einen Gedanken an Alison oder, so schien es ihm jetzt, an Karen zu verschwenden. Es waren Männer wie er, die ihre Geschlechtsgenossen in Verruf brachten. Männer, die ihren Verstand in der Hose hatten.

Die Affäre hatte nicht allzu lange gedauert. Höchstens ein halbes Jahr. Heimliche Treffen nach dem Krafttraining. Manchmal auch frühmorgens vor der Arbeit, denn sie hatte die Spätschicht und fing erst mittags an, und er fuhr auf dem Weg in den Betrieb kurz bei ihr vorbei, und sie machte in einem kurzen Nachthemd die Tür auf, einem durchsichtigen Nichts, das Welten entfernt war von den zugeknöpften Schlafanzügen, die Alison inzwischen trug, um Annäherungsversuchen vorzubeugen, die er sowieso längst eingestellt hatte.

Er hatte sich nie eingebildet, Karen als Liebhaber viel bieten zu können. Er hatte sich damals gesagt, dass sie sich wahrscheinlich über die Blumen freute, die er ihr schenkte, und dass es ihr Ansehen hob, mit dem Mann zu schlafen, dem das schickste Auto auf dem Parkplatz hinter dem Fitnessstudio gehörte. Er hatte sich zu seinem fünfunddreißigsten Geburtstag einen Porsche geleistet, den er am liebsten mit offenem Verdeck und laut aufgedrehter Musik fuhr. Als er vierzig wurde, hatte er damit aufgehört, weil er nicht als Depp gelten wollte.

Er hatte die Affäre beendet, als Alison sich schließlich in Behandlung begab, als ihre Depression diagnostiziert wurde und sie anfing, die Medikamente zu nehmen, die ihr halfen, wieder zu sich zu finden. Dann, ganz allmählich war die Frau zurückgekehrt, in die er sich einmal verliebt hatte. Und seitdem war ihre Beziehung immer tiefer geworden, während ihre Kinder heranwuchsen, und das Einzige, was sein Glück trübte, waren seine alljährlichen Ausflüge mit Karen und Chelsey.

Er schaute auf seine Uhr. Karen war schon eine ganze Weile weg. Vielleicht sollte er nach draußen gehen und nach ihr sehen. Der Kellner kam.

»Ist alles in Ordnung, Sir?«

Colin betrachtete die beiden Teller. Sie hatten beide ihr Essen nicht angerührt.

»Äh – wir brauchen noch ein bisschen. Es ist alles ganz großartig. Danke.«

Der Kellner nickte und zog sich zurück, darin geschult, den Gästen peinliche Situationen zu ersparen.

Zehn Minuten. Wie lange konnte es dauern, eine Zigarette zu rauchen? Vielleicht hatte sie zwei geraucht? Sie hielt es nie lange aus ohne. Vielleicht rauchte sie auf Vorrat. Oder sie war zur Toilette gegangen.

Nach drei weiteren Minuten entschloss er sich, nach ihr zu sehen. Sie mussten sich überlegen, was sie mit dem Essen machen wollten – ob sie es essen wollten oder ob er dem Kellner sagen sollte, er könne es abräumen. Ihm jedenfalls war der Appetit vergangen. Er stand auf und durchquerte so lässig wie möglich das Restaurant. Ein paar Leute blickten auf, als er vorbeiging, und er meinte, sie mitfühlend lächeln zu sehen. Er nickte knapp, ohne sich irgendetwas anmerken zu lassen.

Er durchquerte die Eingangshalle und ging nach draußen. Vermutlich stand sie auf dem Gehweg und sog die Lebenskraft ein, die die Zigaretten ihr zu spenden schienen. Aber sie war nicht da. Nur die üblichen Urlauber, die unterwegs waren zu irgendeinem Restaurant oder Pub.

Mit einem unguten Gefühl im leeren Magen ging er zurück ins Hotel und trat an den Empfangstresen.

»Äh ... Verzeihen Sie ... Haben Sie vielleicht meine ...« Er wusste nicht, wie er sie nennen sollte. »Meine Begleiterin gesehen?«, fragte er schließlich. »Groß, dünn, langes Haar?«

Die junge Frau hinter dem Tresen sah ihn besorgt an.

»Glitzertop und enge Jeans? Sie hat sich eben ein Taxi genommen.«

Colin schluckte.

»Ein Taxi? Wissen Sie wohin?«

»Keine Ahnung. Sie ist vor ungefähr – fünf Minuten gefahren.«

Fünf Minuten? Er würde zehn Minuten brauchen, um ins Zimmer hochzulaufen, seine Autoschlüssel zu holen und zum Parkplatz zu rennen. Und dann würde er immer noch nicht wissen, in welche Richtung er fahren müsste. Zum Bahnhof wahrscheinlich … Aber so oder so konnte er Chelsey nicht allein im Hotel lassen, während er sich auf die Suche nach Karen begab.

»Haben Sie vielleicht die Nummer des Taxiunternehmens? Vielleicht können die mir ja sagen, wohin sie gefahren ist.«

Die junge Frau zuckte die Achseln. »Ich weiß nicht, ob die solche Informationen rausgeben. Aber ich kann's versuchen.«

In dem Moment, als sie nach dem Telefon griff, gab sein Handy einen Signalton von sich. Er zog es aus der Jackentasche. Eine SMS. Der Schweiß, der sich unter seinem Kragen gesammelt hatte, lief ihm am Hals hinunter.

»Danke, hat sich schon erledigt.«

Er ging nach draußen, um die SMS zu lesen.

Jetzt bist du an der Reihe. Ich habe mein Bestes getan, und ich kann nicht mehr. Entweder du kümmerst dich um sie, oder du wendest dich ans Jugendamt. Die können ihr dann eine nette Pflegefamilie suchen.

Er schloss die SMS, ließ das Handy zurück in die Tasche gleiten und schaute hinauf zum Nachthimmel.

Zu seiner Verwunderung fühlte er sich innerlich vollkommen ruhig.

Als Luca die Parfitts durch das Restaurant führte, blickten die anderen Gäste unwillkürlich auf. Die Frauen bewunderten seinen Knackarsch und seine frisch gewaschenen Locken, die ihm verwegener denn je in die Stirn fielen; die Männer beneideten ihn um die natürliche Autorität, die er ausstrahlte und die so vollkommen in Kontrast zu seinen schwarzen Röhrenjeans und dem kornblumenblauen Hemd zu stehen schien, das er darüber trug. Er besaß die Aura eines Rockstars, die Frauen und Männer gleichermaßen in Bann schlug.

Claire, die hinter ihm herging, schaute sich in alle Richtungen um, ob alles so war, wie es sein sollte. Das Restaurant war voll, alle Tische waren besetzt, aber ihre Angestellten hatten alles unter Kontrolle.

Sie liebte den Speisesaal. Es hatte so lange gedauert, bis sie ihn genauso hatten, wie sie ihn haben wollten. Die Einrichtung sollte weder zu kitschig und überladen noch allzu spartanisch sein. Sie sollte aber auch nicht von der fantastischen Aussicht ablenken. Die Wände waren in einem Metallgrau gestrichen, das das warme Licht der Zinnlampen an den Wänden und der Kerzen auf den Tischen reflektierte. Die breiten Bodendielen aus matt poliertem Eichenholz waren rustikal mit Astlöchern und kleinen Unebenheiten. Die gepolsterten Stühle – sie hatten monatelang gesucht, bis sie die richtigen gefunden hatten, schließlich sollte man beim Essen bequem sitzen – waren mit grau-rot, grau-türkis und grau-violett gestreiftem Stoff bezogen, die einzigen Farbkleckse in dem ansonsten neutral gehaltenen Raum.

An einer Wand stand in krakeliger Handschrift das Gedicht »Sea Fever« von John Masefield geschrieben. Als sie es in Auftrag gegeben hatten, hatte Claire befürchtet, es könnte zu kitschig wirken, aber das Vergnügen, das sich beim Lesen auf den Gesichtern der Gäste ausbreitete, war nicht zu übersehen.

Ich muss wieder auf See hinaus, allein unter Himmeln fern,
Und ich brauche nur ein getakeltes Schiff, es zu steuern,
nur einen Stern
Und das Schlagen des Ruders, das Singen des Winds,
und weiße Segel voll Leben
Und Morgengrau auf dem Antlitz der See,
wenn graue Nebel sich heben.

Ich muss wieder auf See hinaus, denn der Ruf,
wenn die Tide flieht,
Ist ein wilder Ruf und ein klarer Ruf,
dem man sich nicht entzieht.
Und ich brauche nur den Tag voller Wind,
die weiße Wolke jagend,
Die Wellen aufpeitschend, versprühend die Gischt,
und schreiende Möwen tragend.

Ich muss wieder auf See hinaus, wo frei die Wesen sind,
Nach der Art der Möwe, nach Art des Wals,
und mit Messern schneidet der Wind.
Und ich brauche nur fröhliches Garn, von einem Freund
und Bruder,
Und stillen Schlaf, einen süßen Traum,
nach langer Wacht am Ruder.

Es war so bewegend, und es passte so gut zu Pennfleet. Mehr Dekoration brauchte der Raum nicht.

Als Claire sich mit Trevor und Monique an den Tisch setzte – es war der beste Tisch des Restaurants, direkt vor der doppelflügeligen Tür zur Terrasse, die jedoch so spät am Abend wegen der Kälte geschlossen war –, spielte ihr Magen verrückt. Sie hatte keine Ahnung, wie sie das Abendessen überstehen sollte.

»Großartig«, sagte Trevor und nahm ihr gegenüber Platz. »Einfach großartig, Claire. Ich muss sagen, Monique und ich gehen oft – *sehr* oft – aus essen, aber wir haben uns noch nirgendwo so wohlgefühlt wie in diesem Raum. Er ist einladend, er hat Stil, alles stimmt bis aufs letzte i-Tüpfelchen. Und es ist nicht einfach, so etwas hinzukriegen, das weiß ich.«

»Gordon Ramsay«, sagte Monique. »Der kriegt alles perfekt hin.«

»Na ja, aber das ist eine ganz andere Liga, Monique.«

»Was noch lange nicht bedeutet, dass wir nicht dieselben Maßstäbe anlegen können«, bemerkte Luca, während er Moniques Stuhl für sie unter dem Tisch herauszog. »Es schadet nie, die Latte hochzuhängen.«

Trevor zeigte mit dem Finger auf ihn.

»Das gefällt mir.«

Claire unterdrückte ein Grinsen. Es amüsierte sie immer, wenn Luca sich einschleimte, weil er sich richtig dazu überwinden musste.

»Eigentlich wollten wir nur sagen«, fuhr Trevor fort, »dass wir sehr stolz darauf sind, beim Townhouse dazuzugehören.« Er wurde abgelenkt, als der Kellner mit einer Flasche Champagner kam. »Perfektes Timing!«, rief er aus. »Und auch noch Taittinger. Unsere Lieblingsmarke. Woher wisst ihr das?«

Claire zuckte kokett die Achseln, anstatt zuzugeben, dass sie einfach nachgesehen hatte, was die beiden bei ihrem letzten Besuch bestellt hatten. Es wunderte sie ein bisschen, dass ein weltgewandter Mann wie Trevor sich so leicht geschmeichelt fühlte. Ein zweiter Kellner kam aus der Küche und brachte eine mit Eis gefüllte Schale, auf der ein Dutzend exquisite, fleischige Felsenaustern thronten. Mit elegantem Schwung stellte der Kellner die Schale auf den Tisch.

Monique machte ein erschrockenes Gesicht.

»Ich weiß nicht, ob ich Austern mag«, sagte sie.

»Du musst unbedingt eine probieren«, verkündete Luca. »Austern sind die Speise der Götter. Heute frisch aus dem Meer geholt. Das ist nicht zu überbieten, Monique.«

Liebevoll sah Claire ihm dabei zu, wie er eine Auster auswählte, sich an die Lippen hielt, den Kopf in den Nacken legte und schluckte. Dann wählte er eine für Monique aus und hielt sie ihr hin.

»Na los«, sagte er. »Du kannst nicht sterben, bevor du eine Auster probiert hast. Es ist das ultimative Meeresaroma.«

Mit einem affektierten Lächeln nahm Monique die Auster. So verführerisch, wie Luca sich gab, dachte Claire, hätte sie die Auster samt Schale geschluckt, wenn er es von ihr verlangt hätte.

Alle schauten gebannt zu, als Monique es Luca nachtat. Zuerst schüttelte sie sich, dann wirkte sie angenehm überrascht.

»Wirklich nicht schlecht«, sagte sie. »Wer hätte das gedacht?«

»Na dann«, sagte Trevor und nahm sich eine Auster. »Wer A sagt, muss auch B sagen.«

Er schluckte die Auster und nickte anerkennend.

»Erinnert mich daran, wie ich als Kind in Yarmouth fast ertrunken wäre«, sagte er. »Aber nicht schlecht.«

»Was ist los, Claire?« Luca schaute sie erwartungsvoll an. »Du stehst doch auf Austern.«

Claire betrachtete die Schale mit den Austern. Es gab nichts, worauf sie im Moment weniger Appetit gehabt hätte. Aber heute Abend kam es darauf an, kein Spielverderber zu sein. Sie wählte eine aus und dachte an Nick, der mit seinen Freunden im Pub saß, fragte sich, was ihm wohl gerade durch den Kopf ging.

Was sollte sie ihm sagen? Wie sollte sie sich entscheiden?

Sie schluckte die Auster. Der salzige Geschmack und der Glibber bereiteten ihr Übelkeit.

»Köstlich«, sagte sie lächelnd. Luca strahlte.

Colin schlich auf leisen Sohlen ins Zimmer. Chelsey lag auf dem Bett und schlief tief und fest, während der Fernseher dröhnte und bunte Farben über ihren Körper tanzten. Neben ihr auf dem Bett verteilt lagen leere Papierchen von den Schokonüssen, die er ihr gekauft hatte, aber auch von anderen Süßigkeiten, die sie offenbar in ihrer Tasche gehabt hatte.

Colin betrachtete sie eine Weile, so wie er seine anderen Kinder so oft im Schlaf betrachtet hatte. Es gehörte zu den schönsten Momenten eines Vaters, dachte er, seinen Kindern beim Schlafen zuzuschauen, sich vorzustellen, was sie gerade träumten, zu sehen, wie sich beim Atmen ihr Brustkorb hob und senkte. Plötzlich fühlte er sich von fürsorglicher Liebe überwältigt.

Sie war seine Tochter, dachte er. Es war seine Pflicht, sie zu lieben und zu beschützen, dafür zu sorgen, dass sie alles bekam, was sie brauchte. Wie er das hinbekommen sollte, wusste er noch nicht. Aber er würde sie nicht im Stich lassen. Sie sollte nicht länger in dem Bewusstsein leben, anderen eine Last zu sein.

Er war sich nicht sicher, was er als Nächstes tun, wo er schlafen sollte. Sie sollte sich nicht erschrecken, wenn sie aufwachte und feststellte, dass Karen nicht da war, aber es kam ihm auch unpassend vor, sich in Karens Bett zu legen. Am Ende entschloss er sich, im Sessel zu schlafen.

Leise räumte er das Zimmer auf, schaltete den Fernseher aus, knipste eine Stehlampe an und das Deckenlicht aus. Dann nahm er die Mohairdecke von Karens Bett und machte es sich im Fernsehsessel bequem. Er musste unbedingt schlafen. Er würde all seine Energie brauchen, um den kommenden Tag in Angriff zu nehmen und alle nötigen Entscheidungen zu treffen. Und neben allem anderen musste er dafür sorgen, dass Chelsey einen schönen Tag verbrachte, so wie sie es verdient hatte.

Die Austern waren gegessen, die zweite Flasche Taittinger war geöffnet. Während der Kellner kleine Keramikschälchen mit Spargel in Estragonsoße auftrug, nahm Monique eine Aktenmappe von Mulberry zur Hand und zog drei Exposés heraus.

»Ich habe jeden Immobilienhändler in London mit der Suche nach einem geeigneten Objekt beauftragt«, verkündete sie. »Siebzehn habe ich mir schon angesehen, drei davon kommen in die engere Wahl. Trevor und ich haben schon einen Favoriten ausgesucht, aber jetzt wollen wir eure Meinung hören.« Sie legte die Exposés auf den Tisch, sodass alle sie sehen konnten.

»Das Problem ist«, sagte Trevor, »dass wir schnell handeln müssen. Wenn ich nicht sehr bald einen Teil meines Gewinns reinvestiere, kriege ich dieses Jahr eine deftige Steuernachzahlung aufgebrummt. Ideal wäre es, wenn wir möglichst bald ein Angebot machen und gegen Ende des Sommers den Vertrag unter Dach und Fach haben könnten.«

Mit klopfendem Herzen nahm Claire eins der Exposés in die Hand. Das ging ihr alles viel zu schnell.

»Aber wir brauchen doch erst mal einen Geschäftsplan, oder?«, sagte sie. »Ich meine, ich würde gern ein paar konkrete Zahlen sehen, ehe wir weitere Schritte unternehmen. Ein Hotel in London wird viel mehr kosten, als wir für das Townhouse aufbringen mussten.«

Trevor winkte ab.

»Wir haben die ganze Woche nichts anderes gemacht als gerechnet«, versicherte er ihr. »Keine Sorge – so ein Projekt würden wir nicht angehen, wenn die Zahlen nicht stimmen würden. Wir sind sehr zuversichtlich. Und ich möchte noch einmal betonen, dass eure Investition weniger in Geld, als in eurem persönlichen Einsatz bestehen soll. Ihr braucht euch vorerst nicht finanziell zu beteiligen.«

Monique nahm zwei Packen mit einer Spirale gebundene Unterlagen aus ihrer Tasche, einen gab sie Claire, den anderen Luca.

»Da stehen alle Zahlen drin.« Sie lächelte. »Wir erwarten natürlich nicht, dass ihr hier und jetzt unterschreibt. Das ist eine viel zu wichtige Entscheidung. Kommt nach London, seht's euch an. Sagt uns, was ihr denkt.«

Claire fühlte sich unwohl. Die Parfitts wirkten ein bisschen unbedarft, beinahe naiv – als dächten sie, um ein Hotel zu eröffnen, brauchte man nur ein Gebäude auszusuchen und einen Chefkoch anzuheuern. Aber es gab so vieles, was man in Betracht ziehen musste. Welche Zielgruppe wollten sie ansprechen? Touristen, Geschäftsleute? Wie exklusiv wollten sie sein? Sollten sie dem Restaurant mehr Bedeutung beimessen als dem Hotel? Tausend Fragen schwirrten ihr durch den Kopf, nicht zuletzt die, ob die Parfitts vertrauenswürdig waren. Als stille Partner, denen das Townhouse zu zwanzig Prozent gehörte, waren sie angenehm, aber würde das Machtverhältnis sich bei diesem neuen Projekt umkehren? Wahrscheinlich. Und die Parfitts, so charmant und großzügig sie sein mochten, waren nicht so reich geworden, weil sie nette Leute waren. Deswegen weckte es Claires Argwohn, dass sie die ganze Sache so unkompliziert darstellten. Wo war der Haken? Waren sie nur darauf aus, ihre und Lucas Ideen zu übernehmen, ohne sie am Ende an dem Projekt zu beteiligen? Während sie die Zahlen durchging, fragte sie sich, ob die beiden versuchten, sie hereinzulegen.

Seltsamerweise schien Luca, normalerweise der Argwohn in Person, ihre Bedenken nicht zu teilen. Claire wusste, dass er ganz wild auf dieses Projekt in London war, trotzdem wunderte sie sich über seine vorbehaltlose Begeisterung. Normalerweise war er wesentlich zurückhaltender.

»Lass uns diese Woche noch nach London fahren«, schlug er vor. »Nach dem verlängerten Wochenende wird es hier wieder ruhig sein, und bis die Saison anfängt, bleibt uns noch ein bisschen Zeit. Wir könnten am Dienstag hinfahren und ein paar Tage bleiben. So lange kommt das Hotel auch ohne uns klar.«

»Aber wie stellst du dir das langfristig vor?«, fragte Claire. »Wir können nicht das Townhouse weiter betreiben und gleichzeitig ein Hotel in London eröffnen.«

»Klar können wir das«, entgegnete Luca. »Wir müssen in großen Dimensionen denken, Claire. Das machen viele Köche. Rick Stein, Mitch Tonks. Denk doch bloß mal an Jamie Oliver.«

»Der größte Fehler, den man machen kann«, warf Trevor ein, »ist, so ein ehrgeiziges Projekt anzugehen ohne einen finanzstarken Partner. Ich bewundere deine Zurückhaltung, Claire. Sie ist einer der Gründe, warum ich in euch beide investieren will. Ihr seid keine Hasardeure. Ich habe immer aufmerksam verfolgt, wie ihr dieses Hotel führt.« Claire hob die Brauen; der Gedanke, ausspioniert zu werden, gefiel ihr nicht, auch wenn Trevor ein Teil des Hotels gehörte. »Aber ihr habt auch Magie. Und es ist eure Magie, die ich brauche.«

Monique beugte sich zu Claire herüber. »Was müssen wir tun, um euch zu überzeugen?« Sie schenkte ihr ein verführerisches Lächeln. »Wir sind nicht dumm. Wir wissen, dass wir es ohne euch nicht schaffen. Na ja, vielleicht doch. Aber, um es anders auszudrücken: Wir *wollen* es nicht ohne euch machen.«

Trevor lachte. »Und wir sind es gewöhnt zu bekommen, was wir wollen. Um jeden Preis.«

Claire schaute auf ihren Teller. Das war ein Albtraum. Sie fühlte sich, als würde sie von einer Dampfwalze überrollt. Die Situation wäre schon unangenehm genug gewesen ohne die zusätzliche Komplikation, dass sie plötzlich eine Leiche im Keller hatte. Was würde sie von dem Vorschlag der Parfitts halten, fragte sie sich, wenn Nick nicht aus heiterem Himmel in ihr Leben zurückgekehrt wäre?

Sie nahm eins der Exposés vom Tisch. Eine Villa im georgianischen Stil, am Rand von Soho. Sie sah es direkt vor sich: ein Dutzend Zimmer, ein volles Restaurant, eine schicke Cocktailbar ...

Sie spürte Lucas Fuß auf ihrem. Sie blickte nicht auf. Er würde sie nur mit Blicken durchbohren, von ihr wissen wollen, was das sollte, warum sie sich so sträubte. Ihr würde nichts anderes übrig bleiben, als Begeisterung zu heucheln. Schließlich mussten sie heute Abend noch keinen Vertrag unterschreiben.

Sie rang sich ein Lächeln ab.

»Dieses hier sieht perfekt aus«, sagte sie.

Monique beugte sich vor. »Das ist mein Favorit! Es ist natürlich auch das teuerste. Aber du weißt ja, wie es heißt ...«

»Die Location, die Location und noch mal die Location«, sagten Trevor, Monique und Luca im Chor.

Claire schaute sie nacheinander an. Unter anderen Umständen wäre sie Feuer und Flamme gewesen. Schließlich war es das, wovon sie und Luca schon immer geträumt hatten. Sie hatten sich einen Namen machen wollen. Und Trevor und Monique konnten ihnen dazu verhelfen, ihren Traum zu verwirklichen.

Aber welchen ihrer Träume wollte sie denn nun verwirklichen?

Trevor nahm sein BlackBerry aus der Tasche.

»Also gut«, sagte er. »Ich schreibe meiner Assistentin eine E-Mail, sie soll euch für Dienstag ein richtig schönes Hotel buchen. Und ich lasse euch von einem Chauffeur abholen. Widerstand zwecklos.«

Seine Daumen huschten über die winzige Tastatur. Claire stellte sich vor, wie Trevors Assistentin, die an einem Freitagabend wahrscheinlich mit Freunden in irgendeinem Londoner Club saß, die Augen verdrehte, wenn sie die Mail las.

Trevor gehörte zu der Sorte Chefs, die von ihren Angestellten erwarteten, dass sie rund um die Uhr zu Diensten waren.

Und genau darum war sie vorsichtig. Er war zwar charmant, aber sie wusste, dass sein Charme aus purem Eigeninteresse geboren war. Mit den Parfitts zusammenzuarbeiten würde anstrengend werden. Was nicht bedeutete, dass sie es nicht tun sollten.

»Es sich einmal anzusehen kann ja nicht schaden«, sagte sie.

»Fantastisch!«, rief Monique aus.

»Das ist noch kein Ja«, sagte Claire. »Wir sehen es uns nur an.«

»Ihr werdet euch sofort in das Haus verlieben, wenn ihr es seht«, versicherte ihr Monique.

Claire lächelte. »Da bin ich gespannt.«

Luca legte seine Hand auf ihre.

»Das liebe ich an Claire«, sagte er zu Trevor und Monique. »Dass sie so vorsichtig ist. Nicht wie ich. Ich bin impulsiv. Claire ist meine Stimme der Vernunft. Mein Resonanzboden. Deswegen geben wir so ein gutes Team ab.«

»Ich weiß«, erwiderte Trevor. »Dasselbe gilt für Monique und mich. Yin und Yang. Zu viert werden wir unschlagbar sein.«

Mit einem triumphierenden Lächeln drückte er auf Senden.

Als sie nach Feierabend nach Hause ging, konnte Angelica das Gezeter schon von der Straße aus hören.

Das Gezeter ihrer Mutter. Trudy kreischte aus voller Brust. Jeff saß wahrscheinlich wie immer seelenruhig auf dem Sofa, das T-Shirt hochgerutscht, sodass sein haariger Bauch hervorlugte. Der Himmel wusste, worüber sie sich mal wieder aufregte. Dazu brauchte es nicht viel. Trudy regte sich dauernd auf. Über alles und jeden.

Angelica seufzte. Das fehlte ihr gerade noch. Den ganzen Abend war ihr durch den Kopf gegangen, was Luca gesagt hatte. Sie hatte von London geträumt und sich gefragt, ob dieser Traum je Wirklichkeit werden konnte. Ob Luca das alles ernst gemeint hatte, oder ob er nur mit ihr spielte. Sie hatte sich vorgestellt, wie ihr Leben aussehen könnte. Und sich gefragt, ob sie angesichts ihrer familiären Situation überhaupt die Möglichkeit in Betracht ziehen konnte, Lucas Angebot anzunehmen. Vielleicht konnte sie eine halbe Woche in London und eine halbe in Pennfleet arbeiten. Auf diese Weise würde sie Dill nicht komplett im Stich lassen und gleichzeitig ein anderes Leben kennenlernen, etwas für sich selbst haben. Als sie, ermutigt von diesem Gedanken, das Vorgartentor öffnete, kam Jeff aus dem Haus gestürmt, die Autoschlüssel in der Hand.

»Ich halt das nicht mehr aus«, sagte er. »Das war's. Ich bin weg.«

»Du kannst doch nicht einfach gehen«, entgegnete Angelica. »Wir brauchen dich.«

»Sie hat mich als impotentes, potthässliches Ekel beschimpft!«

Angelica zuckte zusammen. Okay, Jeff war kein Adonis, aber ihm wegen seines Aussehens an die Gurgel zu gehen, war gemein. Außerdem war ihre Mutter auch nicht gerade eine Schönheitskönigin, schon lange nicht mehr, und auch kein Muster an Reinlichkeit.

»Sie ist eine Schlampe. Du darfst das nicht ernst nehmen.«

»Ich habe wirklich alles getan, um sie glücklich zu machen.

Aber ich bin zu dem Schluss gekommen, dass sie einfach nicht glücklich sein will.«

Jeff wirkte zutiefst enttäuscht und zugleich fest entschlossen. Angelica konnte es ihm nicht verübeln, aber sie wollte nicht, dass er ging. Ihre Mutter ohne Mann im Haus war absolut unerträglich. Ohne die Aufmerksamkeit eines Mannes war Trudy nicht funktionsfähig.

Plötzlich wurde ein Fenster im ersten Stock aufgerissen, dann kam eine volle Plastiktüte geflogen. Angelica und Jeff rannten aus dem Vorgarten und blieben unter der Straßenlaterne stehen, als Trudy sich über ihnen aus dem Fenster lehnte.

»Nimm gefälligst deine dreckigen Klamotten mit, und lass dir nicht einfallen, noch mal herzukommen!«

Sie knallte das Fenster zu.

Jeff und Angelica schauten einander an.

»Sie ist verrückt, das weißt du«, sagte Angelica.

»Äh ... Ja. Zu dem Schluss bin ich inzwischen auch gekommen.« Langsam ging Jeff in den Vorgarten und hob die Tüte auf. »Kommt ihr zurecht?«

Angelica zuckte die Achseln. »Werden wir wohl müssen.«

»Versuch, sie vom Alk wegzuhalten.«

»Wie denn?« Angelica seufzte. »Ich hab keine Ahnung, was sie will.«

»Das weiß sie selbst nicht«, sagte Jeff.

»Sie ist nur zufrieden, wenn sie schwanger ist«, sagte Angelica. »Aber das ist ja keine Lösung. Außerdem ist sie dafür zu alt.«

»Du hast meine Handynummer.« Jeff streckte ihr verlegen die Hand hin und tätschelte ihr die Schulter. »Ruf mich an, wenn du mich brauchst.«

»Du warst zu gut für sie.«

Jeff schaute zu Boden. »Ich weiß, dass ich kein George Clooney bin, und reich bin ich auch nicht, aber ich hab sie geliebt, weißt du das?«

Der arme Jeff, dachte Angelica voller Mitleid. Er hatte viel zu viele Jahre seines Lebens mit ihrer Mutter vergeudet.

»Mach's gut, Jeff. Sie ist eine undankbare Kuh. Eine verrückte, undankbare Kuh.«

Aus dem Haus dröhnte plötzlich Musik, so laut, dass die Wände wackelten. Fleetwood Mac. Ihre Mutter hielt sich wohl für Stevie Nicks. Angelica hätte nicht sagen können, wie oft sie Trudy bei einer Karaoke-Veranstaltung hatte »Dreams« singen hören.

Jeff blies die Backen auf und kratzte sich am Kopf.

»Wo gehst du eigentlich hin?«, fragte Angelica.

»Zu meiner Mutter. Bei der weiß ich wenigstens, wo ich dran bin.« Er senkte den Blick. »Wegen Dill tut es mir leid. Ich sollte ihn eigentlich morgen früh zum Fußballtraining bringen.«

Angelica wandte sich ab, denn sie spürte, dass sie den Tränen nahe war. Jeff war rührend im Umgang mit Dill, hatte ihn oft zu kleinen Ausflügen mitgenommen. Das hatte ein bisschen den Druck gelindert, der auf ihr lastete. Aber jetzt, wo Trudy ihn rausgeworfen hatte, konnte sie nicht von ihm verlangen, dass er sich weiterhin um ihren kleinen Bruder kümmerte.

»Mach dir keine Sorgen um Dill«, sagte sie. »Er hat ja mich.«

Mit angehaltenem Atem, um den Geruch nach altem Schweiß und billigem Rasierwasser nicht einzuatmen, nahm sie Jeff in die Arme und drückte ihn zum Abschied. Dann schaute sie ihm nach, als er den Hügel hinunterging, um sein Auto zu holen und zu seiner Mutter zu fahren.

Jeff hatte ein gutes Herz, und das zählte eine Menge. Aber tief in ihrem Innern konnte Angelica die Frustration ihrer Mutter verstehen. Frauen fühlten sich einfach viel stärker von Mistkerlen angezogen als von netten Typen. Sie selbst war das beste Beispiel dafür, so wie sie nach Luca schmachtete. Luca, der größte Mistkerl von allen – und zugleich der größte Herzensbrecher.

Aber wo war ihr Jeff?, fragte sich Angelica. Die gute Seele von Mann, dessen Lebenszweck darin bestand, sie glücklich zu machen? Wenn sie einen Jeff hätte, wäre sie vielleicht nicht so vernarrt in Luca.

Vor ein paar Stunden hatte sie Luca mit Claire und den Parfitts in den Speisesaal gehen sehen. Sie hätte alles darum gegeben, in dem Moment an Claires Stelle zu sein – mit Luca zusammen Pläne zu schmieden. Und Claire hatte sie deutlich angesehen, dass sie überall auf der Welt lieber gewesen wäre als dort.

Komisch, dachte Angelica, dass man sich immer das wünscht, was man nicht haben kann.

Sie wappnete sich innerlich und ging ins Haus.

Was sich ihren Blicken bot, war genau das, was sie befürchtet hatte. Das Wohnzimmer war ein einziges Chaos. Offenbar hatten Dill und ihre Halbschwestern Kimberley und Faye vor dem Fernseher zu Abend gegessen und ihr schmutziges Geschirr einfach stehen gelassen. Irgendjemand hatte einen Eimer Popcorn mitgebracht, und die Hälfte von dem Zeug lag auf dem Boden verteilt und war teilweise in den Teppich getreten. Das Ledersofa, für das sie jahrelang Raten gezahlt hatten und das einmal das Prachtstück des Wohnzimmers gewesen war, war total zerkratzt und an mehreren Stellen aufgerissen, sodass die Füllung herausquoll. Eine offene, halb leere

Flasche Limo stand herum. Auf dem Boden lagen diverse Plastikbecher und zwei leere Weinflaschen der billigsten Sorte, was einiges erklärte.

Trudy stand mitten im Zimmer und wiegte sich zur Musik, ihr langes, blondes Haar hing ihr strähnig um die Schultern, ihre Schminke war verschmiert.

Eine qualmende Zigarette in der Hand, sang sie das Stück mit, bewegte sich, als stünde sie mit der Band auf der Bühne. Sie war vollkommen in der Musik gefangen, das Gesicht angespannt vor Konzentration.

»Go your own waaaay«, sang sie laut und falsch und zeigte mit ihrer brennenden Zigarette auf Angelica. Dann hob sie die Arme und wedelte mit ihnen im Takt der Musik.

Angelica war stinksauer. Während sie ihrer Mutter zusah, dieser nichtsnutzigen Schlampe, wurde ihr schlagartig klar, dass sie sich jede Hoffnung auf ein neues Leben abschminken konnte.

»Warum musst du immer alles kaputt machen?«, schrie sie. »Warum muss sich hier immer alles nur um dich drehen?«

Trudy sah sie ausdruckslos an. Es hatte keinen Zweck, sie anzuschreien. Sie bekam überhaupt nichts mehr mit.

Wutentbrannt stürmte Angelica aus dem Zimmer. Als sie hochschaute, stand Dill oben auf der Treppe. Die Hose seines Super-Mario-Schlafanzugs war ihm zu kurz, das Oberteil bedeckte kaum seinen Bauch. Sie würde bei nächster Gelegenheit nach Exeter fahren und ihm ein paar neue Sachen kaufen müssen. Er wuchs immer so schnell aus allem raus.

»Kann nicht schlafen«, quengelte er.

Sie lief nach oben. »Komm, ich bring dich wieder ins Bett.«

Sie kuschelte sich mit ihm unter die Decke, die sie über ihre Köpfe zog, um den Lärm zu dämpfen. Schon bald hörte sie tiefe Atemzüge, er war wieder eingeschlafen. Sie hielt ihn in den Armen. Das war Liebe, dachte sie. Darauf kam es an. Wie hatte sie je in Erwägung ziehen können, wegzugehen und ihn alleinzulassen?

Zehn

Es war kurz nach Mitternacht, allmählich wurden im Hotel die Türen geschlossen und das Licht gelöscht. Im Hochsommer war um diese Zeit noch viel los in Pennfleet, aber es war noch zu früh im Jahr für Ausgelassenheit und Zechgelage. Selbst Nick und seine Freunde waren schon zu Bett gegangen, denn sie hatten für den nächsten Morgen eine Bootspartie geplant, und sie wussten alle aus Erfahrung, dass es sich verkatert nicht gut segelte. Außerdem sollte die große Sause erst am folgenden Abend starten. Eine sanfte Stille breitete sich im ganzen Haus aus, während die Nacht es in samtene Dunkelheit hüllte.

Im Dachzimmer lag Luca in Boxershorts auf dem Bett, die Hände hinter dem Kopf verschränkt. Sein schlanker, muskulöser Körper glänzte im Lampenlicht, seine Augen waren dunkel vom Wein.

»Komm her«, sagte er und streckte einen Arm aus.

Claire blieb zögernd in der Badezimmertür stehen und zog ihren Kimono fester um sich.

Sie würde Übelkeit vortäuschen müssen. Ihr blieb keine andere Wahl. Sie konnte jetzt unmöglich Sex mit Luca haben. Er erwartete es von ihr, und gewöhnlich genoss sie es nach einem gemeinsam verbrachten Abend. Viel zu oft stand er bis in die Nacht hinein in der Küche, und wenn er ins Bett kam, war sie meistens schon eingeschlafen. Unter anderen Umständen hätte sie sich den Luxus seiner ungeteilten Aufmerksamkeit gern gegönnt.

Es hatte keinen Zweck zu warten, bis er einschlief. Nach dem Sex fiel er zwar regelmäßig in Tiefschlaf, aber er würde keine Ruhe geben, solange er nicht bekommen hatte, was er wollte.

»Was für ein toller Abend«, sagte er. »Ich glaube, das klappt, Claire. Wir stehen kurz vor dem Durchbruch. Ist das zu fassen? Ein Hotel in London!«

»Noch haben wir nicht Ja gesagt«, entgegnete sie und ging zum Bett. »Es gibt noch eine Menge zu bedenken.«

»Ja, okay, aber das ist doch der Hammer, oder? Die beiden investieren das Geld und wir unsere Zeit. So eine Gelegenheit kriegen wir nie wieder.«

Claire zögerte. Sie wollte jetzt nicht alle ihre Einwände vorbringen. Sie war müde und verwirrt und wusste nicht, wo ihr der Kopf stand. Wenn sie anfing, das Projekt zu hinterfragen, würde Luca sie in Diskussionen verwickeln. Und sie brauchte Zeit zum Nachdenken. Je eher Luca einschlief, desto besser.

Also lächelte sie nur. »Wir sind eben zwei Glückspilze.«

»Ja, genau. Und das hat mich auf etwas anderes gebracht«, sagte Luca. »Etwas, worüber ich schon länger nachdenke.«

»Was denn?« Claire setzte sich vorsichtig auf die Bettkante und gab sich interessiert, während sie sich gleichzeitig fragte, wann der beste Zeitpunkt wäre, ihm zu sagen, dass sie sich nicht gut fühlte. Sie könnte es auf die Austern schieben.

Er schaute sie lächelnd an.

»Heirate mich, Claire.«

Jetzt wurde ihr tatsächlich übel.

»Wie bitte?« Sie spürte, wie sie erbleichte. »Soll das ein Scherz sein?«

Ein dunkler Schatten huschte über Lucas Gesicht. »Das war eigentlich nicht die Reaktion, die ich mir erhofft hatte.«

Sie lachte nervös, versuchte, Zeit zu gewinnen.

»Ich bin nur – total verblüfft. Ich hätte nie gedacht, dass du zu der Sorte Mann gehörst, die unbedingt heiraten will.«

»Ich auch nicht.« Er rollte sich zu ihr herüber, schaute ihr in die Augen und streichelte die Innenseite ihrer Schenkel durch den hauchdünnen Kimonostoff. Normalerweise würde sie jetzt dahinschmelzen. »Aber ich glaube, durch dich bin ich erwachsen geworden. Du hast mir geholfen, meine Träume zu verwirklichen, Claire. Das bedeutet mir sehr viel. *Du* bedeutest mit sehr viel. Was wäre also naheliegender, als dich zu heiraten?«

Claire hatte keine Ahnung, wie sie reagieren sollte. Wenn er ihr das vierundzwanzig Stunden früher gesagt hätte, wäre sie vor Glück in Tränen ausgebrochen und hätte seinen Antrag, ohne zu zögern, angenommen. Jetzt drehte es ihr nur den Magen um. Wie zum Teufel sollte sie sich aus dieser Bredouille befreien? Luca war kein Typ, der die Ablehnung eines Heiratsantrags gelassen hinnehmen würde.

Er rollte sich von ihr weg und stand auf. Claire spürte, wie Panik in ihr aufstieg. Jetzt bloß kein Streit, dachte sie.

»Es tut mir leid. Ich wollte dich nicht vor den Kopf stoßen. Es kommt nur so aus heiterem Himmel …«

Sie verstummte. Er kramte in seiner Nachttischschublade und lächelte sie über die Schulter hinweg an. Dann fand er, was er gesucht hatte, und hielt es hoch.

Es war eine kleine Schachtel. Eine winzige Schachtel, die nur eins enthalten konnte. Ein eiskalter Schauer lief ihr über den Rücken, als er um das Bett herum kam und sich neben sie setzte.

»Wenn er dir nicht gefällt oder wenn er dir nicht passt, können wir ihn umtauschen.«

Sie konnte nicht glauben, was sie hörte und sah. So war Luca nicht. Nicht einmal in ihren kühnsten Träumen hätte Claire sich so etwas vorstellen können. Und doch sah sie, wie er die Schachtel öffnete, einen Ring herausnahm und ihn ehrfurchtsvoll zwischen Daumen und Zeigefinger hielt, während er ihre linke Hand nahm und die Schachtel auf dem Bett abstellte.

Er schaute sie erwartungsvoll an.

»Ich möchte, dass wir heiraten, Claire.« Ehe sie protestieren konnte, hatte er ihr den Ring an den Finger gesteckt. »Und zwar hier. Auf unserer Terrasse. So bald wie möglich. Ich möchte, dass wir dieses neue Projekt als Mann und Frau anpacken.«

Sie schluckte. Ihre Kehle war staubtrocken.

Er schaute sie immer noch an.

»Claire?«

Ihr war beinahe nach Lachen zumute. Es war, als wären ihr schönster Traum und ihr schlimmster Albtraum gleichzeitig wahr geworden. Wie konnte sie Nein sagen? Das konnte sie unmöglich. Nicht ohne Luca zu eröffnen, was zwischen ihr und Nick vorgefallen war. Bilder von sich und Nick im Bett tauchten vor ihrem geistigen Auge auf, kontrastiert von Bildern von sich im weißen Kleid auf der Hotelterrasse, bis sich alles drehte in einem Strudel aus Bildern ihrer Vergangenheit, Gegenwart und Zukunft.

»Ich weiß nicht, was ich sagen soll …«, brachte sie mühsam

heraus. Der Ring an ihrem Finger schien förmlich zu glühen und ihr das Fleisch zu versengen.

»Ja! Das ist alles, was du sagen musst! Ja!«

Er packte sie und schaute ihr in die Augen.

»Ja«, krächzte sie. Was sonst hätte sie sagen können? Luca war wie berauscht von seiner romantischen Geste – ein Nein würde er nicht akzeptieren. Er schloss sie in die Arme und küsste sie mit einer Leidenschaft, von der sie immer geträumt hatte. Gemeinsam sanken sie aufs Bett.

Nein, dachte Claire. Bitte nicht. Er küsste ihren Nacken, öffnete den Gürtel ihres Kimonos. Als er den seidigen Stoff beiseite schob, überlegte sie verzweifelt, wie sie sich ihm entziehen konnte. Er zog sie auf sich, streichelte ihre Brüste.

Es gab nur eine Lösung. Sie schob seine Hände weg.

»Gemach, gemach«, sagte sie in einem verspielten Ton und hob den Zeigefinger. »Nicht anfassen. Bleib einfach liegen, und halt die Hände bei dir.«

Verschwörerisch grinsend schaute sie ihn an, und auch er grinste, als er begriff, was sie vorhatte. Er würde sich nicht wehren. Sie fuhr sich mit den Fingern über die Brüste, beugte sich ein bisschen vor, sodass ihr Haar nach vorne fiel. Mit glasigen Augen schaute er ihr zu.

Sie beugte sich noch weiter vor, küsste und leckte seine Brust, erregte ihn mit Zunge und Haaren, arbeitete sich langsam nach unten vor. Als sie ihn zärtlich in den Mund nahm, stöhnte er auf. Jetzt hatte sie die Kontrolle. Zärtlich und kundig ließ sie ihre Zunge kreisen, bewegte ihren Mund auf und ab, bis sie das gewünschte Ergebnis erzielte. Er umklammerte ihre Hände, als er kam, sein ganzer Körper spannte sich sekundenlang an, dann sank er schwer atmend und erschöpft zurück.

Kurz darauf schlief er tief und fest. Claire betrachtete ihn, konnte nicht widerstehen, mit den Fingern über seinen Bauch, seine Brust, seine Schultern zu fahren. Sie liebte es, ihn zu berühren. Aber seine Schönheit reichte nicht mehr aus, nicht einmal in Verbindung mit der Energie und der Vitalität, die er in ihr Leben brachte, dem Hauch von Verwegenheit. Sie sehnte sich nach mehr Sanftheit, mehr Tiefe.

Sie rollte von ihm herunter, blieb auf dem Rücken liegen und starrte an die Decke. Dann hielt sie ihre Hand hoch und betrachtete den Ring. Er glitzerte im schwachen Lampenlicht. Einen Moment lang ließ sie sich davon verzaubern.

Davon hatte sie immer geträumt.

Trevor Parfitt war nie religiös gewesen, auch nicht während der schweren Zeiten, die er durchgemacht hatte. Als er jetzt auf dem Balkon der Suite stand und den Sternenhimmel betrachtete, fragte er sich, ob er sich vielleicht geirrt hatte. Ob es vielleicht da oben ein höheres Wesen gab, das er um Hilfe bitten konnte?

Kein Projekt war ihm jemals so wichtig gewesen. Und er hatte eine Menge Projekte verwirklicht. Dabei war es nicht einmal ein Projekt, das viel Gewinn versprach – im Gegenteil, er rechnete damit, erst einmal reichlich rote Zahlen zu machen. Sein eigener geheimer Geschäftsplan, den er niemandem gezeigt hatte, wies für mindestens drei Jahre bedeutende Verluste auf, denn Trevor war schließlich realistisch. Wer bei der derzeitigen Wirtschaftslage ein Hotel eröffnete, musste mit Durststrecken rechnen, bis er sich einen Kundenstamm aufgebaut hatte und das Geschäft weiterempfohlen wurde.

Nein, dieses Hotel war ihm deshalb so wichtig, weil es Monique so viel bedeutete.

Er schaute zum Bett hinüber und betrachtete seine schlafende Frau. Sie befand sich im Reich der Träume, dank der Tabletten mindestens bis morgen früh um neun. Ohne Tabletten konnte sie überhaupt nicht mehr schlafen. Jahrelang war sie nachts im Haus herumgegeistert, hatte aus dem Fenster gestarrt und geraucht (was er ihr schließlich abgewöhnt hatte), aber dann hatte er ein Machtwort gesprochen und sie zum Arzt geschickt. Es war ihm nicht darum gegangen, sie ruhigzustellen, aber sie musste schlafen. Sonst wäre sie verrückt geworden.

Beim Abendessen heute hatte sie gelächelt und gestrahlt wie seine alte Monique. Am nächsten Tag würde sie ihren ganzen Charme aufbieten. Sie war immer noch die perfekte Tischdame. Diese Fähigkeit konnte sie nach Belieben ein- und ausschalten wie auf Knopfdruck. Nur er kannte die Wahrheit. Sie war wie ein Geist. Ein Geist, der sich selbst nach Bedarf von den Toten erwecken konnte. Um sich, sobald sie nicht mehr im Zentrum der Aufmerksamkeit stand, die Maske vom Gesicht zu reißen und sich wieder ins Totenreich zurückzuziehen.

Er schüttelte sich, als eine Wolke sich vor den Mond schob und das Meerwasser sich schwarz färbte. Er ging zur Minibar und nahm eine kleine Flasche Brandy heraus. Als der scharfe Schnaps ihm in der Kehle brannte, dachte er an Luca und Claire. Er war sich ziemlich sicher, dass Luca den Köder geschluckt hatte. Der Mann wäre ein schlechter Pokerspieler, dachte Trevor, der jahrelange Übung darin hatte, in den Gesichtern von Menschen zu lesen.

Das schwache Glied in der Kette war Claire. Sie hatte Vorbehalte. Sie würden sie noch bearbeiten müssen. Irgendetwas ließ sie zaudern, auch wenn Trevor noch nicht wusste, was. Er musste mit ihr allein reden. Ihr Vertrauen gewinnen und ihr ihre Ängste nehmen.

Vielleicht würde es ihm gelingen, wenn er sie einweihte. Er schaute zum Bett hinüber, auf dem sich Kissen und federleichte Daunendecken türmten, unter denen Monique lag wie Schneewittchen. Sie wollte nicht, dass irgendjemand von ihren Problemen erfuhr. Natürlich gab es einige alte Freunde, die Bescheid wussten, aber allen, die sie neu kennenlernten, sei es auf geschäftlicher oder privater Ebene, also auch Luca und Claire, verschwiegen sie die Wahrheit. Es sei irrelevant, behauptete Monique. Das gehe niemanden etwas an. Trevor hatte ihre Wünsche immer respektiert, aber er hatte das Gefühl, es wäre an der Zeit, Claire in das Geheimnis einzuweihen. Monique brauchte ja nie davon zu erfahren.

Zwei Etagen höher warf Nick seufzend einen Blick auf seine Uhr. Ein Uhr achtunddreißig. Er fand einfach keinen Schlaf. Er schlug die Decke zurück, stand auf und trat ans Fenster. Der Mond glitt langsam hinter einer Wolke hervor wie eine junge Frau, die aus einer Umkleidekabine trat. Er überlegte, ob er sich aus dem Fenster lehnen und eine Zigarette rauchen sollte. Aus Erfahrung wusste er, dass er damit nicht den Rauchmelder auslösen würde. Aber aus irgendeinem Grund wollte er nicht gegen die Regeln in Claires Hotel verstoßen. Vielleicht sollte er lieber nach draußen gehen, einen Spaziergang machen, um einen klaren Kopf zu bekommen. Er hatte ziemlich viel getrunken, wenn auch nicht so viel, wie bei einem Junggesellenabend üblich war. Dennoch überkam ihn allmählich die Schwermut, hervorgerufen durch ein Übermaß an Cocktails, Wein und Tequila. Schwermut, Verwirrung und Angst.

In dem Bett auf der anderen Seite des Zimmers wachte Gus auf und setzte sich auf die Bettkante. Mist, dachte Nick. Er wollte mit seinen Gedanken allein sein.

»Was ist los, Kumpel?«

»Ich kann nicht schlafen.«

»Du kriegst doch nicht etwa kalte Füße?«

Die Frage war scherzhaft gemeint. Nick antwortete nicht. Es ging nicht um kalte Füße. Die Sache war viel komplizierter.

Gus schaute ihn fragend an. Sie waren seit fünf Jahren befreundet. Sie waren zwar nicht zusammen aufgewachsen und zur Schule gegangen, aber sie hatten mehrere gemeinsame Geschäfte getätigt, die ein gewisses Vertrauen vorausgesetzt hatten. Nick war sich ziemlich sicher, dass er Gus reinen Wein einschenken konnte.

Wenn Felix oder Shrimp hier wären, hätten sie ihm vielleicht sagen können, was er tun sollte. Schließlich kannten sie die ganze Geschichte. Aber die beiden würde er erst am Donnerstag treffen, und er konnte keinen von beiden aus heiterem Himmel mitten in der Nacht anrufen.

»Ich weiß nicht, was ich tun soll, Gus.«

»Hey.« Gus stand auf. »Das ist das Lampenfieber. Das passiert jedem. Es ist immerhin ein großer Schritt.«

»Es ist kein Lampenfieber.«

Nicks Ton ließ Gus innehalten. »Was dann?«, fragte er stirnrunzelnd.

»Die Hotelbesitzerin. Claire.«

»Die Hübsche? Die mit …« Gus beschrieb mit den Händen langes Haar. »Du hast dich doch nicht etwa in sie verknallt?«

»Sie – war mal meine Freundin. Damals, als meine Mutter gestorben ist. Wir haben uns getrennt. Eine ziemlich schlimme Geschichte.«

»Ah ja.« Gus nickte. Er wusste, dass noch mehr kommen würde.

Nick sah ihn gequält an.

»Sie war meine große Liebe. Was soll ich sagen? Und plötzlich steht sie vor mir. Eine Woche vor meiner geplanten Hochzeit kehrt sie in mein Leben zurück.«

Gus ließ sich mit einem Stöhnen aufs Bett sinken.

»Sag jetzt nicht, das hat dich in Zweifel gestürzt.«

»Natürlich hat es mich in Zweifel gestürzt!« Nick begann, im Zimmer auf und ab zu gehen. »Ich habe sie nie vergessen können, Gus. Selbst jetzt, zwölf Jahre später, denke ich andauernd an sie. Frage mich, wo sie ist, was sie gerade macht, mit wem sie zusammen ist. Und auf einmal weiß ich …«

»Okay, okay, jetzt weißt du es also. Es geht ihr gut, und sie hat einen ziemlich scharfen Freund … Partner … was auch immer. Du kannst also endlich aufhören, dauernd an sie zu denken und die Geschichte vergessen.«

»So einfach ist das nicht.«

Nick setzte sich zu Gus aufs Bett und musterte sein Gesicht.

»Ich hab ihr gesagt, sie hat das Wochenende Zeit, sich zu entscheiden. Wenn sie mit mir kommt, blase ich die Hochzeit ab.«

»Das kannst du nicht machen, Nick!« In jeder anderen Situation hätte Nick über Gus' Empörung laut gelacht. »Das kannst du nicht machen. Was ist mit Sophie? Das kannst du ihr nicht antun …«

»Und warum nicht?« Nick schaute seinen Freund herausfordernd an. »Besser, als sie zu heiraten, obwohl ich eine andere liebe, oder?«

Gus wirkte total schockiert. Nick wünschte, er hätte ihm nichts erzählt. Sein Freund würde ihm sowieso nichts sagen, was er nicht längst wusste. Er würde sein Dilemma nur verschlimmern.

»Aber du liebst Sophie doch«, sagte Gus. »Man hört doch nicht einfach so auf, jemanden zu lieben.«

»Ja, aber es gibt Liebe und …« Nick brach ab, wusste nicht, was er sagen sollte, ohne wie ein Idiot zu klingen. »Und *Liebe*.«

Gus stand auf, ging zur Minibar, öffnete sie und suchte darin herum, bis er zwei kleine Flaschen Jack Daniel's fand. Er schraubte die Deckel ab, reichte Nick ein Fläschchen und trank seins zur Hälfte.

»Über hundert Gäste«, sagte er schließlich. »Es ist alles geplant und vorbereitet. Eine neue Wohnung, Herrgott noch mal. Ihr wollt in ein paar Wochen umziehen …«

»Aber noch sind wir nicht umgezogen. Noch ist es nicht zu spät, um einen Rückzieher zu machen.«

Gus stand da, das Fläschchen vor dem Mund, zu entgeistert, um zu trinken.

»Du meinst das tatsächlich ernst, oder? Du hast dir das alles schon genau überlegt.«

»Hast du eine Ahnung, wie das ist, wenn jemand, den du liebst, plötzlich aus deinem Leben verschwindet? Spurlos, über Nacht? Du fragst dich bis an dein Lebensende Tag für Tag, was passiert ist. Du sagst nicht einfach, okay, Pech gehabt, und vergisst das Ganze. Es überschattet dein ganzes Leben. Es – verfolgt dich. Es hat seitdem keinen einzigen Tag gegeben, an dem ich nicht beim Aufwachen als Erstes an Claire gedacht habe …«

»Scheiße«, sagte Gus. »Das ist der Hammer.«

Er warf das leere Fläschchen in den Papierkorb.

»Und was sagt sie dazu?«

»Ich weiß es nicht«, antwortete Nick niedergeschlagen.

»Aber du hast doch bestimmt eine Vorstellung. Du musst

doch – wissen, ob sie sich gefreut hat, dich wiederzusehen. Ich meine – war sie höflich distanziert? Oder geht es ihr genauso wie dir? Seid ihr einander um den Hals gefallen?«

»Na ja, nicht vor allen Leuten. Aber …«

Mehr wollte Nick lieber nicht preisgeben.

»Was aber?«

»Nichts.«

»Komm schon. Jetzt, wo du einmal angefangen hast, kannst du mir auch die ganze Geschichte erzählen.«

Nick kaute auf seiner Backe und schaute aus dem Fenster.

»Sie war vor dem Abendessen hier oben. Es war ziemlich offensichtlich, dass es ihr genauso geht wie mir.«

»Und ziemlich offensichtlich heißt …?« Gus sah ihn durchdringend an. Als Nick seinem Blick auswich, fiel der Groschen. »Ach du Scheiße. Du hast sie gefickt.«

»Sag nicht gefickt.«

»Meine Fresse, Nick. Eine Woche vor deiner Hochzeit. Das ist übel.« Gus wirkte so betroffen, wie jeder zukünftige Trauzeuge auf solche Neuigkeiten reagieren würde. »Und was hast du jetzt vor?«

»Ich warte auf ihre Entscheidung. Wir hatten noch keine Gelegenheit, uns ausführlich zu unterhalten.«

»Nein, nur die Gelegenheit, übereinander herzufallen.«

Nick fuhr wütend herum.

Gus hob die Hände. »Tut mir leid, aber mir kommt das eher vor wie ein Torschlusspanikfick.«

Nick packte Gus am Kragen und hielt ihm die Faust vors Gesicht.

»Hör auf, so einen Mist zu reden, okay?«, knurrte er. »Sie ist meine große Liebe.«

Gus sah ihn aus zusammengekniffenen Augen an, befreite sich aus seinem Griff und legte ihm die Hände auf die Schultern.

»Nein«, sagte er. »Sprich mir nach: Sie *war* meine große Liebe. Jetzt ist *Sophie* meine große Liebe. Sophie, die gerade ihren Junggesellinnenabschied feiert. Sophie, die dich liebt und verehrt. Sophie, die am Samstag mit dir vor dem Altar stehen und *Ja* sagen wird ...« Er ließ Nick los und begann, nach seinen Kleidern und Schuhen zu suchen. »Wir reisen ab. Jetzt gleich. Ich nehme dich mit.«

Er stieg in seine Jeans.

»Sei kein Idiot. Keiner von uns kann Auto fahren. Wir haben beide zu viel getrunken.«

Gus richtete sich auf. »Mir ist gerade klar geworden, dass das alles meine Schuld ist. Ich hab dieses verdammte Hotel ausgesucht.« In gespielter Verzweiflung schlug er sich die Hände vors Gesicht.

»Das ist Schicksal«, sagte Nick.

»Quatsch«, schnaubte Gus. »Das ist ein Scheißschlamassel.«

Nick setzte sich aufs Bett.

»Was soll ich machen?«

Gus versetzte seiner Jeans einen Tritt.

»Du bist verliebt in das Verliebtsein. Das sind die romantischen Fantasien eines Teenagers. Komm auf den Teppich, Nick.«

Nick stierte zu Boden. Wenn das so einfach wäre. Wenn er nur mit Claire reden könnte. Über die Vergangenheit. Die Gegenwart. Ihre Zukunft.

Aber Luca wirkte nicht wie ein Typ, der es gelassen hinnehmen würde, wenn der Ex seiner Freundin mitten in der Nacht an die Tür klopfte, um ihr sein Herz auszuschütten. Außerdem wollte er Claire nicht ins Chaos stürzen. Sie hatte sich schließlich hier ein Leben aufgebaut, und wenn sie nicht dasselbe empfand wie er, würde sie dieses Leben nicht aufs Spiel setzen wollen. Und Nick liebte sie so sehr, dass er ihr das nicht zumuten wollte.

Wenn sie ihn wollte, würde sie kommen.

Elf

Am nächsten Morgen wachte Claire noch früher als gewöhnlich auf. Es begann gerade zu dämmern. Da sie wusste, dass sie gar nicht erst zu versuchen brauchte, wieder einzuschlafen, stand sie auf. Sie zog sich ihre ältesten Klamotten an, ging, ehe Luca auf die Idee kam, den Tag schlaftrunken mit frühmorgendlichem Sex zu beginnen, nach unten in die Küche und machte sich einen Caffè Latte mit einem doppelten Espresso, um nach der unruhigen Nacht einen klaren Kopf zu bekommen.

Die Kaffeetasse in der Hand, stand sie in Leggings und einem weiten T-Shirt auf der Terrasse und zitterte ein bisschen in der feuchten Morgenluft. Ein Nebelschleier lag über dem Hafen, aber weiter oben am Horizont war die Sonne schon dabei, sich in den Vordergrund zu schieben. Noch eine halbe Stunde, dann würde sie den Kampf gewonnen haben, und der Nebel würde sich widerwillig verziehen und den Blick auf die Boote und das Dorf am anderen Ufer freigeben. Es würde ein herrlicher Morgen werden.

Sie zog sich einen Stuhl heran und setzte sich. Sie legte die nackten Füße auf das hölzerne Geländer und hielt ihre Tasse mit beiden Händen. Die einzigen Lebewesen, die sich zeigten, waren die Möwen, aber schon bald würden die Fischer mit ihren Booten hinausfahren. Sie schaute sich auf der Terrasse um. Sie war der am besten positionierte Aussichtspunkt von ganz Pennfleet, denn von hier aus blickte man nicht nur aufs Meer, sondern auch auf den Fluss und das gegenüberliegende Ufer mit seinem dichten Baumbewuchs, das das großartige Bild abrundete.

Die Terrasse war wirklich der perfekte Ort für eine Hochzeitsfeier – es hatten auch schon mehrere hier stattgefunden. Sie würden ein riesiges Schutzdach über der Terrasse aufspannen. In das Geländer würden grüne Zweige, cremefarbene Blumen und weißer Tüll geflochten. Ein Jazz-Trio würde Stücke von Billie Holiday spielen, ein langer Tisch würde unter Platten mit *fruits de mer* ächzen, und anstelle einer traditionellen Hochzeitstorte würde in der Mitte eine hoch aufgetürmte, mit frischen Erdbeeren und Flocken aus weißer Schokolade gesprenkelte Baiser-Kreation stehen. Sie konnte nicht so tun, als hätte sie sich nicht schon längst alles ganz genau ausgemalt; alle Frauen träumten von ihrer Hochzeit, selbst wenn sie es nicht zugaben, oder? Aber sie hatte nie damit gerechnet, dass ihre Hochzeit einmal in greifbare Nähe rücken könnte.

Oder dass der Tag kommen würde, an dem dies das Letzte sein würde, das sie sich wünschte …

Sie drehte den Ring an ihrem Finger. Wie konnte sie es vermeiden, ihn zu tragen? Sie konnte nicht behaupten, er sei zu groß, oder sie fürchte, sie könnte ihn verlieren, denn er passte perfekt. Sie zog ihn ab und drehte ihn hin und her. Sie könnte ihn fallen lassen. Wenn sie ihn hier fallen ließ, würde er durch die Ritzen zwischen den Bohlen ins Wasser fallen. Sie könnte so tun, als wäre sie untröstlich. Es wäre ganz einfach.

Die Morgensonne brach durch den Nebel und brachte den rosabraunen Diamanten zum Glitzern. Sie hätte Luca nie so einen guten Geschmack zugetraut. Wann hatte er den Ring gekauft? Wann war er zum Juwelier gefahren, hatte über der Auswahl an angebotenen Verlobungsringen gebrütet und schließlich diesen ausgesucht? Wann hatte er sich vorgenommen, ihr einen Heiratsantrag zu machen? Sie hatte überhaupt nichts davon geahnt. Er hatte nicht die geringste Andeutung fallen lassen.

Luca, der sie immer auf Trab hielt. Luca, dem sie nie voll und ganz vertraut hatte, weil er so ein Filou war, auch wenn gerade das sie anfangs zu ihm hingezogen hatte.

Alle hatten sie vor ihm gewarnt. Männer wie Frauen. Jeder mochte ihn, weil er gesellig war, der geborene Partylöwe. Aber jeder kannte auch seine Schwächen. Freunde hatten ihn als Spieler, als Wolf im Wolfspelz bezeichnet, als einen, der sich nur für sich selbst interessierte. Als Säufer und Weiberheld. Als unberechenbar. Ein unmöglicher Typ, ein Albtraum.

»Der saugt dich aus, und dann lässt er dich fallen. Da kommst du nie drüber weg«, hatte eine Frau zu ihr gesagt, die Luca schon lange kannte. Claire hatte nur gelächelt. Sie hatte schon viel Schlimmeres erlebt als schlechte Behandlung durch einen Hallodri, der sich für ein Geschenk Gottes hielt. Wenn überhaupt, hatte das Luca nur noch interessanter für sie gemacht. Und sie hatte sich mit ihm eingelassen und den klassischen Fehler begangen zu glauben, sie könnte den bösen Buben zähmen.

Und jetzt, dachte sie voller Bestürzung, während sie sich den Ring wieder an den Finger steckte, sah es so aus, als wäre ihr das tatsächlich gelungen.

Das Handy auf Nicks Nachttisch gab ein Pling von sich, um den Eingang einer SMS anzukündigen.

Nick rührte sich nicht, hatte keine Lust nachzusehen. Er wusste sowieso, von wem die SMS kam.

Schließlich streckte er doch den Arm aus und nahm das Handy.

Wie geht's deinem Kopf? Meiner geht. Wir gönnen uns ein deftiges Frühstück, dann stürmen wir die Boutiquen. Dir einen schönen Tag, mein Schatz.

Er wusste nicht, was er antworten sollte. Er konnte die SMS einfach ignorieren und nachher sagen, er hätte keinen Empfang gehabt. Aber das kam ihm irgendwie gemein vor. Seine Daumen flogen über die kleine Tastatur.

Mein Kopf ist auch ganz okay. Freue mich auf einen Tag auf dem Wasser. Grüße an die Mädels und viel Spaß, meine Kleine!

Er stellte sich vor, wie die sechs Freundinnen in ihrem Hotel um den Tisch saßen und sich über ein komplettes englisches Frühstück hermachten, obwohl sie wussten, dass sie sich am kommenden Samstag in ihre schicken Kleider zwängen mussten. Sophie würde wie immer perfekt zurechtgemacht sein, das schulterlange blonde Haar frisch gewaschen und geföhnt. Sie würde Jeans und ein Twinset tragen, ihre Augen würden strahlen vor Freude über den Tag mit den Freundinnen. Sie würde alles bis auf den letzten Cappuccino durchorganisiert haben. Sophie überließ nichts dem Zufall. Nicht dass sie pedantisch gewesen wäre, aber sie plante eben gern. So hatte man mehr vom Leben, glaubte sie. Wahrscheinlich hatte sie den anderen einen genauen Plan für das Wochenende zugemailt; sie waren ihre anspruchsvolle Art gewöhnt und schienen sie gerade deswegen zu mögen. Und Nick wusste, dass sie sich alle amüsieren würden. Sophie hatte sicherlich alles im Voraus gründlich recherchiert – das Hotel, die Restaurants, das Wellnesszentrum, die Kneipen –, die besten Tische reserviert, dafür gesorgt, dass alles zu ihrer aller Zufriedenheit vorbereitet war. Schließlich arbeitete Sophie schon seit Jahren erfolgreich als Eventmanagerin. Sie hatten sich kennengelernt, als Nick den Wein und den Sekt für eine Gold-Cup-Party geliefert hatte, die Sophie im Garten eines wohlhabenden Kunden organisierte. Nick hatte ihr dabei zugesehen, wie sie die Stangen des Festzelts mit gelbem Tüll umwickelte, wie ihr, wenn sie sich nach oben streckte, das T-Shirt hochrutschte, sodass ihr Bauchnabel zum Vorschein kam …

Er ertrug es nicht, an sie zu denken. Er zog sich das Kopfkissen übers Gesicht, um die Erinnerung zu verscheuchen. Aber er sah sie immer noch vor sich, wie sie sich lächelnd zu ihm umdrehte und ihm auf ihre unbefangene Art zeigte, wo sie den Wein abgestellt haben wollte. Und wie sie dann ein bisschen verlegen und zugleich unverkrampft gelacht hatte, als ihr aufgegangen war, dass er der Besitzer des Weinladens war und nicht der Lieferjunge. Er war selbst gefahren, weil sie an dem Tag unterbesetzt gewesen waren. Sophie hatte ihn in den Pub an der Ecke auf einen Drink eingeladen, um ihren Fauxpas wiedergutzumachen.

Acht Monate später waren sie verlobt.

Liebte er sie? Ja, er liebte sie. Er liebte ihre Begeisterungsfähigkeit, ihre Unerschütterlichkeit, ihre Bestimmtheit. Die Art, wie sie es immer schaffte, perfekt auszusehen, zu bekommen, was sie wollte, ohne sich wie eine Prinzessin zu gebärden.

Sein Leben mit ihr würde in geordneten Bahnen verlaufen, nicht rigide, aber angenehm ruhig, ohne Krisen und Dramen. Er hatte sich darauf gefreut, sie zu heiraten, mit ihr eine Wohnung einzurichten, eine Familie zu gründen.

Aber irgendetwas fehlte ihm. Er hatte noch nie das Verlangen verspürt, sein Gesicht in Sophies Nacken zu vergraben und ihr innerstes Wesen in sich aufzunehmen. In seinen Lippen prickelte es nicht, wenn er ganz zart ihre Haut küsste. Sie tauchte nicht in seinen Träumen auf als schattenhaftes, ungreifbares Wesen.

Er wollte nicht in ihren Armen sterben.

Immer, wenn er an Sophie dachte, wurde sie überlagert von Claire. Jedes Mal, wenn er an seine bevorstehende Hochzeit dachte, hatte er Claires Gesicht vor Augen, wenn er sich vorstellte, wie er seine Braut vor dem Altar anschaute. Claire, deren innerstes Wesen seinen Kopf, sein Herz und seine Seele ausfüllte.

Unbewusst hatte er sich damit abgefunden, dass man so etwas wahrscheinlich nur einmal im Leben für einen anderen Menschen empfand. Und er hatte sich damit abgefunden, dass es wahrscheinlich leichter war, sein Leben mit jemandem zu teilen, der nicht solche Gefühle bei einem auslöste. Sicher, es würde weniger leidenschaftlich zugehen, aber es wäre viel einfacher, das Leben, die Arbeit, die Familie zusammen mit jemandem zu organisieren, den man liebte und respektierte, anstatt mit jemandem, der einem Tag und Nacht im Kopf herumspukte.

Wie Claire. Im Lauf der Jahre hatte er sich hin und wieder gefragt, ob er sie zu einer Fantasiefigur gemacht hatte, weil er sie nicht haben konnte. Aber jetzt, nachdem er sie wiedergesehen, nachdem er sie berührt und gespürt hatte, wusste er, dass dem nicht so war. Die Magie, die Chemie, die Sehnsucht, das Gefühl, dass alles stimmte, all das war noch da. Diese Gefühle würde Sophie nie in ihm wecken.

Und falls Claire zu dem Schluss kam, dass es nicht das Richtige war, sich mit ihm zusammenzutun, konnte er dann eine Frau heiraten in dem Wissen, dass sein Herz einer anderen gehörte?

Und dann musste er auch noch den Rest seines Junggesellenabschieds überstehen. Für heute stand ein Segeltörn auf dem Programm. Um zehn Uhr hieß es Leinen los – bis dahin mussten sie angezogen sein und gefrühstückt haben. Er schaute auf seine Uhr. Sieben. Der Speisesaal würde gleich öffnen. Aber wenn er nach unten ging, würde er ihr womöglich über den Weg laufen, und davor schreckte er zurück. Er entschloss sich, stattdessen den Zimmerservice anzurufen.

Nach einem ordentlichen Sandwich mit Rührei und Speck würde die Welt schon wieder anders aussehen.

Am Samstagmorgen waren Dan und Laura die Ersten, die zum Frühstück herunterkamen. Sie setzten sich an einen Tisch am Fenster, um die Aussicht zu genießen.

Dan war im siebten Himmel. Er bestellte sich ein komplettes englisches Frühstück, streckte sich genüsslich und schlug mit einem wohligen Seufzer die Samstagsausgabe des *Independent* auf.

»Gott, ist das toll, nicht zu irgendeiner Kirche in den Cotswolds hetzen zu müssen«, sagte er und trank einen Schluck Kaffee. Samstags arbeitete er oft als Hochzeitsfotograf, hauptsächlich für Freunde und Freunde von Freunden, aber weil er nicht teuer war, nicht viel Gewese machte und keine endlosen

Serien von Verwandten und Freundinnen der Braut schoss, war er sehr beliebt.

Laura nippte an einem Glas Rosa-Pampelmusen-Saft, vor sich eine Kanne Earl Grey. Sie hatte Pilze auf Vollkorntoast bestellt, obwohl sie gar keinen Appetit hatte. Sie wünschte, sie wäre nicht so schrecklich nervös. Schließlich war es das erste Mal, dass Dan und sie einen gemeinsamen Wochenendausflug unternahmen. Das erste Mal, dass sie überhaupt in so einem feinen Hotel übernachtete.

Die Ferien mit Marina waren immer total chaotisch gewesen, zusammen mit anderen alleinerziehenden Müttern und haufenweise Kindern auf Campingplätzen oder in irgendwelchen Ferienhäusern. Ein Hotel hatten sie sich nie leisten können. Ein paarmal war sie aus beruflichen Gründen zu Konferenzen gefahren und hatte in unpersönlichen, gesichtslosen Hotels übernachtet. Aber in so einem eleganten Haus war sie noch nie gewesen.

Plötzlich kam ihr der Gedanke, dass es vielleicht besser wäre, den ganzen verrückten Plan zu vergessen. Sie fühlte sich dermaßen unter Druck, dass es ihr das schöne, romantische Wochenende zu verderben drohte. Sie hatte seit den frühen Morgenstunden wach gelegen und sich immer und immer wieder gefragt, ob es klug war, was sie vorhatte, und ob überhaupt die Chance bestand, dass die ganze Sache gut ausging. Sie bemühte sich, Dan möglichst wenig mit ihren Gedanken zu belasten. Sie wollte ihm nicht mit ihrer Ängstlichkeit auf die Nerven gehen, Gefahr laufen, dass sie ihn langweilte.

Trotzdem konnte sie nicht aufhören sich zu fragen, was Tony Weston wohl gerade tat. Ob er noch schlief oder ob er ein Frühaufsteher war, ob er sich schon die Zeitung geholt hatte. Las er den *Independent* oder die *Times* oder vielleicht den *Guardian*? Blätterte er gerade in der Zeitung? Oder bereitete er sich auf ihr Eintreffen vor und legte Papier, Stifte, Pinsel und Farbtuben zurecht? Fragte er sich, wie sie sein würde? Die Malschülerin, die sich fürs Wochenende angemeldet hatte? Was stellte er sich vor? Eine Frau mittleren Alters zu Beginn einer neuen Lebensphase? Eine erschöpfte Mutter, die sich ein Wochenende für sich selbst gönnte?

Auf keinen Fall, dachte sie, als die Kellnerin ihr Frühstück brachte, rechnete er mit der verlorenen Tochter, von deren Existenz er nichts ahnte.

Sie nahm ihre Gabel und spießte einen dicken, buttertriefenden Pilz auf.

»Was hast du heute vor?«, fragte sie Dan.

Er schaute sie über seine Zeitung hinweg an.

»Mach dir mal um mich keine Sorgen«, sagte er. »Ich bin wunschlos glücklich.« Er nickte in Richtung Fenster. »Ehrlich gesagt, könnte ich den ganzen Tag hier sitzen bleiben und dem Treiben im Hafen zusehen.«

Laura folgte seinem Blick. Sie konnte Tony Weston eine Mail schicken und den Malkurs absagen. Sie konnte den ganzen Tag mit Dan verbringen.

Aber dann würde sie nie Gewissheit haben.

Als Chelsey um kurz nach acht aufwachte, war Colin bereits geduscht und angezogen. Als er aus seinem Zimmer kam, stand sie am Fenster. Sie hatte die Vorhänge aufgezogen und schaute aufs Meer hinaus.

»Guten Morgen. Du hast ja tief geschlafen.«

Sie drehte sich lächelnd um. In ihrem Hello-Kitty-Schlafanzug und mit ihren vom Schlaf zerzausten Haaren sah sie viel jünger aus als elf.

»Wo ist Mum?«, fragte sie. »Ist sie etwa schon aufgestanden? Normalerweise schläft sie samstags immer bis Mittag.«

Ihr Blick wanderte zu der Tür, der ihre beiden Zimmer miteinander verband. Mist, dachte Colin. Sie denkt, Karen hätte die Nacht in meinem Bett verbracht. Er versuchte, seine Gedanken zu ordnen. Er musste vorsichtig sein, behutsam vorgehen.

»Deine Mum musste leider vorzeitig abreisen«, sagte er. »Es gab ein Problem im Fitnessstudio. Man hat sie angerufen.«

Chelsey zog die Stirn kraus. »Hat sie dir das gesagt?«, fragte sie.

»Ja«, log Colin, weil ihm nichts Besseres einfiel.

Chelsey blickte betreten drein.

»Was ist los?«

»Es kann nicht sein, dass sie zum Fitnessstudio gefahren ist.«

»Warum denn nicht?«

»Wenn ich's dir sage, bringt sie mich um.«

Es widerstrebte Colin, seine Tochter unter Druck zu setzen, aber er musste herausfinden, was los war.

»Nein, das tut sie nicht«, sagte er und legte Chelsey einen Arm um die Schultern. »Denn ich werde ihr nicht erzählen, dass du's mir gesagt hast. Also, was ist los, Chelsey?«

»Die haben sie vor ein paar Monaten entlassen. Sie war schon ewig nicht mehr da. Aber ich musste ihr versprechen, dir nichts davon zu verraten.«

»Verstehe.« Colin versuchte, die Information zu verarbeiten und ihre Bedeutung einzuordnen. Kein Wunder, dass Karen so gereizt gewesen war. Er setzte sich auf Chelseys Bett. »Tja«, sagte er vorsichtig. »Wahrscheinlich braucht sie ein bisschen Zeit für sich, um darüber nachzudenken, was sie tun soll.«

Chelsey begann, eine Haarsträhne um ihren Finger zu wickeln. Etwas, das sie machte, wenn sie verunsichert war, dachte Colin.

»Gibt es sonst noch etwas?«, fragte er. »Du kannst mir ruhig vertrauen, Chelsey. Ehrlich. Ich weiß, dass deine Mum sich leicht über dich aufregt, aber ich werde dich beschützen.«

Das, dachte Colin, war der Anfang der Beziehung zwischen Chelsey und ihm. Er würde ihr Vertrauen gewinnen müssen, wenn sie das gemeinsam durchstehen sollten.

»Ich glaub, sie fährt zu Hot Legs«, sagte Chelsey. »Da arbeitet sie manchmal.«

Colin fröstelte. Hot Legs.

Er hatte natürlich davon gehört. Wer hatte das nicht? Der berüchtigte »Herrenclub« am Rand des Chinesenviertels. Vierundzwanzig Stunden geöffnet mit nonstop Tabledance-Show. Er war noch nie dort gewesen, aber er hatte Geschichten von spärlich bekleideten Schönheiten gehört, die für zwanzig Pfund auf dem Tisch vor dem Gast tanzten. Bei dem Gedanken wurde ihm ganz anders. Er gehörte nicht zu der Sorte Machos, die auf so etwas abfuhren – aber es gab natürlich genug davon. Treue Ehemänner, Familienväter, die der Versuchung, einer nackten Frau dabei zuzusehen, wie sie für sie die wildesten Verrenkungen vollführte, nicht widerstehen konnten.

Was für Narren, dachte Colin, dass sie auf diese Scharade hereinfielen, sich von Schmollmündern und einladenden Blicken verführen ließen. Für ihn war das nichts als ein schmutziges Geschäft. Wozu für Sex bezahlen? Für eine hohle Begegnung?

Aber viel schlimmer war der Gedanke, dass Karen so tief gesunken war – wenn das stimmte, was Chelsey sagte. Und was ihm gar nicht in den Kopf wollte, war, dass Karen offenbar nichts dabei gefunden hatte, ihrer Tochter davon zu erzählen.

»Seit wann arbeitet sie denn da?«, fragte er so beiläufig wie möglich. Er durfte sich seine Betroffenheit nicht anmerken lassen, wenn er so viel wie möglich aus Chelsey herausbekommen wollte.

»Ach, schon ewig«, sagte Chelsey. »Ihre Freundin Sharanne arbeitet da. Sie ruft sie an, wenn zu wenig Frauen da sind. Da kann man viel Geld verdienen«, versicherte sie ihm. »Manchmal kriegt sie in einer Nacht zweihundert Pfund, bar auf die Hand.«

Chelsey war elf. Sie sollte von diesen Dingen nichts wissen. Bedrückt dachte Colin an Michelle mit elf. Da hatte sie nur Ponys und Puppen und Plätzchen im Kopf gehabt. Okay, irgendwann hatte sie angefangen, Popmusik zu hören, sich zu schminken und sich mit Jungs zu treffen, aber alles in vernünftigen, gesunden Bahnen.

Obwohl Chelsey viel kindlicher wirkte als Michelle es mit elf gewesen war, erzählte sie ihm auf eine derart selbstverständliche Weise davon, dass ihre Mutter ihren Körper verkaufte, dass es Colin eiskalt über den Rücken lief.

»Warst du auch schon mal da?«, fragte er.

»Ein paarmal«, sagte sie. »Wenn sie tagsüber da arbeitet, warte ich manchmal in der Umkleide, bis ihre Schicht zu Ende ist.«

»Was machst du denn die ganze Zeit?«

Chelsey zuckte die Achseln. »Ich spiel mit meinem Nintendo oder guck mir was im Fernsehen an.«

Colin ballte die Hände zu Fäusten. Seine Tochter, sein Fleisch und Blut, wurde himmelschreiend unmoralischen Praktiken ausgesetzt. Er brachte es nicht fertig, ihr noch weitere Fragen zu stellen. Er wollte gar nicht mehr wissen. Noch nicht. Schockiert und angewidert wischte er sich den Schweiß von der Stirn.

Am meisten wunderte ihn, dass Karen in dem Laden überhaupt einen Job bekommen hatte. Er hätte sie für zu alt gehalten, immerhin hatte sie ihre besten Jahre längst hinter sich. Aber geschickt geschminkt, mit dem richtigen Outfit und bei schummriger Beleuchtung ging sie offenbar noch durch. Bewegen konnte sie sich jedenfalls, und den entsprechenden Blick beherrschte sie auch. Das wusste er nur zu gut.

Er hatte keine Ahnung, wie er jetzt weiter vorgehen sollte. Dass Karen abgehauen war, war das eine, aber was er jetzt erfahren hatte, machte die Sache wesentlich komplizierter. Er musste einen klaren Kopf bewahren, ruhig bleiben. Ein paar Telefonate führen.

Alison. An Alison wollte er im Moment lieber nicht denken.

Für ihn ging es im Moment immer noch in erster Linie um Chelsey. Dieses Wochenende sollte ihr gehören, und dabei würde es bleiben, und wenn es ihn umbrachte. Dieser ganze Schlamassel war schließlich nicht ihre Schuld. Er warf einen kurzen Blick auf sein Handy, um zu sehen, ob Karen ihm eine SMS geschickt hatte. Nichts.

»Was hältst du davon, wenn du dich anziehst und wir zum Frühstück nach unten gehen?«, schlug er in einem gut gelaunten Tonfall vor. »Ich weiß ja nicht, wie es dir geht, aber ich hab einen Mordshunger.«

Als sie zurück ins Zimmer kam, stellte Claire zu ihrer Verwunderung fest, dass Luca bereits aufgestanden war. Sie war ihm auf dem Weg nach oben gar nicht begegnet. Ob er schon in der Küche war? Ungewöhnlich, dachte sie überrascht und zugleich erleichtert. Sie hatte sich davor gefürchtet, ihn zu sehen, so tun zu müssen, als wäre sie glücklich über das, was am Abend zuvor passiert war. Sie fühlte sich ausgelaugt, unfähig, auch nur ein Lächeln zustande zu bringen.

Im ganzen Zimmer war seine Gegenwart zu spüren. Dampf im Bad, nasse Handtücher, auf dem Boden die Sachen, die er am Abend ausgezogen hatte, zerwühlte Laken – okay, ein Zimmermädchen kam jeden Morgen, um aufzuräumen, aber musste er unbedingt so einen Saustall hinterlassen? – und zwei leere Kaffeetassen.

Sie hob sein Hemd vom Boden auf und atmete seinen Geruch ein, der sie immer noch tief berührte – eine Mischung aus Aufregung und Ungewissheit und Lust auf Sex. Er sorgte immer wieder für einen erhöhten Adrenalinpegel. Genau das hatte sie anfangs zu ihm hingezogen, das Gefährliche, das er ausdünstete. Seine Unberechenbarkeit. Er war das genaue Gegenteil von Nick. Vielleicht hatte auch das sie so angezogen. Mit seiner überwältigenden Art hatte Luca sie die Vergangenheit vergessen lassen und dazu gebracht, sich auf etwas Neues zu konzentrieren.

Aber jetzt kämpften die beiden Männer, die sie liebte, um den ersten Platz in ihrem Leben, und sie wusste einfach nicht, was sie wollte. Sie betrachtete sich im Spiegel. Wer war sie eigentlich? Wer war Claire Marlowe? Sie hatte geglaubt, sie hätte sich komplett neu erfunden, eine neue Person aus sich gemacht – die starke, unabhängige Geschäftsfrau, eine Hälfte eines erfolgreichen Paars, das wild entschlossen war, sich in der Welt der Gastronomie einen Namen zu machen. Aber die Ereignisse der vergangenen vierundzwanzig Stunden hatten ihr gezeigt, dass die alte Claire immer noch da war, die weiche, verletzliche junge Frau, die sich einmal danach gesehnt hatte, zur Familie Barnes zu gehören, die einmal geglaubt hatte, ihre große Liebe gefunden und eine glückliche Zukunft vor sich zu haben, bis das Schicksal zugeschlagen hatte.

Doch auch abgesehen davon, dass Nick plötzlich aufgetaucht war und sie in Verwirrung gestürzt hatte, geschah alles viel zu schnell. So wie Trevor und Monique versuchten, das Projekt durchzupeitschen, und Luca sich vor Begeisterung überschlug, fühlte sie sich wie von einer Dampfwalze überrollt. Niemand hatte ihre Einwände ernst genommen, dachte sie. Sie hatten sie in höchsten Tönen gelobt, ihre Leistungen herausgestellt, betont, dass sie das Projekt nicht ohne sie würden verwirklichen können, aber sie hatten sie nicht ein einziges Mal gefragt, ob sie das wirklich wollte. Sie waren der Meinung, das Hotel würde ein Selbstläufer werden, aber Claire hatte schwerwiegende Bedenken. Und das, auch ohne das Problem mit Nick in Betracht zu ziehen.

Sie seufzte und begann, sich etwas Präsentables anzuziehen. Bis Sonntagabend musste sie mehrere Entscheidungen treffen. Die würde ihr leider niemand abnehmen.

Als sie in ihre Strickjacke schlüpfte, blieb sie mit ihrem Ring im Ärmel hängen. Sie betrachtete den Ring. Sie konnte ihn nicht einfach ablegen – Luca würde die Welt nicht mehr verstehen. Sie würde mit ihm reden, dachte sie. Sie würde ihn fragen, ob sie ihre Verlobung vorerst noch geheim halten könnten, ihm sagen, dass sie den Ring bis zur offiziellen Bekanntgabe der Verlobung lieber in der Schachtel aufbewahren würde. Sie konnte unmöglich eine Entscheidung treffen, wenn die Neuigkeit sich erst einmal in ganz Pennfleet herumgesprochen hatte. Denn wenn es öffentlich bekannt war, würde es noch viel schwieriger werden zu gehen. Falls sie sich denn dazu entschließen sollte.

Als Chelsey gewaschen und angezogen vor ihm stand, war Colin restlos deprimiert. Ihre Kleider waren billig, zu eng und überhaupt geschmacklos. Ihr T-Shirt mit der Aufschrift »I love boys and shopping« spannte über ihrem Babyspeck am Bauch und reichte kaum bis zum Bund ihrer mit Spitze besetzten Leggings. Ihm wurde bewusst, dass es ihm peinlich war, sich so mir ihr blicken zu lassen. Aber was zum Teufel sollte er ihr sagen? Er hatte keine Ahnung, was sie in ihrem kleinen Koffer hatte, nur dass alles, was er bisher gesehen hatte, offenbar von irgendeinem billigen Modediscounter stammte und ihr zwei Nummern zu klein war.

Natürlich nahm er sie kommentarlos mit in den Speisesaal. Als sie sich an der Anrichte mit Frühstücksflocken, Obst und Gebäck anstellte, rechnete er damit, dass sie nach der Schachtel Coco Pops greifen würde, und er wurde nicht enttäuscht.

»Weißt du was?«, sagte er zu ihr. »Ich glaube, die Leute hier haben sich große Mühe mit dem Obstsalat gegeben. Wollen wir nicht davon probieren? Coco Pops kannst du doch immer essen.«

Unschlüssig betrachtete Chelsey die Schüssel mit dem bunten Obstsalat aus frischer Ananas, Melone, Kiwi, Erdbeeren und Trauben.

»Ich weiß nicht, ob die mir schmecken«, sagte sie und zeigte auf die Kiwi-Stücke.

»Also, wenn nicht, kannst du sie mir geben«, sagte Colin. »Ich liebe Kiwis.«

Dann füllte er zwei weiße Schalen mit Obstsalat.

Sie setzten sich an einen Tisch am Fenster.

»Das ist schön. Normalerweise frühstücken wir nie«, sagte Chelsey. »Mum trinkt nur eine Tasse schwarzen Kaffee und raucht eine Zigarette.«

»Aber du gehst doch bestimmt nicht ohne Frühstück zur Schule?«

»Ich hol mir auf dem Weg einen Egg McMuffin.«

»Wie bitte?«, entfuhr es Colin. »Und was ist mit Abendessen? Macht sie dir Abendessen?«

»Wir machen uns Ping-Essen.«

Colin runzelte die Stirn. »Was ist denn Ping-Essen?«

Chelsey machte ihm vor, wie sie etwas in die Mikrowelle stellte. »Ping!«

»Ach so.« Karen konnte von Glück reden, dass sie nicht anwesend war, dachte Colin. Was zum Teufel dachte sie sich eigentlich dabei? Er konnte sich genau vorstellen, wie sie sich herausreden würde, hörte sie jammern nach dem Motto: »Du hast gut reden.«

Okay, vielleicht hatte er gut reden. Was wusste er schon über das harte Leben alleinerziehender Mütter? Andererseits bekamen die meisten alleinerziehenden Mütter keine tausend Pfund pro Monat aufs Konto, sondern mussten um jeden Penny kämpfen, den die Väter ihrer Kinder ihnen zahlten. Colin hatte nie zu feilschen versucht und immer pünktlich gezahlt, und es tat ihm um keinen Penny leid. Aber es ärgerte ihn, dass Karen das Geld offenbar nicht für Chelsey ausgab, obwohl sie zweifellos das Gegenteil behaupten würde. Er konnte ihre schrille Stimme direkt hören: »Hast du eine Ahnung, was ein Kind kostet?« Für was zum Teufel gab sie das ganze Geld aus?

Auf keinen Fall für Chelseys Garderobe.

Es war höchste Zeit, dass sich einiges änderte, dachte er grimmig.

»Was hältst du davon, wenn wir gleich ein bisschen bummeln gehen?«, sagte er. »Ich habe gar keine richtigen Urlaubssachen dabei, und ich weiß doch, dass Mädchen sich immer über neue Kleider freuen.«

Er lächelte sie an. Sie dachte über seinen Vorschlag nach, dann zuckte sie die Achseln.

»Meinetwegen«, sagte sie. »Außerdem müssen wir die DVDs zurückbringen, das dürfen wir nicht vergessen«, fügte sie nachdrücklich hinzu.

»Machen wir«, sagte er. Es rührte ihn, dass sie sich um die DVDs sorgte. »Und was würdest du danach gern unternehmen? Wir könnten eine Bootsfahrt auf dem Fluss machen. Oder an den Strand gehen. Oder das Eden Project besuchen, du weißt, diesen tollen Botanischen Garten?«

Chelsey streute reichlich Zucker über ihren Obstsalat, während sie überlegte. Colin musste sich beherrschen, um ihr nicht den Zuckerstreuer wegzunehmen. Dann strahlte sie ihn an, und es brach ihm fast das Herz.

»Mir egal. Macht bestimmt alles Spaß.« Sie schaute aus dem Fenster. »Ich find es toll hier.«

Colin steckte sich ein Stück Ananas in den Mund. Er würde dafür sorgen, dass das ein großartiger Tag wurde. Er wusste, dass ihm die Zeit davonlief, dass er sich am Abend ernsthaft Gedanken über Chelseys Zukunft machen musste, aber davon würde er sich den Tag mit ihr nicht verderben lassen. Er hatte noch eine Galgenfrist von ein paar Stunden. Und in diesen Stunden würde er nicht an Karen denken. Oder an Alison. Oder an Ryan und Michelle.

Chelsey hatte es verdient,dass sich endlich einmal jemand ganz und gar ihr widmete. Heute sollte sich alles nur um sie drehen.

Zurechtgemacht und entschlossen, holte Claire tief Luft, dann ging sie nach unten. Am Fuß der Treppe blieb sie wie angewurzelt stehen.

Auf dem Tisch mitten in der Eingangshalle stand ein riesiges Blumengebinde aus cremefarbenen Rosen, Efeu und Rittersporn. Daneben waren Sektgläser zu einem hohen Turm gestapelt, und unter dem Tisch stand ein mit Eis gefüllter Sektkübel mit mehreren Flaschen Dom Perignon. Unter der Decke schwebten lauter metallisch glänzende blassrosa Luftballons.

Claire runzelte die Stirn. Stand heute etwas an, das sie vergessen hatte? Eine Hochzeit? Nein, so etwas wäre ihr auf keinen Fall entgangen. Das hatte jemand hinter ihrem Rücken organisiert – aber warum? Sie war nur eine halbe Stunde weg gewesen – da hatte jemand ein militärisches Manöver durchgeführt. Sie schaute sich suchend um, und mit wachsendem Entsetzen dämmerte ihr, dass es nur einen Grund dafür geben konnte, dass jemand so etwas ohne ihr Wissen veranlasst hatte – um sie zu überraschen.

Mit klopfendem Herzen betrat sie die Eingangshalle, und ihre schlimmsten Befürchtungen bewahrheiteten sich, als Trevor und Monique mit einem strahlenden Lächeln aus dem Speisesaal traten. Monique kam mit ausgebreiteten Armen auf Claire zu.

»Luca hat uns beim Frühstück von der großen Neuigkeit

erzählt. Herzlichen Glückwunsch! Du bist bestimmt überglücklich!«

»Das ist nur eine kleine Geste.« Trevor zeigte auf den Tisch. »Wir dachten, eure Gäste würden sich freuen, mit euch auf das Ereignis anzustoßen.«

Claire war sprachlos. Das musste ein Albtraum sein. Sie würde bestimmt gleich aufwachen und feststellen, dass ihre Fantasie ihr einen Streich gespielt hatte. Aber nein – Trevor hatte gerade eine Flasche aus dem Kühler genommen und öffnete sie mit theatralischer Geste, und Monique hatte sie an der Hand gepackt, um ihren Ring zu begutachten.

»Meine Güte, ist der schön! Und er *passt* so gut zu dir! Er ist doch wirklich ein raffinierter …«

Claire blickte auf und sah Luca, der sie stolz anlächelte.

Sie zwang sich zu lächeln. Während Monique ihre linke Hand hielt und Trevor ihr ein Glas Champagner in die rechte drückte, hielt sie ihm ihre Wange für einen Kuss hin. Luca musste eingeweiht gewesen sein, denn er wirkte kein bisschen verblüfft über die Invasion in seiner Eingangshalle. Was dachte er sich dabei? Große Gesten waren sonst überhaupt nicht sein Ding.

Inzwischen hatte Trevor vier Gläser gefüllt. Und wie um alles noch schlimmer zu machen, kamen Nick und seine Freunde gerade die Treppe herunter, gut gelaunt in Erwartung des für heute geplanten Segeltörns. Trevor winkte sie mit großspuriger Geste zu dem Gläserturm herüber.

»Kommen Sie, kommen Sie! Es ist genug für alle da. Es gibt nichts Besseres als ein Glas Schampus, um das Wochenende einzuläuten …«

Er begann, Gläser zu füllen und sie herumzureichen. Die Männer ließen sich nicht zweimal bitten. Bis auf Nick, der sich abseits hielt und leicht verwirrt dreinblickte. Claire wollte ihn nicht ansehen. Sie drehte sich um und war dankbar, als sie Angelica durch die Tür kommen sah.

Angelica sah sich staunend um. Trevor packte sie am Arm und zog sie ins Gewühl.

»Sie kommen gerade rechtzeitig zum Anstoßen.«

»Zum Anstoßen?« Angelica schaute Claire fragend an, doch ehe die etwas sagen konnte, hielt Monique grinsend ihre Hand hoch.

»Sehen Sie mal! Ist das nicht der schönste Ring, den man sich vorstellen kann?«, flötete sie.

Angelicas Augen weiteten sich.

»Du hast dich verlobt?«

Claire nickte.

»Ich glaube, sie kann es selbst noch gar nicht fassen«, bemerkte Monique. »Sie hat noch kein Wort gesagt!«

»Mit – Luca?«, fragte Angelica.

»Mit wem denn sonst?« Monique wirkte viel begeisterter als Claire.

Trevor klatschte in die Hände.

»Lasst uns alle unsere Gläser heben und auf unsere wundervollen Gastgeber anstoßen, die sich heute verloben. Ich bin stolz und gerührt, diesen glücklichen Tag miterleben zu dürfen. Darum geht es im Leben – wahre Liebe. Und ich glaube, wir sind uns alle einig, dass die beiden ein großartiges Paar sind.«

Er hob sein Glas.

»Auf Claire und Luca.«

»Auf Claire und Luca!«, riefen alle im Chor.

Als Claire ihr Glas an die Lippen führte, legte Luca ihr einen Arm um die Schultern. Sie suchte nach Nick in der Menge, versuchte, seinen Blick zu fangen und ihm ihre Verzweiflung zu zeigen, ihm zu verstehen zu geben, dass man sie in eine Falle gelockt hatte. Sie hätte ihm gern erklärt, wie die Ereignisse sie überrollt hatten, ihm gesagt, dass sie versuchen würde, einen Ausweg aus diesem Schlamassel zu finden, wenigstens bis sie ausführlich miteinander reden konnten, aber Luca drückte sie ungestüm an sich, lachte, küsste ihren Hals, und sie konnte nichts anderes tun, als mit einem starren Lächeln dazustehen, während Nick sich abwandte, die Eingangshalle durchquerte und nach draußen ging.

»Wir nehmen uns heute frei«, verkündete Luca gerade. »Trevor hat uns auf sein Boot eingeladen.«

»Wir können uns nicht freinehmen!«, protestierte sie. »Das Hotel ist voll …«

»Keine Sorge. Fred und Loz haben die Küche unter Kontrolle. Um drei sind wir wieder hier, dann kann ich alles für heute Abend vorbereiten. Und Angelica kümmert sich um den Rest – nicht wahr, Angelica?«

Er drehte sich zu Angelica um, die nicht wusste, was sie sagen sollte. Sie sah Claire an, dass sie auf Rettung hoffte, aber wie hätte sie Luca seine Bitte abschlagen sollen?

»Natürlich.« Sie zuckte ratlos die Achseln.

»Ich muss mit dir reden«, sagte Claire eindringlich zu Luca.

»Dafür haben wir noch den ganzen Tag Zeit«, antwortete er. »Geh dich umziehen. Ich habe in der Küche einen Picknickkorb für uns bestellt. Wir haben uns einen freien Tag verdient.«

»Ich habe sogar fantastisches Wetter für euch bestellt«, dröhnte Trevor und zeigte auf den strahlend blauen Himmel draußen.

»Wir können unsere Sonnenbräune auffrischen und uns über die Inneneinrichtung unterhalten.« Monique, die so braun war, als hätte man sie mit Imprägnierlasur behandelt, sprudelte über vor Aufregung. »In der Zwischenzeit können die Männer sich über die Finanzen den Kopf zerbrechen.« Sie legte die Hände gegeneinander, die Finger geschmückt mit den Insignien der Parfitt'schen Ehe – Verlobungsring, Trauring, Eternity Ring, alle auf einander abgestimmt und dazu gedacht, den enormen Reichtum der beiden zur Schau zu stellen.

Was in aller Welt konnte sie zu Monique sagen?

»Ich bin in fünf Minuten wieder da«, sagte sie schließlich, während sie überlegte, ob sie aus einem der Oberlichter klettern und über die Dächer flüchten konnte und wie lange es dauern würde, bis sie alle merkten, dass sie verschwunden war.

Als Claire in Richtung Treppenhaus ging, folgte Angelica ihr nachdenklich mit dem Blick. Ihre Chefin wirkte nicht gerade wie eine Frau, deren schönster Traum gerade in Erfüllung ging. Während die Empfangshalle sich allmählich leerte und die Männer sich gut gelaunt auf den Weg zum Hafen machten, wandte Angelica sich Luca zu, der gerade die letzten Tropfen aus einer Dom-Perignon-Flasche in sein Glas laufen ließ.

»Herzlichen Glückwunsch«, sagte sie. »Claire ist ein echter Glückspilz.«

»O nein«, entgegnete Luca mit gespielter Bescheidenheit, die nicht zu ihm passte. »Der Glückspilz bin ich.« Er leerte sein Glas in einem Zug. »Du kommst doch hier allein zurecht, oder?«

»Klar«, versicherte ihm Angelica.

»Was täten wir bloß ohne dich?« Luca tätschelte ihr die Schulter.

Offenbar erinnerte er sich nicht mehr an ihr Gespräch vom Vorabend, dachte sie. Sie bedeutete ihm überhaupt nichts. Seine Worte waren nichts als leere Versprechungen gewesen. Er würde Claire heiraten und mit ihr in London ein schickes Nobelhotel eröffnen und keinen Gedanken daran verschwenden, wie es Angelica ging oder ob sie eine Zukunft hatte.

Okay, sie hatte eine Zukunft, dachte Angelica, aber eine ziemlich düstere. Sie würde in dem langweiligen Kaff hier hängen bleiben, ihre bedürftige Familie am Hals und ohne eine Chance, ihrer Situation zu entkommen.

»Kopf hoch«, sagte Luca, als er ihren Gesichtsausdruck bemerkte. »Es wird alles gut.«

Angelica schaute ihn an.

»Hoffen wir's«, antwortete sie, aber Luca hatte sich schon zum Gehen gewandt. Sie fragte sich, wie viel er über Nick wusste, und ob das etwas damit zu tun hatte, dass er Claire aus heiterem Himmel einen Heiratsantrag gemacht hatte.

Dann wurde ihr klar, dass er den Ring schon vor längerer Zeit gekauft haben musste, und die Erkenntnis machte sie noch mutloser.

Natürlich gehörte Luca zu Claire.

Colin und Chelsey waren an diesem Vormittag die ersten Kunden im Au Bord de la Mer. Es war eine Kinderboutique, deren hübsch dekoriertes Schaufenster dazu angetan war, selbst den geizigsten Eltern das Geld aus der Tasche zu ziehen. Und wenn Colin eins nicht war, dann geizig.

»Ich möchte meine Tochter komplett neu einkleiden«, erklärte er der entzückten Verkäuferin. »Sie ist einfach aus allem rausgewachsen. Würden Sie das übernehmen?«

Kurz darauf saß Chelsey in der Umkleidekabine, die wie eine Meerjungfrauengrotte gestaltet war, und die Verkäuferin brachte ihr alles, was der Laden zu bieten hatte, in ihrer Größe. Colin saß währenddessen in dem großen Ledersessel, den man netterweise für gelangweilte Väter dort platziert hatte, und las die Zeitung. Wenn Chelsey aus der Kabine kam, um ihm etwas vorzuführen, was sie anprobierte, blickte er auf. Der Stapel Kleider wuchs und wuchs.

Er kaufte ihr Jeans mit Umschlag, ein mit Sternchen besticktes Kapuzen-Sweatshirt, mehrere hübsche T-Shirts, einen Regenmantel mit Pünktchen, ein paar Gummistiefel mit Blumenmuster, Turnschuhe mit samtenen Schnürsenkeln, ein rot-weiß-gestreiftes Kleid, einen Badeanzug mit einem Anker vorne drauf und eine kuschelweiche Strickjacke mit bonbonfarbenen Knöpfen.

»Möchtest du etwas davon anbehalten?«, fragte er sie. Sie nickte eifrig, und als die Verkäuferin die Sachen, die sie angehabt hatte, in eine Tüte packte, musste er sich beherrschen, um sie nicht zu bitten, sie in den Müll zu werfen. Als Chelsey in Jeans und einem T-Shirt mit einem Affen auf der Brust und Turnschuhen vor ihm stand, fand er, dass sie sehr hübsch aussah und gar nicht mehr so moppelig. Wie ein normales kleines Mädchen auf einem Wochenendausflug. Sie musste noch zum Frisör, ihr Haar war zu lang und strähnig, aber das konnte warten.

Er zahlte in bar. An den Wochenenden, die er mit Karen und Chelsey verbrachte, zahlte er immer alles in bar anstatt mit Kreditkarte. Er wollte keine Spuren hinterlassen.

Über das Thema würde er sich ein andermal den Kopf zerbrechen.

Beflügelt von dem unerwarteten Umtrunk schlenderten die sechs Freunde durch das Zentrum von Pennfleet. Gut gelaunt und ausgelassen deckten sie sich in der Bäckerei mit Pasteten und Donuts und im Supermarkt mit Bier ein. Die Sonne stand strahlend am Himmel, es versprach ein herrlicher Tag zu werden. Ein Tag unter Männern auf einem Boot – mehr konnte man sich nicht wünschen. Sie ernteten bewundernde Blicke von Frauen, an denen sie vorbeigingen – eine Gruppe attraktiver Typen von Mitte dreißig, die offenbar ein genaues Ziel vor Augen hatten.

Als sie kurz vor dem Hafen um die Ecke bogen, blieb Gus wie angewurzelt stehen. »Mist«, sagte er. »Ich hab mein Handy im Zimmer liegen lassen.«

»Macht nichts. Du brauchst dein Handy nicht. Da draußen kriegen wir wahrscheinlich sowieso keinen Empfang«, sagte Nick.

»Ohne mein Handy fühl ich mich nackt. Ich brauch nur ein paar Minuten. Wir sehen uns am Steg.«

Dann lief er zum Hotel zurück.

Er musste irgendetwas unternehmen. Er hatte Nick deutlich angesehen, dass ihm nicht der Sinn nach einem Segeltörn stand; er war mit den Gedanken ganz woanders. Keinem der anderen war etwas aufgefallen, aber Gus spürte, dass Nick nervös war.

Er hatte sein Gesicht gesehen, als Claire und Luca ihre Verlobung angekündigt hatten. Und er hatte die Blicke gesehen, die Claire und Nick ausgetauscht hatten. Es war nur ein flüchtiger Moment gewesen, aber Gus hatte genug gesehen. Sie hatte ihn mit den Augen um Hilfe angefleht. Dann war Nick aus dem Hotel gestürmt, weil er die Spannung nicht mehr ertragen konnte, und Gus war ihm gefolgt.

»Was soll ich jetzt machen?«, hatte Nick ihn verzweifelt gefragt.

»Vergiss sie«, hatte Gus geantwortet.

Nicks vernichtender Blick hatte ihn innerlich zusammenschrumpfen lassen.

»Sie will diesen Wichser doch gar nicht heiraten. Ich weiß, dass sie das nicht will«, sagte Nick.

Sie hatte ihn tatsächlich verhext, dachte Gus. Er musste unbedingt etwas dagegen unternehmen.

Jetzt rannte er also zum Hotel zurück mit der verrückten Idee, mit Claire zu reden, auch wenn er gar nicht so genau wusste, was er ihr sagen sollte.

Als er im Townhouse eintraf, war dort wieder Ruhe eingekehrt. Die Gläser waren abgeräumt, nur das extravagante Blumenarrangement und die Heliumballons erinnerten noch daran, dass man hier etwas gefeiert hatte.

»Ich muss mit Miss Marlowe sprechen«, sagte Gus zu der Frau an der Rezeption. »Es ist dringend.«

»Sie hat sich den Tag freigenommen«, antwortete Angelica. »Kann ich Ihnen vielleicht helfen?«

»Nein. Ist schon gut.« Verflucht. Er war zu spät gekommen. Er lächelte die Frau an. »Trotzdem danke.«

Als er sich umdrehte, stieß er mit ihr zusammen. Sie trug weiße Shorts, ein blau-weiß-gestreiftes T-Shirt und blaue Stoffschuhe. Unter dem Arm hielt sie einen Strohkorb.

»Ich weiß, dass Sie einen Ausflug vorhaben«, sagte Gus. »Aber könnte ich Sie kurz sprechen?«

Claire zögerte. Luca war auf dem Weg nach unten, Trevor und Monique würden jeden Augenblick auftauchen.

»Natürlich«, antwortete sie, ganz die Hotelchefin. »Wollen wir uns in mein Büro setzen?«

Sie ging voraus. Gus folgte ihr. Er schaute sich in dem kleinen Zimmer um, betrachtete den Computer mit Flachbildschirm, die säuberlich aufgereihten Aktenordner, die Schautafeln. Die Zentrale, von der aus sie ihr Reich kontrollierte. Sie sah wirklich verdammt gut aus, dachte Gus, mit ihrem langen, dunklen Haar, den grünblauen Augen und den Elizabeth-Taylor-Brauen. Nicht puppenhaft hübsch wie Sophie, aber sehr anziehend. Sie war hübsch auf eine Weise, die man erst auf sich wirken lassen musste. Er konnte verstehen, was Nick an ihr fand.

Als sie ihn fragend anschaute, wurde ihm bewusst, dass er sie anstarrte.

»Ich muss mit Ihnen reden.«

»Selbstverständlich.« Claire lächelte professionell. »Geht es um das Abendessen? Luca hat ein fantastisches Menü für Sie zusammengestellt, aber wenn Sie darüber hinaus noch Wünsche haben …?« Sie lachte. »Eine Stripshow haben wir natürlich nicht im Angebot.«

»Es geht nicht um das Essen«, erwiderte Gus verlegen. »Es geht um Nick.«

Claires Blick wurde misstrauisch.

»Also, das ist mir ziemlich peinlich.« Gus kratzte sich am Kopf und machte den Eindruck, als wäre er jetzt überall auf der Welt lieber als in diesem Büro. »Er hat mir alles erzählt. Über Sie beide.«

»Verstehe.« Claire verschränkte die Arme.

»Ich weiß, dass das jetzt ein schlechter Zeitpunkt ist. Aber ich weiß auch, dass ihn das Wiedersehen mit Ihnen total umgehauen hat. Regelrecht aus der Bahn geworfen, ehrlich gesagt. So habe ich ihn noch nie erlebt. Dass wir ausgerechnet dieses Hotel buchen mussten – was für ein verhängnisvoller Zufall …«

»Es ist wirklich ein unglaublicher Zufall«, erwiderte Claire. »Aber es ist nun mal passiert.«

»Ich weiß«, sagte Gus. »Aber Sie müssen so tun, als wäre es nicht passiert.«

Die Liz-Taylor-Brauen hoben sich.

»Er muss Sophie am nächsten Samstag heiraten«, fuhr Gus fort. »Wenn er die Hochzeit absagt, wird es ihr das Herz brechen. Die beiden sind wie füreinander geschaffen. Wenn Sie sie zusammen erleben könnten …«

Gus ließ den Satz unvollendet, ihm fehlten die Worte.

»Sicher«, sagte Claire. »Ich muss gestehen, dass die ganze Sache für uns beide ein Schock war. Wir wissen beide nicht, wie wir damit umgehen sollen.«

»*Nick* scheint zu glauben …«

»Ja?«

»Dass Sie die Frau seines Lebens sind. Dass er Sie nicht wieder verlieren darf, jetzt, wo er Sie wiedergefunden hat. Dass er die Hochzeit absagen muss. Verzeihen Sie, ich will mich nicht einmischen.«

»Sie tun nur Ihre Pflicht als Trauzeuge«, sagte Claire. »Sie müssen dafür sorgen, dass er am Samstag vor den Altar tritt.«

»Ich hätte nicht gedacht, dass das so kompliziert werden würde.«

»Nein.«

Claire schaute weg, biss sich auf die Lippe. Ihre Körpersprache war immer noch defensiv. »Hören Sie, ich weiß, was Sie denken. Wir müssen miteinander reden. Aber ich weiß nicht, wie wir das machen sollen. Es ist alles sehr schwierig. Vor allem, wo wir …« Sie warf ratlos die Arme in die Luft.

»Vor allem, wo Sie sich jetzt auch noch verlobt haben?«, sagte Gus.

Claire betrachtete ihren Ring.

»Es kommt mir alles vor wie in einem schlechten Film.«

Eine Weile herrschte angespanntes Schweigen.

»Sie haben für Samstag über hundert Gäste eingeladen. Für nächste Woche ist der Umzug in die neue Wohnung geplant.« Gus zögerte, dann brachte er das entscheidende Argument. »Nach den Flitterwochen gibt Sophie ihren Job auf. Sie möchte eine Familie gründen. Hat Nick Ihnen das erzählt?«

Das hatte er nicht. Und die Enthüllung erschütterte Claire mehr, als sie es für möglich gehalten hätte.

»Sehen Sie mal.« Gus hielt ihr sein iPhone hin, auf dem ein Foto von Nick und, so nahm sie an, Sophie zu sehen war, die beide in die Kamera strahlten. Sie waren offenbar auf einer Party – sein Haar war zerzaust, seine schwarze Krawatte gelockert; sie trug ein türkisfarbenes Abendkleid. Dass sie glücklich waren, war nicht zu übersehen. Und dass sie zueinandergehörten. Sophie war genau die Sorte Frau, die in die Familie Barnes einheiraten würde. Groß, langbeinig, blond, aus gutem Hause. Die Sorte Frau, die immer wieder in den Fotocollagen der Barnes' zu sehen sein würde. Die Sorte Frau, die Claire nie sein würde.

Plötzlich war sie wütend und schob Gus' Hand weg. Sie hatte keine Lust, sich diese Zweisamkeit noch länger anzusehen.

»Hören Sie. Ich habe Sie nicht gebeten, mit ihm und seinen Freunden in mein Hotel einzufallen. Es ist der absolute Albtraum, aber wir können nicht einfach so tun, als wäre nichts passiert. Es hat uns beide aus dem Gleichgewicht geworfen. Also halten Sie sich gefälligst da raus, und lassen Sie uns das unter uns regeln, okay?«

Gott, sie sah affenscharf aus, wenn sie wütend war und ihre

Augen funkelten. Gus spürte regelrecht, wie leidenschaftlich diese Frau sein konnte. Bis jetzt hatte er sie für eher unterkühlt gehalten. Er musste sie unbedingt beruhigen.

»Ja, ja, in Ordnung. Es tut mir leid. Ich hatte keine Ahnung. Ich versuche einfach, eine Lösung zu finden, weil ich daran schuld bin, dass es so weit gekommen ist«, sagte er versöhnlich. »Können Sie sich nicht einfach – für ihn freuen? Und für sich selbst? Alles so lassen, wie es ist? So wie es gewesen wäre, wenn ich Idiot nicht ausgerechnet dieses Hotel ausgesucht hätte?«

»So einfach ist es nicht.«

»Warum denn nicht?« Gus schaute sie mit großen Augen an. »Auf diese Weise würde niemandem wehgetan.«

Claire schaute aus dem Fenster. Er hatte keine Ahnung von Schmerz. Sie hatte mehr als genug davon abbekommen – mehr als irgendjemand verdient hatte. Und als der Schmerz gerade nachgelassen hatte, waren die alten Wunden wieder aufgerissen worden.

»Lassen Sie ihn gehen, Claire«, flehte Gus sie an. »Tun Sie einfach so, als wäre er nie hier gewesen. Sie haben eine Zukunft an Lucas Seite. Wie würde er sich wohl fühlen, wenn Sie mit ihm Schluss machten?«

»Das weiß ich nicht …« Claire hatte noch gar nicht darüber nachgedacht, was passieren würde, wenn die erste Wut verraucht war. Luca würde explodieren, er würde komplett ausrasten, denn er war ein Alphatier und sehr stolz. Was er tief im Innersten empfinden würde, wusste sie nicht. Liebte er sie wirklich? War es eine echte, tiefe Liebe, die überdauern würde? Es gab so viele Fragen, auf die sie keine Antwort wusste.

Zu ihrem Entsetzen spürte sie, wie ihr eine Träne über die Wange lief.

»Ach du Scheiße«, murmelte Gus. »Tut mir leid.«

Er trat einen Schritt vor, unsicher, wie er reagieren sollte, ob er vielleicht einen Arm um sie legen und sie trösten sollte. Ihre Körpersprache sagte ihm, dass er besser auf Abstand blieb.

»Ich finde«, sagte sie, »Sie sollten sich um Ihre eigenen Angelegenheiten kümmern. Nick und ich kennen uns länger als Sie alle – länger als Sie und Nick, als Nick und Sophie, länger als Luca und ich. Es ist also allein unsere Sache, eine Lösung zu finden. Meinen Sie nicht auch?«

Sie reckte herausfordernd das Kinn vor, aber ihre Stimme zitterte, und sie empfand keine Spur der Bestimmtheit, die sie ausstrahlen wollte.

»Okay«, sagte Gus. »Tut mir leid. Sie haben recht. Ich mache alles nur noch komplizierter. Aber Sophie ist nicht hier, um sich zu verteidigen …«

»Sophie interessiert mich nicht die Bohne!«, fauchte Claire. »Und wissen Sie was? Das Leben ist nicht immer fair. Vielleicht muss sie das einfach auf die harte Tour lernen.«

Gus schaute sie entgeistert an.

»Also gut«, sagte er. »Wenn Sie das so sehen. Vergessen Sie, dass ich etwas gesagt habe.« Er wandte sich zum Gehen. »Ich hoffe bloß, Sie sind sich darüber im Klaren, was passiert, wenn Sie alles vermasseln. Denn es geht hier nicht nur um Sie.«

Claire sah ihn ungerührt an.

»Manchmal«, sagte sie, »geht es nicht anders. Manchmal muss man egoistisch sein. Meinen Sie nicht?«

Sie trat näher auf ihn zu, und Gus spürte wieder ihre Leidenschaft.

»Was ist, wenn wir ›das Richtige‹ tun? Wenn Nick Sophie heiratet und ich Luca? Was ist, wenn wir dann bis an unser

Lebensende jemand anderen lieben und uns wünschen, wir hätten den Mut gehabt, auf unser Herz zu hören? Welchen Sinn sollte das haben? Wie kann das ›das Richtige‹ sein?«

Gus wünschte plötzlich, er hätte den Mund gehalten. Er war es nicht gewöhnt, mit so gefühlsgeladenen Situationen umzugehen. Was hatte er sich dabei gedacht, hier hereinzurauschen?

Weil er Sophie mochte, deswegen. Weil er wusste, dass es ihr das Herz brechen würde, wenn Nick die Hochzeit absagte. Weil er glaubte, dass Sophie und Nick zusammengehörten. Weil sie das perfekte Paar waren. So einfach war das. Jetzt hatte Nick sich in ein Fantasiebild aus seiner Teenagerzeit verliebt. Über die Jahre hatte er Claire auf Überlebensgröße aufgeblasen. Und solange er sich der Illusion hingab, würde er weiter leiden.

Vielleicht sollte er Sophie anrufen? Ihr sagen, sie solle herkommen und Nick zur Vernunft bringen? Nein, das war verrückt. Damit würde er sie nur in den Schlamassel hineinziehen und sie um den Spaß mit ihren Freundinnen bringen. Seine Aufgabe war es, die Situation unter Kontrolle zu bringen, nicht, sie zu verschlimmern.

Claire schaute ihn immer noch an, ihre Augen funkelten, ihr Blick wirkte so gefährlich wie das Meer bei Windstärke zehn. Was konnte er sagen?

»Tut mir leid«, sagte er zum wiederholten Mal. »Das geht mich alles nichts an. Die beiden sind eben meine Freunde, und ich mag sie sehr. Und die Uhr tickt, Claire. Wenn Nick einen Rückzieher machen will, dann soll er es bald tun. Damit wir den Pfarrer informieren können. Damit wir den Gästen Bescheid geben können, dass sie sich nicht zu überlegen brauchen, was sie anziehen sollen, und auch kein Geschenk zu kaufen brauchen. Damit wir bei der Cateringfirma die Blinis mit geräuchertem Lachs und die verdammten Miniwindbeutel abbestellen …«

Claire hatte genug gehört. Sie schnitt ihm das Wort ab.

»Ich habe hier genug Hochzeiten ausgerichtet, um die praktischen Auswirkungen zu kennen, vielen Dank.« Sie war forsch. Geschäftsmäßig. Nüchtern. Sie hatte total zugemacht. Sie schenkte Gus ein freundliches, starres Lächeln. »Ich wünsche Ihnen einen angenehmen Tag, und wir freuen uns, Sie zum Abendessen hier begrüßen zu dürfen.«

Sie ging zur Tür und hielt sie für ihn auf. Draußen stand Luca, schlank und braun gebrannt in ausgewaschenen Jeans und einem grünen Polohemd.

Unmöglich zu sagen, wie lange er gelauscht hatte.

»Alles in Ordnung?«, fragte er mit einem strahlenden Lächeln. »Bist du so weit, Liebling? Die Parfitts warten schon.« Dann wandte er sich Gus zu. Er sprühte vor Charme. »Bis heute Abend. Wenn das Wetter sich hält, reservieren wir Ihnen einen Tisch auf der Terrasse.«

Gus rang sich ein schwaches Lächeln ab und nickte steif.

»Ich wünsche Ihnen einen schönen Tag!«, krächzte er und machte, dass er wegkam.

Claire lehnte sich gegen die Wand und schaute an die Decke. Das war ziemlich schiefgegangen. Sie hatte sich aufgeführt wie ein ausgemachtes Miststück.

Luca kam und streichelte ihr die Wange.

»Alles in Ordnung?«, fragte er noch einmal. »Hat er sich über irgendwas beschwert? Diese Yuppietypen sind nie zufrieden.«

»Nein.« Claires Gedanken rasten. »Er wollte sich nur vergewissern, dass wir ihm die Rechnung für das Essen geben und nicht Nick.«

Luca nickte, während er sie musterte. Sie hatte das Gefühl, er suchte nach irgendwelchen Hinweisen. Er stand so dicht vor ihr, dass sie ihn riechen konnte; sein Geruch erregte sie jedes Mal aufs Neue, brachte ihr Blut in Wallung. Sie schauderte, als er ihr mit den Fingern durchs Haar fuhr. Sein Mund berührte ihre Lippen, heiß und gierig. Sie konnte nicht widerstehen. Sie konnte ihm nie widerstehen. Außerdem würde es verdächtig wirken, wenn sie sich ihm verweigerte.

Plötzlich ließ er von ihr ab und schaute sie mit einem verschlagenen Grinsen an.

»Mrs. Claire Bellamy. Das gefällt mir.«

»Das ist anmaßend«, murmelte sie. »Woher willst du wissen, dass ich nicht meinen Geburtsnamen behalte?«

»Weil du meine Frau sein wirst.« Er küsste sie auf den Hals, und sie spürte, wie sie weiche Knie bekam. »*Meine* Frau. Und wir werden ein Traumpaar sein«, flüsterte er. »Du und ich. Uns wird die Welt zu Füßen liegen.«

Zwölf

Einen Moment lang blieb Laura am Fuß der Stufen vor der Villa stehen.

Vor zehn Minuten hatte sie sich mit einem Kuss von Dan verabschiedet. Er hatte sie fest umarmt, ihr viel Glück gewünscht und sie gebeten, ihn auf dem Handy anzurufen, falls sie ihn brauchte.

Während sie noch die Haustür betrachtete, bemerkte sie, dass ihr jemand von einem Fenster im Erdgeschoss aus zuwinkte.

Natürlich erwartete Tony Weston sie bereits. Sie hob eine Hand zum Gruß und stieg die Stufen hoch. Ehe sie oben war, machte er auf und stand barfuß in der Tür, eine Henkeltasse mit Kaffee in der Hand, und lächelte sie an. Er trug weite, blaue Leinenshorts, ein verwaschenes T-Shirt und ein ledernes Armband an einem Handgelenk. Keine Uhr.

»Hallo«, sagte er. »Ich bin Tony. Und Sie sind sicher Emma?«

Emma? Sie wollte ihn schon korrigieren, da fiel ihr das Alter Ego ein, das sie für diesen Tag gewählt hatte. Sie fragte sich, was ihre Freundin Emma sagen würde, wenn sie ihr davon erzählte.

»Ja«, antwortete sie und blieb abwartend stehen. Auf was

sie wartete, wusste sie selbst nicht genau. Ein Wiedererkennen. Bei ihr. Bei ihm. Ein plötzliches Gefühl der Zugehörigkeit. Eine Welle der Vertrautheit. Aber nichts geschah.

Tony wirkte verwirrt. Sein Lächeln wurde noch breiter, als fürchtete er, er hätte sie nicht freundlich genug begrüßt.

»Treten Sie ein«, sagte er und zeigte mit seiner Kaffeetasse nach drinnen. »Wendy macht gerade frischen Kaffee. Wir haben Sie kommen sehen. Sie trinken doch Kaffee, oder? Wir haben natürlich auch Tee. Ungefähr – siebzehn verschiedene Sorten.«

»Ein Kaffee wäre schön«, murmelte Laura.

»Und wie gefällt Ihnen das Hotel? Sie wohnen im Townhouse, nicht wahr? Wir kehren dort ab und zu auf ein Glas Wein ein, aber das Restaurant können wir uns nicht leisten. Arme Künstler, Sie wissen schon …«

»Dummes Zeug, hören Sie nicht auf ihn.« Eine Frau, vermutlich Wendy, kam ihr entgegen. »Wir haben dieses Jahr schon mindestens dreimal da gegessen.«

»Nur, weil Freunde uns eingeladen haben«, sagte Tony. »Aber ich kann verstehen, dass Sie sich dort einquartiert haben. Es ist einzige gute Hotel hier.«

»Es war ein Sonderangebot«, sagte Laura, damit sie nicht dachten, sie gehörte zu den Leuten, die ganz selbstverständlich in solchen Hotels übernachteten. »Es war gar nicht so teuer. Und dann haben sie uns noch ein besseres Zimmer gegeben …«

Sie konnte es immer noch nicht fassen, dass sie in so einem luxuriösen Zimmer wohnten.

»Es ist wichtig, sich ab und zu etwas zu gönnen«, bemerkte Wendy und reichte ihr eine Keramiktasse mit Kaffee. »Da steht Milch und Zucker, wenn Sie mögen.«

Der Raum war groß und hell, ein Wohnraum mit offenem Küchenbereich am hinteren Ende, der ziemlich chaotisch aussah. Die Regale waren wahllos vollgestellt mit Gewürzen und Gurkengläsern und Flaschen mit Olivenöl. Es war die Küche von Leuten, die gern kochten, aber keine Lust hatten, für Ordnung zu sorgen. Der Wohnbereich war gefüllt mit Kunstgegenständen, bunten Kissen und Büchern, aber das Eindrucksvollste war die Aussicht auf den Hafen vom Fenster aus, an dem weder Gardinen noch Vorhänge angebracht waren – warum sollte man sich auch die Sicht versperren, egal ob tagsüber oder nachts?

»Großartig«, sagte Laura. »Da braucht man nicht zu fragen, warum Sie dieses Haus gekauft haben.«

»Diesen Anblick hat man nie über«, sagte Tony. »Und er verändert sich ständig. In fünf Minuten sieht alles wieder ganz anders aus.«

Laura ließ den Blick über die Wände wandern. Verschiedene Gemälde hingen da, einige davon sicherlich von Tony, aber sie konnte nirgendwo Fotos entdecken. Keine Kinderfotos, auf denen sie nach Familienähnlichkeiten suchen konnte.

Sie trank einen Schluck Kaffee, um nicht zu neugierig zu erscheinen. Aber sie wusste auch nicht, was sie sagen sollte. Sie war von Natur aus eher schüchtern, aber durch das Geheimnis, das sie mit sich trug, fühlte sie sich noch stärker gehemmt, vor allem, solange Wendy da war. Laura betrachtete sie so unauffällig wie möglich. Sie schien älter als Tony zu sein, aber der Eindruck konnte auch durch ihre braune, wettergegerbte Haut entstehen. Sie war groß und sehnig und hatte ein Jeanskleid an, das eigentlich zu jugendlich für sie war, aber sie hielt sich so aufrecht, dass sie es gut tragen konnte. Ihr Haar war ergraut und kurz geschnitten, eine strenge Frisur, die aber an ihr gar nicht so streng wirkte. Sie sah aus wie eine Frau, die im Reinen mit sich war.

Seit wann mochten Tony und Wendy zusammen sein?, fragte sich Laura. Waren sie schon ein Paar gewesen, als sie gezeugt wurde? Sie sah sich im Raum um nach Hinweisen auf eine langjährige Ehe, konnte jedoch nichts entdecken.

»Ich gehe auf den Wochenmarkt und dann ein bisschen schwimmen«, verkündete Wendy. »Ich habe euch Suppe und Brot und Käse fürs Mittagessen bereitgestellt.« Sie lächelte Laura an. »Ich wünsche Ihnen einen schönen Tag.«

Dann war sie weg, und Laura war mit Tony allein.

»So«, sagte er. »Dann wollen wir mal anfangen. Sie haben mir nicht so viel Geld bezahlt, um herumzusitzen und Kaffee zu trinken.«

Sie folgte ihm die Treppe hoch in sein Atelier, einen großen Raum im ersten Stock mit derselben großartigen Aussicht. Er hatte zwei Staffeleien mit Papierbögen aufgestellt und auf einem Tisch lagen jede Menge frisch angespitzte Stifte, Ölfarben und Pinsel bereit.

»Ich dachte, wir fangen am besten damit an«, sagte er, »dass Sie die Aussicht zeichnen. Damit ich eine Vorstellung von Ihrem Stil bekomme. Dann können wir daran anknüpfen.«

»Ich glaube nicht, dass ich einen Stil habe«, sagte Laura nervös. Sie konnte sich nicht erinnern, wann sie das letzte Mal einen Stift in die Hand genommen und etwas gezeichnet hatte. »Ich bin total untalentiert …«

»Ach, das sagen sie alle.« Tony lächelte sie an. »Wenn Sie sich für ein Genie hielten, wären Sie nicht hier, oder? Haben Sie keine Hemmungen. Ich bin nicht hier, um Sie zu beurteilen.«

Laura drehte sich zu einer der Staffeleien um und betrachtete die Aussicht, die sich ihr dahinter bot. Sie hatte einen trockenen Mund, ihre Hand zitterte. Wie lange sollte sie warten, bis sie auf ihr eigentliches Thema zu sprechen kam? Zuerst musste sie irgendeine Art von Beziehung zu Tony aufbauen. Aber je länger sie wartete, umso schwerer würde es werden.

»Ich weiß nicht, wo ich anfangen soll …«, sagte sie.

Das Boot der Parfitts, *The Blonde Bombshell,* hätte besser nach St. Tropez oder nach Sandbanks gepasst. Es war viel zu bombastisch für Pennfleet. Zwischen all den alten Segelbooten, Dingis und Fischkuttern wirkte die weiße, glänzende Luxusjacht völlig fehl am Platz. Jemand – ein namenloser, gesichtsloser Handlanger – hatte die Jacht am frühen Morgen zu dem zum Hotel gehörigen Anleger gebracht, zweifellos mit vollem Tank und vollem Kühlschrank. Die Parfitts gehörten zu der Sorte Leute, die überall, wo sie hinkamen, Handlanger hatten, die für alles sorgten.

Claire ging zögernd an Bord. Obwohl sie an der Küste lebte, war sie mit Booten nicht sehr vertraut, was in erster Linie daran lag, dass sie gar keine Zeit für Bootsausflüge hatte. Luca dagegen sprang an Bord, als wäre er auf einem Boot geboren, und stromerte schon bald über das Deck, um sich alle technischen Spielereien anzusehen, die Trevor ihm mit stolzgeschwellter Brust erklärte.

Monique und Claire machten es sich auf weißen Ledersitzen bequem, während die Männer mit dem Steuer beschäftigt waren und Luca seiner Begeisterung lautstark Ausdruck verlieh.

»Es ist eigentlich ein ziemlich kleines Boot«, sagte Monique.

»Allerdings mit zwei Zweierkajüten. Es ist einfach herrlich, damit an der Küste entlangzuschippern.«

Sie streckte sich neben Claire aus und hielt mit einem zufriedenen Seufzer das Gesicht in die Sonne. Die Motoren sprangen mit einem tiefen, kehligen Knurren an. Trevor machte die Leinen los, und das Boot setzte sich in Bewegung. Luca stand am Steuer. Selbst er war beeindruckt von der Größe der Jacht und der Kraft der Motoren, als er die Jacht zwischen den anderen Booten hindurchsteuerte, die alle auf ihrem Kielwasser schaukelten, das sie hinter sich herzog. Claire machte das Ganze ein bisschen verlegen. Es war, als würde man in einem Ferrari über einen Supermarktparkplatz fahren. Alle reckten die Hälse, um zu sehen, wer an Bord war. Sie hoffte, dass niemand sie erkannte. Sie hatte nichts für Großtuerei übrig.

»Ich könnte jetzt einen kleinen Drink vertragen«, sagte Monique. »Du auch einen Gin Tonic?«

Claire nickte. Am besten einen starken, dachte sie. Irgendwas, das sie beruhigte, nach allem, was in den vergangenen vierundzwanzig Stunden vorgefallen war. Fast ein Tag war vergangen, seit Nick in ihr Leben zurückgekehrt war, und sie hatte immer noch keine Ahnung, was sie tun sollte. Ihr war ein bisschen übel, und sie fragte sich, ob das ihrem Gemütszustand geschuldet war oder dem Schaukeln des Boots. Irgendjemand hatte ihr mal gesagt, man solle den Horizont fixieren, wenn man seekrank wurde.

Als sie auf das Meer hinausschaute, entdeckte sie nicht weit voraus ein altes Holzboot. Im Vergleich zu der Luxusjacht, auf der sie sich befand, war es ein alter, klappriger Kahn. Zu ihrem Entsetzen erkannte sie Nick und seine Freunde, die zu ihrem Bootsausflug aufbrachen. Sie drückte sich tiefer in ihren Sitz, zog den Kopf ein und betete, dass niemand sie bemerken würde.

Aber sie hatte nicht mit Moniques Adleraugen gerechnet. »Ah, sieh mal da! Das sind doch die netten Typen, die den Junggesellenabschied feiern!« Sie winkte wie verrückt, dann seufzte sie sehnsüchtig. »Ach, wenn ich doch nur zehn Jahre jünger wäre.«

Besser zwanzig, dachte Claire sarkastisch. Sie sah, wie Nick und Gus ihnen winkten. Sie beugte sich tief über den Picknickkorb, damit es so aussah, als wäre sie anderweitig beschäftigt.

Sie rauschten an dem kleinen Segelboot vorbei, und Luca hob großspurig eine Hand zum Gruß, während er mit der anderen das Steuer hielt. Claire sah kurz Nicks Gesichtsausdruck. Sie wusste genau, was er dachte.

Arschloch.

Luca war kein Arschloch. Eigentlich nicht. Er gab sich nur häufig so, als wäre er eins. Aber er hatte auch seine guten Seiten.

Das musste sie glauben. Schließlich würde sie demnächst mit ihm verheiratet sein. Sie hatte das Foto von Nick und Sophie gesehen. Das perfekte Paar. Gus hatte recht. Sie durfte nicht das Glück einer anderen Frau zerstören in der Hoffnung, zurückgewinnen zu können, was sie einmal mit Nick gehabt hatte.

Sie sollte dankbar für das sein, was sie jetzt hatte. Was, rein objektiv betrachtet, eine Menge war. Sie rekelte sich auf einer Luxusjacht, deren Besitzer ihr unbedingt dabei helfen wollten, den Traum ihres Lebens zu verwirklichen. Komm auf den Teppich, Claire, sagte sie sich.

»Hier, Süße.« Monique reichte ihr ein riesiges Glas, in dem Eiswürfel klimperten. »So kann man das Leben aushalten, nicht wahr? Gewöhn dich ruhig schon mal daran.«

Claire hob ihr Glas, und Monique stieß freudestrahlend mit ihr an.

»Auf die *Blonde Bombshell*«, rief sie, »und auf ihre Passagiere!«

»Auf die *Blonde Bombshell*«, sagte Claire und trank ihr Glas in einem Zug halb leer.

Laura war so vertieft ins Zeichnen, dass sie beinahe vergessen hatte, warum sie gekommen war. Sie wunderte sich darüber, wie entspannt sie war. Tonys Stimme war tief und sanft und vertrauenerweckend, während er ihr Anweisungen gab. Als Lehrer war er ein Naturtalent – er schien immer genau zu wissen, wann er eingreifen und wann er sie gewähren lassen musste, wann Lob und wann konstruktive Kritik angebracht war.

»Es geht nicht um das, was Sie reinpacken«, sagte er, »sondern um das, was Sie weglassen.«

Es machte Spaß, sich zu bekleckern und einfach zu tun, wozu sie Lust hatte. Als Social-Media-Beraterin war sie ständig damit beschäftigt, anderen Leuten zu gefallen und in vorgegebenen Bahnen zu arbeiten, und anfangs war es ihr schwergefallen, einfach loszulassen. Doch Tony hatte ihr als Erstes ein paar Entspannungsübungen aufgegeben, und nach kurzer Zeit führte sie den Pinsel selbstbewusst, mischte Ölfarben mit einem Spachtel, experimentierte mit Kadmiumgelb und Karminrot und Himmelblau und staunte darüber, wie selbst der kleinste Farbtupfer die Intensität und die Stimmung verändern konnte.

Schließlich hatte sie ein Bild vor sich, auf das sie mit Recht stolz war. Es war zwar nicht besonders originell, aber es war frisch und leuchtend und stellte dar, was es sollte: eine fröhliche Hafenszene in Türkis und Kobaltblau und Smaragdgrün mit roten Farbtupfern. Tony trat einen Schritt zurück und betrachtete es mit verschränkten Armen. Plötzlich wurde ihr bewusst, dass es ihr sehr wichtig war, was er davon hielt.

»Sie haben Talent«, sagte er schließlich. »Sie besitzen eine natürliche Gabe.«

Sie brachte es nicht fertig, ihm zu sagen, dass sie dieses Talent geerbt hatte. Möglicherweise von beiden Eltern.

Als sie das Bild noch einmal betrachtete, verschwamm es vor ihren Augen.

Pennfleet im Regen, dachte sie, dann zuckte sie zusammen, als Tony ihr eine Hand auf die Schulter legte.

»Es ist fast zwei«, sagte er. »Wir arbeiten jetzt schon seit mehreren Stunden. Wollen wir vielleicht zu Mittag essen?«

Trevor ging vor Combesgate Beach vor Anker, einer kleinen Bucht, die nur per Boot erreichbar war. Sie verstauten den Picknickkorb im Schlauchboot und ruderten ans Ufer. Der Strand war nicht mit Sand, sondern mit weißen Kieseln bedeckt. Sie breiteten eine doppelte Lage Decken aus zum Sitzen, dann packte Luca stolz lächelnd das Picknick aus. Es gab für jeden einen Nizzasalat mit Wachteleiern, eine Kartoffel-Zwiebel-Tortilla mit Chorizo und zum Nachtisch einen federleichten Blaubeermuffin, dazu einen sehr leichten englischen Schaumwein von einem Weingut in der Nähe von Pennfleet, das Luca entdeckt hatte und unbedingt unterstützen wollte.

Von Weitem betrachtet, bot sich eine idyllische Szenerie: Vier Freunde beim Picknick an einem Strand, den sie für sich allein hatten. Die Sonne schien, und eine leichte Brise spendete eine angenehme Kühle. Vor ihnen glitzerte das Meer, und am Horizont zogen Boote vorbei, aber niemand störte ihre Ruhe.

Nach dem Essen zogen Luca und Monique los, um die Höhlen in der benachbarten Bucht zu erkunden, solange Ebbe war. Claire zog ihre Shorts und das T-Shirt aus und streckte sich im Bikini auf der Decke aus. Ihre Augen fühlten sich schwer an. Sie wollte nur noch schlafen, um all den Fragen zu entgehen, die ihr im Kopf herumschwirrten. Vielleicht würde alles schon wieder ganz anders aussehen, wenn sie wieder aufwachte.

Sie war schon halb eingeschlafen, genoss die warme Sonne auf dem Gesicht, als sie spürte, wie Trevor sich neben sie setzte.

»Ich bin froh, dass wir beide mal unter uns sind, Claire«, sagte er. »Ich möchte mit dir reden.«

Claire öffnete mühsam die Augen. Sie war verstimmt. Warum konnte er nicht einfach weggehen? Sie wollte nichts mehr über das neue Hotel hören. Sie hatte kapiert, um was es ging. Sie wollte allein sein. Aber Trevor ging nicht weg.

»Ich muss dir etwas sagen. Über Monique und mich. Ich glaube, es ist wichtig. Es könnte dazu führen, dass du unseren Vorschlag mit anderen Augen siehst.«

Claire seufzte innerlich. Trevor würde nicht lockerlassen. Sie drehte sich auf die Seite und schenkte ihm ein höfliches Lächeln. Was würde er ihr wohl eröffnen? Dass sie Swinger waren und später am Abend die Autoschlüssel zusammenwarfen und jeder sich einen Partner herausfischte? Lief es darauf hinaus? Sie unterdrückte ein Grinsen. Den beiden war so was irgendwie zuzutrauen.

Aber Trevor wirkte ernst. Nicht, als hätte er vor, ihr ein unanständiges Angebot zu machen.

»Wir haben einen Sohn, er heißt Jamie. Er wird im Juli zweiundzwanzig.«

»Ach?« Claire war überrascht. Sie hatte noch nie von einem Jamie gehört.

»Ich nehme an, du dachtest, wir wären kinderlos.« Trevor lächelte.

»Ich glaube, ich habe noch nie darüber nachgedacht.« Wenn überhaupt, dann hatte sie angenommen, die beiden hätten schon ältere Kinder. Sie waren beide Ende vierzig.

»Wir haben nur diesen einen Sohn. Es hat sich so ergeben. Aber wir waren glücklich. Jamie war unser Augenstern. Er war ein guter Junge. Er liebte seine Mutter. Die beiden waren unzertrennlich. Er konnte einfach alles. Er war intelligent, ein guter Fußballer, er spielte Trompete. Hatte viele Freunde. Aber als er ungefähr sechzehn war, fing alles an schiefzugehen.«

Er schwieg eine Weile, hob immer wieder eine Handvoll Kiesel auf und ließ sie durch die Finger rieseln.

Claire wusste nicht, was sie sagen sollte. »Das ist wohl ein schwieriges Alter.«

»Er kam mit den falschen Leuten zusammen. Wir haben ihm nie Vorschriften gemacht, aber wir mochten seine neuen Freunde nicht. Wir waren uns ziemlich sicher, dass er Haschisch rauchte. Seine Kleider rochen komisch, und er war – irgendwie anders. Grüblerisch und verschlossen. Hockte in seinem Zimmer, die Kopfhörer auf, und spielte an seinem Computer. Seine Noten wurden schlechter. Wir wurden in die Schule bestellt und erfuhren, dass er häufig fehlte. Wir wussten nicht, was wir tun sollten. Unser wunderbarer Sohn, auf den wir so stolz waren, schien ein anderer Mensch geworden zu sein.«

»Das war bestimmt hart.« Claire setzte eine mitfühlende Miene auf.

»Wir haben versucht, mit ihm zu reden. Wir haben uns wirklich Mühe gegeben. Wir wollten ihm zeigen, dass wir zu ihm standen. Aber er wollte nichts davon wissen. Er meinte, wir würden das nicht verstehen. Was verstanden wir nicht? Es mangelte ihm doch an nichts. Wir waren immer für ihn da. Wir haben ihm gesagt, wir würden alles tun, um ihn glücklich zu machen. Wir wollten einfach unseren alten Jamie wiederhaben, nicht diesen missmutigen, feindseligen, frustrierten Jungen, der sich total von uns zurückzog.«

Claire konnte sich genau vorstellen, wie das aussah, wenn Trevor und Monique versuchten, mit einem aufsässigen Jugendlichen umzugehen. Sie waren beide so hemmungslos, so aufdringlich. Selbst wenn sie es gut gemeint hatten, waren ihre Angebote bei ihrem Sohn bestimmt nicht gut angekommen. Sie selbst war als Jugendliche auch mürrisch und launisch gewesen und wollte nur in Ruhe gelassen werden. In gewisser Weise konnte sie diesen Jamie verstehen.

»Eines Morgens«, sagte Trevor, und Claire fiel auf, dass seine Stimme leicht zitterte, »eines Morgens sind wir in sein Zimmer gegangen, weil er immer noch nicht aufgestanden war. Aber er war nicht da. Er war weg. Verschwunden.« Er brauchte einen Moment, um sich zu sammeln. »Wir haben ihn nie wiedergesehen.«

Claire setzte sich entsetzt auf.

»Nie wieder?«, fragte sie.

Trevor schüttelte den Kopf. Es fiel ihm offensichtlich schwer, weiterzuerzählen.

»Wir haben keine Ahnung, was passiert ist. Wo er hingegangen ist. Oder warum. Er hat uns keine Nachricht hinterlassen. Er hat nur sein Handy und seine Kreditkarten mitgenommen. Die Sachen, die er halt jeden Tag mitnahm. Er war erst siebzehn.«

Die Verzweiflung stand ihm ins Gesicht geschrieben.

»Das tut mir leid«, sagte Claire nach einer Weile. Was in aller Welt sollte sie ihm sagen? »Das ist wirklich schrecklich.«

Trevor nickte. »Ich habe getan, was ich konnte. Ich habe jeden Polizisten, den ich kannte, gebeten, seine Beziehungen spielen zu lassen. Ich habe die besten Privatdetektive angeheuert, die ich finden konnte. Ich habe seinen Freunden Geld gegeben, damit sie mir halfen, ihn zu finden.«

Claire konnte sich vorstellen, wie Trevor in Aktion trat. Eine mit viel Geld geölte Militärmaschine.

»Und ihr habt nie wieder von ihm gehört?«

»Einen Monat nach seinem Verschwinden hat Monique eine SMS von ihm bekommen. Sie lautete: ›Tut mir leid, Mum.‹ Das war alles. Wir wissen nicht, ob er ins Ausland gegangen oder – von einer Brücke gesprungen ist – oder was. Wir haben keine Ahnung, wo er sich aufhält. Vielleicht hat er irgendwo ein neues Leben angefangen. Oder ist vor die Hunde gegangen. Ein Junkie, der in Hauseingängen schläft …«

»Das ist wirklich schlimm. So gar nichts zu wissen.«

»Ja.« Trevor schaute ihr in die Augen. »Es war die Hölle. Ich war noch nie in meinem Leben so wütend, so ratlos, so verzweifelt. Und Monique ist daran zerbrochen.«

»Ja, das kann ich mir vorstellen.« In Wirklichkeit konnte sie das nicht. Sie wollte es nicht. »Aber davon habe ich nichts gewusst. Sie wirkt so …« Claire suchte nach Worten. Obenauf, dachte sie. Monique war immer obenauf, so strahlend und begeisterungsfähig.

»Sie ist eine gute Schauspielerin. Die meisten ahnen nichts

von dem, was sie durchmacht. Sie hat gelernt, es zu verbergen. Aber es quält sie die ganze Zeit. Sie hat nie die Hoffnung aufgegeben. Sie hat ihr Handy ständig bei sich, und zwar das Handy, das sie benutzte, als er verschwunden ist, für den Fall, dass er irgendwann anruft. Sie hat inzwischen ein anderes Handy und eine neue Nummer, aber sie hat die alte Nummer für alle Fälle beibehalten und sieht immer wieder nach, ob eine SMS gekommen ist. Tag und Nacht. Sie ist wie besessen. Aber sie hat eben nie – die Hoffnung aufgegeben …«

Trevor brach ab.

Plötzlich tat er Claire unendlich leid.

»Und du?«, fragte sie leise. »Hast du die Hoffnung aufgegeben?«

Trevor schaute aufs Meer hinaus. Er hatte die Augen hinter der Sonnenbrille zusammengekniffen, vielleicht wegen der grellen Sonne, vielleicht, um seine Tränen zurückzuhalten. Er war eigentlich kein besonders attraktiver Mann, dachte Claire, aber er hatte etwas von einem Prinzen auf einem weißen Pferd, etwas durchaus Anziehendes. Und er strahlte Macht aus, sodass man sich wünschte, ihn auf seiner Seite zu haben. Er würde einen nie im Stich lassen, dachte sie.

»Man nennt es unklarer Verlust«, sagte er. »Es ist sehr schwer zu ertragen, weil man nicht damit abschließen kann. Und man versteht nicht, warum es passiert ist. Was falsch gelaufen ist. Was man falsch gemacht hat.« Er schwieg einen Moment. »Irgendwann habe ich gelernt, mich auf die Gegenwart zu konzentrieren. Ich habe akzeptiert, dass Jamie nicht gefunden werden will. Und ich habe mich entschlossen, mich deswegen nicht selbst zu geißeln. Ich habe als Vater mein Bestes gegeben. Ich habe es so gut gemacht, wie ich konnte …«

»Ganz bestimmt«, sagte Claire und berührte seinen Arm.

»Wenn ich immer weiter gehofft hätte, so wie Monique, wäre ich verrückt geworden. Aber ich muss stark sein für sie.«

Er nahm eine Handvoll Kiesel und schien sie zerdrücken zu wollen. Claire spürte seine Anspannung. Die Verzweiflung, die ihn seit Jahren begleitete.

»Ich erzähle dir das alles«, fuhr er fort, »weil ich, seit wir dieses Hotel planen, zum ersten Mal seit Jamies Verschwinden erlebe, dass Monique sich für etwas engagiert. Es weckt ihre Lebensgeister. Es könnte ein Wendepunkt sein. Es könnte ihr helfen, sich dem Leben wieder zuzuwenden. Und das ist der Grund, warum ich alles daransetze, dieses Projekt zu verwirklichen. Und warum ich euch beide mit dabeihaben möchte. Weil ihr das Zeug dazu habt, dem Projekt zum Erfolg zu verhelfen. Allein würde sie das nie hinkriegen – es mangelt ihr zwar nicht an Kreativität, aber sie hat nicht die Kraft, um so ein Projekt zu stemmen. Und ich kann mich wegen anderer Verpflichtungen nicht intensiv genug dafür engagieren. Schließlich muss jemand das Ganze finanzieren. Aber mit dir und Luca zusammen – ihr wärt ein großartiges Team.«

»Verstehe«, sagte Claire. Sie bekam ein schlechtes Gewissen, weil sie geglaubt hatte, es handle sich nur um ein Prestigeprojekt, dazu gedacht, einer dummen Frau mit zu viel Geld eine Beschäftigung zu geben. Die arme Monique.

»Ich weiß, dass Luca Feuer und Flamme ist.« Trevor schob seine Sonnenbrille hoch und fixierte sie mit einem Blick, der besagte, dass Schluss war mit der Gefühlsduselei und es jetzt ums Geschäft ging. »Aber ich sehe, dass du noch nicht überzeugt bist.« Er hob eine Hand, als sie etwas dazu sagen wollte. »Was vollkommen vernünftig ist. Man sollte nichts überstürzen. Als Frau hast du natürlich stärkere Vorbehalte. Dass Luca sich auf das Projekt stürzt, okay. Aber du? Ihr habt euch gerade verlobt. Ich nehme an, du denkst an eure Zukunft. Wie das alles zusammenpasst. Wie das gehen soll, falls ihr Kinder haben wollt.«

»Tja«, sagte Claire. »Es gibt wirklich eine Menge zu bedenken.« Ihr Herz raste. Trevor wurde zu persönlich, das gefiel ihr nicht. Gleichzeitig bewunderte sie seinen Scharfsinn. Er wusste, dass etwas nicht stimmte.

»Ich wollte dir nur sagen«, antwortete er, »wenn ich irgendetwas tun kann, um dich zu überzeugen, egal was, dann werde ich es tun. Falls du Bedenken hast oder Bedingungen stellen willst, bitte, sprich mit mir. Ich möchte nicht, dass dieses Projekt baden geht. Ich möchte dafür sorgen, dass du damit zufrieden bist. Weil ich Monique glücklich machen möchte.«

Claire nickte. Sie konnte nicht viel sagen, denn sie wollte ihm auf keinen Fall den wahren Grund für ihr Zögern offenbaren. Gleichzeitig verspürte sie plötzlich den Wunsch, das Projekt anzugehen. Trevors Geschichte hatte sie zutiefst bewegt. Ihr war natürlich bewusst, dass er genau deswegen so erfolgreich war, weil er ein Meister darin war, andere Menschen zu manipulieren. Aber er hatte immerhin nicht gelogen.

Und sie sah Monique jetzt in einem anderen Licht. Unter all der Schminke, den Designerkostümen und dem auffälligen Schmuck verbarg sich eine Frau, eine Mutter, die fürchterlich litt.

»Ich muss zuerst ein paar Dinge klären«, sagte sie schließlich.

Trevor lächelte. »Kein Problem. Und denk dran – dieses Gespräch hat nie stattgefunden. Monique möchte nicht, dass andere von Jamie erfahren.«

Er schob sich die Sonnenbrille wieder über die Augen, als Luca und Monique auftauchten. Sie unterhielten sich angeregt. Luca gestikulierte, und Monique nickte.

Claire wollte nicht hören, worüber sie redeten. Jetzt, wo sie wusste, was auf dem Spiel stand, wollte sie sich so lange aus der Sache heraushalten, bis sie wusste, wo ihre Zukunft lag. Und das musste sie für sich ganz allein herausfinden.

Sie stand auf. »Ich gehe eine Runde schwimmen.«

Sie wartete nicht auf eine Antwort. Sie lief über den Strand und direkt ins Wasser. Die Kälte ließ sie nach Luft japsen, doch sie blieb nicht stehen. Als das Wasser ihr bis zu den Hüften reichte, hechtete sie in die Wellen und tauchte, bis keine Geräusche von oben mehr zu hören waren. Sie blieb unter Wasser, bis sie das Gefühl hatte, dass ihre Lunge platzen würde, wünschte, sie könnte immer weiter in die stille grüne Tiefe des Ozeans abtauchen, wo nichts und niemand sie mehr erreichen konnte.

Laura und Tony setzten sich zum Mittagessen auf die Terrasse, wo ein indischer Sonnenschirm ihnen Schatten spendete.

Tony servierte hausgemachte Brunnenkresse-Suppe mit einem Klecks Crème fraîche und etwas fein gehacktem Schnittlauch aus einem der Töpfe vor dem Fenster. Dazu gab es eine dicke Scheibe selbst gebackenes Brot und ein Stück reifen Sharpham Brie.

Eine Weile aßen sie schweigend. Eine sanfte Brise wehte vom Meer her und brachte einen Hauch von Ozon mit sich, der Lauras Appetit anregte. Sie hatte geglaubt, sie würde vor lauter Nervosität nichts herunterbekommen, doch zu ihrer eigenen Überraschung war sie richtig hungrig. Über ihnen drehten einige kreischende Möwen ihre Kreise.

»Diese Viecher sind verdammt frech«, bemerkte Tony. »Die kriegen es fertig und klauen das Essen direkt vom Tisch. Man darf sie nicht aus den Augen lassen.«

»Aber sie leben nun mal an der Küste. Das Meer ohne Möwen, das geht nicht. Sie gehören dazu.«

»Ja, da haben Sie auch wieder recht.« Lächelnd schnitt er noch zwei Scheiben Brot ab und reichte ihr eine mit dem Messer.

»Wie lange wohnen Sie schon hier?«, fragte Laura, während sie Butter auf ihr Brot schmierte.

»Seit fünfzehn Jahren. Irgendwann hatten wir die Hektik in der Stadt satt und wollten ein einfacheres Leben. Es hat uns nie leidgetan. Gut, wir haben kein schickes Auto, und wir übernachten nicht in Edelhotels, wenn wir in Urlaub fahren, aber seit wir hier wohnen, kann ich nachts wieder schlafen. Ich vertrage Stress nicht gut.«

O Gott, dachte Laura, vielleicht hast du heute eine schlaflose Nacht vor dir, wenn du erst hörst, was ich dir zu sagen habe. Sie trank einen großen Schluck Holunderbeersaft. Ihr Mund war so trocken, dass sie nicht wusste, wie sie die nächsten Worte aussprechen sollte. Jetzt oder nie, dachte sie. Wendy konnte jeden Augenblick zurückkommen, und dann würde es zu spät sein.

Sie räusperte sich.

»Sie haben früher an der St.-Benedict's-Schule unterrichtet, nicht wahr?«

Es klang nicht wie eine Frage, sondern eher wie eine Feststellung.

Oder ein Vorwurf.

Einen Moment lang zeigte sich eine Mischung aus Angst, Verblüffung und Schuldbewusstsein in Tonys Gesicht, doch er hatte sich bewundernswert schnell wieder unter Kontrolle.

»St. Benedict's?« Er schüttelte stirnrunzelnd den Kopf.

»Die Mädchenschule in Reading. Ich hab nachgesehen«, sagte Laura. »Sie waren der Fachbereichsleiter für Kunst.«

»Ah!« Er lächelte, als würde er sich plötzlich erinnern. Glaubte er etwa, dass sie auf seine Schauspielkünste hereinfallen würde? »Ja, da habe ich tatsächlich ein paar Jahre gearbeitet. Aber das ist schon lange her. Sehr lange.« Er stützte sich mit den Händen auf den Tisch, um aufzustehen, wie um sein Alter zu betonen. »Es gibt Stachelbeercreme zum Nachtisch, wenn Sie mögen …« Er brach ab, als er bemerkte, dass Laura ihn anstarrte. »Ist irgendetwas?«

»Ja«, sagte sie und schaute auf den Tisch. Er setzte sich wieder.

»Was denn?«

Er weiß es, dachte sie. Er weiß es.

Sie beugte sich nach unten, um die Fotokopie des Bilds aus ihrer Tasche zu kramen, das sie in Marinas Aktenbox gefunden hatte. Sie legte das Blatt auf den Tisch.

»Haben Sie das gezeichnet, als Sie an dieser Schule waren?«

Er schien das Bild eine Ewigkeit lang zu betrachten. Bis auf eine kaum wahrnehmbare Falte zwischen seinen Augenbrauen war sein Gesicht ausdruckslos. Schließlich brach er das Schweigen.

»Tja«, sagte er. »Das sieht aus wie meine Signatur, das stimmt. Aber ich habe in meinem Leben Hunderte solcher Zeichnungen angefertigt. Ich fürchte, ich habe keine Ahnung, wer das ist. Ich erinnere mich kaum noch an irgendjemanden. Mein Gedächtnis lässt mich in letzter Zeit immer mehr im Stich.« Er gab ihr die Zeichnung mit einem Lächeln zurück. Zitterte seine Hand ein bisschen, oder ließ der Wind das Blatt flattern? »Jedenfalls bin ich nicht berühmt, es ist also bestimmt nichts wert, selbst wenn es von mir stammt. Aber es ehrt mich, dass Sie mir diese Zeichnung zuschreiben.«

Er lachte, aber er konnte ihr nichts vormachen.

»Ich habe es nicht mitgebracht, weil ich es für wertvoll halte«, sagte sie. »Aber ich weiß, wer diese Frau ist. Das ist meine Mutter. Sie ist damals auf diese Schule gegangen. Diese Zeichnung muss einige Zeit vor meiner Geburt entstanden sein.«

Er verzog keine Miene. »Wirklich?«

Sie meinte einen feindseligen Unterton aus seiner Stimme herauszuhören.

»Ja«, sagte Laura und beugte sich vor. »Und ich habe die Zeichnung mitgebracht, weil ich glaube, dass Sie mein Vater sein könnten.«

Er schaute sie vollkommen verblüfft an, so entgeistert, dass es fast schon komisch war. Dann stieß er ein merkwürdiges Geräusch aus, irgendetwas zwischen einem Lachen und einem Husten.

»Ach Gott, Emma.« Er lehnte sich zurück und fuhr sich mit den Händen durch das schüttere Haar. »Wie in aller Welt soll ich Ihr Vater sein? Wendy und ich waren bereits verheiratet, als ich an der St.-Benedict's-Schule war. Ich war damals alt genug, um … der Vater Ihrer *Mutter* zu sein. Wie kommen Sie bloß auf die Idee …?«

Laura nahm das Bild vom Tisch und wedelte damit vor seiner Nase.

»Sie hat das bei ihren wichtigen Unterlagen aufbewahrt. Und die Daten stimmen. Sie stand kurz vor dem Schulabschluss, als sie schwanger wurde. Sie waren damals ihr Lehrer. Aus welchem anderen Grund hätte sie geheim halten sollen, von wem sie schwanger war? Wenn es irgendein Junge gewesen wäre, hätte sie es mir irgendwann gesagt. Aber sie wollte nicht, dass es jemand erfährt … Natürlich konnte sie es niemandem erzählen. Eine Affäre mit einem Lehrer – das ist ziemlich skandalös.«

Sie merkte, dass sie laut geworden war. Sie schwieg. Tony nickte höflich.

»Ja, das wäre in der Tat skandalös«, sagte er. »Wenn es so wäre.«

Laura betrachtete die Zeichnung, ihr einziges Beweisstück. Sie holte tief Luft und fuhr fort.

»Sehen Sie sich das an«, sagte sie. »Das ist nicht irgendeine skizzenhafte, im Unterricht angefertigte Zeichnung. Sehen Sie sich ihr Gesicht an. Sehen Sie sich an, wie es gezeichnet ist. Wer auch immer der Künstler war, er hat sie geliebt. Und sie ihn. Das sieht man doch in ihren Augen.«

Sie war dermaßen aufgewühlt, dass sie mit den Tränen kämpfte. Es konnte doch nicht sein, dass ihre Theorie nicht stimmte.

»Hören Sie«, sagte Tony. »Ich verstehe ja, dass Sie wissen wollen, wer Ihr Vater ist. Wissen zu wollen, wer man ist und woher man kommt, ist ein sehr tief sitzendes Bedürfnis. Aber ich muss Sie leider enttäuschen. Ich bin nicht Ihr Vater.« Er legte die Hände auf den Tisch und betrachtete seine langen, sonnengebräunten Finger. »Ich kann das mit absoluter Gewissheit beteuern, denn ...« Er hob den Kopf und blinzelte in die Sonne. »Das fällt mir nicht leicht. Ich spreche nicht oft darüber. Wendy und ich ... konnten keine Kinder bekommen. Wir haben es jahrelang versucht. Schließlich haben wir uns beide untersuchen lassen. Ich bin zeugungsunfähig. Sie sehen also ... ich kann es nicht gewesen sein. Egal, wie sehr Sie sich das wünschen.«

»Oh.« Laura atmete aus, als hätte sie einen Schlag in die Magengrube bekommen.

»Ganz abgesehen davon, dass ich kein Verhältnis mit Ihrer Mutter hatte: Sie war eine Schülerin. Es wäre ein Missbrauch meiner Stellung als Lehrer gewesen.«

Eine Weile saßen sie schweigend da. Über ihnen kreischten die Möwen.

»Kommen Sie«, sagte Tony. »Gehen wir rein. Ich mache uns eine Tasse Tee.«

Nachdem sie sie neu eingekleidet hatten, hatte Chelsey gesagt, sie wolle keinen Ausflug mit allem Drum und Dran, sie wolle am liebsten einfach nur an den Strand gehen. Und so waren sie zum Townhouse gegangen, um ihre Einkäufe in ihrem Zimmer abzustellen, und Colin hatte in der Küche darum gebeten, dass man ihnen einen Picknickkorb zurechtmachte. Fred und Loz hatten ihnen Hähnchensandwiches, Miniquiches, zwei Boxen mit Obstsalat und die restlichen Blaubeermuffins eingepackt, die Luca gebacken hatte, und dann waren Colin und Chelsey, bewaffnet mit Eimern und Schaufeln und Fischkeschern zur Neptune's Cove aufgebrochen, einer kleinen, rundherum von Klippen geschützten, sandigen Bucht an der Flussmündung.

Chelsey buddelte selbstversunken im Sand, stocherte in den Gezeitentümpeln herum, planschte im Wasser. Als Colin sie so glücklich erlebte, wurde ihm klar, dass sie in ihrem Leben kaum die Möglichkeit gehabt hatte, wie ein Kind zu spielen. Er konnte sich jedenfalls nicht vorstellen, dass Karen einen Picknickkorb packen und den ganzen Tag mit ihrer Tochter am Strand verbringen würde. Er dagegen genoss die Stunden mit ihr in vollen Zügen. Nachdem er Chelsey sorgfältig mit Sonnenmilch eingekremt hatte, hatte er es sich in einem der beiden Liegestühle bequem gemacht, die er gemietet hatte, und jetzt schaute er zu, wie sie ihre Umgebung erkundete. Dann und wann, wenn sie ihn zu sich winkte, stand er auf, um sich vorführen zu lassen, was sie entdeckt hatte. Und wenn es zu heiß wurde, nahm er sie mit zur Imbissbude und kaufte ihr ein Eis.

Am Nachmittag hatten sich auf ihrer Nase Sommersprossen gebildet, und ihre Haut hatte einen goldenen Schimmer angenommen. Sie war nicht länger das blasse, niedergeschlagene Geschöpf, das er einen Tag zuvor abgeholt hatte, dachte er, sondern ein glückliches, gesundes Kind. Ihre Miene war nicht mehr so schrecklich ernst, sie wirkte entspannt und sorglos. Wie viel das damit zu tun hatte, dass Karen nicht in der Nähe war, konnte er natürlich nicht einschätzen. Aber Chelsey war sichtbar aufgeblüht, seit ihre Mutter sich aus dem Staub gemacht hatte. Seit einer Weile war sie damit beschäftigt, Muscheln zu sammeln, die sie sorgfältig vom Sand befreite und in ihren Eimer legte.

Eigentlich war sie mit elf schon ein bisschen zu groß fürs Muschelsammeln, dachte er. Andererseits hatte sie vielleicht einiges nachzuholen. Im Lauf des Tages hatte sie ihm eine Menge erzählt, sodass er mittlerweile ein einigermaßen vollständiges Bild von ihrem Leben hatte, und das war ziemlich düster.

Karen half ihrer Tochter nie bei den Hausaufgaben, und sie ging auch nie zum Elternabend. Chelseys Ernährung bestand aus Junkfood von McDonald's, Subway oder Domino's – sie hatte ihm stolz erklärt, dass sie sich schon ganz allein per Telefon eine Pizza bestellen konnte. Außerdem lieferte Karen sie regelmäßig für Stunden oder sogar über Nacht bei anderen Leuten ab. All das machte Colin wütend. Wütend auf Karen und auch auf sich selbst. Er hätte schon vor Jahren eingreifen müssen; er hätte das Geld, das er Karen regelmäßig gab, an Bedingungen knüpfen müssen. Er hätte sich Chelseys Zeugnisse zeigen lassen sollen.

Mit anderen Worten: Er hätte Chelsey der Vater sein

müssen, der ihr so offensichtlich fehlte. War es zu spät dafür? Nein, dachte er. Es war nie zu spät. Chelsey war ein zutrauliches Kind, das sich noch etwas sagen ließ. Es war durchaus noch Zeit, ihrem Leben eine andere Richtung zu geben. Dafür zu sorgen, dass sie eine gute Schule besuchte und die Liebe und Fürsorge bekam, die sie brauchte. So wie Michelle und Ryan. Er hatte während ihrer Schulzeit keinen einzigen Elternabend versäumt, egal, wie viel Arbeit er gehabt hatte.

Er nahm sein Handy heraus. Sowohl sein Anwalt als auch sein Steuerberater waren für ihn Tag und Nacht erreichbar. Er bezahlte sie so gut, dass sie ihm diesen Service einräumten. Nicht dass er oft davon Gebrauch machte, aber er betrachtete die Situation als einen Notfall. Martin Crane würde Verständnis für ihn haben. Er hatte alle Verträge ausgearbeitet, die Colin seit der Gründung seines Betriebs jemals abgeschlossen hatte. Jedes Jahr zu Weihnachten ließ Colin ihm eine mit Courvoisier getränkte Torte schicken.

Martin meldete sich nach dem zweiten Läuten.

»Hallo Colin«, sagte er. »Was kann ich für Sie tun?«

»Ich brauche Hilfe«, antwortete Colin. »Das fällt wahrscheinlich nicht in Ihr Fachgebiet, aber Sie könnten mir einen Kollegen oder eine Kollegin empfehlen.«

»Worum geht's denn, wenn ich fragen darf?«

Colin brauchte einen Moment, um sich zu überwinden. Schließlich hatte er viel Zeit und Mühe darauf verwandt, Chelsey unter den Teppich zu kehren.

»Ich habe eine uneheliche Tochter. Sie ist elf Jahre alt. Seit ihrer Geburt zahle ich monatlich tausend Pfund Unterhalt für sie. Jetzt hat ihre Mutter sich aus dem Staub gemacht und mich sozusagen mit dem Baby sitzen lassen. Ich will das Sorgerecht für meine Tochter, und zwar ab – gestern.«

»Steht Ihr Name auf der Geburtsurkunde?«

»Ich nehme es an.« Colin war sich sicher, dass Karen dafür gesorgt hatte, und sei es nur, um sicherzustellen, dass er zahlte.

»Und Sie sind sich ganz sicher, dass Sie der Vater des Kindes sind?«

Colin brach der Schweiß aus. Er war noch nie auf die Idee gekommen, das zu hinterfragen. Aber natürlich konnte er es nicht mit Sicherheit wissen. Karen konnte wer weiß wie viele Trottel wie ihn hereingelegt haben und sich von einem halben Dutzend Idioten Unterhalt zahlen lassen.

Er schaute zu Chelsey hinüber. Sie lag auf ihrem Handtuch, die Stöpsel ihres iPods in den Ohren, die Knie angezogen, und bewegte die Füße im Rhythmus zur Musik.

Natürlich war sie seine Tochter. Karen mochte berechnend und käuflich sein, aber so heimtückisch war sie nicht. Und wahrscheinlich nicht einmal so schlau.

»Ja«, sagte er. Er musste es einfach glauben.

»Okay. Sie brauchen einen knallharten Familienanwalt. Wenn Sie das Sorgerecht für das Kind haben wollen, müssen Sie vor Gericht gehen. Wie schwierig das wird, hängt davon ab, wie die Mutter sich verhält. Stellen Sie sich auf einen Kampf mit harten Bandagen ein – so was läuft nie glatt.«

»Alles klar.« Colin fühlte sich innerlich ruhig. Entschlossen. »Übrigens, Alison weiß nichts davon. Noch nicht.«

Er hörte Martin schnauben, als wollte er sagen: »Ich beneide Sie nicht, mein Lieber.«

»Ich kümmere mich darum«, sagte Martin. »Wegen des verlängerten Wochenendes kann es sein, dass es ein bisschen dauert, bis ich jemanden erreiche. Ich melde mich, sobald ich kann.« Dann legte er auf.

Colin wusste, dass er spätestens am Dienstag den für seinen

Fall am besten geeigneten juristischen Beistand haben würde. Jetzt hoffte er nur, dass Karen nicht vorher wieder auftauchte und erklärte, sie habe es sich anders überlegt. Er wollte, dass diese Sache sauber über die Bühne ging, und wenn Karen fortblieb, hatte er reichlich Handlungsspielraum.

Er musste noch einen weiteren Anruf erledigen. Einen, der ihm verdammt schwer fiel. Er drückte auf »Zuhause« und wartete darauf, dass seine Frau ans Telefon ging.

»Hallo?« Alison meldete sich immer in einem fragenden Ton, als wunderte sie sich, dass einer auf die Idee kam, sie anzurufen.

»Alison, Liebling, ich bin's«, sagte er.

»Hallo Colin!« Sie schien sich zu freuen, von ihm zu hören. »Du hast Glück gehabt. Ich wollte gerade in die Stadt fahren.«

»Hör zu, ich möchte, dass du dich ins Auto setzt und herkommst. Zum Hotel Townhouse by the Sea in Pennfleet.«

»Was ist passiert?«, fragte sie erschrocken. »Geht es dir gut?«

»Ja, ja, es geht mir gut. Aber ich muss mit dir reden.«

»Kannst du nicht einfach nach Hause kommen?«

»Nein«, erwiderte er bestimmt. »Nein. Ich reserviere uns für heute Abend einen Tisch im Hotelrestaurant. Komm so bald wie möglich.«

»Kannst du das nicht am Telefon mit mir bereden?«

»Nein. Es geht nur von Angesicht zu Angesicht.«

»In Ordnung.« Sie klang verdattert und ein bisschen pikiert. »Das Townhouse in Pennfleet? Ist das nicht in Cornwall? Ich dachte, du wärst in Bristol?«

»Nein.« Die Konferenz, die er vorgeschoben hatte, fand tatsächlich statt. Er sorgte immer dafür, dass seine Alibis möglichst wasserdicht waren. Er hatte sogar die Teilnahmegebühr für drei Tage bezahlt. Aber er war nie dort gewesen.

Es herrschte Stille in der Leitung, während Alison die Information verdaute.

»Also gut.« Sie wirkte nicht gerade begeistert. »Wenn du mir am Telefon nichts sagen willst … Ich beeile mich.«

Laura saß am Küchentresen, während Tony ihr eine Tasse Tee aufgoss.

Ihr Auftritt war ihr unsäglich peinlich. Am liebsten wäre sie davongelaufen, aber Tony war die Ruhe selbst geblieben und zeigte sich überaus verständnisvoll. Andere Leute hätten sie rausgeworfen, dachte sie, aber er ging vollkommen gelassen mit der Situation um, als wäre er es gewöhnt, dass durchgedrehte junge Frauen bei ihm aufkreuzten und ihm eine Szene machten.

Es war wirklich schade, dachte sie, dass er nicht ihr Vater war. In dem Haus, in dem er mit Wendy wohnte, herrschte so eine angenehme, einladende Atmosphäre. Ein Ort, an dem sie gern hin und wieder Zuflucht gesucht hätte, lange, sonnige Wochenenden an der Küste, um dem monotonen Alltag in London zu entfliehen. Ihre Arbeit war so anstrengend, der Druck, unter dem sie stand, nahm immer mehr zu. Natürlich konnte sie hin und wieder übers Wochenende verreisen, aber das erforderte Energieaufwand und rechtzeitige Planung. Zu wissen, dass sie jederzeit nach Pennfleet fahren konnte, um ein paar Tage durchzuatmen, wäre perfekt gewesen …

Mit Dan zusammen. Tony hätte Dan bestimmt gemocht.

Sie musste aufhören mit dem Fantasieren, ermahnte sie sich. Es waren leere Träume. Sie musste noch einmal ganz von vorne anfangen. Tony mochte vielleicht nicht ihr Vater sein, aber er war vor vielen Jahren der Kunstlehrer ihrer Mutter gewesen. Vielleicht konnte er ihr irgendwelche Hinweise geben.

»Ihr Tee, Emma.« Er stellte eine Henkeltasse vor sie und langte nach der Keksdose.

»Eigentlich«, gestand sie verlegen, »heiße ich gar nicht Emma. Ich habe mich unter falschem Namen bei Ihnen angemeldet. Emma Stubbs ist meine beste Freundin. Ich heiße Laura Starling.« Sie beugte sich vor. »Meine Mutter heißt Marina. Marina Starling. Können Sie sich wirklich nicht an sie erinnern?«

Tony zog die Brauen zusammen. »Ich erinnere mich vage. Das ist ein ungewöhnlicher Name. Aber Sie müssen Nachsicht mit mir haben.« Er lächelte entschuldigend. »Ich werde allmählich alt. Manchmal kann ich mich nicht mal erinnern, was ich zum Frühstück gegessen habe.«

»Aber Sie haben sie doch gezeichnet«, insistierte Laura. »Sie müssen es gewesen sein – Sie haben das Bild sogar signiert.«

Er zuckte die Achseln.

»Wahrscheinlich hat sie in der Klasse Modell gestanden. Damals war alles ganz anders. Wenn wir im Unterricht ein Modell hatten, habe ich natürlich auch eine Zeichnung angefertigt. Um den Schülern zu zeigen, wie man das macht.« Wieder dieses entschuldigende Lächeln. »Theoretisch.«

Laura betrachtete das Bild. »Aber warum hat sie es bloß aufgehoben?«

Tony hob die Schultern. »In dem Alter heben Mädchen doch alles Mögliche auf, oder? In dem Alter sind sie wie Elstern.«

»Vielleicht war sie in Sie verknallt?«, fragte Laura mit vor Aufregung großen Augen.

»Ach, das glaube ich kaum. Damals hatte ich vielleicht mehr Haare, aber ich war nicht gerade ein Frauenschwarm.« Er schob ihr die Dose mit den Keksen hin. »Nehmen Sie. Ein bisschen Zucker tut immer gut nach einem Gefühlsausbruch.«

»Gott, es tut mir so leid. Sie müssen mich für eine Verrückte halten.« Laura musste lachen.

»Kein Problem.« Tony trank einen Schluck Tee. »Es schmeichelt mir, dass ich der Hauptverdächtige war. Es gibt mir das Gefühl, interessanter zu sein, als ich eigentlich bin.«

»Und Sie haben keine Erinnerung an den Kurs? Es muss das Abschlussjahr gewesen sein. Sie wissen nicht, mit wem sie damals befreundet war? Wer mir vielleicht einen Tipp geben könnte?« Laura konnte nicht widerstehen, ihm weitere Fragen zu stellen.

Tony schüttelte den Kopf. »Es war eine große Schule, und ich war nur ungefähr zwei Jahre dort. Nicht lange genug, um mitzubekommen, wer mit wem befreundet war.«

Enttäuscht darüber, dass ihre Suche ergebnislos bleiben würde, trank Laura ihren Tee aus.

»Wollen Sie Ihr Bild fertigstellen?«, fragte Tony, nachdem sie ihre Tasse abgestellt hatte.

»Vielleicht sollte ich lieber gehen«, antwortete sie.

»Wirklich? Es lief doch so gut.«

Laura zögerte.

»Kommen Sie. Schwamm drüber«, versuchte Tony, sie zu überreden. »Ich möchte nicht, dass Sie Ihr Geld verschwenden. Und Wendy wird es merkwürdig finden, wenn Sie so sang- und klanglos verschwinden.«

»Nein. Ich gehe zurück ins Hotel. Mein Freund wartet bestimmt schon auf mich. Es ist das erste Mal, dass wir ein Wochenende verreist sind. Wenn sie uns schon so ein schönes Zimmer gegeben haben, möchte ich es auch genießen.«

Sie errötete, als ihr bewusst wurde, wie das klang.

»Tja, es tut mir wirklich leid, dass ich Ihnen nicht helfen konnte.«

»Und mir tut es leid, dass ich hier mit Anschuldigungen reingeplatzt bin.«

Tony lachte. »Hören Sie – im Vergleich zu den Frauen, die zu mir kommen, weil die Kinder aus dem Haus sind und sie auf Sinnsuche sind, war das für mich eine angenehme Abwechslung.«

Laura nahm ihre Tasche.

»Vielen Dank noch mal. Sie können Ihrer Frau ja sagen, ich hätte Kopfschmerzen bekommen. Ich habe oft Migräne. Vor allem, wenn ich gestresst bin. Mir dröhnt tatsächlich ein bisschen der Kopf, es wäre also nicht mal ganz gelogen.« Laura merkte, dass sie nur noch plapperte.

»Keine Sorge«, erwiderte Tony. »Ich lasse mir schon was einfallen.«

Laura stand auf. Einem Impuls folgend, trat sie auf Tony zu und umarmte ihn. Er war so nett zu ihr. Sie wäre gern geblieben, um ihr Bild zu Ende zu malen, aber sie hatte das Bedürfnis, mit ihren Gedanken allein zu sein. Ihr wurde plötzlich klar, dass sie all ihre Hoffnung darein gesetzt hatte, dass er ihr Vater war. Die Enttäuschung war groß.

Irgendwo da draußen war ihr Vater. Er musste doch zu finden sein. Sie musste einfach noch tiefer in der Vergangenheit graben.

Oder ihre Mutter fesseln und ihr eine Pistole an den Kopf halten.

»Auf Wiedersehen«, sagte sie zu Tony, der ziemlich erleichtert wirkte, dass sie ging. Er musste sie für komplett übergeschnappt halten. Vielleicht war sie das ja tatsächlich. Wie war sie bloß auf die Schnapsidee gekommen, dass diese kleine Zeichnung ihr die Antwort geben würde, die sie suchte?

Tony eilte nach oben in sein Atelier. Er schloss die Tür und schaute Laura so lange nach, bis sie am Ende der Straße um die Ecke bog.

Dann schlug er sich die Hände vors Gesicht.

Eine Tochter. Er hatte eine Tochter.

Natürlich war sie seine Tochter. Nachdem sie ihm den wahren Grund für ihren Besuch eröffnet hatte, hatte er sich in die Vergangenheit zurückversetzt gefühlt und sich an jede Sekunde dieser verrückten, wilden, wunderbaren, schrecklichen Zeit erinnert. Es hatte ihn seine ganze Willenskraft gekostet, eine Kraft, von der er gar nicht gewusst hatte, dass er sie besaß, um die Sache aus der Welt zu schaffen. Es war die einzige Möglichkeit. Er hatte keine andere Wahl.

Marina Starling. Ihr Gesicht würde er nie vergessen.

Dreizehn

Nachdem Tony Weston die Stelle an der St.-Benedict's-Schule angetreten hatte, hatten seine Freunde ihn gnadenlos aufgezogen. Es war der Stoff aller Männerträume: Fachbereichsleiter für Kunst an einer Mädchenschule. Nach außen hin hatte er die Frotzeleien mit Humor genommen, aber innerlich hatten sie ihn auf die Palme gebracht. Er hatte das Gefühl, nicht ernst genommen zu werden. Als hielten sie ihn alle für einen alten, geifernden Sack, obwohl er erst zweiunddreißig war. Als glaubten sie, er hätte keinen Respekt vor seiner Frau. Wendy bedeutete ihm alles. Sie war sein Fels in der Brandung. Seine Seelenverwandte. Und das höhere Gehalt, das er bekam, würde es ihr ermöglichen, ihre Stelle aufzugeben, wenn sie schwanger wurde, und sich um die Kinder zu kümmern. Wendy wollte keine berufstätige Mutter sein. Das kam für sie nicht infrage. Wenn man es sich leisten konnte, nicht zu arbeiten, warum sollte man es dann sich selbst und den Kindern zumuten? Nein, sie würde sich einen Brennofen in den Garten stellen, und wenn die Kinder groß genug waren, konnte sie ihre Keramik zu Hause herstellen und verkaufen.

Und so waren die Westons voller Hoffnung nach Reading gezogen. Die Stadt selbst war nicht besonders reizvoll, aber in einem Viertel, das nicht allzu heruntergekommen war, fanden sie ein viktorianisches Haus, das sie nach und nach renovieren würden. Wendy nahm eine Stelle an einer Grundschule an und setzte die Pille ab. Sie waren auf dem richtigen Weg.

Aber Tony hatte nicht mit Marina Starling gerechnet.

Ihr Name war ihm bereits geläufig, bevor er ihr zum ersten Mal begegnete. Vor Beginn des Schuljahrs war auf Lehrerkonferenzen mehrfach über sie beraten worden. Sie gehörte zu den schwierigen Schülerinnen, die auf der Kippe standen. Begabt, aber unmotiviert. Niemand konnte voraussagen, ob sie die Kurve kriegen und die Schule mit einem glänzenden Zeugnis verlassen oder völlig abrutschen würde und man sie ohne Schulabschluss in die Welt würde entlassen müssen. Die meisten Lehrer waren sich einig, dass man bei einer wie ihr nichts machen konnte. Sie würde ihren Weg gehen, egal, was man tat, um ihr zu helfen.

Unter den männlichen Kollegen kursierte außerdem die Ansicht, dass es sowieso keine Rolle spielte, ob Marina die Schule mit oder ohne Abschluss verließ. Ein so hübsches Mädchen würde immer auf den Füßen landen. Tony hatte sich über die sexistischen Kommentare geärgert, aber die Empörung der Kolleginnen hatte ihm gesagt, dass die Männer recht hatten.

An dem Tag, als Marina zum ersten Mal zu ihm in den Unterricht kam, einen mit Stickern und Buttons übersäten Leinenrucksack über der Schulter, war ihm fast das Herz stehen geblieben.

Sie hatte rabenschwarzes, wild toupiertes Haar, das ihr bis auf die Schultern fiel, blasse Haut so makellos wie Porzellan, große, mit Kajal umrahmte Augen. Der Pullover ihrer

Schuluniform spannte auf fast obszöne Weise über ihren Brüsten, ihre langen, dünnen Beine steckten in einer schwarzen Strumpfhose, und sie trug unvorschriftsmäßige Doc Martens mit offenen Schnürsenkeln.

Während des Unterrichts konnte er kaum den Blick von ihr abwenden, und er hatte große Mühe, es sich nicht anmerken zu lassen. Sie war intelligent und interessiert, was ihn überraschte. Sie stellte gewagte und zugleich kluge Fragen. Wenn er sie direkt anschaute, errötete sie nicht, sondern lächelte ihn an.

»Finden Sie nicht auch«, fragte sie ihn in der ersten Unterrichtsstunde, »dass Gauguin ein ziemlicher Wichser war?«

Er war entschlossen, sich nicht aus der Ruhe bringen zu lassen.

»Er hat das Leben genossen, das stimmt«, erwiderte er. »Ob das bedeutet, dass er authentisch war, oder ob es bedeutet, dass er, wie du es so wortgewandt ausgedrückt hast, ein Wichser war, musst du entscheiden. Zumindest hat er seine wohlverdiente Strafe bekommen. An Syphilis zu sterben ist nicht besonders schön.«

Touché, dachte er. Seine Antwort schien ihr zu gefallen.

Wochenlang lieferten sie sich Wortgefechte während des Unterrichts. Sie forderte ihn heraus, und er schlug zurück. Er scherte sich nicht darum, ob die anderen Schülerinnen mitbekamen, wie es zwischen ihnen funkte. Und er erinnerte sich sehr gut an den Tag, als er den Kunstsaal betrat und sie auf dem Podest erblickte anstatt des pummeligen Mädchens, das üblicherweise beim Aktzeichnen für die Schüler Modell saß.

»Gretchen konnte heute nicht«, erklärte sie ihm. »Also dachte ich mir, ich vertrete sie. Wär doch schade gewesen, den Unterricht ausfallen zu lassen.«

Er hätte das nicht durchgehen lassen dürfen. Er hätte sie rausschicken und ihr sagen müssen, sie solle sich sofort anziehen. Aber damit hätte er zugegeben, dass die Situation ihn verunsicherte. Und genau das war ihre Absicht. In jeder Unterrichtsstunde versuchte sie, ihn aus dem Konzept zu bringen.

»Gute Idee«, sagte er, ohne sie eines weiteren Blickes zu würdigen, und setzte sich hin, um sie zu zeichnen. Im Schutz der Staffelei konnte er sich ausgiebig am Anblick ihres Körpers weiden. Es raubte ihm fast den Atem. Er hatte gewusst, dass das nicht passieren durfte, aber es hätte übermenschliche Anstrengung gekostet, nicht hinzusehen. Sicher gab es keinen Mann, der sie nicht lüstern betrachtet hätte. Heutzutage, dachte er, wäre es undenkbar, mit einer Schulklasse anhand eines echten Modells das Aktzeichnen zu üben. Aber das waren damals andere Zeiten. Alles war möglich gewesen. Und sie war immerhin siebzehn gewesen. Das wusste er, weil er in ihrer Schulakte nachgesehen hatte.

Und warum hatte er nachgesehen?, fragte er sich jetzt. Weil er von ihr besessen gewesen war und es ihn beruhigt hatte zu wissen, dass sie zumindest ehemündig war. Er dachte Tag und Nacht an sie. Obwohl er verzweifelt versuchte, sich dagegen zu wehren, weil es so gefährlich war, so vollkommen inakzeptabel. Er war ein Vollidiot. Mit Marina zu spielen hieß mit dem Feuer spielen, denn irgendwann würde es jemandem auffallen, und der würde nicht stillschweigend darüber hinweggehen.

Eines Tages hockte sie, als er den Kunstsaal betrat, weinend in der Ecke. Sie wollte ihm nicht sagen, was los war, hörte aber auch nicht auf zu schluchzen. Obwohl ihn eine innere Stimme davor warnte, trat er näher. Er konnte ihr billiges, süßliches Teenagerparfüm riechen, und er verspürte ein Ziehen im Magen, nicht vor Widerwillen, sondern vor Verlangen, sie zu berühren. Er legte ihr einen Arm um die Schultern, eine Geste, die sich gerade noch so deuten ließ, dass er sie zu trösten versuchte. Kaum hatte er sie berührt, drehte sie sich um und drückte sich an ihn.

»Halt mich fest«, sagte sie.

Allem anderen hätte er widerstanden. Wenn sie gesagt hätte »fick mich« oder »küss mich«, hätte er sie von sich weggestoßen. Aber eine Bitte, die so aus tiefstem Herzen kam ... Sie war so zart, so zerbrechlich und zugleich so reif. Als er sie an sich zog, spürte er ihre weichen Brüste, die einen so krassen Gegensatz bildeten zu den knochigen Schultern, die er mit den Händen streichelte.

Und ehe er wusste, wie ihm geschah, waren sie ineinander verknäult. Rissen einander die Kleider vom Leib. Kein Wort fiel. Ihrer beider Atem ging synchron. Es war ungestüm und zugleich bedächtig. Fast perfekt choreographiert. Er hob sie auf einen der hölzernen Zeichentische. Sie legte den Kopf nach hinten, und er küsste gierig ihren zarten, weißen Hals.

Hinterher glitt sie wortlos vom Tisch, dann stand sie mit gesenktem Kopf vor ihm, ihr Atem ging flach.

»Davon hab ich geträumt, seit ich dich das erste Mal gesehen hab«, sagte sie.

Voller Staunen fuhr er mit den Fingerspitzen über ihr Rückgrat. Diesen Augenblick würde er bis an sein Lebensende nie vergessen. Es war das Unglaublichste, was er je erlebt hatte. Großer Gott, dachte er. Er war zweiunddreißig Jahre alt, er war Lehrer, und er hatte gerade eine Schülerin gevögelt. Eine siebzehnjährige Schülerin.

Dann wurde ihm bewusst, dass ihm das alles egal war. Ob

er zur Strafe gevierteilt wurde, ob er geteert und gefedert oder vor ein Erschießungskommando gezerrt wurde, er hätte jede Strafe mit Freuden akzeptiert, denn es war jede großartige Sekunde wert gewesen. Er fühlte sich, als wäre er gestorben und im selben Moment wiedergeboren worden.

Ihre Affäre war leidenschaftlich, heftig, atemlos und zügellos. Er musste ein paar Regeln aufstellen, um zu verhindern, dass alles außer Kontrolle geriet. Kein Kontakt in der Schule. Keine Anrufe bei ihm. Nichts Schriftliches, niemals. Sie trafen sich in der großen Pause bei ihr, denn ihre Eltern waren nie zu Hause. Die Nachbarn würden nichts merken, versicherte sie ihm. Manchmal fuhr er unter dem Vorwand, er gehe zum Künstlerbedarfsladen, ins Fitnessstudio, in die Bibliothek, auch am Wochenende zu ihr und rief sie unterwegs von einer Telefonzelle aus an.

Er wusste, dass es unverantwortlich war. Er wusste, dass es unrecht war. Aber die Besessenheit – mit Liebe hatte das, was sie verband, nichts zu tun – war stärker als alle moralischen Bedenken. Sein Verantwortungsbewusstsein hätte ausgeprägter sein müssen – er war erwachsen, er war Lehrer –, aber jedes Mal, wenn er das Thema zur Sprache brachte, legte sie ihm einen Finger auf den Mund.

»Manche träumen ihr Leben lang von so was«, sagte sie dann, »und erfahren es nie. Wir sollten dankbar dafür sein, solange wir es haben.«

Aber es war nicht nur Sex. Sie faszinierte ihn. Wühlte ihn auf. Stimulierte ihn. Machte ihn rasend. Überraschte ihn – immer wieder. Sie war so ungebärdig wie ein Wildkätzchen und zugleich unergründlicher als das stillste Wasser. Sie brachte ihn zum Lachen.

Und einmal, als sie beim Sex auf fast verzweifelte Weise miteinander verschmolzen, brachte sie ihn zum Weinen.

Natürlich musste es irgendwann enden. Das war ihm von Anfang an bewusst gewesen.

Während einer Reise mit dem Kunstkurs nach Paris, als ein halbes Dutzend Schüler nach dem Verzehr von verdorbenem Coq au Vin mit einer Lebensmittelvergiftung darniederlag, hatten sie so getan, als wären sie auch betroffen, hatten auf einen Ausflug nach Versailles verzichtet und waren im Hotel geblieben. Sie war zu ihm ins Zimmer gekommen, und sie hatten den ganzen Tag im Bett verbracht und sich ineinander verloren, und irgendwann hatte Tony sie, als sie sich mit verschwitztem, zerzaustem Haar über ihn beugte, angesehen und beschlossen, es zu beenden.

»Wendy ist schwanger«, sagte er.

Sie rollte sich von ihm herunter, legte sich neben ihn und starrte an die Decke.

»Dann war's das also«, sagte sie.

»Ich werde dich immer lieben«, sagte er. »Aber wir bekommen ein Kind. Das muss Vorrang haben.«

»Ich weiß«, sagte sie.

Sie schaute ihn an, und plötzlich kannte er den Grund für ihre stumme Wut. Die Wut, die da war, auch wenn sie sie nicht zum Ausdruck brachte.

»Ich habe nie behauptet, ich würde nicht mit ihr schlafen. Ich wollte nicht, dass sie Verdacht schöpft. Ich konnte nicht einfach aufhören, mit ihr zu schlafen. Du hast die ganze Zeit gewusst, dass wir uns ein Kind wünschen«, verteidigte er sich.

Ihre grünen Augen füllten sich mit Tränen. Plötzlich sah sie aus wie das Kind, das sie eigentlich noch war. Sie sagte nichts. Das war schlimmer, als wenn sie getobt und geweint hätte. Und als er versucht hatte, sich an sie zu schmiegen, hatte sie ihm einen Faustschlag in die Magengrube verpasst.

Er krümmte sich nach Luft ringend, verblüfft über ihre Kraft.

Sie zog sich die Strumpfhose an, riss sich in ihrer Hast eine Laufmasche, streifte sich ihren grünen Pullover und ihr Trägerkleid mit Paisleymuster über.

»Marina …«

»Sag jetzt nichts«, bat sie ihn zähneknirschend. »Ich hab's kapiert. Keine Sorge.«

»Ich werde dich immer lieben.«

Sie sah ihm in die Augen, als suchte sie nach einem Beweis für den Wahrheitsgehalt seiner Worte. Dann nickte sie knapp, verzog den Mund zu einem angedeuteten Lächeln und ging.

Während der restlichen Tage in Paris sah er sie kaum, erhaschte nur bei Museumsbesichtigungen immer wieder einen Blick auf ihren wilden Haarschopf inmitten der anderen Schülerinnen – im Louvre, im Jeu de Paume, im Musée d'Orsay. Sie fehlte ihm fürchterlich. Er hätte sich so gern all die Gemälde mit ihr zusammen angesehen, ihre Reaktion beobachtet, sie für sie interpretiert. Am liebsten hätte er bis an sein Lebensende alles mit ihr geteilt. Aber das ging nicht.

Die Überfahrt nach England war stürmisch. Tony musste sich die ganze Zeit übergeben, ohne zu wissen, ob er seekrank war oder liebeskrank. Jede Welle trug ihn näher zu Wendy.

Als er zu seiner loyalen und treuen Ehefrau zurückkehrte, deren Bauch sich bereits ein wenig wölbte, wurde ihm noch etwas klar: Er konnte nicht in Reading bleiben in dem Wissen, dass Marina dieselbe Luft atmete wie er, dass er ihr jederzeit irgendwo über den Weg laufen konnte, auf der Straße, im

Supermarkt, auf der Post oder auf einem Parkplatz. Er musste weg von der Versuchung. Und zwar so weit wie möglich. Und so hatte er sich bei einer Werbeagentur beworben und hatte den Job zu seiner großen Überraschung tatsächlich bekommen. Er verstieß gegen die Vertragsbedingungen mit der Schule, indem er die Kündigungsfrist nicht einhielt, doch er erklärte der Direktorin, dass er seine Stelle als Kunstlehrer aus persönlichen Gründen aufgeben müsse.

»Es handelt sich um eine etwas – delikate Angelegenheit.«

Die Direktorin legte den Kopf leicht zurück. Keine Schule wollte einen Lehrer mit persönlichen Problemen. Delikat war ein Euphemismus für skandalös. Sie konnte zwischen den Zeilen lesen.

»Es ist sehr schade, dass wir Sie verlieren«, sagte sie. »Sie haben viele unserer Mädchen inspiriert.«

Dabei beließen sie es.

Als er kurz vor den Sommerferien in der Schule anrief, um sich nach den Noten seiner Schülerinnen zu erkundigen, wurde Marinas Name nicht genannt.

»Und Marina Starling?«, fragte er. »Sie war in meiner Abschlussklasse.«

»Sie hat die Schule vorzeitig verlassen«, teilte man ihm mit. »Wir wissen nicht, was aus ihr geworden ist. Sie ist einfach verschwunden.«

Sie verloren das Kind. Ein Mädchen.

Eine Woche vor dem Geburtstermin spürte Wendy das Baby nicht mehr strampeln. Die Hebamme erklärte ihr zwar, dass das in der letzten Schwangerschaftswoche nichts Ungewöhnliches sei, doch sie ließ sich nicht beruhigen.

»Wahrscheinlich ruht das Baby sich aus«, sagte Tony. »Um Kraft zu sammeln für den großen Tag.«

Er spürte Wendys Unruhe. Und als sie schließlich ins Krankenhaus fuhren, wurden ihre schlimmsten Ängste bestätigt. Sie konnten keine Herztöne hören, weil es keine mehr gab. Das Kind in ihrem Bauch war tot. Trotzdem musste sie es zur Welt bringen. Wehen, Schmerzen, der ganze Geburtsvorgang. Tony begriff nicht, warum sie nicht einfach einen Kaiserschnitt machen konnten – wäre das nicht menschlicher? Aber das gehörte nicht zu den Gepflogenheiten des Krankenhauses.

Hinterher hielten sie ihr Baby eine Stunde lang in den Armen. Ihre kleine Tochter. Sie war vollkommen. Ein Mündchen wie eine Rosenknospe unter einer winzigen Stupsnase. Dichtes, dunkles Haar. Winzige Finger, die Wendy streichelte, bis die Krankenschwester die Kleine in die gelbe Decke gewickelt fortbrachte, die sie erst eine Woche zuvor ausgesucht hatten, am selben Tag, als sie sich für einen Namen entschieden hatten: Rosalind.

Tony wusste, dass er jetzt stark sein musste. Wenn er am Boden zerstört war, wie musste Wendy sich dann erst fühlen, die das Kind über all die Monate in ihrem Bauch gespürt hatte. Die Tragödie machte ihm bewusst, wie sehr er seine Frau liebte; ihre Stärke, ihre Würde, ihre stille Trauer. Von dem Tag an verbot er es sich, darüber nachzudenken, was aus Marina geworden sein mochte. Er verbot sich jeden Gedanken an ein mögliches heimliches Wiedersehen. Wendy hatte es nicht verdient, dass er sie verriet. Sie hatte seine Liebe verdient.

Im Lauf der Jahre fragte er sich hin und wieder, ob Rosalinds Tod vielleicht seine Strafe war. Die Strafe für die Monate, die er wie im Rausch verbracht hatte. Es war ihm nie gelungen, die Scham für sein Verhalten abzuwaschen. Der

Gedanke daran, wie verwerflich die ganze Affäre gewesen war, beschlich ihn in Momenten, in denen er am wenigsten damit rechnete, und drehte ihm den Magen um. Er hatte sich leichtsinnig, egoistisch und verantwortungslos verhalten. Es war auf mehr als eine Weise falsch gewesen. Damals hatte er sich noch einreden können, es sei eine Liebesgeschichte, aber in Wirklichkeit war es die billige Geschichte eines geilen Kunstlehrers, der seine hübscheste Schülerin vernascht hatte. Klassisches Material für die Boulevardpresse. In seinen düstersten Momenten stellte er sich die Schlagzeilen vor, falls Marina irgendwann auspacken sollte, und dann brach ihm jedes Mal der Angstschweiß aus. Würde man ihn verhaften, vor Gericht stellen, ins Gefängnis stecken?

Mit der Zeit ließ die Angst nach. Die Spur war längst kalt. Es gab keine Beweise, höchstens Indizien. Aber als er jetzt am Fenster stand und die Aussicht betrachtete, die Wendy und er seit Jahren immer wieder so sehr genossen, dämmerte ihm, dass seine schmutzige Vergangenheit ihn eingeholt hatte. Von wegen, es gab keine Beweise. Der lebende Beweis für jede einzelne Nummer mit Marina hatte heute vor ihm gestanden. Aber er hatte es nicht fertiggebracht, es Laura gegenüber zuzugeben.

Während er tief atmete, um gegen seine Übelkeit anzukämpfen, sah er Wendy kommen. Er beobachtete, wie sie mit federnden Schritten die Treppe hochstieg. Die gestreifte Tasche mit ihrem Badeanzug und ihrem Handtuch hatte sie sich über die Schulter geschlungen. Sie besaß immer noch einen schlanken, muskulösen Körper, Ergebnis des täglichen Schwimmens im Meer. In einer Hand trug sie den Korb mit den Sachen, die sie auf dem Markt gekauft hatte: frische Oliven vielleicht, ein Biobrot, Kaffeebohnen.

Er trat vom Fenster weg, denn er wollte nicht, dass sie ihn bemerkte. Wollte nicht, dass sie ihm von Weitem zuwinkte.

Wie konnte er ihr alles beichten? Wie konnte er ihr erzählen, dass in demselben Jahr, in dem ihre gemeinsame Tochter tot geboren wurde, ein anderes Mädchen auf die Welt gekommen war, das er gezeugt hatte? Es war unerträglich, sich ihre Trauer vorzustellen, die Trauer, von der sie geglaubt hatte, dass sie sie mit ihm teilte, die sie jedoch jetzt allein würde tragen müssen.

Nein. Dieser Teil seines Lebens musste im Verborgenen bleiben. Egal wie sehr er sich wünschen würde, seine Tochter kennenzulernen, diese Tür musste für immer verschlossen bleiben.

Zum Glück schien seine Erklärung Laura überzeugt zu haben. Er hatte es kaum erwarten können, dass sie ging, aber er hatte sich seine Ungeduld nicht anmerken lassen und sich damit womöglich verdächtig machen dürfen. Er war zutiefst erleichtert gewesen, als sie ihm erklärt hatte, sie wolle zurück in ihr Hotel. Er hätte es nicht ertragen, den Nachmittag mit ihr zu verbringen oder sie und Wendy im selben Raum zu erleben.

Er hörte die Haustür ins Schloss fallen. Beklommen ging er nach unten.

Sie war in der Küche und gerade dabei, den Wasserkessel zu füllen.

»Wie läuft's?«, fragte sie ihn lächelnd. »Wollt ihr zwei eine Tasse frischen Tee? Ich habe vom Markt ein paar Scones mitgebracht und Sahne.«

»Emma ist schon weg«, sagte er. »Sie hatte so schlimme Migräne, dass sie praktisch alles doppelt gesehen hat. Sie ist ins Hotel gegangen, um sich hinzulegen.«

»Ach, wie schade.« Wendy packte ihre Einkäufe aus. »Sie wirkte sehr sympathisch.«

»Ja«, stimmte Tony ihr zu. »Und sie hat sogar Talent. Aber so haben wir das Wochenende für uns.«

Wendy schaute ihn überrascht an. »Sie kommt also nicht wieder her?«

Tony konnte ihr nicht in die Augen sehen. »Ich glaube nicht.«

»Ich hoffe, du hast ihr nicht ihr Geld zurückgegeben, weichherzig, wie du bist.«

»Nein, nein, natürlich nicht.« Er verging fast vor Schuldgefühlen. Es war noch schlimmer als damals. »Was hältst du davon, wenn wir heute Abend ausgehen? Vielleicht zum Krabbenessen ins King's Arms?«

Wendy legte den Kopf schief und dachte über sein Angebot nach.

»Keine schlechte Idee«, sagte sie. »Ganz im Gegenteil.«

Vierzehn

Um sechs Uhr herrschte Hochbetrieb im Townhouse. Halb Pennfleet schien auf die Idee gekommen zu sein, sich mit einem kühlen Getränk auf die Terrasse zu setzen. Mitch an der Bar hatte aus Angst, ihm könnte das Eis ausgehen, einen Kellner zum Supermarkt geschickt, um einen Sack Eiswürfel zu besorgen, den er für alle Fälle in der Tiefkühltruhe haben wollte. Alle schienen in Urlaubslaune zu sein. Die Sonne hatte die Leute in Hochstimmung versetzt.

Claire dagegen hatte sie in Missstimmung gestürzt. Sie hatte zu viel Sonne abbekommen, erst auf dem Boot, dann am Strand, und von all dem Alkohol zu ungewohnt früher Stunde war sie ganz ausgetrocknet. Sie hatte Kopfschmerzen, die auch zwei Tabletten und eine Flasche Wasser nicht hatten lindern können. Eigentlich hatte sie allen Grund, ihre Gäste mit einem strahlenden Lächeln zu empfangen und sich zu beglückwünschen, denn das Townhouse brummte. In solchen Momenten zahlte sich die harte Arbeit aus, es waren solche Momente, die sie für alles belohnten, was sie Tag für Tag hinter den Kulissen leistete. Aber heute war sie viel zu angespannt, um Genugtuung zu empfinden. Sie wartete auf den richtigen Zeitpunkt. Sie musste das Unvermeidliche so bald wie möglich tun, aber sie musste den richtigen Zeitpunkt dafür abpassen.

Vielleicht war es die Kälte des Meers gewesen. Als sie unter Wasser getaucht war, hatte sie plötzlich alles glasklar vor sich gesehen. Zu glauben, sie könnte die Vergangenheit zurückholen, war blanker Unsinn. Es gab keine Garantie dafür, dass sie mit Nick glücklich werden würde, wohl aber die Gewissheit, dass sie einer Menge Leute wehtun würde. Bei Luca zu bleiben, war die richtige Entscheidung, und das musste sie Nick so bald wie möglich klarmachen.

Laura saß an einem Tisch auf der Terrasse, vor sich einen Cocktail, auf dem Schoß einen Roman von Stieg Larsson. Der Barmann hatte sie überredet, einen Sea Urchin zu probieren, den neuen Cocktail, den er extra für das lange Wochenende kreiert hatte. Er brauche ein Versuchskaninchen, hatte er ihr erklärt, und so hatte sie eingewilligt. Sie sog vorsichtig an ihrem Strohhalm – normalerweise trank sie Weißwein – und genoss den leichten Schwips, den der Cocktail ihr bescherte. Er hielt sie davon ab, sich Gedanken über Dan zu machen. Sie war ja früher als erwartet zurückgekommen, aber sie wollte ihn nicht anrufen, um ihn zu fragen, wo er steckte. Sie wollte nicht bedürftig erscheinen. Sie hatte ihm eine SMS geschickt: Sitze bei einem Cocktail auf der Terrasse. Bis bald, hatte jedoch noch keine Antwort erhalten. Jedes Mal, wenn jemand zum Geländer hinüberschlenderte, um die Aussicht zu bewundern, blickte sie auf, um zu sehen, ob er es sein könnte. Aber inzwischen war es schon nach sechs, und er war immer noch nicht aufgetaucht.

Und dann plötzlich war er da, kam gemächlich auf sie zu

mit einem Bier in der Hand und einem breiten Lächeln auf den Lippen.

Sie sprang auf und fiel ihm um den Hals.

»Na, wie war's?«, fragte er und küsste sie aufs Haar.

Sie würde die Sache herunterspielen. Sie würde ihm nur kurz erzählen, dass sie sich geirrt hatte, und ihn dann fragen, wie er seinen Tag verbracht hatte. Sie hatte Dan schon genug mit dem Thema genervt. Die ganze Geschichte mit ihrer Suche nach ihrem Vater hing ihm bestimmt längst zum Hals heraus.

»Er ist es nicht. Ich lag vollkommen daneben mit meiner Vermutung.«

Sie bekam gerade noch ein schiefes Lächeln hin, aber kaum waren die Worte ausgesprochen, wurde sie von ihren Gefühlen übermannt und brach in Tränen aus.

»Komm her, es wird alles gut …«

Dan zog sie an sich und nahm sie in die Arme wie ein kleines Kind. Laura war wütend über sich selbst. Sie hatte sich so sehr vorgenommen, ruhig zu bleiben und sich wie eine Erwachsene zu benehmen. Sie hatte alles mit einem Lachen abtun, mit einem Achselzucken mit Dan anstoßen und das alles vergessen wollen. Und jetzt starrten alle auf der Terrasse in ihre Richtung.

Aber sie hatte keine Lust, hier das Vorabendprogramm zu bestreiten. Sie wischte sich die Tränen fort und lachte unsicher.

»Tut mir leid. Das wollte ich nicht.«

»Ist in Ordnung. Überhaupt kein Problem.«

Sie setzten sich an den Holztisch, den sie ergattert hatte. Laura trank einen kräftigen Schluck von ihrem Cocktail.

»Was ist da drin?«

»Äh … Campari, Wodka, irgend so ein blauer Likör, Limonensaft, wilder Hibiskus. Sea Urchin heißt das Gebräu.«

»Sei bloß vorsichtig mit dem Zeug.« Dan betrachtete das Getränk mit skeptischer Miene. »Dann erzähl mal – wie ist es denn gelaufen?«

»Ach, ist nicht so wichtig. Das willst du gar nicht hören. Es war vor allem – furchtbar peinlich.«

»Nein, erzähl's mir. Ich will alles wissen.«

Und so berichtete sie ihm nach einigem Zögern, was vorgefallen war. Bei der Stelle, wo Tony klargestellt hatte, dass ihre Vermutung unmöglich zutreffen konnte, war ihr wieder nach Weinen zumute, doch es gelang ihr, unter Tränen zu lachen.

»Bis dahin war mir gar nicht bewusst, wie wichtig das für mich war. Ich dachte, ich hätte endlich das fehlende Puzzlestück gefunden. Den Menschen, von dem ich alles geerbt habe, was ich nicht von meiner Mutter habe. Aber jetzt bin ich genauso klug wie vorher.« Sie wischte sich die Augen. »Früher hat mich das alles nicht weiter beschäftigt. Aber …« Sie würde es ihm erzählen. Sie spürte, dass der Cocktail ihr die Zunge gelöst hatte. »Seit wir beide zusammen sind, ist es mir auf einmal ganz wichtig zu wissen, wer ich bin. Weil du der Erste bist, der mich dazu bringt, über meine Zukunft nachzudenken.« Sie senkte den Blick, ihre Wangen glühten. »Ich meine, an Kinder zu denken. Wie sie in die Welt kommen. Seitdem frage ich mich, wo ich eigentlich herkomme. Tut mir leid. Das ist bestimmt zu viel auf einmal. Sag mir einfach, ich soll die Klappe halten.«

Sie schloss die Augen. Traute sich nicht, sie wieder zu öffnen, aus Angst festzustellen, dass Dan die Flucht ergriffen hatte. So reagierten Männer doch, wenn man ihnen mit so gefühlsduseligen Dingen kam, oder? Sie hatte es vermasselt. Komplett vermasselt. Sie hatte keinen Vater und jetzt auch keinen Freund mehr. Ein halbes Jahr waren sie jetzt zusammen. Auf keinen Fall lange genug, um über solche Dinge zu reden …

Sie spürte eine Hand auf ihrer Schulter. Als sie die Augen öffnete, begegnete sie seinem Blick, und seine samtgrauen Augen waren sanfter denn je.

»Was für ein schöner Gedanke«, sagte er. »Aber gräm dich nicht. Du bist du. Du bestehst nicht aus zwei Hälften, zusammengesetzt von zwei anderen Menschen. Du bist Laura. Du bist du selbst. Und ich – liebe dich.«

»Wie bitte?« Laura sah ihn mit großen Augen an.

Langsam und deutlich wiederholte er seine Worte: »Ich liebe dich.«

»Oh.«

Sie blinzelten einander erstaunt an. Dan grinste.

»Ich hätte nie gedacht, dass ich so was mal sagen würde.«

»Ich auch nicht.« Laura lachte unsicher.

»Aber es stimmt.«

Sie trank noch einen Schluck von ihrem Cocktail. Inzwischen hatte sie einen ordentlichen Schwips. Sie schaute Dan voller Bewunderung an. Dieser Mann mit dem durchtrainierten Körper unter dem Nirvana-T-Shirt, dieser liebenswürdige, überaus talentierte Mann liebte sie, die leicht neurotische, verunsicherte Laura, die im Schatten ihrer Mutter groß geworden war.

»Weißt du was?« Er zwinkerte ihr zu und stellte sein Bierglas ab. »Ich könnte heute Abend gut ohne diesen Fünf-Sterne-Schickimicki-Zirkus hier auskommen. Sieht zwar alles ganz hübsch aus, aber mir steht viel mehr der Sinn nach Fish ’n’ Chips.«

Endlich ergab sich eine Gelegenheit. Luca war in der Küche. Nick und seine Freunde trafen nach und nach in der Bar ein. Claire sah Gus mit Mitch reden, wahrscheinlich über die mysteriöse Alchimie des Barmixers – Mitch war gerade dabei, seinen neuesten Cocktail zu mixen, eine Kreation, die er Sea Urchin nannte. Claire musste lächeln. Mitch nahm jede Gelegenheit wahr, nach Herzenslust herumzuexperimentieren, wenn er mal etwas anderes anbieten konnte als den üblichen Gin Tonic, den die meisten Gäste zu bevorzugen schienen. Und in Gus hatte er ein aufmerksames und dankbares Publikum gefunden.

Dann fiel ihr wieder ein, was sie sich vorgenommen hatte, und ihr Lächeln verschwand. Das war die Gelegenheit. Sie musste jetzt handeln.

Sie rannte die Treppe hoch. Vor Nicks Tür blieb sie kurz stehen. Vor vierundzwanzig Stunden hatte sie schon einmal hier gestanden ... Sie schüttelte den Gedanken ab, fasste sich ein Herz und klopfte an.

»Ja, bitte.« Ihr Herz begann zu pochen, als sie seine Stimme hörte. Die Nerven. Das waren nur die Nerven. Sie drehte den Knauf und trat ein.

Er stand am Fenster, die Hände in den Hosentaschen vergraben. Er hatte Jeans an und ein hellblaues Hemd, das er über der Hose trug. Die Brise, die ins Fenster hereinwehte, trug einen Hauch von Must de Cartier zu ihr herüber, gerade aufgesprüht. Der Duft war noch scharf, noch nicht von seiner warmen Haut gemildert, und doch so vertraut. Claire erinnerte sich daran, wie sie kurz nach ihrer Trennung einen seiner Pullover in ihrem Zimmer entdeckt hatte. Sie hatte ihn sich geliehen, als sie an einem kühlen Abend nach Hause gegangen war. Der Duft hatte sie zum Weinen gebracht. *Nicht zurückblicken,* ermahnte sie sich. *Du musst nach vorne schauen.*

»Hallo«, sagte sie so geschäftsmäßig wie möglich. »Ich wollte dir nur sagen … Ich wünsche dir einen wunderschönen Abend. Luca hat ein ganz besonderes Menü für euch zusammengestellt. Und falls ihr noch irgendwelche Wünsche habt …«

»Claire.« Nick schnitt ihr das Wort ab. Er kam auf sie zu und schaute sie erwartungsvoll an. »Es gibt nur eins, was ich mir wünsche. Das weißt du.«

»Ja. Hm. Dazu wollte ich dir sagen … Äh …« Sie setzte ein Lächeln auf. »Ich weiß, dass das gestern ein freudiges Wiedersehen war. Wir haben uns von unseren Gefühlen überwältigen lassen. Aber ich würde vorschlagen, dass wir so tun, als wäre es nie passiert.«

Nick schaute sie ungläubig an.

»Ein freudiges Wiedersehen?«, wiederholte er.

»Ja. Na ja. Eine Erinnerung an alte Zeiten. Es hatte nichts zu bedeuten.« Sie sagte es so, als würde sie so etwas ständig tun.

»Wie kannst du so etwas sagen?«

»Hör zu, es war schön und alles, und ich habe mich gefreut, dich wiederzusehen und – nach all den Jahren das Kriegsbeil zu begraben …«

Wieso verstand er nicht, was sie ihm sagen wollte? Warum quälte er sie so?

»Das Kriegsbeil begraben? So nennst du das? Claire, es war überwältigend. Es war – das Wichtigste, was ich je erlebt habe.«

»Nein«, entgegnete Claire. Sie musste hart bleiben. »Nein, das war es nicht. Du legst zu viel darein. Es war ein Quickie von zwei Leuten, die sich einmal viel bedeutet haben.«

Er sah sie fassungslos an.

»Aber du bedeutest mir immer noch viel.«

»Nein, Nick. Ich bin nicht mehr dieselbe wie früher. Wir dürfen das nicht überbewerten. Du heiratest nächste Woche, und ich habe mich gerade verlobt. Wir heiraten die Menschen, die uns so lieben, wie wir jetzt sind. So wie es sein soll.«

»Wirklich?« Er durchbohrte sie mit seinem Blick. »Es gibt kein Gesetz, das einen zwingt, den Menschen zu heiraten, mit dem man verlobt ist. Es kommt jeden Tag vor, dass Verlobungen aufgelöst werden. Und die Leute überleben es. Wir können sofort von hier weggehen, du und ich. Zusammen. Luca und Sophie werden es überleben.«

Claire zuckte zusammen, als er die beiden Namen aussprach.

»Bitte. Mach es nicht unnötig kompliziert.« Sie versuchte, forsch zu klingen. »Du solltest jetzt nach unten gehen. Deine Freunde warten schon auf dich. Und ich muss zurück an die Arbeit.«

Nick verschränkte die Arme vor der Brust. So leicht würde er sie nicht davonkommen lassen.

»Ist es, weil ich dir das hier nicht bieten kann?«, fragte er. »Weil ich dir kein Fünf-Sterne-Hotel bieten kann und keine schicke weiße Jacht und …«

»Nein!«, rief Claire aus. »Du müsstest mich wirklich besser kennen!«

»Ja, das tue ich. Und deswegen weiß ich, dass du im Moment nicht du selbst bist. Dass du mir eine Scharade vorspielst. Dieser schmierige, arrogante Playboy ist nicht der richtige Mann für dich.«

»Es gibt keinen Grund, Luca da reinzuziehen.« Claires Ton

war schroff, aber ihr blieb keine andere Wahl. »Bitte. Ich hatte gehofft, dass wir als Freunde auseinandergehen könnten. Nicht so wie beim letzten Mal. Du hättest mich damals finden können, wenn du es wirklich gewollt hättest.« Sie bereute die Worte, kaum dass sie sie ausgesprochen hatte. Es war ein Fehler, ihm Vorwürfe zu machen. Das klang so, als würde er ihr immer noch etwas bedeuten.

»Dein Vater hat mir klipp und klar erklärt, dass du nicht gefunden werden wolltest.«

Sie hob abwehrend eine Hand.

»Ich möchte das alles nicht noch einmal aufwärmen. Lass uns nach vorne schauen, okay?«

Es entstand ein Schweigen, das sich eine Ewigkeit hinzuziehen schien. Sie standen einander reglos gegenüber. Von draußen war das Geplapper und Gelächter der Leute zu hören, die sich amüsierten. Es war, als kämen die Geräusche aus einer anderen Welt.

Schließlich streckte Nick ihr seine Hand hin.

»Okay«, sagte er. »War schön, dich wiederzusehen, Claire. Ich wünsche dir viel Glück im Leben.«

Sein Ton war vollkommen neutral. Keiner von beiden lächelte, als sie ihm die Hand schüttelte.

»Ich dir auch«, sagte sie. »Viel Glück …«

Dann wandte sie sich ab und verließ das Zimmer.

Dan und Laura saßen auf der Hafenmauer, aßen viel zu heiße Fritten und sahen zu, wie die letzten Boote für den Abend in den Hafen einliefen.

»Morgen möchte ich dir etwas zeigen«, sagte Dan, während er ein weiteres Tütchen Ketchup über seinen Fritten ausdrückte. Laura war noch nie jemandem begegnet, der so viel Ketchup aß. Oder jemanden, der so viel aß und dabei so schlank blieb.

»Was denn?«

»Lass dich überraschen«, sagte er mit vollem Mund.

»Etwas, was du heute entdeckt hast?«

»Vielleicht.«

»Seehunde?« Angeblich gab es weiter unten an der Küste welche.

Er schüttelte grinsend den Kopf.

»Papageientaucher?«

»Ich verrat's dir nicht!«

Sie stieß ihn in die Rippen. »Spielverderber.«

»Du musst dich einfach gedulden.«

Laura überlegte stirnrunzelnd, was in aller Welt es sein konnte.

Dan zerknüllte seine Frittentüte.

»Willst du meine auch noch essen?«, fragte sie. »Ich kann nicht mehr.«

Er nahm ihre restlichen Fritten und aß sie auf, während sie aufs Meer hinausschaute.

»Wundervoll«, murmelte sie, als die orangefarbene Sonne langsam im Meer versank.

»Ja, wundervoll«, stimmte er ihr zu. »Ich vergesse immer, wie gut es tut, aus London rauszukommen.«

Eine Weile betrachteten sie schweigend das im Sonnenuntergang glitzernde Meer und genossen die leichte Brise. Laura fühlte eine innere Ruhe. Sie brauchte nicht zu wissen, wer ihr Vater war. Warum auch? Sie hatte ja Dan. Sie schlang einen Arm um ihn und legte den Kopf an seine Schulter. Es war seine unkomplizierte und aufrichtige Art, das begriff sie jetzt, die sie besonders an ihm schätzte und liebte. Dan brauchte niemanden zu beeindrucken. Er wusste, was er wollte. Und deswegen fühlte sie sich bei ihm so aufgehoben. Sie vertraute ihm. Bei ihm wusste sie, woran sie war. Er spielte keine Spielchen.

Er nahm die letzte Fritte und lächelte sie an.

»Die letzte?«

Sie öffnete den Mund und ließ sich von ihm füttern.

Dan war alles, was sie im Leben brauchte.

Colin saß an einem Tisch in der hintersten Ecke des Speisesaals und wartete auf Alison.

Er hatte keine blasse Ahnung, wie er dieses Gespräch angehen sollte. War es überhaupt fair, diese Bombe an einem öffentlichen Ort platzen zu lassen? Alison war ruhig und ausgeglichen, sie neigte nicht zu hysterischen Anfällen, es war also nicht damit zu rechnen, dass sie ihn ohrfeigen oder ihm ein Glas Wasser über den Kopf kippen würde. Trotzdem war ihm klar, dass der Speisesaal voller Leute sein würde. Aber in seinem Zimmer konnte er auch nicht mit Alison reden, denn dort war Chelsey. Er hatte beim Zimmerservice ein Abendessen für sie bestellt, und sie schien es zufrieden, oben zu bleiben und auf ihn zu warten. Dies war das allerletzte Mal, hatte er sich geschworen, dass sie abgeschoben und allein gelassen wurde. Aber das war jetzt wichtig.

Er konnte auch nicht das Hotel verlassen. Also musste es im Speisesaal stattfinden. Mit der rechten Hand umklammerte er ein Glas Laphroaig, seinen Lieblingswhisky. Er trank einen Schluck, genoss den rauchigen Geschmack. Er musste sich ein bisschen Mut antrinken. Er konnte nicht wissen, wie das bevorstehende Gespräch ausgehen würde. Musste er damit rechnen, dass er eine Tochter gewinnen, aber zugleich seine Frau verlieren würde?

Dann kam sie plötzlich mit einem unsicheren Lächeln auf ihn zu. Sie hatte ein weites pinkfarbenes Leinenkleid an und Ballerinas, den dunkelblonden Pagenkopf modisch frech geföhnt. Um den Hals trug sie die goldene Kette, die er ihr zu ihrem letzten Geburtstag geschenkt hatte. Sie sah umwerfend aus. Eine selbstbewusste Frau in den besten Jahren, die sich zu kleiden wusste. Er fand, sie hatte noch nie besser ausgesehen.

Er stand auf, um sie zu begrüßen, und sie beugte sich vor, damit er sie küssen konnte. Er roch ihr Parfüm: Beautiful von Estée Lauder. Der Weihnachtsmann bescherte ihr jedes Jahr eine neue Flasche. Der Duft war so vertraut. Er jagte ihm Angst ein; Angst davor, womöglich alles zu verlieren. Aber er hatte keine Wahl.

»Schönes Hotel«, bemerkte sie und nahm ihm gegenüber Platz. »Ich wüsste allerdings gern, was du hier machst, denn ich kann nirgendwo ein Anzeichen für eine Konferenz entdecken.«

Sie ging also gleich in medias res. Mit dem unfehlbaren Instinkt der Ehefrau hatte sie sofort erfasst, dass ihr der Grund für seine Bitte, ihn hier zu treffen, nicht gefallen würde.

»Ich bestelle dir erst mal etwas zu trinken.« Colin winkte dem Kellner, der sogleich herbeigeeilt kam. »Ein Bombay Sapphire mit Tonic und einer Scheibe Zitrone, bitte.«

»Sollten wir vielleicht lieber einen doppelten bestellen?«, fragte Alison leichthin, aber Colin ließ sich nicht täuschen. Dennoch beruhigte es ihn, dass sie so gefasst war. Alison wusste Haltung zu wahren, das musste man ihr lassen. Der

Gedanke erfüllte ihn mit Stolz, doch dann war die Angst wieder da. Was er ihr zu sagen hatte, würde ihre Ehe entweder festigen oder zerstören.

Dann erinnerte er sich daran, dass sie nicht immer so gewesen war. Es hatte eine Zeit gegeben, da hatte sie ihn weggestoßen. Damals hatte er nichts für sie tun können, obwohl er nichts unversucht gelassen hatte.

Und genau darum saßen sie jetzt hier.

Als sie die Treppe hinunterging, konzentrierte Claire sich auf die Bilder an den Wänden. Die Seelandschaft würde sie vielleicht herunternehmen und stattdessen das Bild mit dem Kranich aufhängen. Es gefiel ihr, die Bilder immer wieder auszutauschen, die Wände neu zu gestalten. Sie wollte nicht, dass die Stammgäste sich langweilten.

Auf dem Absatz im ersten Stock lief sie Angelica über den Weg.

»Ah, da bist du ja! Eben hat jemand angerufen, um für nächste Woche zu reservieren. Die Leute haben ausdrücklich um ein Zimmer mit Blick auf den Hafen gebeten, deswegen habe ich ihnen Zimmer vier gegeben, weil die Leute, die wir auf die Vier gebucht hatten, keine besonderen Wünsche geäußert hatten.«

Claire nickte. Sie wagte nicht, etwas zu sagen.

Angelica sah sie stirnrunzelnd an.

»Claire? Was ist los?«

Claire schüttelte den Kopf, um anzudeuten, es sei nichts los, aber ihr ganzes Gesicht verkrampfte sich vor Anstrengung, nicht zu weinen.

»Hey.« Angelica wollte sie in die Arme nehmen, doch Claire hob abwehrend die Hände.

»Alles in Ordnung«, sagte sie. »Ich muss nur ein paar Minuten durchatmen.«

Es war nicht zu übersehen, dass das gelogen war. Ihre Augen füllten sich mit Tränen, ihr Kinn zitterte. Sie stand kurz davor zusammenzubrechen. Angelica sah sich um. Niemand durfte das mitbekommen. Nicht die Gäste und vor allem nicht die Angestellten. Sie zog Claire in Richtung Wäschekammer, die groß genug war für zwei. Sie riss die Tür auf und bugsierte Claire hinein.

»Hier sieht uns niemand.«

Claire warf sich in Angelicas Arme und begann hemmungslos zu weinen. Angelica spürte, wie ihr ganzer Körper bebte. Sie streichelte ihr übers Haar, um sie zu trösten.

»Hör mal«, sagte sie. »Ich bringe dich lieber in euer Zimmer. Hier kannst du nicht so laut schluchzen.«

Ihre Worte machten Claire bewusst, wie sehr sie sich gehen ließ.

»Es geht schon wieder«, sagte sie. »Es ist gleich vorbei. Tut mir leid.« Hastig wischte sie sich die Tränen aus dem Gesicht.

Angelica schaute sie an.

»Ist es wegen …?« Sie hob die Brauen und machte eine Kopfbewegung nach oben.

Claire nickte und zuckte zugleich die Achseln.

»Wenn du ihn wirklich liebst, solltest du auf dein Herz hören«, sagte Angelica.

»Und wie stellst du dir das vor?«, entgegnete Claire. »Ich muss an Luca denken. Und an das Hotel. Und an diese verdammte Sache mit London. Außerdem heiratet er nächste Woche.« Erneut brach sie in Tränen aus. »O Gott.« Sie presste sich die Handballen gegen die Augen. »Ich weine doch nie. Was ist nur mit mir los?« Sie versuchte zu lachen.

Angelica biss sich auf die Lippe. Claire liebte ihren Jugendfreund also immer noch, und sie war am Boden zerstört, weil sie sich diese Liebe verbot. Aber was wäre, wenn sie die Wahrheit über Luca wüsste? Würde das etwas an ihren Gefühlen ändern? Sollte Angelica ihr von den eindeutigen Berührungen erzählen, von den vielsagenden Blicken, von den Anspielungen? Sie war erfahren genug, um zu wissen, dass Luca weitergehen würde, wenn sie ihm in irgendeiner Weise entgegenkäme …

Natürlich hatte sie keine handfesten Beweise. Nur ihren Instinkt, und das zählte nicht. Und es stand ihr nicht zu, sich in Claires Leben einzumischen.

Außerdem würde Luca, wenn sie ihn verpfiff, das irgendwann rausfinden, und dann wäre sie ihren Job los. Und dann könnte sie sich eine Zukunft mit ihm auch gleich abschminken.

Dabei wollte sie gar keine Zukunft mit ihm, rief sie sich in Erinnerung. Luca war ein Mann, von dem man besser die Finger ließ.

Verflixt, warum war das Leben so kompliziert?

Während Angelica mit ihrem Gewissen kämpfte, schien Claire sich wieder zu fangen. Sie straffte sich, glättete ihr Haar, rieb sich die Haut unter den Augen für den Fall, dass ihre Wimperntusche ausgelaufen war.

»Tut mir leid«, sagte sie. »Ich hab einfach die Nerven verloren. Ich krieg meine Tage. Manchmal wird der Druck hier einfach zu viel. Du weißt ja, wie das ist. Das mit Zimmer vier geht in Ordnung. Gute Entscheidung.«

Und ehe Angelica sich versah, verschwand sie aus der

Wäschekammer und ging Richtung Treppe. Angelica schaute ihr nach. Von wegen, ich krieg meine Tage, dachte sie. Etwas hatte Claire das Herz gebrochen. Aber wenn sie sich ihr nicht anvertrauen wollte, war nichts zu machen. Sie trat auf den Flur.

In dem Augenblick kam Nick die Treppe herunter, das Gesicht ernst und verschlossen.

»'n Abend, Sir«, sagte Angelica.

»'n Abend«, erwiderte er knapp und rang sich ein Lächeln ab, das seine Augen nicht erreichte.

Sie sah ihm nach, als er weiter nach unten ging. Nein, dachte sie. Sie würde sich nicht einmischen. Sie hatte genug eigene Probleme, sie konnte weiß Gott nicht noch mehr Ärger gebrauchen.

Colin konnte das Gespräch nicht länger hinauszögern. Sie hatten ein paar Floskeln ausgetauscht. Alisons Gin Tonic war gekommen. Sie schaute ihn an. Ihre Wangen waren gerötet, so wie immer, wenn sie Alkohol trank, aber davon abgesehen wirkte sie entspannt.

»Und?«, sagte sie. »Wolltest du mir nicht etwas sagen?«

Colin stellte sein Glas ab.

»Erinnerst du dich noch an die Zeit, als wir es so schwer miteinander hatten? Als Ryan ungefähr fünf war?«

Alison verzog das Gesicht. »Ja.« Sie schluckte. »Wie könnte ich das vergessen? Ich bin vollkommen abgerutscht. Es war furchtbar.«

Colin nickte. »Ich glaube, in gewisser Weise bin ich damals auch abgerutscht. Es war eine sehr anstrengende Zeit.«

Alison trank einen Schluck. »Und …?«

»Ich – hatte eine Affäre.«

So. Jetzt war es raus. Er hatte die Bombe platzen lassen. Aber die Wände um ihn herum waren nicht eingestürzt. Alison saß reglos da und sagte nichts.

Es blieb ihm nichts anderes übrig, als die Sache genauer zu erklären.

»Ich habe nicht vor, das zu rechtfertigen. Es war schändlich von mir. Aber damals habe ich mich sehr einsam gefühlt. Ich war sehr unglücklich. Die Gelegenheit ergab sich, und da ist es irgendwie passiert. Natürlich ist das keine …«

Alison rührte mit dem Cocktailstäbchen in ihrem Glas.

»Es überrascht mich nicht«, sagte Alison leise. »Es freut mich nicht, aber es wundert mich auch nicht. Die meisten Männer hätten so reagiert. Ich war einfach zu nichts zu gebrauchen.«

Aus irgendeinem Grund fühlte Colin sich schlechter, als wenn sie ihn beschimpft hätte. Sich anzuhören, dass er auch nicht besser war als die meisten Männer, wo er sich immer eingebildet hatte, er wäre der perfekte Ehemann und Vater, traf ihn tief.

»Aber das war damals«, fuhr Alison fort. »Eine Ewigkeit her. Was spielt das jetzt noch für eine Rolle?«

Sie schaute ihm direkt in die Augen. Alison war nicht dumm. Sie wusste, dass da noch mehr im Busch war, dass er sie nicht nach Pennfleet gebeten hatte, um sein Gewissen zu erleichtern.

Colin wappnete sich. Dass sie so nachsichtig reagiert hatte, bedeutete noch lange nicht, dass sie ihm den Rest jetzt leicht machen würde.

»Du weißt, dass ich dich liebe«, sagte er. »Die Affäre war – ein Ausrutscher. Ich bin schnell zur Vernunft gekommen und habe sie beendet, denn mir war bewusst geworden, wie viel du mir bedeutest.«

Alison hob die Brauen.

»Inzwischen warst du auf dem Weg der Besserung, und alles schien sich wieder einzurenken. Du machst mich sehr glücklich, Alison. Ich bin stolz auf unsere Ehe. Und auf unsere Kinder. Und auf alles, was wir gemeinsam erreicht haben.«

»Aber?« Sie lächelte halbherzig. »Da kommt doch noch ein Aber, hab ich recht?«

Colin nickte. Er hatte weiche Knie. Es war das Schwerste, was er je im Leben hatte tun müssen. Plötzlich bedauerte er, den Speisesaal für das Gespräch gewählt zu haben. Er hatte es in der Hoffnung getan, dass Alison hier nicht überreagieren würde. Sie war keine Frau, die in der Öffentlichkeit eine Szene machte.

Er entschloss sich, es so kurz und knapp wie möglich auszusprechen.

»Es gibt ein Kind.«

Alison zuckte zusammen.

»Was?« Ihre Stimme klang plötzlich schrill. Die Leute am Nachbartisch drehten sich um. Sie senkte die Stimme. In der Öffentlichkeit die Aufmerksamkeit auf sich zu ziehen, war ihr ein Gräuel. »Was soll das heißen?«, zischte sie. »Ein Kind?«

»Meine ...« Wie sollte er sie nennen? Geliebte? Bekannte? »Die Frau, mit der ich die Affäre hatte, wurde schwanger. Sie hat eine Tochter bekommen.«

»Eine Tochter?«

»Ja.« Colin betrachtete seinen Teller. Er fühlte sich so mies, wie man sich nur fühlen konnte. »Es tut mir leid.«

Alison fasste sich mit beiden Händen an den Kopf und starrte auf den Tisch. Er konnte ihr Gesicht nicht sehen, bis sie dem Kellner bedeutete, ihr noch einen Gin Tonic zu bringen. Dann schaute sie ihn ausdruckslos an.

»Und jetzt ist die Frau aus heiterem Himmel aufgetaucht und verlangt Geld?«

»Nicht ganz.« Er musste jetzt reinen Tisch machen. Ihr alles erzählen. Es war nur fair in Anbetracht dessen, um was er sie bitten würde. »Ich habe immer – äh – meine Pflicht erfüllt.«

»Was meinst du damit?«

»Ich habe ihr immer Geld gegeben.«

Alison lehnte sich zurück. »Du hast also die ganze Zeit – hinter meinem Rücken – Unterhalt gezahlt für dein – dein …«

Sie suchte hilflos nach dem richtigen Wort. Colin legte eine Hand auf ihre.

»Ja. Ich zahle Unterhalt für sie. Und einmal im Jahr treffe ich sie.«

Alison schien vor seinen Augen in sich zusammenzufallen, als hätte man ihr die Knochen aus dem Leib gezogen wie bei einem Jenga-Turm.

»Und die Mutter?«

»Ja. Sie kommt natürlich auch zu den Treffen. Aber zwischen uns – ist nichts mehr.«

»Und das soll ich dir glauben?«

»Alison, ich sage dir die absolute Wahrheit.«

»Nachdem du dich jahrelang hinter meinem Rücken zu ihr geschlichen hast?«

Er konnte ihren gekränkten Blick kaum ertragen.

»Ich wollte nicht, dass das passiert.«

Sie wandte sich ab. Sie wirkte ratlos. Zwischen ihren Brauen hatte sich eine tiefe Falte gebildet.

»Und warum erzählst du mir das jetzt alles?«

Er schwieg einen Moment. Überlegte sich, was er ihr sagen sollte. Sie brauchte nicht die ganze Geschichte zu erfahren. Er würde mit Karen reden. Mehr Geld würde wahrscheinlich helfen. Karen sah die Welt mit anderen Augen, wenn sie einen Scheck in der Hand hielt.

Aber dann dachte er an das kleine Mädchen, das oben auf ihn wartete. An den wunderschönen Tag, den er mit seiner Tochter verbracht hatte. Kleine Freuden, aber für Chelsey war es das Paradies gewesen. Er wollte sie nicht zurückschicken in ein Leben als Schlüsselkind, das sich von Junkfood ernähren musste.

Das war er ihr schuldig. Nichts von alldem hatte sie zu verantworten.

»Ihrer Mutter – geht es nicht gut. Sie kommt mit dem Leben nicht zurecht. Kurz gesagt: Sie ist abgehauen und hat Chelsey bei mir gelassen.«

»Chelsey.« Alison sprach den Namen mit Abscheu aus. »So heißt sie also? Habt ihr den Namen gemeinsam ausgesucht, du und …« Sie schaute sich im Raum um. »Du und … Wie heißt sie eigentlich?«

»Karen.«

»Karen.« Sie spuckte den Namen aus wie einen Bissen verdorbenes Essen.

Colin konnte Alisons Gesichtsausdruck nicht deuten. Ihr Blick war leer. Wenigstens hatte sie ihm nicht ihren Gin Tonic ins Gesicht geschüttet. Er musste ihre Gefasstheit ausnutzen, um den Schaden zu begrenzen.

»Es ist doch so, Alison: Chelsey trifft nicht die geringste

Schuld an diesem Schlamassel, und sie braucht mich jetzt. Sie braucht ein Zuhause. Sie braucht jemanden, der sich um sie kümmert. Sie braucht Stabilität.«

»Willst du damit sagen, dass ihre Mutter labil ist?«

»Ja. Ja, das glaube ich. Ich glaube, sie ist schwer depressiv.«

Alison biss sich auf die Lippe. »So wie ich damals? Erinnerst du dich? Als ich nicht wusste, wie ich morgens aufstehen und den Tag in Angriff nehmen sollte, weil ich viel lieber in ein schwarzes Loch gefallen wäre. Weißt du, wie oft ich daran gedacht habe, ein Röhrchen Tabletten zu schlucken? Oder mit dem Auto gegen eine Wand zu fahren?«

»Alison …«

»Aber ich habe es nicht getan, und weißt du, warum? Einzig deinetwegen. Du warst es, der mich aufrechterhalten hat. Du warst so liebevoll und fürsorglich. Du hast mir geholfen, das durchzustehen. Und dabei hast du die ganze Zeit …«

Sie brach ab, als der Kellner mit ihren Getränken kam und sie auf den Tisch stellte.

»Möchten Sie jetzt gern Ihr Essen bestellen?«

»Nein, noch nicht«, fauchte Colin. Das passierte ihm normalerweise nicht.

Der Kellner verzog sich diskret.

Alison nahm ihr Glas. Sie schien sich wieder gefangen zu haben.

»Hör zu«, sagte Colin. »Wir könnten das jetzt durchkauen bis zum Gehtnichtmehr. Uns die ganze Nacht lang Vorwürfe machen. Für mich ist das damals auch nicht leicht gewesen. Und ich habe einen Fehler gemacht. Einen großen Fehler. Aber seitdem bin ich dir nie wieder untreu gewesen.«

»Woher soll ich das denn wissen?« Jetzt klang sie verbittert.

»Du musst mir einfach vertrauen.«

Sie sah ihn durchdringend an. Er konnte sich all die Fragen vorstellen, die ihr durch den Kopf gingen. Fragen, auf die er keine befriedigende Antwort geben konnte. Das Problem war, dass er bald eine Entscheidung treffen musste. »Alison, ich muss irgendetwas tun. Chelsey ist oben …«

»Was?« Sie knallte ihr Glas auf den Tisch. »Mein Gott, Colin. Wie sehr willst du mich denn noch demütigen?« Sie sprach leise, aber ihre Feindseligkeit war fast mit Händen greifbar. »Du zitierst mich hierher, um mitten in einem verdammten, vollbesetzten Restaurant dein Gewissen zu erleichtern.«

Colin zuckte zusammen, denn Alison fluchte sonst nie.

»Und dann eröffnest du mir, dass die Frucht deiner Lenden oben in deinem Zimmer hockt? Findest du das fair, mich dermaßen unter Druck zu setzen?«

»Nein, natürlich nicht!« Colin versuchte verzweifelt, den Albtraum unter Kontrolle zu halten. »Aber ich hatte keine andere Wahl. Ich musste dir reinen Wein einschenken. Ich konnte es nicht länger geheim halten. Ich muss mir überlegen, was ich mit Chelsey mache, denn ihre Mutter hat mir klipp und klar zu verstehen gegeben, dass ich jetzt an der Reihe bin.« Er spürte, wie ihm der Schweiß ausbrach.

»Du erwartest hoffentlich nicht von mir, dass ich mir einen kleinen Kuckuck ins Nest hole«, erwiderte Alison eisig.

»Sie ist kein Kuckuck«, sagte Colin. »Sie ist meine Tochter. Und ich weiß, dass du wütend bist. Das ist dein gutes Recht.«

»Und was ist mit Michelle und Ryan? Was sollen die denken? Was willst du denen sagen?«

»Michelle und Ryan haben inzwischen ihr eigenes Leben«,

sagte Colin. »Und ich glaube, mit der Zeit werden sie Verständnis aufbringen.«

»Ach ja?« Die Verwirrung in Alisons Blick war verschwunden. Sie sah jetzt alles klar und deutlich vor sich. »Indem du mich zum Sündenbock machst, oder wie? Indem du ihnen sagst, dass du dich anderweitig umsehen musstest, weil ihre Mutter nicht zu gebrauchen war?«

»Nein!«

Alison breitete die Arme aus. »Aber genau das hast du mir doch eben erklärt. Ich war ein Wrack, also musstest du zu Karen gehen.«

»Das war falsch«, sagte Colin, »das bestreite ich ja gar nicht. Aber ich kann es jetzt nicht ungeschehen machen, Alison, und inzwischen gibt es ein Kind. Ein kleines Mädchen, das es ziemlich schwer hat.«

Er schwieg. Alison schaute auf den Tisch. Sie hatte Tränen in den Augen.

»Mein Gott«, sagte er. »Es tut mir so leid.«

Sie nahm ihre Handtasche.

»Ich muss hier raus«, sagte sie. »Ich fahre nach Hause. Tu, was du für richtig hältst. Offenbar hat sie jetzt Priorität bei dir. Dagegen kann ich nichts vorbringen. Wie du bereits sagtest, *sie* hat nichts von alldem zu verantworten.«

»Alison – geh nicht. Iss wenigstens etwas. Lass uns darüber reden.«

Sie schüttelte den Kopf.

»Du hattest genug Zeit, um darüber nachzudenken. Fast zwölf Jahre. Ich hatte ungefähr zwölf Minuten.«

Sie stand auf. Ihr Stuhl schrammte über die Bodenfliesen. Das Geräusch ließ Colin erschaudern.

»Rufst du mich an?«, fragte er.

»Das weiß ich nicht«, antwortete sie. »Das weiß ich wirklich nicht.«

»Es tut mir leid. Für mich ist es auch nicht einfach.«

Sie schaute ihn gequält an.

»Nein«, sagte sie. »Das ist es sicher nicht.«

Dann drehte sie sich um und durchquerte erhobenen Hauptes den Speisesaal.

Colin nahm sein Glas. Was jetzt? Was bedeutete das? Würde Alison ihn verlassen? Oder ihn rauswerfen? Dann würde es heißen, er und Chelsey gegen den Rest der Welt. Dann würde er so schnell wie möglich eine Wohnung für sie beide finden müssen. Fragte sich nur, wo. In der Nähe der Schule? Gott, nein. Das wäre auch in Karens Nähe.

Verflucht, dachte Colin. Was für ein Schlamassel. Und das alles, weil er ein rückgratloser Idiot gewesen war, der sich nach Aufmerksamkeit gesehnt hatte. Diesen Fehler würde er so schnell nicht wieder machen.

Nick spannte sich an, als Luca sich näherte und am Kopfende des Tischs stehen blieb, der für ihn und seine Freunde auf der Terrasse gedeckt worden war. Der Tisch sah prächtig aus, die Dekoration war ausgesprochen maskulin: Tischsets aus Kuhfell, schwarze Leinenservietten und an jedem Platz eine Phalanx Weingläser. Anstelle von Blumenarrangements hatte man drei Glasschalen mit jeweils einer dicken Artischockenblüte hingestellt. Sturmlaternen, in denen dicke Kerzen flackerten, spendeten warmes Licht.

Der Tisch stand im rechten Winkel zum Geländer, sodass die Freunde alle die Aussicht genießen konnten. Die Luft war noch warm, aber in der Nähe stand ein Heizstrahler bereit, der bei Bedarf eingeschaltet werden konnte.

Luca hielt einen Zettel in der Hand. Nick fiel auf, dass Luca nur ein Lächeln anzudeuten brauchte, um die Aufmerksamkeit aller auf sich zu ziehen. Der Mann besaß eine natürliche Autorität, dachte Nick, die beneidenswerte Gabe, sofort klarzustellen, dass er die wichtigste Person im Raum war, ohne etwas sagen oder tun zu müssen.

Und er sah verdammt gut aus. Nicht feminin, ganz im Gegenteil. Aber seine schönen Gesichtszüge konnten selbst bei eingefleischten Machos Zweifel an ihrer sexuellen Ausrichtung aufkommen lassen, und sei es nur für einen Moment. Und Nick war nicht entgangen, dass Luca die Blicke aller Frauen auf der Terrasse auf sich zog. Begierige Blicke, egal, wie sehr die Frauen das vor ihren Partnern zu verbergen suchten. Nicht nur das Essen, das Luca kochte, ließ ihnen das Wasser im Mund zusammenlaufen.

Claire brauchte Nick nichts zu erklären. Warum sollte sie ihn Luca vorziehen, der nicht nur mit einem unglaublichen Talent, sondern auch mit Charisma und Schönheit gesegnet war? Aber Nick ahnte auch, dass der Mann gefährlich war. Er dünstete es regelrecht aus. Ein Mann wie Luca brauchte ständig Aufmerksamkeit, Bewunderung und Stimulierung. Man spürte seine rastlose Energie, seine Gier nach dem nächsten Nervenkitzel.

Nick hoffte, Luca würde Claire nicht wehtun, aber das würde er wahrscheinlich nie erfahren.

Luca ließ seinen Raubvogelblick über den Tisch schweifen und begann mit seiner Ansprache.

»Ich möchte Sie alle ganz herzlich willkommen heißen. Es ist das erste Mal, dass hier bei uns ein Junggesellenabschied gefeiert wird. Wir haben solche Veranstaltungen bisher immer gemieden, aus verständlichen Gründen, aber ich hoffe, dass Sie heute Abend den Beweis dafür liefern, dass eine sinnenfreudige Feier in Erwartung einer bevorstehenden Hochzeit auch zivilisiert ablaufen kann …«

Sein Blick blieb kurz auf Nick ruhen.

»Wir haben das Menü sorgfältig zusammengestellt. Da wir damit rechnen, dass Sie dem Alkohol reichlich zusprechen werden, haben wir dafür gesorgt, dass Sie eine kräftige Unterlage für etwaige Exzesse bekommen …«, er grinste in die Runde, »… ohne die leichte Küche zu opfern, für die wir bekannt sind. Also …«

Er warf einen Blick auf seinen Zettel.

»Als Vorspeise werden wir Ihnen Potted Shrimps mit Garnelen aus Morecambe servieren, fast das Einzige auf dem Menü, das nicht aus örtlicher Produktion stammt, im Gegensatz zu der Butter, in der sie schwimmen. Für den Hauptgang habe ich mich für Porchetta – Schweinelende, langsam gegart – mit Fenchel und Rosmarin entschieden, dazu knusprige Knoblauchkartoffeln und gedünsteter Grünkohl. Zum Dessert gibt's in Whisky gedämpften Pudding – klingt ein bisschen schwer verdaulich, ist aber federleicht – mit saftigen Rosinen und getrockneten Kirschen, dazu Cornish Cream mit einem Schuss Whisky. Und falls Sie dann immer noch nicht satt sein sollten, servieren wir Ihnen zum Abrunden noch eine Auswahl an einheimischen Käsesorten mit Quittengelee und dazu ein Glas köstlichen Maury, einen französischen Dessertwein, der Ihnen garantiert munden wird.«

Zum Abschluss machte er eine kleine Verbeugung, und alle applaudierten.

»Zum Auftakt werden wir Ihnen einen Riesling von Tim Adams kredenzen, einer meiner Lieblingsaperitifs, der perfekt auf die Shrimps abgestimmt ist. Aber bevor Sie zugreifen, möchte ich mit Ihnen anstoßen …«

Er hob sein Glas und schaute Nick mit funkelnden Augen direkt an.

»Ich möchte die Gelegenheit nutzen, um Ihnen dafür zu danken, dass Sie sich entschieden haben, diesen besonderen Abend in unserem Haus zu verbringen, und um Ihnen alles Gute für Ihr neues Leben zu wünschen. Falls Sie Ihren ersten Hochzeitstag mit Ihrer Frau hier verbringen möchten, wird für Sie eine Flasche Champagner im Kühlschrank Ihres Zimmers bereitliegen.«

Allgemeines Jubeln und Klatschen.

»Dann wollen wir jetzt die Gläser heben und anstoßen auf Nick und …?«

Er sah Nick fragend an.

»Sophie«, sagte Nick mit zusammengebissenen Zähnen.

Luca lächelte. »Auf Nick und Sophie.«

»Auf Nick und Sophie«, riefen alle im Chor und leerten ihre Gläser.

Nick saß da mit einem eingefrorenen Lächeln. Wut rauschte in seinen Adern. Luca hatte den Trinkspruch perfekt inszeniert. Es war, als hätte er ihm den Fehdehandschuh hingeworfen. Einen Moment lang war er versucht gewesen, den Tisch umzustoßen, Luca am Kragen zu packen und in die Scherben zu werfen.

Dieser verdammte Mistkerl.

Aber er hatte sich beherrscht. Jetzt zwang er sich das Essen herunter. Bei jedem Bissen hatte er das Gefühl, er würde ihm im Hals stecken bleiben. Und er würde sich nicht betrinken. Er tat so als ob, füllte die Gläser der anderen immer wieder auf, ließ das seine jedoch aus.

Er musste nüchtern bleiben. Er musste hier raus, und bei der ersten akzeptablen Gelegenheit würde er abhauen. Nach Hause fahren, zurück zu Sophie. Wenn er sie in den Armen hielt, würde alles wieder gut sein.

Unter denselben Sternen, ein paar Straßen weit entfernt, fuhr Tony aus dem Schlaf. Der Mond schien in sein Fenster. Er lag mit pochendem Herzen da – die Ängste, das schwere Essen, der Wein … Er bekam kaum Luft. Was, wenn er einen Herzinfarkt bekam? Er versuchte, sich zu entspannen und zu beruhigen, aber je mehr er sich bemühte, umso schlechter fühlte er sich.

Etwas hatte sich im Schlaf in seinen Kopf geschlichen und blinkte wie eine Neonreklame. Was, wenn Laura Marina erzählte, dass sie ihn aufgesucht hatte? Er konnte sich die Szene genau vorstellen. »Rat mal, was ich am Wochenende gemacht hab, Mum. Ich hab deinen alten Kunstlehrer besucht. Ich dachte, er wäre mein Vater.«

Immer wieder redete er sich ein, dass sie das natürlich nicht tun würde. Ihr schien sehr daran gelegen zu sein, die Sache geheim zu halten. Es war von Anfang an eine geheime Operation gewesen. Marina hatte keine Ahnung von dem, was ihre Tochter trieb, und er konnte sich einfach nicht vorstellen, dass Laura als Erstes zu ihr laufen und ihr alles beichten würde.

Und wenn doch? Vielleicht war die Enttäuschung darüber, ihren Vater nicht gefunden zu haben, einfach zu groß. Sie könnte auf die Idee kommen, Marina die Pistole auf die Brust zu setzen und verlangen, dass sie ihr den Namen ihres Vaters nannte.

Und dann? Großer Gott, was dann? Wenn Marina einknickte und alles gestand, würde Laura zurückkommen und ihn damit konfrontieren, aber das nächste Mal würde sie nicht so hingerissen sein, und vor allem würde sie ihm nicht mehr vertrauen. Dann würde er eingestehen müssen, dass er sie nicht hatte kennenlernen wollen. Der Gedanke ließ ihn laut aufstöhnen. Wendy wachte auf.

»Alles in Ordnung?«, murmelte sie schläfrig.

»Zu viel Mousse au Chocolat und Käse«, sagte er und drückte ihre Hand. »Geht gleich wieder.«

Im Mondlicht sah er, wie sie lächelnd wieder einschlief.

Er lag noch stundenlang wach, wälzte seine quälenden Gedanken hin und her, bis er im Morgengrauen erschöpft in unruhigen Schlaf sank.

Colin wusste, dass er in dieser Nacht keinen Schlaf finden würde.

Nachdem Alison ihn sitzen gelassen hatte, war er zu Chelsey nach oben gegangen. Gemeinsam hatten sie sich *Casualty* angesehen, ihre Lieblingsserie, obwohl er fand, dass das eigentlich nichts für Kinder war. Aber er würde noch genug Zeit haben, solche Auseinandersetzungen mit ihr zu führen, sagte er sich, und wandte sich ab, wenn allzu blutige OP-Szenen gezeigt wurden. Er konnte sich nur wundern, dass Chelsey die Sendung so gut gefiel.

Nachdem er sie schließlich ins Bett gebracht und zugedeckt hatte, ging er in sein Zimmer und begann, seine finanzielle Situation unter die Lupe zu nehmen.

Er musste damit rechnen, dass seine Ehe beendet war. Sie würden das Haus verkaufen müssen. Es bestand kein Grund, es zu behalten, nachdem Michelle und Ryan ausgezogen waren. Es sei denn, Alison wollte dort wohnen bleiben. Er wollte sie nicht zwingen auszuziehen, auch wenn das Haus viel zu groß war für eine Person.

Mit all diesen Fragen würde er sich auseinandersetzen müssen.

Sein Stift flog über die Seiten: Addition, Subtraktion, Division, Prozente. So konnte er sich von seinen Gefühlen ablenken. Von der Tatsache, dass seine Ehe gerade nach zwanzig Jahren zerbrochen war. Sein naiver Traum von einem Happy End für alle war zerbrochen. Und jetzt musste er die Scherben aufsammeln.

Mit Zahlen, dachte Colin, konnte er wesentlich besser umgehen als mit Menschen.

Alison verließ das Hotel und ging auf direktem Weg zum Parkplatz.

Als sie sich ans Steuer setzte, wurde ihr schlagartig klar, dass sie unmöglich Auto fahren konnte. In ihrem Kopf drehte sich alles – ob vom Gin oder vom Schock, konnte sie nicht sagen, aber in diesem Zustand konnte sie auf keinen Fall die dreistündige Fahrt über die Autobahn antreten. Aber sie befand sich an einem der beliebtesten Ferienorte der englischen Küste, noch dazu an einem verlängerten Wochenende. Wo in aller Welt sollte sie ein Zimmer für die Nacht finden?

Sie nahm ihre Handtasche, stieg mühsam aus und machte sich auf den Weg. Sie lief durch die Straßen des Ortes. Allmählich kroch die feuchte Meeresluft ihr in die Glieder, und sie zog ihre Strickjacke fester um sich. Nach einer Stunde überlegte sie, ob sie nach der vielen Bewegung vielleicht nüchtern genug war, um nach Hause zu fahren, und war schon drauf und dran aufzugeben, als sie an einem unscheinbaren Reihenhaus ein Schild mit der Aufschrift »B&B Zimmer frei«

entdeckte. Von einem Haus, das an einem solchen Wochenende nicht ausgebucht war, konnte man wahrscheinlich nicht allzu viel erwarten, aber inzwischen war sie ziemlich müde.

Zehn Minuten später stand sie im trostlosesten Zimmer, das sie je gesehen hatte. Irgendwie passte es zu ihrer Stimmung, dachte sie, als sie sich aufs Bett setzte und sich umsah. Am Fenster dünne Vorhänge mit einem rosa-violetten Blumenmuster. Eine Tagesdecke aus demselben Stoff war zurückgeschlagen und legte blassgrünes Bettzeug aus Kunstfaserfleece frei. An einer Wand ein schwerer, dunkler Kleiderschrank, neben dem Bett ein weißer Resopal-Nachttisch mit einem kitschigen, goldfarbenen Knauf an der obersten Schublade. Die Knäufe an den anderen beiden Schubladen fehlten. Auf dem Nachttisch standen ein Wasserkocher, eine braune Henkeltasse, ein Glas Pulverkaffee und eine Dose Kondensmilch.

Alison dachte an die Woche, die sie letztes Silvester mit Colin in Ko Samui verbracht hatte. An den Infinity Pool, das frische Obst, die blütenweiße Bettwäsche. An die göttlichen Massagen. Sie hatte sich so wohlgefühlt. Michelle und Ryan hatten eigene Pläne gehabt. Es war das erste Mal gewesen, dass sie nicht mit ihren Eltern in Urlaub gefahren waren, und Alison hatte geglaubt, das sei der Beginn einer ganz neuen Lebensphase für sie und Colin. Einer Phase, die es ihnen erlaubte, sich etwas zu gönnen, nachdem sich jahrelang alles darum gedreht hatte, was die Kinder wollten. Nicht dass ihr die Zeit mit den Kindern eine Last gewesen wäre, aber die Woche in Thailand war für sie beide ein Segen gewesen.

Und all die Jahre über hatte sie nichts von Colins entsetzlichem Geheimnis geahnt.

Im Zimmer roch es nach scharfen Reinigungsmitteln und irgendeinem billigen, ekelhaften Lufterfrischer. Zusammen mit dem Gin, den sie auf nüchternen Magen getrunken hatte, verursachte der Geruch ihr Übelkeit. Plötzlich fühlte sie sich total erschöpft, aber sie brachte es nicht fertig, unter die Decke zu kriechen. Es schüttelte sie bei der Vorstellung, wer schon alles in dem Bett genächtigt hatte. Sie legte sich auf die Tagesdecke, zog die Beine an, nahm eins der gelben Zierkissen von einem der Kopfkissen und drückte es sich an den Bauch. Sie hörte ein Geräusch und bemerkte erst einen Augenblick später, dass es von ihr kam, dass sie laut stöhnte.

Der Schmerz wurde nicht von dem verursacht, was Colin ihr eröffnet hatte, sondern von der Erkenntnis, dass es alles ihre Schuld war.

Sie dachte daran zurück, wie sie ihn in jenen düsteren Tagen von sich weggeschoben hatte. Wie sie am liebsten geschrien hätte, wenn er sie nur anfasste. Wie sie die Zähne zusammengebissen hatte, wenn er sich ihr im Bett zugewandt hatte. Sie hatte sich gefühlt, als wäre sie aus Pappe: grau, dünn, leblos.

Als sie endlich aus dem Sumpf aufgetaucht war, war sie überglücklich darüber gewesen, dass Colin immer noch da war, dass er nicht die Flucht ergriffen hatte. Sie war so dankbar gewesen für seine Loyalität. Sie war sich dessen bewusst gewesen, dass es für ihn ein Albtraum gewesen sein musste, mit ihr zusammenzuleben, denn sie hatte sich schließlich auch selbst ertragen müssen. Sie war so voller Hass und Abscheu gewesen, dass sie sich manchmal Fausthiebe in den Bauch versetzt, sich gekniffen oder gekratzt hatte, bis sie blutete.

Was sollte sie jetzt tun? Was würden die Leute sagen? Egal, was passierte, die Wahrheit würde am Ende herauskommen. Entsetzt fragte sie sich, ob die Leute womöglich längst Bescheid wussten. War sie die Allerletzte, die von Chelseys

Existenz erfahren hatte? War sie bereits zum Gegenstand des Gespötts geworden?

Sie hatte einen bitteren Geschmack im Mund. Der Gin hatte ihre Schleimhäute ausgetrocknet. Sie dachte, sie müsste sich übergeben, begann zu würgen, doch nichts kam. Sie musste schlafen, das war ihre einzige Rettung. Genau wie der Schlaf während ihrer Depressionen ihre einzige Rettung gewesen war, die einzige Rettung vor ihrem Selbsthass. Sie schloss die Augen gegen das grelle, gelbe Licht der Nachttischlampe – sie wollte sie nicht ausschalten – und wartete auf die Erlösung.

Als Nick und seine Freunde kurz nach Mitternacht die Treppe hochstiegen, witzelten sie darüber, was für Weicheier sie doch geworden waren, aber sie hatten nun mal versprochen, die Feier nicht ausarten zu lassen. Berauscht von der Meeresluft, dem köstlichen Essen und dem vielen Wein fielen sie in die Betten und waren kurz darauf eingeschlafen.

Alle außer Nick. Er wartete, bis er Gus leise schnarchen hörte, dann packte er hastig seine Sachen, nahm seine Schuhe in die Hand und schlich zur Tür. Sobald er zu Hause war, würde er Gus eine SMS schicken und ihn bitten, ihn bei den anderen zu entschuldigen. Seinetwegen konnte er ihnen die Wahrheit sagen, das war ihm egal. Er musste nur raus hier. Die Rechnung hatte er bereits bezahlt, er hatte also ein ruhiges Gewissen. Die junge Frau an der Rezeption hatte offenbar geahnt, dass er vorzeitig abreisen wollte, aber er hatte ihr keine Gelegenheit gegeben, ein Gespräch mit ihm anzufangen.

Über der kleinen Stadt lag eine fast unheimliche Stille, als er zum Parkplatz ging, ganz im Gegensatz zu der Geschäftigkeit, die tagsüber herrschte. Er hörte das Plätschern der Wellen, die gegen die Hafenmauer schlugen, das Scheppern der Bojen, mehr nicht. Er stellte sich Schmuggler vor, die im Schutz der Dunkelheit umherschlichen, genau wie er jetzt. Als er den Motor seines Wagens anließ, klang es so laut, dass er fürchtete, die halbe Stadt aufzuwecken.

Er fuhr vom Parkplatz, und auf der steilen Straße, die aus Pennfleet hinausführte, trat er aufs Gaspedal. Er war auf dem Weg fort vom Townhouse. Fort von seiner Vergangenheit. Fort von Claire.

Auf dem Weg nach Hause zu seiner zukünftigen Frau.

Fünfzehn

Er war fort.

Claire wusste es sofort, als sie aufwachte. Sie spürte, dass Nick nicht in ihrer Nähe war. Das Hotel fühlte sich genauso leer an wie sie selbst. Seltsam, wie die Aura eines Menschen einen so beeinflussen konnte. Wie man einen Instinkt für die Anwesenheit eines anderen entwickeln konnte.

Ihr Verdacht bestätigte sich, als sie Nick nicht im Speisesaal sah. Seine Freunde machten sich gerade über das sonntägliche Frühstücksbuffet her, für das das Townhouse in der ganzen Gegend berühmt war – sowohl Urlauber als auch Einheimische wussten das gute Katerfrühstück zu schätzen, das mittlerweile zur Institution geworden war. Speisesaal und Terrasse waren rappelvoll, ein langer Tisch ächzte unter Stapeln von Ricotta-Pfannkuchen, Kedgeree, Devilled Kidneys und Krügen mit scharfer Bloody Mary.

»Nick musste gestern Abend schon los«, sagte Gus verlegen. »Jemand in seinem Betrieb hat sich krankgemeldet, und er wird gebraucht.«

Claire hatte zwar nicht lange bei Melchior Barnes gearbeitet, aber lange genug, um zu wissen, dass sie ihre Leute hatten, die sie anrufen konnten, wenn Not am Mann war. Gerald würde nicht von seinem Sohn verlangen, dass er seinen Junggesellenabschied vorzeitig abbrach, um ein paar Weinkisten zu schleppen.

Gus konnte ihr kaum in die Augen sehen. Er wusste, wie entscheidend er dazu beigetragen hatte, dass die beiden nicht zusammengefunden hatten. Andererseits war das seine Aufgabe als Trauzeuge, dachte Claire wehmütig. Dafür zu sorgen, dass der Bräutigam vor den Altar trat, komme, was wolle.

Sie lächelte. »Einen schönen Sonntag noch«, sagte sie und ging zum nächsten Tisch, an dem ein Paar saß, das zu ihren Stammkunden gehörte.

»Sehen Sie mal.« Sie zeigte den beiden ihren Verlobungsring und gab sich alle Mühe, ihre Begeisterung und die Glückwünsche zu genießen. Nein, es gebe noch keinen Termin für die Hochzeit, und ja, natürlich sei sie überglücklich.

Sie hoffte, dass Gus sie beobachtete, dass er ihr das Theater abkaufte, mit dem sie nicht nur sich selbst, sondern auch alle anderen zu überzeugen versuchte.

Es ist alles gut, redete sie sich ein. Du kriegst das schon hin.

Dann kam Luca aus der Küche und unterhielt sich mit ein paar Gästen. Die Sonne schien, die Stimmung war gut, alle Tische waren besetzt, sie waren fürs Mittagessen ausgebucht: Dafür hatten sie sich abgerackert, das hatten sie aller Widrigkeiten zum Trotz geschafft.

Er fing ihren Blick über die Köpfe der vielen Gäste hinweg, und als er sie anlächelte, keimte Hoffnung in ihr auf. Ja, sie waren ein Team, sie und Luca. Natürlich waren sie das. Und sie würden noch mehr erreichen. Sie musste das, was passiert war, vergessen und nach vorne blicken.

Sie erwiderte sein Lächeln.

Alison schlief ganze zehn Stunden. Als sie die Augen aufschlug, war sie zu ihrer eigenen Verwunderung vollkommen gelassen. Und hellwach. Erstaunlich, wie das Unterbewusstsein im Schlaf arbeitete. Wie es Ordnung im Kopf schaffte, sodass man plötzlich klar sehen konnte. Am Abend zuvor war sie erschöpft gewesen und schockiert über das, was Colin ihr eröffnet hatte, doch jetzt fühlte sie sich ausgeruht und entspannt.

Sie ging zur Toilette, wusch sich das Gesicht, spülte sich den Mund aus, kämmte sich das Haar und flüchtete aus dem grauenhaften Zimmer. Sie hatte noch nie in ihrem Leben in ihren Kleidern geschlafen. Sie steckte sich ein Pfefferminzbonbon in den Mund und nahm sich vor, in den nächstbesten Laden zu gehen und sich eine Zahnbürste und Zahnpasta zu kaufen. Da sie das Zimmer bereits bezahlt hatte, brauchte sie zum Glück mit niemandem zu reden, bevor sie das Haus verließ. Sie war nicht in der Stimmung, viele Worte zu verlieren. Die wollte sie sich lieber für Colin aufsparen.

Es war ein herrlicher Tag, die Sonne stand am strahlend blauen Himmel. Sie ging ins Zentrum des kleinen Orts, fand einen Supermarkt und erstand ein paar Toilettenartikel. In einer Bäckerei kaufte sie sich ein Croissant und setzte sich damit am Hafen in die Sonne. Nachdem sie das Croissant aufgegessen hatte, wünschte sie, sie hätte sich zwei gekauft, immerhin hatte sie seit gestern Mittag nichts gegessen. In einer öffentlichen Toilette putzte sie sich die Zähne, schminkte sich und sprühte sich Parfüm auf die Handgelenke.

Sie wusste genau, was sie zu tun hatte. Die Selbstverachtung und die Zweifel der vergangenen Nacht waren verflogen. Sie würde sich von einer intriganten kleinen Schlampe nicht das ganze Leben ruinieren lassen. Und sie würde auch nicht die Schuld für den ganzen Schlamassel auf sich nehmen. Sie würde einfach die Herausforderung annehmen. Schließlich würde das Problem nicht einfach verschwinden.

Sie musste jetzt stark sein und Verantwortung übernehmen. Sie musste mit Kritik und Verwunderung rechnen. Es würde Klatsch geben, harmlosen und boshaften. Es würde nicht leicht werden. Sie atmete die salzige Meeresluft ein. Die frische Brise war belebend. Sie schüttelte ihr Haar nach hinten, glättete ihr Kleid und ging mit forschen Schritten in Richtung Townhouse.

Laura konnte auf der steilen, schmalen Straße, die typisch für Pennfleet war, kaum mit Dan Schritt halten. Kleine Steinhäuser, die Fremdenzimmer anboten, standen dicht an dicht zwischen Antiquitätenläden und winzigen Cafés. Eine Katze schaute grimmig aus einem Fenster, und ein kleiner Junge, der offenbar Nerven wie Drahtseile hatte, fuhr auf einem Roller die Straße hinunter.

Ihre Waden brannten. In der Gegend von London, wo sie wohnte, gab es keine solchen Steigungen.

»Hey«, keuchte sie. »Warte auf mich!«

Dan drehte sich grinsend um. »Lahme Ente!«

»Wo gehen wir überhaupt hin? Ist es noch weit?«

»Nein«, sagte er. »Wir sind da.«

Er blieb vor einem weiß getünchten Haus stehen. Steinerne Stufen führten zur Eingangstür. Der Gartenzaun war blau gestrichen, die Farbe blätterte ab.

Dan zauberte einen Schlüssel aus seiner Hosentasche.

»Du kannst dir nicht vorstellen, was ich anstellen musste, um den zu kriegen. Die Immobilienmaklerin hat sich mit Händen und Füßen gesträubt, aber ich hab sie rumgekriegt.«

»Immobilienmaklerin?« Laura betrachtete noch einmal das Haus und entdeckte in einem Fenster im ersten Stock ein »Zu verkaufen«-Schild. »Dan? Was hast du vor?«

Er sprang die Stufen hoch. »Komm. Ich zeig's dir.«

Er schloss die Tür auf und öffnete sie. Ein muffiger Geruch schlug ihnen entgegen, und auf dem abgetretenen Flurläufer lag jede Menge ungeöffnete Post.

»Hast du dir gestern etwa Häuser angesehen?« Laura schaute sich ungläubig um. Im Erdgeschoss gab es nur ein großes Zimmer, eine Küche und eine Treppe, die nach oben führte.

Dan stand in der Mitte des großen Zimmers und strahlte sie an.

»Ich bin dran vorbeigegangen und – es hat mit mir gesprochen«, sagte er.

»Mit dir gesprochen?«

»Na ja«, antwortete er ein bisschen verlegen. »Wie das so ist … Es hatte etwas. Ich bin zum Immobilienbüro gegangen und habe es mir zeigen lassen. Es steht schon eine ganze Weile zum Verkauf.« Er wartete einen Moment ab, während Laura sich umschaute. »Was hältst du davon?«

»Es ist winzig. Und eng. Und es stinkt.«

»Stell dir einfach vor, wie es aussieht, wenn man diesen ganzen alten Krempel rausreißt. Und ohne die scheußlichen Tapeten. Wenn alles weiß gestrichen ist«, sagte er und gestikulierte wild. »Ich wette, unter dem ollen Teppichboden liegen Holzdielen.«

Laura wirkte immer noch skeptisch. »Du hast dir ja schon richtig Gedanken gemacht.«

Dan grinste.

»Komm. Das Beste hast du noch gar nicht gesehen.«

Sie stiegen die Treppe hoch. Vom Treppenabsatz gingen

zwei Türen ab, von denen eine in ein altmodisches Badezimmer führte. Dan öffnete die zweite Tür. Das Zimmer, in das sie traten, war lichtdurchflutet.

Laura trat an das riesige Fenster. Die Aussicht war unglaublich. Sie konnte über die spitzen, grauen Dächer von Pennfleet hinweg bis aufs Meer sehen. Überwältigt sog sie die Luft ein.

»Ist das nicht großartig?« Er nahm sie von hinten in die Arme.

»Unglaublich.« Sie schaute ihn an. »Aber warum sehen wir es uns an?«

»Ich habe eine Idee. Möchtest du sie hören?«

»Schieß los.«

»Wir bezahlen beide in London tierisch viel Miete. Wir sind fast jeden Tag zusammen. Es wäre doch naheliegend zusammenzuziehen.«

»Okay … Klingt logisch.« Laura sagte ihm nicht, dass sie bereits genau denselben Gedanken gehabt hatte. Sie gab um die fünfzig Pfund pro Woche aus für Taxifahrten zu Dans Wohnung und zurück.

»Und von dem Geld, das wir dann sparen würden, könnten wir die Hypothek für dieses Haus bezahlen. Ich habe ein bisschen was gespart – ich wollte mir schon immer etwas Eigenes kaufen. Wenn wir das hier kaufen würden, könnten wir die Wochenenden hier verbringen. Und wenn wir es nicht selbst nutzen, könnten wir es vermieten, um die finanzielle Belastung zu verringern.«

Er legte ihr die Hände auf die Schultern und drehte sie zu sich um. »Was hältst du davon?«

Laura brachte zunächst kein Wort heraus.

»Ich glaube – hölzerne Einbauschränke in der Küche, die

wir hellblau anstreichen könnten, würden es bestimmt – gemütlicher machen.« Sie schaute ihn an.

Er strahlte. Ihr Herz pochte. Auf was in aller Welt ließ sie sich da ein? Aufgewühlt drehte sie sich um und schaute noch einmal aus dem großen Fenster, während sie das alles zu verdauen versuchte. Auf dem gegenüberliegenden Dach landete eine dicke Möwe.

»Ich wusste gar nicht, dass du so viel für mich empfindest«, sagte sie. »So viel, dass du bereit bist, einen solchen Schritt zu tun.«

»Ich auch nicht«, sagte Dan. »Bis gestern. Aber als du von deinem – deinem Nichtvater zurückkamst, ist mir klar geworden, wie sehr ich mir wünsche, es dir schön zu machen. Wie viel du mir bedeutest …«

Er brach ab, ein bisschen verlegen wegen dieses Gefühlsausbruchs, und betrachtete die Möwe auf dem Dach. Nach einer Weile sagte er: »Ich mache also ein Angebot, einverstanden?«

Tony war angeblich losgegangen, um wie üblich die Zeitung und ein paar Croissants zu holen. Er hatte also ungefähr eine halbe Stunde, denn er konnte hinterher immer behaupten, er hätte zufällig jemanden getroffen und mit ihm geplaudert oder sich zu einer Tasse Kaffee überreden lassen. Natürlich musste er auch die Zeit einrechnen, die er brauchte, um die *Sunday Times* und die Croissants zu kaufen, denn Wendy würde sich doch sehr wundern, wenn er mit leeren Händen nach Hause käme.

Er war nicht besonders elegant gekleidet für sein Vorhaben, aber Wendy hätte es ebenfalls merkwürdig gefunden, wenn er sich plötzlich fein gemacht hätte, nur um die Zeitung zu kaufen.

Als er in T-Shirt und Shorts das Townhouse betrat, wehte ihm der Duft von frischem Kaffee entgegen. Der Sonntagsbrunch im Townhouse war in Pennfleet zu einer festen Einrichtung geworden. Wehmütig dachte er daran, wie sehr Wendy es genießen würde, einmal hier zu frühstücken. Nächste Woche würde er sie vielleicht hierher einladen, nahm er sich vor.

Schuld, dachte er. Würde er von jetzt an bis an sein Lebensende Buße tun müssen?

Er ging zum Empfangstresen. Er kannte die junge Frau flüchtig. Angelina? Nein, Angelica. Der Name eines Filmstars. Ihre Mutter hatte mal eine Zeit lang bei ihnen geputzt, damals, als sie noch flüssiger gewesen waren. Wendy war davon überzeugt gewesen, dass sie klaute, und so hatten sie sie entlassen unter dem Vorwand, sie könnten sich keine Haushaltshilfe mehr leisten – was nicht mal komplett gelogen war.

Er würde sich vorsehen müssen. Er wollte nicht, dass Angelica irgendetwas mitbekam und hinterher in der ganzen Stadt herumerzählte. In Pennfleet breiteten sich Gerüchte aus wie Lauffeuer, allerdings eher im Winter, wenn die Einheimischen sich langweilten.

Sein Alibi, das Bild, das Laura am Tag zuvor gemalt hatte, hielt er, sorgfältig aufgerollt, in der Hand.

»Hallo. Ist Laura Starling vielleicht zu sprechen? Sie hat gestern bei mir ein Bild gemalt. Es ist jetzt trocken, und ich dachte, sie möchte es vielleicht mit nach Hause nehmen.«

Angelica drehte sich zu dem Brett mit den Zimmerschlüsseln um.

»Tut mir leid. Sie ist weggegangen. Ich kann Ihnen leider nicht sagen, wann sie zurückkommt.«

»Ach so.« Tony zog die Brauen zusammen. Was jetzt? »Vielen Dank.«

Angelica streckte eine Hand aus. »Sie können es mir gern geben. Ich lasse es in ihr Zimmer legen.«

Nein. Sein Alibi konnte er nicht aus der Hand geben.

»Nein, nein, ist schon gut, danke.«

Er wandte sich zum Gehen. Er hatte Lauras Handynummer. Er könnte sie also anrufen. Aber es würde ein ziemlich schwieriges Telefongespräch werden.

Aber wenn er sie nicht erreichte, wenn er die Sache nicht geraderückte ... Die Unsicherheit machte ihn noch ganz verrückt. Wie hatte er sich bloß in diese missliche Lage gebracht?

Und dann sah er sie. Sie kam gerade herein, Arm in Arm mit einem großen jungen Mann, wahrscheinlich ihrem Freund. Die beiden wirkten total verliebt, und es versetzte ihm einen Stich, denn er wusste genau, wie sich das anfühlte. Natürlich liebte er Wendy, aber nichts war vergleichbar mit junger Liebe.

»Laura.« Sie sah ihn überrascht an. »Ich habe Ihnen Ihr Bild gebracht. Falls Sie es aufheben wollen.«

»Oh«, sagte sie verblüfft. »Danke. Ich dachte eigentlich nicht, dass es sich lohnt, es aufzubewahren.«

Es entstand ein verlegenes Schweigen. Tony konnte nicht wissen, wie viel sie ihrem Freund erzählt hatte, er musste also vorsichtig sein.

»Und – es gibt da noch etwas, worüber ich mit Ihnen reden muss. Das Thema, über das wir gestern gesprochen haben.«

Ihre Augen weiteten sich. »Ist Ihnen noch etwas eingefallen?«

Er nickte. Sie wandte sich an Dan.

»Ist es okay? Wir brauchen nicht lange.«

Dan breitete die Arme aus. »Kein Problem. Ich bringe in der Zwischenzeit den Schlüssel zurück. Das Immobilienbüro ist bis Mittag geöffnet.«

»Gehen wir auf die Terrasse«, sagte sie zu Tony.

Auf dem Weg nach draußen blickte Tony noch einmal über die Schulter, um zu sehen, ob Angelica etwas mitbekommen hatte, aber es schien nicht der Fall zu sein. Warum auch? Wer sollte auf die Idee kommen, dass Tony Weston drauf und dran war, einer Frau, die in diesem Hotel wohnte, zu erklären, dass er ihr Vater war?

Nachdem Chelsey das Kedgeree und die Nierchen nur misstrauisch beäugt hatte, als sie vor dem Buffet standen, hatte Colin vorgeschlagen, ein englisches Frühstück zu bestellen.

»Wenn wir ordentlich frühstücken«, hatte er ihr erklärt, »können wir uns das Mittagessen sparen.«

Dann fiel ihm ein, dass das im Urlaub nie funktionierte. Michelle und Ryan hatten bis mittags immer einen Heißhunger entwickelt, egal, ob sie sich am Morgen schon den Bauch vollgeschlagen hatten. Was soll's, dachte er.

»Können wir heute wieder an den Strand gehen?«, fragte Chelsey.

»Natürlich.«

Sie runzelte die Stirn. »Kommt Mum denn wieder zurück? Oder nimmst du mich mit zu dir nach Hause?«

»Tja«, sagte Colin. »Ich weiß es noch nicht genau. Zuerst müssen wir noch ein paar Dinge klären.«

Eine Brise wehte durch die offenen Terrassentüren und zauste Chelseys Haare.

»Ich mache dir einen Vorschlag«, sagte er. »Was hältst du davon, wenn wir noch ein bisschen länger hierbleiben?«

»Au ja!« Chelsey strahlte. »Das wär super!«

Colin lächelte. Warum nicht? Wo sonst sollte er mit ihr hin? Sein Betrieb würde auch ein paar Tage ohne ihn auskommen, schließlich war er jederzeit telefonisch erreichbar. Und wenn Chelsey ein paar Tage Schule verpasste, machte das auch nichts.

Er blickte zur Kellnerin auf, um ihr zu sagen, dass sie alles hatten, was sie brauchten.

Aber es war nicht die Kellnerin, die an den Tisch kam, sondern Alison.

Sie wirkte ruhig. Sie schaute Chelsey an und lächelte knapp.

»Ich muss kurz mit deinem Daddy reden«, sagte sie.

Colin stellte seine Tasse ab, zog einen Fünf-Pfund-Schein aus der Tasche und gab ihn Chelsey.

»Kannst du eben zu dem Laden laufen, wo wir die DVDs ausgeliehen haben, Kleines, und mir eine Zeitung kaufen?«, sagte er. »Wenn du willst, kannst du dir auch eine Zeitschrift aussuchen.«

»Kann ich mir auch ein paar Süßigkeiten kaufen?«

»Nein.« Von jetzt an würde er sich um ihre Ernährung kümmern, wie er es sich vorgenommen hatte. »Wir haben gerade erst gefrühstückt, und wir wollen doch nicht, dass du beim Mittagessen keinen Appetit hast, oder?«

»Okay.«

Sie protestierte nicht, und das erfüllte ihn mit Stolz. Sie war viel gutmütiger und fügsamer als ihre Mutter.

Kaum war Chelsey gegangen, setzte Alison sich an den Tisch.

»Kaffee?«, fragte er.

»Ja, bitte.«

Er gab der Kellnerin ein Zeichen.

»Ich bin froh, dass du zurückgekommen bist«, sagte er. »Ich hatte mir schon Sorgen gemacht.«

»Ich hab in einem richtigen Loch übernachtet. Ich hatte zu viel getrunken, um nach Hause zu fahren.«

»Das hatte ich mir schon gedacht.« Er legte eine Hand auf ihre. Sie hatte dunkle Ringe unter den Augen, und das schlechte Gewissen schnürte ihm die Brust zusammen. »Es tut mir leid. Das weißt du, oder?«

»Ja.«

»Ich wollte dir nicht wehtun.«

»Nein. Natürlich nicht. Aber ich schätze, du wolltest auch nicht erwischt werden.«

»Ich war ein Idiot.«

Sie widersprach ihm nicht. Colin warf einen Zuckerwürfel in seinen Kaffee.

»Tatsache ist«, sagte Alison, »dass wir Chelsey nicht einfach verschwinden lassen können, nicht wahr? Sie ist nun mal auf dieser Welt, ob es uns passt oder nicht. Wir werden also eine Lösung finden müssen, und zwar eine, bei der keiner von uns Schaden nimmt.«

»Ja.« Colin war überrascht. Er hatte mit einer Tirade gerechnet.

»Ich habe darüber nachgedacht«, fuhr sie fort. »Und ich sehe nicht ein, warum diese Situation mein ganzes Leben zerstören soll. Ja, es wäre mein gutes Recht, dich rauszuwerfen und die Scheidung einzureichen. Genau dazu würden mir alle meine Freundinnen raten. Aber das würde bedeuten, dass ich unser schönes Haus, unseren Freundeskreis und unser Familienleben opfern müsste. Ich habe keine Lust, mich mit dir darüber zu streiten, wer das Familiensilber bekommt. Ich will keine geschiedene Frau sein, die niemand mehr zum

Abendessen einlädt. Ich möchte nicht, dass die Kinder vor dem Dilemma stehen, sich entscheiden zu müssen, mit wem sie Weihnachten verbringen. Ich habe zu oft miterlebt, wie so was abläuft, und ich weiß, dass das nichts für mich ist.«

»Und – was willst du jetzt damit sagen?«

Die Kellnerin brachte ihr eine Tasse. Alison bedankte sich mit einem Lächeln. Colin schenkte ihr aus der Warmhaltekanne ein und schob ihr die Zuckerdose zu.

»Chelsey sollte bei uns wohnen. Und wir sollten ganz offen damit umgehen, wer sie ist. Ich kann nämlich auch nicht mit Klatsch und Spekulationen leben. Das ist immer viel schlimmer als die Wahrheit, also werden wir von vorneherein die Wahrheit sagen.«

»Du meinst – wir sollen allen erzählen, dass ich eine Affäre hatte?«

Alison sah ihm in die Augen.

»Ja. Die Leute werden sowieso von alleine darauf kommen und das Gerücht verbreiten.« Sie zuckte die Achseln. »Aber wir werden ihnen diesen Spaß verderben.«

Colin lehnte sich zurück, völlig verblüfft von Alisons geschäftsmäßigem Vorgehen.

»Puh …« Er konnte seine Erleichterung nicht verbergen. »Bist dir auch ganz sicher? Ich meine – Chelsey bei uns aufzunehmen wäre ein großer Schritt.«

»Was wäre denn die Alternative? Du bist für sie verantwortlich, Colin. Entweder ich nehme sie auf, oder ich verliere dich.«

Colin rührte in seinem Kaffee. Verflucht, dachte er, ihm kamen die Tränen.

»Ich kann dir gar nicht sagen, wie dankbar ich dir bin.«

»Bilde dir nicht ein, dass es damit getan ist«, entgegnete

Alison trocken. »Es wird sicher nicht eitel Sonnenschein sein. Es wird mir schwerfallen. Es wird wohl auch Tage geben, an denen ich dir am liebsten den Hals umdrehen möchte für das, was du getan hast.« Sie umklammerte ihre Tasse so fest, dass ihre Knöchel ganz weiß waren. Vielleicht war sie innerlich doch nicht so ruhig und gelassen, wie sie wirkte. »Und es gibt eine Bedingung.«

»Und welche?«

»Ich möchte niemals der Mutter begegnen. Ich möchte ihr niemals gegenübertreten. Das wäre eine unerträgliche Demütigung.«

Allein die Vorstellung einer solchen Begegnung ließ Colin erschaudern.

»Akzeptiert«, sagte er. »Du bist ein viel, viel besserer Mensch als ich. Als ich es je sein werde.«

»Das war nicht immer so«, erwiderte sie. »Das weiß ich. Ich weiß auch, dass ich mit schuld bin an dem Problem.«

»Nein. Was ich getan habe, ist unverzeihlich.«

Alison zuckte die Achseln. »Wir sind alle nur Menschen.«

Ja, dachte Colin. Er würde sich wie ein Mensch verhalten.

Tony und Laura hatten sich auf der Terrasse an einen Tisch gesetzt, und Tony hatte zwei Bloody Marys bestellt. Er wartete, bis die Getränke serviert wurden, ehe er sein Geständnis in Angriff nahm. Er trank einen Schluck und genoss die Schärfe des Meerrettichs und den Kick des Wodka.

Laura nippte vorsichtig an ihrem Glas. Sie wusste nicht, was sie erwartete.

Tony stellte sein Glas ab und beugte sich vor. Sie saßen an einem Tisch am Rand, weit weg von den anderen Gästen, aber er wollte kein Risiko eingehen.

»Ich weiß nicht, ob ich Ihr Vater bin«, sagte er leise. »Zumindest nicht mit absoluter Sicherheit. Aber ich wollte Ihnen sagen, dass – ich tatsächlich eine Affäre mit Ihrer Mutter hatte.«

Sie sah ihn argwöhnisch an.

»Sie haben mich also angelogen?«

»Ich bin in Panik geraten«, verteidigte er sich. »Es ist ein ziemlicher Schock für einen Mann, wenn plötzlich eine junge Frau vor ihm steht und behauptet, sie sei seine Tochter.«

»Ich weiß. Das verstehe ich. Aber Sie haben es glattweg geleugnet. Sie haben behauptet, Sie würden sich kaum an meine Mutter erinnern!« Ihre Stimme klang schrill vor Empörung.

»Darf ich mich erklären?« Tony wollte das in Ruhe über die Bühne bringen. »Bitte. Würden Sie mir einfach zuhören?«

Laura stützte den Kopf in eine Hand und nickte. Einen Moment lang schaute Tony aufs Meer hinaus. Es war dieselbe Szenerie, die er von seinem Wohnzimmer aus sah, nur aus einer anderen Perspektive. Von hier aus wirkte alles heller, konturierter, weniger sanft.

»Wir haben uns ineinander verliebt, Ihre Mutter und ich«, begann er. »Es war ein großer Fehler, aber man ist ziemlich machtlos, wenn es passiert. Wenn man davon überrollt wird wie von einem Schnellzug. Wir konnten nichts dagegen tun.«

»Sie waren verheiratet«, bemerkte Laura vorwurfsvoll. »Und sie war ihre *Schülerin*.«

»Richtig.« Tony seufzte. »Aber weder das eine noch das andere konnte uns aufhalten. Es war eine sehr seltsame, sehr intensive Zeit. Geborgte Zeit. Wir wussten beide, dass es nicht von Dauer sein konnte. Es war unglaublich leidenschaftlich.

Keine Sorge –« er lächelte schief, als er Lauras Gesichtsausdruck bemerkte. »Ich werde nicht ins Detail gehen.«

»Bitte nicht«, sagte sie.

»Ich habe die Affäre beendet, als meine Frau Wendy schwanger wurde.« Er schluckte. Indem er Wendys Namen laut aussprach, zog er sie mit hinein, obwohl er das unbedingt hatte vermeiden wollen. »Wendy erwartete ein Kind, also habe ich einen Schlussstrich gezogen. Es war das einzig Richtige.«

»Gestern haben Sie noch behauptet, Sie seien unfruchtbar«, entgegnete Laura. »Das war also eine gemeine Lüge.«

Verdammt. Junge Menschen konnten so moralistisch sein. Er seufzte. »Ja, ich weiß.«

Laura hatte nachdenklich die Stirn in Falten gelegt.

»Das heißt also, Ihre Frau erwartete ein Kind? Und dann hat meine Mutter rausgefunden, dass sie mit mir schwanger war?«

»Ich schätze, ja.«

»Hab ich also – Geschwister?« Der Gedanke schien sie zu begeistern. »Es wären zwar nur Halbgeschwister, aber ...«

»Nein.« Das war der schwierige Teil. Der Teil, über den er am liebsten gar nicht gesprochen hätte, der aber der Schlüssel war zu dem, was als Nächstes passiert war. »Wendy hat unser Kind verloren.«

Laura sah ihn entgeistert an.

»O Gott.« Sie wirkte ehrlich betroffen. »O Gott, das tut mir leid.«

»Sehen Sie, die einzige Unschuldige bei der ganzen Geschichte war Wendy. Sie hat nichts von dem geahnt, was vor sich ging. Und dann – ihr erstes Kind zu verlieren. Es war schrecklich, Laura.«

»Haben Sie denn später noch Kinder bekommen?«

»Nein. Sie … Wendy konnte keine Kinder mehr bekommen.«

»Gott, wie traurig.«

»Ja.« Tony trank noch einen Schluck, um seine Nerven zu stärken. Über diese Phase seines Lebens hatte er noch nie mit jemandem gesprochen. »Deswegen wollte ich mich Ihnen gegenüber nicht zu meiner Vaterschaft bekennen. Denn wenn Wendy jemals erfahren würde, dass ich mit einer anderen ein Kind habe, würde es ihr noch einmal das Herz brechen. Und das hat sie nicht verdient.«

»Das stimmt«, sagte Laura. »Das kann ich verstehen.«

Sie dachte noch einmal über alles nach.

»Aber Tatsache ist … Sie müssen mein Vater sein.«

»Sieht so aus.«

Sie schauten einander über den Tisch hinweg an.

»Ich würde Sie gern besser kennenlernen, Laura. Sie sind meine Tochter – das nehme ich zumindest an –, und das bedeutet mir viel. Ich würde gern alles über Sie erfahren. Aber die Situation ist sehr kompliziert. Ich kann Sie nicht in mein Leben aufnehmen. Es geht einfach nicht.«

Laura blickte auf den Tisch. Tony musterte ihr Gesicht, suchte nach Ähnlichkeiten mit Marina, mit sich selbst, und fragte sich unwillkürlich, ob die Tochter, die sie damals verloren hatten, ihr heute ähnlich sehen würde. Sie und Laura wären jetzt fast gleich alt.

Er wusste, dass Wendy das immer noch nachrechnete. Wenn er sie fragte, würde sie ihm genau sagen können, wie alt ihre Tochter heute wäre. Womöglich hatte sie sogar, als sie Laura gesehen hatte, im Stillen gedacht: *Ungefähr so alt wäre Rosalind jetzt.* Die Vorstellung raubte ihm fast den Atem.

»Ich möchte auch mehr von Ihnen wissen.« Laura blickte auf und blinzelte gegen das helle Sonnenlicht. »Ich möchte meine andere Hälfte kennenlernen. Aber ich verstehe das natürlich. Ich möchte Wendy nicht wehtun.« Sie rührte in ihrem Glas. »Dan und ich kaufen vielleicht ein Haus hier im Ort …«

»Wirklich?«

»Na ja, es ist noch nicht spruchreif … Aber wir dachten, anstatt uns eine Eigentumswohnung in London zu kaufen, könnten wir hier ein Häuschen erwerben, um einen Ort zu haben, an den wir uns zurückziehen können. Und während der Ferien könnten wir es vermieten, um die Kosten zu senken.«

Einen Moment lang musterten sie einander auf der Suche nach Ähnlichkeiten.

Ich habe eine Tochter, dachte Tony. Jemand wird meine Gene weitergeben.

Ich habe einen Vater, dachte Laura. Endlich kann ich herausfinden, wer ich bin.

»Wenn Sie das Haus tatsächlich kaufen, könnten wir uns öfter treffen«, sagte Tony schließlich. »Solange wir vorsichtig sind.«

Laura sah Dan quer über die Terrasse auf sie zukommen. Sie streckte eine Hand aus, zog ihn zu sich.

»Tony, das ist Dan. Dan, das ist – mein Vater.« Ihr Herz klopfte heftig. Diese Worte hatte sie noch nie ausgesprochen.

Dan lächelte entspannt und setzte sich. »Und? Alles okay?« Es war eine rhetorische Frage. Dan würde niemals in jemandes Privatsphäre eindringen. Aber Tony antwortete trotzdem.

»Ja«, sagte er. »Alles in Ordnung.«

Dan schaute Laura an. »Ich habe auf das Haus geboten. Ich habe der Maklerin erklärt, dass wir noch ein bisschen

Zeit brauchen würden, um das Geld zusammenzubekommen. Sie gibt uns Bescheid.«

Tony trank seine Bloody Mary aus. »Am liebsten würde ich Sekt bestellen«, sagte er. »Es kommt nicht alle Tage vor, dass ich meine Tochter kennenlerne. Aber …«

Er hob bedauernd die Schultern. Jemand könnte sie beobachten. Jemand könnte Wendy etwas erzählen.

»Ist schon gut«, sagte Laura. »Ich verstehe das.«

Tony stand auf. »Ich muss gehen. Offiziell bin ich nur kurz los, um die Zeitung zu holen.«

Laura stand ebenfalls auf. Einen Moment lang sahen sie einander verlegen an, dann umarmte Laura ihn.

»Ich schick dir eine E-Mail, Dad«, sagte sie.

Dann ging er. Nach ein paar Schritten drehte er sich noch einmal um und hob eine Hand zum Gruß, eine Geste, die einem Beobachter alles und nichts sagen würde.

Colin sah zu, wie Chelsey den Speisesaal durchquerte, bepackt mit der Tageszeitung und einer Zeitschrift. Sein Puls beschleunigte sich. Er war auf seltsame Weise stolz auf sie, und er war voller Hoffnung für ihre Zukunft. Sie war so ein verletzliches kleines Ding. Er betete, dass alles sich zum Guten wenden würde.

»Alison, das ist Chelsey«, sagte er, als sie die Zeitung vor ihn auf den Tisch fallen ließ.

Alison lächelte. »Hallo Chelsey.«

Chelsey musterte sie flüchtig, dann strahlte sie.

»Hi«, sagte sie und setzte sich neben Colin. Dann legte sie eine Zeitschrift mit viel Pink und Glitzer vor sich auf den Tisch, schob sich die Haare hinter die Ohren und begann zu blättern.

Colin sah sich im Speisesaal um. Wahrscheinlich hielten alle sie für eine ganz normale Familie. Oder vielleicht auch nicht, falls man ihn am Abend zuvor zusammen mit Karen gesehen hatte. Vielleicht fragten sich jetzt alle, was da los war. Fragten sich, welche denn nun die Ehefrau war. Aber es war ihm eigentlich egal. Jeder hatte Geheimnisse, der eine dunkle, der andere weniger dunkle.

Er wandte sich Alison zu.

»Chelsey und ich wollten heute an den Strand gehen. Hast du Lust mitzukommen?«

Alison nickte. »Gute Idee.«

»Außerdem wollten wir noch ein paar Tage länger hierbleiben.«

Es könnte die Sache erleichtern, dachte er, wenn Alison und Chelsey sich auf neutralem Grund kennenlernten, während er in der Zwischenzeit die rechtlichen Fragen klärte.

Alison wirkte skeptisch. »Ich habe überhaupt nichts mitgebracht. Nichts zum Anziehen, keine Kosmetika. Heute Morgen musste ich mir sogar im Supermarkt eine Zahnbürste kaufen.«

Colin machte eine wegwerfende Handbewegung.

»Wir kaufen dir was. Es gibt hier im Ort ein paar nette Läden.«

Chelsey blickte unvermittelt von ihrer Zeitschrift auf. »Bist du seine Frau?«, fragte sie.

Offenbar hatte auch sie sich ihre Gedanken gemacht.

Die Situation machte Colin verlegen.

»Ja«, sagte Alison. »Ich bin Mrs. Turner. Aber du darfst mich Alison nennen, wenn du möchtest.«

Chelsey überlegte kurz, dann zuckte sie die Achseln. »Okay«, sagte sie und konzentrierte sich wieder auf ihre Lektüre.

Colin und Alison sahen einander an.

»Ich muss kurz anrufen und meine Tennispartie morgen absagen«, sagte Alison. »Damit werde ich mich nicht unbedingt beliebt machen …«

Trevor und Monique waren nach einem frühen Frühstück mit der *Blonde Bombshell* ausgelaufen. Sie wollten eine etwas größere Tour machen und sich ein paar Städte an der Küste von Cornwall ansehen. Jetzt lagen sie in einem kleinen Hafen vor Anker und hatten es sich mit der Sonntagszeitung und einer Flasche Wein gemütlich gemacht. Das Boot schaukelte sanft auf den Wellen. In einer oder zwei Stunden würden sie an Land gehen und irgendwo zu Mittag essen.

Als Trevor nach einer Weile aufblickte, sah er Monique an Backbord an der Reling stehen. Schon wieder hantierte sie mit ihrem verflixten Handy. Er legte die Zeitung weg und ging zu ihr.

»Hier kriegst du kein Signal, Liebes.«

»Ich weiß.« Sie wandte den Blick nicht von ihrem Handy ab. Nach heutigen Standards war es ein vorsintflutliches Teil, groß und klobig. »Aber ich dachte …«

»Was denn?«

»Ich glaube, wir sind an einem Wendepunkt in unserem Leben angekommen. Es liegen aufregende Zeiten vor uns. Ich spüre es regelrecht in den Knochen.«

»Das sehe ich genauso«, sagte Trevor.

»Wenn ich diese Chance nicht ungenutzt lassen will, dann muss ich akzeptieren …« Sie brach ab, suchte nach den richtigen Worten. »Dann muss ich akzeptieren, dass Jamie nicht mehr zurückkommt. Ich muss die Hoffnung aufgeben.«

Trevor konnte den Schmerz, der aus ihrem Blick sprach,

kaum ertragen, die Trauer, die ihre Mundwinkel nach unten zog, genau wie damals, als sie festgestellt hatten, dass Jamie fort war. Er legte ihr einen Arm um die Schultern.

»Hör auf, dich zu quälen«, sagte er. »Du nimmst das Ding da hundertmal am Tag raus, um nachzusehen.«

Das Handy war ein Symbol. Ein Talisman. Aber seine Macht über Monique war unverhältnismäßig groß geworden.

»Ich möchte nur, dass er weiß, dass ich für ihn da bin.« Ihr Unglück versetzte ihm einen Stich. »Ich bin seine Mutter. Ich möchte nur, dass er weiß …«

»Er weiß es, Liebes. Er weiß, dass du immer für ihn da sein wirst.«

Trevor konnte nicht wissen, ob das wirklich stimmte. Er wusste ebenso wenig wie sie, in welcher Gemütsverfassung Jamie sich befand, aber es kostete ihn nichts, sie zu beruhigen.

Monique fuhr mit den Fingern über das Display.

»Es ist das Erste, woran ich denke, wenn ich morgens aufwache, und das Letzte, bevor ich abends einschlafe. Ich weiß, dass ich nie eine Nachricht darauf vorfinden werde. Aber ich muss einfach nachsehen, ich kann nicht anders. Für alle Fälle.«

Am liebsten hätte Trevor ihr das Handy aus der Hand genommen und über Bord geworfen. Aber sie musste es selbst tun. Es würde ihr nicht helfen, wenn er eingriff. Diesen Schritt musste sie von sich aus tun.

»Er kann uns immer finden, wenn er das möchte«, sagte er. »Aber du solltest endlich aufhören, dich zu quälen.«

»Ich weiß …«

»Das ist dein Leben, Monique«, sagte er. »Dein einziges. Du musst wieder anfangen zu leben. Es gibt so vieles, was wir tun können. Ich bin so stolz auf dich, und ich weiß, wie viel in dir steckt. Aber so kannst du nicht weitermachen. Du musst dich dem Leben wieder zuwenden. Ich weiß, wie schwer das ist, Baby.«

Tränen glitzerten auf ihren Wangen. Er hätte sie gern weggewischt. Er wünschte, sie würde nie wieder weinen. Er konnte es nicht fassen, dass ein Mensch so viele Tränen haben konnte.

Das Meer dehnte sich endlos vor ihnen aus, bis zum Horizont. Das Handy machte kaum ein Geräusch, als sie es ins Wasser fallen ließ. Wie tief mochte das Meer hier sein? Zwanzig, dreißig Meter? Wie lange würde es dauern, fragte sich Trevor, bis das Handy auf dem Meeresgrund landete und sich in den Sand grub, um für immer zu verstummen?

Er drückte Monique an sich, spürte, wie die Schluchzer ihren schmalen Körper schüttelten. Er wünschte, er könnte mit seiner Liebe das gähnende Loch füllen, das immer noch da war.

»Es ist gut«, flüsterte er. »Es ist alles gut …«

Sechzehn

Der Brunch ging nahtlos ins Mittagessen über, sodass kaum Zeit blieb, neu einzudecken. Gäste, die sich immer noch mit ihren Pfannkuchen Zeit nahmen, wurden so höflich wie möglich hinauskomplimentiert. Auf der Tafel wurde mit Kreide die Spezialität des Tages angekündigt: Rippchen vom Grill. Bei all den optimistischen Wochenendurlaubern, die hereinschauten, um zu fragen, ob sie noch einen Tisch reservieren könnten, hätten sie das Restaurant dreimal füllen können.

Um drei Uhr war Claire fix und fertig. Eigentlich war es gar nicht vorgesehen, dass sie im Restaurant arbeitete, aber wenn sie ausgebucht waren, sorgte sie gern persönlich dafür, dass alles glattlief. Das war der Unterschied zwischen einem gut geführten und einem schlecht geführten Haus. Es kam darauf an, wie man bei Hochbetrieb agierte. Zwei Augen mehr konnten eben dafür sorgen, dass alle Gäste zufrieden waren.

Inzwischen war es ruhiger geworden. Die letzten Gäste hatten zum Abschluss noch einen Kaffee bestellt oder tranken ihren Wein aus. Claire ging zurück in die Empfangshalle und hoffte, dass dort nichts vernachlässigt worden war. Auf dem Sofa saß eine junge Frau und schlief. Claire hatte gesehen, wie sie und ihr Mann sich beim Mittagessen mit ihrem kleinen Kind abgemüht hatten. Die kleine Plum mit ihren Patschhändchen, gerade mal neun Monate alt, hatte im Restaurant alle Blicke auf sich gezogen. Die Kellner und Kellnerinnen waren beim Anblick dieses blond gelockten Engelchens in einem weißen, mit Spitze besetzten Blüschen und einer blauen Latzhose nur so dahingeschmolzen. Die Eltern, wenn auch gestresst, waren offensichtlich vernarrt in ihren Sprössling. Die Mutter hielt gerade ein Verdauungsschläfchen, auf dem Schoß die neueste Ausgabe von *Country Life*.

Die kleine Plum, die inmitten von lauter Spielsachen auf dem Boden saß, blickte zu Claire auf. Sie zog das Näschen kraus und streckte die Ärmchen aus. Claire nahm sie auf den Arm, und als sie das warme, weiche Bündel an sich drückte, regte sich etwas tief in ihrem Innern.

Sie erstarrte und schaute Plum ehrfürchtig in die ernsten Augen.

»Du meine Güte«, sagte sie lachend, während sie die Kleine schaukelte. »Was hast du nur angerichtet, du Frechdachs.«

Plum gluckste beglückt, was ihre Mutter aus dem Schlaf riss, die augenblicklich aufsprang und sich mit Händen und Füßen dafür entschuldigte, dass sie eingenickt war.

»Kein Problem«, sagte Claire und übergab ihr das Kind. »Sie sind doch im Urlaub.«

»Mit einem kleinen Kind können Sie jeden Urlaub vergessen. Eine Bankfiliale zu leiten war im Vergleich dazu ein Kinderspiel«, antwortete die Frau aus tiefster Seele, während sie Plum auf das Sofa legte und kitzelte, bis die Kleine vor Vergnügen quiekte. Die Freude an ihrer Tochter überwog offensichtlich ihre Erschöpfung und die Tatsache, dass ihr Leben durch den Nachwuchs auf den Kopf gestellt worden war.

Als Claire sich von den beiden entfernte, versuchte sie, die Schockwelle zu ignorieren, die sie bis ins Mark erschüttert hatte. Das war zu Furcht einflößend, um sich allein damit auseinanderzusetzen. Das war nicht in ihrem Kopf passiert, sondern an einer Stelle tief in ihrem Innern, die sie bisher nicht gekannt hatte. Ein Urverlangen, das sie so schnell wie möglich unterdrücken musste. Es erinnerte sie an etwas, das Trevor am Tag zuvor gesagt hatte, irgendetwas zum Thema Familie gründen.

Sie konnte nicht länger die Augen davor verschließen. Sie musste sich eingestehen, dass dies ihr nächstes Ziel sein würde. Sie musste stehen bleiben, weil die Erkenntnis ihr fast den Atem raubte. Ging das etwa allen so? Gerade war frau noch voll und ganz mit ihrer beruflichen Karriere beschäftigt, und dann, aus heiterem Himmel, überfiel einen der Fortpflanzungstrieb? Und zwar mit solcher Macht, dass plötzlich nichts anderes mehr eine Rolle spielte? Verflixt und zugenäht, als hätte sie nicht so schon genug Probleme – jetzt spielte ihr zu allem Überfluss auch noch Mutter Natur einen Streich. Wo sollte sie in all dem Chaos auch noch ein Kind unterbringen?

Erst kürzlich war es ihr ähnlich ergangen, als ihre Periode sich verspätet hatte. Normalerweise wäre sie in einer solchen Situation in Panik geraten, zum Arzt oder in die Apotheke gerannt, um Abhilfe zu schaffen. Aber diesmal hatte sie nur innere Ruhe empfunden, fast so etwas wie freudige Erwartung, und war von sich selbst überrascht gewesen, dass sie regelrecht enttäuscht gewesen war, als ihre Periode eine Woche später eingesetzt hatte. Sie hatte dann nicht weiter darüber nachgedacht, aber jetzt kam es ihr wieder in den Sinn und drängte sich ihr auf als weiterer Beweis für das, was in ihr vorging.

Sie durchquerte den Speisesaal und eilte in die Küche. Fred und Loz waren beim Aufräumen und gönnten sich dazu ein Bier.

Luca war dabei, das Menü für den Abend zusammenzustellen. Er blickte auf, als Claire auf ihn zukam.

»Wir müssen reden.«

Er legte seinen Stift weg. »Klar.« Er stand auf. »Komm, wir setzen uns mit einem Glas Wein auf die Terrasse.«

Sie schüttelte den Kopf. »Nein, nicht hier. Unter vier Augen.«

Kaum hatten sie die Tür hinter sich zugemacht, fiel es ihr wie Schuppen von den Augen. Das kleine Zimmer löste plötzlich klaustrophobische Gefühle in ihr aus. Als sie sich umsah, wurde ihr bewusst, dass ihr ganzes Leben sich in diesem Zimmer abspielte. Obwohl ihnen das Hotel gehörte und sie alle Einrichtungen benutzen konnten, war dieses sechzehn Quadratmeter große Zimmer das einzige Fleckchen, das sie ihr Eigen nennen konnte, und selbst hier musste sie immer damit rechnen, von einem Zimmermädchen oder dem Nachtportier gestört zu werden. Täglich frische, flauschige Handtücher zur Verfügung zu haben war kein Ersatz für Privatsphäre. Wenn eine Freundin sie besuchte, konnte sie sich zwar von ihren Angestellten jede Art von Kaffee und Gebäck servieren lassen, aber sie hatte nie das Gefühl, wirklich ungestört reden zu können. Luca schien das alles nicht zu stören, er tat sowieso, was er wollte, und scherte sich nicht darum, was irgendwer dachte. Aber Claire war inzwischen klar geworden, dass es sie zermürbte.

»Also, was ist los?«, fragte Luca. »Worüber willst du mit mir reden?«

»Ich möchte ein richtiges Zuhause haben«, sagte sie. »Wenn wir heiraten und all diese hochfliegenden Pläne verfolgen, dann möchte ich ein eigenes Haus haben, wo unsere eigenen Sachen stehen. Einen Ort, wo ich ich selbst sein kann.«

Luca zuckte die Achseln. »Okay«, sagte er. »Klingt vernünftig.«

»Hier kann ich mir nicht den kleinsten Durchhänger erlauben, ohne dass gleich alle blöd gucken; ich kann nicht im Schlafanzug frühstücken, laut Musik hören, mitsingen oder tanzen, wenn ich Lust dazu habe. Es wäre schon ein Luxus, wenn ich mal eine Bananenschale auf dem Tisch liegen lassen könnte und sie zwei Stunden später immer noch dort finden würde!« Noch während sie das alles aussprach, wurde ihr bewusst, dass jede Spur ihrer Existenz sofort von diensteifrigen Angestellten weggewischt wurde. Sie hatte ihre Leute gut ausgebildet. So gut, dass es kriminaltechnischen Spurensuchern schwerfallen würde zu beweisen, dass sie je einen Fuß in dieses Haus gesetzt hatte.

»Hey, beruhig dich mal.« Luca legte ihr die Hände auf die Schultern und lachte. »Wo kommt das denn jetzt auf einmal her?«

»Ich weiß es nicht!« Das war gelogen. Natürlich wusste sie es. Und noch wichtiger als ein eigenes Haus war etwas anderes. Wenn das nicht in Lucas Lebensplanung passte, dann hatte sowieso alles keinen Zweck. »Doch, ich weiß es«, sagte sie. »Ich … Ich will ein Kind.«

Das Schweigen, das folgte, schien sich endlos hinzuziehen. Lucas Gesicht war vollkommen ausdruckslos.

Das war's. Sie hatte ihm den Fehdehandschuh hingeworfen. Er würde die Flucht ergreifen. Natürlich wollte er kein Kind. Er rümpfte ja schon die Nase, wenn Familien mit Kindern ein Zimmer im Hotel buchten, wie sollte er dann selbst welche in die Welt setzen wollen?

Dann lächelte er plötzlich.

»Ich werd verrückt«, sagte er.

»Was?«

»Das ist ja großartig!«

»Aber ... Aber wie soll das gehen?«, stieß sie hervor. »Bei allem, was wir vorhaben? Ein Hotel in London ... Dieses Hotel am Laufen halten ... Und wovon sollen wir ein eigenes Haus bezahlen?«

»Herrgott noch mal, Claire.« Luca nahm ihre Hand. »Hör auf, dir über alles den Kopf zu zerbrechen. Wenn du ein Kind willst, dann bekommen wir eins. Wir werden das alles schon schaukeln. Andere Leute kriegen das auch hin. Es wird schwierig werden, aber so ist das nun mal, wenn man was erreichen will.«

Er zog sie an sich und hielt sie ganz fest. »Wir haben nie direkt darüber gesprochen, aber ich bin eigentlich immer davon ausgegangen, dass wir irgendwann Kinder haben würden. Das ist doch das Natürlichste auf der Welt. Und wenn jetzt der richtige Zeitpunkt dafür ist, dann – soll es eben so sein.«

Er streichelte ihr zärtlich übers Haar. Claire schmolz dahin.

»Ich wusste gar nicht, dass mir das so wichtig ist. Es ist einfach über mich gekommen. Ich wusste auf einmal, dass ich das will. Ich meine, ich liebe unser Hotel, und das mit London ist total aufregend, aber …«

»Claire, du brauchst es mir nicht zu erklären. Ich hab's kapiert. Du willst ein Kind. Ein süßes, pummeliges, lachendes Baby, das genauso aussieht wie du. Perfekt. Den Rest werden wir schon irgendwie regeln. Das gibt sich alles.«

Er küsste sie, massierte ihr die Schultern, fuhr ihr mit den Fingern durchs Haar. Sie spürte das vertraute Verlangen, umschlang ihn mit den Armen, schob die Hände unter sein Hemd, spürte seine samtweiche Haut.

»Vielleicht sollten wir jetzt gleich anfangen zu üben«, murmelte er, während er ihr den Nacken küsste. Er bugsierte sie in Richtung Bett, und sie ließen sich gleichzeitig darauf fallen.

»Und das Hotel?«, fragte sie atemlos. »Wir müssen den Nachmittagstee …«

»Vergiss das Hotel«, sagte er und knöpfte ihre Bluse auf. »Es ist genug Kuchen da.«

Siebzehn

Der Feiertagsmontag brach so sonnig und heiter an wie der Sonntag gewesen war, und Pennfleet erwachte mit guter Laune. Das Meer schien einladender denn je zu glitzern, Boote schaukelten in Erwartung ihrer Passagiere ungeduldig auf den Wellen, und in den Straßen lag der Duft nach Kaffee und gebratenem Speck. Die Parkplätze füllten sich noch früher als gewöhnlich mit Ausflüglern, die ihren freien Tag voll und ganz auskosten wollten.

Doch Angelica begann den Tag voller Angst, bereit, sich der Konfrontation zu stellen. Sie hatte sich die ganze Nacht darauf vorbereitet und sich gewappnet. Sie wälzte sich aus dem Bett und ging im Schlafanzug durchs Haus. Alle anderen schliefen natürlich noch. Sie war die einzige Dumme, die heute arbeiten musste.

Sie öffnete die Tür zum Zimmer ihrer Mutter. Es war stockdunkel drinnen. Trudy zog nie die dunkelvioletten Vorhänge auf. Angelica tastete sich mit den nackten Füßen zwischen Kleidern und Schuhen vor, die auf dem Boden verstreut lagen. Neben dem Bett stand ein überquellender Aschenbecher. Überall leere Gläser und Tassen. Ein großer Flachbildschirm an der Wand schimmerte grünlich in der Dunkelheit.

»Mum«, sagte sie. »Komm, du musst aufstehen. Dill muss um zehn beim Fußball sein. Du musst ihn hinfahren. Und ihm ein paar Butterbrote zum Mitnehmen schmieren.«

Keine Reaktion.

»Mum, aufstehen!«

»Verdammt noch mal, heute ist Feiertag. Lass mich in Ruhe.«

»Du musst dich um Dill kümmern. Er muss sein Trikot anziehen.«

»Vergiss es. Ich hab keine Lust aufzustehen.«

Angelica schlug das Federbett zurück. Mit einem Aufschrei setzte Trudy sich auf. Sie trug ein extrem kurzes violettes Satinnachthemd mit Spaghettiträgern, die ihr in die Haut schnitten.

»Willst du ihn allen Ernstes im Stich lassen?«, fragte Angelica.

»Es ist doch nur ein Fußballspiel.«

»Aber ihm ist es wichtig.«

Die Schule hatte extra einen Trainingstag mit einem Spieler von Plymouth Argyle organisiert, dem Dill schon seit Wochen entgegenfieberte. Jeff hatte versprochen, ihn hinzufahren, aber Jeff war ja nicht mehr da.

Trudy ließ sich wieder aufs Bett sinken und legte sich das Kopfkissen aufs Gesicht.

Angewidert warf Angelica das Federbett wieder zurück. Sie konnte schreien und toben, es würde nichts nützen. Was für eine erbärmliche Figur ihre Mutter mal wieder abgab.

Vielleicht sollte sie sich krankmelden? Nein, sie brauchte das Geld. An Feiertagen bekam sie doppelten Stundenlohn. Außerdem würde garantiert irgendjemand sie sehen und prompt bei Claire verpetzen. So lief so etwas doch immer.

In hilfloser Wut ballte sie die Hände zu Fäusten, dann ging sie zu Dill, um ihm die schlechte Nachricht zu überbringen.

Nick wachte in der grünen Grafschaft Berkshire auf. Von draußen war das Brummen des Rasenmähers zu hören. Er war sich mit seinem Vater einig gewesen, dass heute der beste Tag war, um den Rasen vor der Hochzeit noch einmal zu mähen, damit er am Samstag nicht allzu kurz geschoren aussah. Bis die Leute kamen, die das Zelt aufbauten, hatte das Gras dann noch etwas Zeit, sich zu erholen.

Beim Gedanken an das riesige Festzelt stöhnte Nick laut auf. Er zog sich das Federbett über den Kopf, aber vor seinem geistigen Auge erhob es sich immer noch weiß und majestätisch. Selbst den Tisch mit der dreistöckigen Hochzeitstorte sah er vor sich – Biskuit, garniert mit Sahne, Erdbeeren und weißer Schokolade, wenn er es richtig in Erinnerung hatte.

Er hatte nicht viele Worte mit Gerald gewechselt, als er am frühen Sonntagmorgen unerwartet aus Cornwall zurückgekommen war. Sein Vater war so taktvoll gewesen, keine Fragen zu stellen, obwohl er seinen Sohn gut genug kannte, um zu spüren, dass ihn irgendetwas bis ins Mark erschüttert hatte. Wahrscheinlich vermutete er, dass Nick sich betrunken und im Jachtclub von Pennfleet mit einem Mädel herumgemacht hatte und jetzt umkam vor schlechtem Gewissen.

Wenn es das nur gewesen wäre, dachte Nick. Selbst wenn er wild mit dem ganzen Jachtclub geknutscht hätte, würde das nicht aufwiegen, was wirklich passiert war.

Er bekam kaum noch Luft und schlug das Federbett zurück. Er sollte allmählich aufstehen und seinem Vater helfen.

Es war nicht fair, Gerald die ganze Sklavenarbeit machen zu lassen, auch wenn es dem Spaß machte, die Vorbereitungen für eine große Party zu treffen. Da war er voll in seinem Element.

Auch Isobel war bei solchen Gelegenheiten in ihrem Element gewesen. Wenn es darum ging, Gäste zu empfangen, war die ganze Familie Barnes zu Hochform aufgelaufen. Nick dachte daran, wie sehr seine Mutter es genossen hätte, seine Hochzeit vorzubereiten. Sophie hatte alles großartig gemacht, aber Isobel hätte etwas ganz Besonderes daraus gemacht, sie hätte das Fest mit ihrem ureigenen Stil geprägt, der die Partys im Hause Barnes stets unvergesslicher gemacht hatte als alle anderen. Wie hatte Isobel es fertiggebracht, ihren Festen diese Magie zu verleihen? Oder war es vielleicht allein ihre Gegenwart gewesen, die den Unterschied ausgemacht hatte? Ihre Warmherzigkeit, ihr unwiderstehlicher Charme, ihre Großzügigkeit, ihre Lebensfreude …

Heute war er zum Mittagessen mit Sophie verabredet. Sie wollte noch einmal ihre endlosen Listen mit ihm durchgehen. Er musste ihr zugutehalten, dass sie erstaunlich gelassen an die Hochzeit herangegangen war – er hatte von Freunden, die in der letzten Zeit geheiratet hatten, wahre Horrorgeschichten gehört –, trotzdem graute ihm davor, darüber zu diskutieren, welche Anweisungen der Fotograf brauchen und wer die Geschenke für die Brautjungfern entgegennehmen würde.

Er trat ans Fenster, zog die Vorhänge auf und blinzelte gegen das grelle Sonnenlicht. Es duftete nach frisch gemähtem Gras. Er überlegte, ob das Wetter sich wohl bis Samstag halten würde, und fragte sich dann, wie oft er in den kommenden Tagen über das Wetter würde reden müssen.

Das Wetter interessierte ihn nicht die Bohne. Im Gegenteil. Allein bei der Vorstellung, dass am Samstag all die vielen Hochzeitsgäste bei strahlendem Sonnenschein den Garten bevölkern und Begeisterungsschreie ausstoßen würden über diese Märchenhochzeit und wie glücklich er und Sophie sich schätzen sollten, bekam er einen Kloß im Bauch …

Er sah, wie sein Vater einen weiteren Sack Gras zum Komposthaufen hinter dem Schuppen schleppte. Er würde nach unten gehen und Gerald eine Weile am Rasenmäher ablösen. Anschließend würde er noch eine Tasse Tee mit seinem Vater trinken und sich dann duschen und zu Sophie fahren.

Es würde das letzte Mal sein, dass sie einander sahen, ehe sie vor den Altar traten.

Im Townhouse saß Angelica an der Rezeption und starrte ins Leere. Es gelang ihr nicht, ihren Unmut abzuschütteln.

Sie hatte fast eine halbe Stunde gebraucht, um Dill zu beruhigen. Er hatte geschrien und um sich getreten und geweint, als sie ihm eröffnet hatte, dass er nicht zum Fußballtraining gehen konnte. Es hatte sie ihre ganze Kraft gekostet, zu verhindern, dass er sich selbst dabei verletzte. Erst als sie ihm schließlich versprochen hatte, so bald wie möglich mit ihm zu einem richtigen Fußballspiel zu fahren, hatte er sich besänftigen lassen.

Sie wusste, dass er den ganzen Tag in der Bude hocken und sich eine DVD nach der anderen ansehen würde, während ihre Mutter schlief. Vielleicht konnte sie ausnahmsweise etwas eher Feierabend machen und am frühen Abend mit ihm einen Ausflug an den Strand unternehmen. Normalerweise arbeitete sie bis sieben, und wenn sie nach Hause kam, war sie jedes Mal so erschöpft, dass sie nur unter die Dusche und etwas essen wollte. Dann war sie zu müde, um mit ihm seine Badesachen zusammenzupacken und zu Fuß bis zur Neptune's Cove zu gehen, seinem Lieblingsstrand.

Noch dazu, wo das eigentlich Trudys Aufgabe sein sollte.

Das war nicht recht. Das war unfair. Sie hatte sich längst daran gewöhnt, von ihrer Mutter enttäuscht zu werden, aber Dill gegenüber war es einfach nicht fair. Er hatte auch so schon genug Probleme.

Dass Claire heute so quietschvergnügt wirkte, verschlimmerte Angelicas schlechte Laune nur noch.

Claire verabschiedete gerade das junge Paar, denen sie ein besseres Zimmer gegeben hatten.

»Ich hoffe, Sie haben Ihren Aufenthalt bei uns genossen«, sagte sie, als die beiden ihre Rechnung bezahlten.

»Und wie«, sagte die junge Frau. »Wir kommen bestimmt bald wieder. Wir werden hier vielleicht ein Haus kaufen.«

»Ach, das ist ja großartig«, sagte Claire, während sie die Rechnung faltete und in einen Umschlag steckte. »Dann wünsche ich Ihnen viel Glück.«

Die beiden nahmen ihre Taschen und gingen Arm in Arm nach draußen. Wieder zwei zufriedene Kunden, dachte Angelica. Warum sollten sie auch nicht zufrieden sein? Sie hatten ohne Aufpreis ein Zimmer bekommen, das doppelt so groß war wie das, das sie gebucht hatten. Ihre miese Laune ging ihr allmählich selbst auf die Nerven. Sie missgönnte den beiden das schöne Zimmer wirklich nicht …

»Könntest du raufgehen und den faulen Sack für mich wecken?«, fragte Claire.

Angelica stand auf und ging zur Treppe. Sie hätte sich krankmelden sollen. Sie hatte es satt, ständig gute Miene zum bösen Spiel zu machen. Die gute alte Angelica, auf die sich alle verließen, ohne einen Gedanken daran zu verschwenden, wie es ihr dabei ging. Claire hatte allen Grund, vergnügt zu sein, mit ihrem Verlobungsring und ihren hochfliegenden Plänen. Aber als es ihr schlecht ging, hatte sie sich an Angelicas Schulter ausgeweint. Als die Zukunft noch nicht so rosig ausgesehen hatte …

Angelica stampfte die Treppe hoch. Das alles machte sie nur noch wütend. An welcher Schulter sollte sie sich ausweinen, wenn sie nicht mehr aus noch ein wusste? Konnte ihr das mal jemand sagen?

Während sie ihre Sachen packten, zeigte Alison Chelsey auf ihrem Handy ein paar Fotos von ihrem Hund Monty. Sie hatten sich schließlich doch entschieden, wie geplant nach Hause zu fahren. So konnte Chelsey sich schon mal eingewöhnen, während die notwendigen Maßnahmen getroffen wurden.

»Monty ist ein Springer Spaniel«, sagte Alison gerade. »Und er ist sehr frech. Ich muss mit ihm zum Hundetraining gehen.«

»Ich hab mir immer einen Hund gewünscht«, sagte Chelsey. »Aber meine Mum hat es mir nicht erlaubt.«

Colin musste sich abwenden, um seine Rührung zu verbergen. Er stellte sich vor, wie Chelsey mit Monty im Garten spielte, wie sie mit ihm herumtollte, so wie seine älteren Kinder es früher getan hatten. Würde es funktionieren?

Es musste funktionieren, dachte er.

Und selbst wenn nicht, selbst wenn seine Ehe unter dem Druck in die Knie gehen würde, musste er wenigstens nicht mehr mit seinen Schuldgefühlen leben. Das Geheimnis war heraus. Von jetzt an konnte er sich um Chelsey kümmern, dafür sorgen, dass sie ein glückliches Leben führte und ihre Wünsche erfüllt wurden.

Alison und Chelsey kicherten beim Betrachten der Fotos. Einen Moment lang kam er sich vor wie ein Außenseiter. Alison hatte immer schon ein Händchen im Umgang mit Kindern gehabt.

»Kommt, ihr zwei«, sagte er. »Machen wir das Beste aus dem schönen Tag.«

Sie wollten sich ein Boot mieten. Colin war sich nicht sicher, ob er ein guter Skipper war, aber zumindest würde er sich auf etwas konzentrieren können, während die beiden einander kennenlernten.

Er nahm sein Handy, um nachzusehen, ob eine SMS eingegangen war. Er lebte ständig in der Furcht, Karen könnte sich melden, um zu verkünden, sie hätte eingesehen, dass sie einen Fehler gemacht hatte, und würde Chelsey abholen kommen.

Nichts. Colin atmete erleichtert auf. Mit jeder Stunde, die Karen sich nicht meldete, schwächte sie ihre Position. Er würde einen richterlichen Beschluss bekommen und auf lange Sicht hoffentlich auch das Sorgerecht für Chelsey. Er wollte keine Schlammschlacht, aber er glaubte, genug in der Hand zu haben, um zu beweisen, dass Karen unfähig war, ihren Erziehungspflichten nachzukommen. Natürlich hoffte er, dass sie das alles wie zivilisierte Menschen würden regeln können. Schließlich war Karen immer noch Chelseys Mutter, und es wäre wünschenswert, dass die beiden weiterhin in Kontakt blieben.

Es würde kein Zuckerschlecken werden, da machte er sich nichts vor. In einem Jahr kam Chelsey in das schwierige Teenageralter. Da könnte es ihm noch mal leidtun, sie aufgenommen zu haben.

Nein, dachte Colin. Egal, was passierte, er würde es nie bereuen. Chelsey war von seinem Fleisch und Blut. Sie hatte es verdient, dass er ihr die gleichen Möglichkeiten bot wie seinen anderen Kindern.

Jetzt, wo sie einmal bei ihm war, würde er sie nicht wieder gehen lassen.

Er zog den Reißverschluss an ihrem kleinen Koffer zu und nahm ihn in die Hand.

»Auf geht's. Wir checken aus und lassen unser Gepäck bis heute Nachmittag hier.«

»Können wir irgendwann noch mal herkommen?«, fragte Chelsey. »Es ist so schön hier.«

Colin sah sich im Zimmer um. Es war ein seltsames Wochenende gewesen. Traumatisch, emotional, schwierig … Aber Pennfleet war wirklich ein hübsches Städtchen. Und das Hotel war etwas Besonderes. Eine gute Entdeckung, sagte er sich.

»Na klar«, antwortete er. Er würde ihr nie etwas abschlagen können. Und Alisons wehmütiges Lächeln sagte ihm, dass sie das auch wusste.

Aber daran war doch nichts auszusetzen, oder?

Luca schlief tief und fest.

»Hey«, sagte Angelica und schüttelte ihn. »Aufstehen. Die Arbeit ruft.«

Er schlug die Augen auf und schaute sie an.

»Du bist ja heute morgen besonders charmant«, bemerkte er.

»Du kannst mich mal«, sagte sie und brach in Tränen aus.

Er setzte sich erschrocken auf. »Was ist denn los?«, fragte

er. Weinende Frauen gingen ihm auf die Nerven. Da lobte er sich seine Claire, die hatte nicht so nah am Wasser gebaut.

»Als würde dich das interessieren«, schluchzte Angelica. »Du interessierst dich doch nur für dich selbst.«

»Das ist nicht fair.«

Er streichelte sie. Sie schloss die Augen.

»Nicht«, sagte sie, rührte sich jedoch nicht von der Stelle.

Er fuhr ihr mit den Fingern durchs Haar. »Arme Angelica«, sagte er sanft. »Was hast du denn bloß? Das passt doch gar nicht zu dir.«

Sie kniff die Augen noch fester zu, um ihre Tränen zurückzuhalten. »Du hast echt überhaupt keine Ahnung, was du mir bedeutest, oder?«, brachte sie schließlich mühsam heraus.

»Was ich dir bedeute?« Er lachte. »Nein, davon weiß ich nichts.«

»Lach mich nicht aus.«

»Ich lache dich nicht aus.« Er klopfte auf die Stelle neben sich auf dem Bett. »Komm, setz dich. Erzähl mir, was los ist.«

Nach kurzem Zögern setzte sie sich gegen besseres Wissen auf die Bettkante. Luca lehnte sich gegen das hölzerne Kopfteil. Sein Haar war total zerzaust, und er war unrasiert. Sein Oberkörper hob sich golden gegen das weiße Bettzeug ab. Sie dachte, sie würde gleich in Ohnmacht fallen, als sie seinen Geruch einatmete.

Er sah sie verwirrt an. »Na komm, raus mit der Sprache«, sagte er.

Angelica wusste nicht, was sie tun sollte. Ob sie das als eine Arbeitsbesprechung betrachten oder ob sie ihm ihr Herz ausschütten sollte. Ob sie ihm die Wahrheit sagen sollte.

Er streichelte ihren nackten Arm mit dem Handrücken.

»Und?«, sagte er leise.

Seine Berührung brach alle Widerstände in ihr. Sie konnte ihn weder als Chef noch als Freund betrachten.

»Ich kann an nichts anderes denken als an dich«, sagte sie. »Tag und Nacht. Ob ich wach bin oder schlafe, du bist immer bei mir. In meinen Träumen …«

»Ach du Scheiße«, sagte Luca. Und als sie wieder in Tränen ausbrach, zog er sie an sich. »Komm her. Nicht weinen.«

Sie kuschelte sich an seine Brust. Er hielt sie in den Armen.

O Gott, dachte Angelica. Was war ihr da nur herausgerutscht? Aber ihr war alles so unfair erschienen. Der arme Dill. Ihre bescheuerte Mutter. Das verliebte Pärchen. Alle genossen die Sonne an diesem Feiertag und waren mit ihrem Schicksal zufrieden. Während die Zukunft für sie nur Trostlosigkeit bereithielt.

Und jetzt war der Augenblick gekommen, von dem sie unzählige Male geträumt hatte. Seine warmen Hände fuhren über ihre Beine, unter ihren Rock, in ihren Slip. Sie wand sich unter seiner Berührung.

»Nein«, sagte sie und fühlte sich ihm zugleich hilflos ausgeliefert. Danach hatte sie sich die ganze Zeit gesehnt. Sie hatte so lange dagegen angekämpft, und jetzt, aufgelöst, wie sie war, hatte sie nicht die Kraft, der Versuchung zu widerstehen. Obwohl sie wusste, dass es unrecht war. Obwohl sie wusste, dass es ihr nur noch mehr Kummer einbringen würde.

Aber wenigstens würde sie wissen, wie es sich anfühlte. Wenigstens würde sie wissen, was sie verpasste. Seine Hände hatten sich unter ihre Bluse vorgearbeitet, streichelten ihre Haut. Wie oft hatte sie davon geträumt. Wenn sie heute starb, dann würde sie glücklich sterben, dachte Angelica, während sie sich von ihren Gefühlen überwältigen ließ, von ihrem Verlangen, das so stark war, dass sie es kaum aushalten konnte.

»Hör nicht auf«, flüsterte sie, während ihr die Tränen über die Wangen liefen.

»Mach ich nicht.« Lucas Atem ging keuchend. »Keine Sorge …«

Claire rannte die Treppe hoch, immer zwei Stufen auf einmal nehmend. Wo zum Teufel steckten die beiden bloß? Wussten sie denn nicht, dass sie heute wieder Hochbetrieb haben würden? Das Hotel war voller Leute, die einen Kaffee auf der Terrasse bestellen, einen Tisch fürs Mittagessen reservieren, einen Cocktail trinken wollten, und sie konnte schließlich nicht hexen. Sie brauchte Angelica an der Rezeption, und Luca wurde in der Küche gebraucht, aber beide waren spurlos verschwunden. Sie stand vor ihrer Zimmertür. Wahrscheinlich war Angelica nach oben gegangen, um Luca zu wecken, und er hatte sich nicht darum geschert und sich einfach umgedreht und weitergeschlafen.

Als sie die Tür öffnete und sah, was sich ihren Augen darbot, empfand sie …

Nichts.

Keine Wut. Keine Eifersucht. Keinen Schock. Kein Entsetzen.

Nichts.

Sie drehte sich um und machte die Tür leise wieder zu. Einen Moment lang blieb sie auf dem Treppenabsatz stehen. Das Einzige, was sie hörte, war ihr pochendes Herz. Adrenalin. Kampf-oder-Flucht-Instinkt.

Sie würde nicht kämpfen. Es gab nichts, um was es sich zu

kämpfen lohnte. Nichts, was sie beanspruchte. Von ihr aus konnte er alles behalten. Und sie wünschte ihm viel Glück. Sie würden sich gut verstehen, Luca und Angelica. Sie würde nicht bleiben und einen Rosenkrieg anzetteln. Das war unter ihrer Würde.

Außerdem hatte sie nicht viel Zeit, das wusste sie. Wenn sie bekommen wollte, was sie sich wünschte, musste sie schnell handeln.

Sie eilte die Treppe hinunter. Ihre Gedanken rasten. Sie brauchte nichts mitzunehmen. Ihre Handtasche und ihre Autoschlüssel lagen an der Rezeption. Alles andere konnte sie, wenn nötig, später abholen lassen.

Auf dem Treppenabsatz im ersten Stock blieb sie kurz stehen. Sie stand vor der Tür zu Trevor und Moniques Zimmer, und einen Moment lang überkam sie ein schlechtes Gewissen. Sie musste an das denken, was Trevor ihr erzählt hatte, und ihr wurde bewusst, dass sie den Traum der beiden in Gefahr brachte, wenn sie jetzt ging. Sie schuldete ihnen wenigstens eine Erklärung.

Sie hob die Hand, um anzuklopfen. Sie würden enttäuscht sein, dachte sie. Dann kam ihr ein anderer Gedanke. Warum sollte sie einfach sang- und klanglos verschwinden und Luca die Früchte ihrer harten Arbeit überlassen, ganz zu schweigen von dem Geld, das sie in den Kauf des Hotels investiert hatte?

Sie warf einen Blick auf ihre Uhr, holte tief Luft und klopfte an.

Trevor öffnete mit einem strahlenden Lächeln.

»Claire!« Er trat zur Seite, um sie einzulassen. »Was führt dich zu uns?« Er sah sie erwartungsvoll an. »Bist du hergekommen, um uns ein Autogramm zu geben?«

Monique saß an der Frisierkommode und schminkte sich. Die Balkontüren standen offen und gaben den Blick frei auf den herrlichen Tag. Claire hatte plötzlich einen Kloß im Hals. Sie war im Begriff, all das hier aufzugeben.

»Nein«, sagte sie. »Ich wollte euch einen ganz anderen Vorschlag machen.«

Trevor und Monique schauten sie überrascht an.

»Ich wollte euch fragen, ob ihr bereit wärt, mir meinen Anteil des Townhouse abzukaufen.«

Einen Moment lang herrschte Stille, als die beiden Claires Worte verdauten.

»Wie meinst du das?«, fragte Trevor.

»Luca und mir gehören jeweils vierzig Prozent«, sagte Claire. »Aber – ich möchte nicht mehr weitermachen. Luca und ich haben uns getrennt.«

»O mein Gott!« Monique sprang auf. Sie trug ein weißes Satinnachthemd mit passendem Negligé darüber. »Was ist denn passiert? Ihr habt euch doch gestern erst verlobt … Und ihr wirktet so glücklich!«

Claire betrachtete ihren Ring. Den hatte sie vollkommen vergessen. Sie zog ihn ab und rollte ihn zwischen ihren Fingern hin und her.

»Ich werde nicht ins Detail gehen«, antwortete sie. »Aber ich wollte euch das Vorkaufsrecht an meinem Anteil anbieten. Und aus der Sache mit London bin ich natürlich raus. Tut mir wirklich leid. Ich weiß, wie viel euch das Projekt bedeutet. Ich hoffe, dass ihr eine andere Möglichkeit findet, es zu verwirklichen.«

Trevor und Monique sahen einander an.

»Was meinst du?«, fragte Trevor.

Monique breitete die Arme aus.

»Trev, Darling, du brauchst mich gar nicht erst zu fragen. Wir sind doch ganz vernarrt in dieses Hotel. Es gehört zu uns.«

Trevor schaute aus dem Fenster, während er über Claires Angebot nachdachte.

»Tja«, sagte er schließlich. »Ich kann nicht so tun, als wären wir nicht enttäuscht. Wegen London, meine ich. Wir wollten uns damit einen Traum verwirklichen. Aber wir möchten dir natürlich auch nicht im Weg stehen. Und ja, theoretisch sind wir daran interessiert, deinen Anteil zu kaufen.«

»Danke.« Claire streckte ihm die Hand hin. »Ich muss jetzt los, aber ich melde mich. Dann können wir die Einzelheiten klären.«

»Ein Handschlag von mir ist so gut wie ein schriftlicher Vertrag«, sagte Trevor.

Claire wandte sich Monique zu, um auch ihr die Hand zu schütteln, wurde jedoch zu ihrer Überraschung von einer weißen, nach Envy duftenden Satinwolke eingehüllt, als Monique sie umarmte.

»Falls du mal jemandem zum Reden brauchst, Süße«, flötete Monique. »Ich bin immer für dich da. Ich bin eine Frau von Welt. Wenn du irgendeinen Rat brauchst …«

»Ich danke dir«, sagte Claire. »Euch beiden.« Dann verließ sie eilig das Zimmer, ehe sie an dem Kloß in ihrem Hals erstickte. Sie wollte nicht über das nachdenken, was sie zurückließ. Sie wollte nach vorne blicken. Und hoffen, dass es noch nicht zu spät war.

An der Rezeption drängten sich alle möglichen Leute, die darauf warteten, endlich bedient zu werden, aber Claire scherte sich nicht darum. Sie nahm einen Umschlag aus der Schublade, tat den Ring hinein. Hastig kritzelte sie ein paar Worte auf einen Zettel: *Ich hoffe, du hast die Rechnung aufgehoben.*

Dann klebte sie den Umschlag zu und schrieb Lucas Namen darauf.

Ein Gast trat an den Tresen und beschwerte sich über den langsamen Service.

»Wir wollen bloß einen Kaffee trinken. Wir warten schon eine Ewigkeit.«

»Die Empfangsdame wird gleich hier sein«, antwortete Claire. »Sie ist gerade in einem Gespräch mit dem Chef. Sozusagen.«

Sie legte den Umschlag ins Posteingangsfach, setzte ein liebenswürdiges Lächeln auf, schnappte sich ihre Handtasche und die Autoschlüssel und verließ das Hotel.

Trevor drehte sich schweren Herzens zu seiner Frau um.

Er fürchtete sich vor ihrer Reaktion auf Claires Vorschlag. Sie hatte sich in Claires Anwesenheit nichts anmerken lassen, und er hoffte, dass sie jetzt nicht in Tränen ausbrechen würde. Das Hotel in London war ihre Idee gewesen, das Projekt, das sie endlich wieder aufgerichtet hatte.

Zu seiner Überraschung war sie vollkommen entspannt.

»Alles in Ordnung?«, fragte er.

»Aber ja«, antwortete sie. »Ich finde sogar, das ist das Beste, was uns passieren konnte.«

Trevor war sprachlos.

»Inwiefern?«

»Wenn wir uns hier einkaufen, kann ich die Hotelleitung übernehmen. Hier kann ich Erfahrung sammeln. Mich einarbeiten. Das Haus ist gut eingeführt und beliebt. Das ist doch ideal. Und wenn ich den Dreh raushabe, können wir uns noch mal in London umsehen. Das schaffe ich dann bestimmt allein.«

Sie lächelte ihn an. Ihre Augen leuchteten wie seit Jahren nicht mehr. Die düstere Wolke, die sie so lange begleitet hatte, schien verschwunden zu sein. Trevor ging das Herz über. Sie war so viel stärker, als er angenommen hatte. Er ging zu ihr und nahm sie in die Arme.

»Ich bin so stolz auf dich«, sagte er.

Luca rannte wütend durchs Hotel. Wo zum Teufel steckte Claire? Sie war wie vom Erdboden verschluckt. Ihre Handtasche und ihre Autoschlüssel waren weg. Und sie ging nicht an ihr Handy.

»Was denkt sie sich eigentlich, verflucht«, tobte er. »Einfach so abzuhauen.«

Angelica kam vom Parkplatz zurück. Er hatte sie losgeschickt, um nachzusehen, ob Claires Auto dort stand.

»Es steht nicht da«, sagte sie.

Wutentbrannt packte er sie an den Armen.

»Das ist alles deine Schuld!«, schrie er. »Sie muss uns gesehen haben.«

Seine Finger gruben sich in ihre Haut.

»Meine Schuld?«, entgegnete sie ruhig. »Das glaube ich nicht.«

»Was zum Teufel soll ich denn jetzt machen?«, fuhr er sie an.

Er schüttelte Angelica. Sie versuchte, sich aus seinem Griff zu befreien. Hinter Luca sah sie Trevor die Treppe herunterkommen.

»Lass sie sofort los.« Trevor kam auf sie zu. »Ich möchte nie wieder erleben, dass du dich an dieser jungen Frau vergreifst.«

Luca funkelte ihn an. »Das geht dich nichts an«, knurrte er.

»O doch«, erwiderte Trevor. »Das geht mich sehr wohl etwas an.«

»Wovon redest du da?« Luca ließ Angelica los und wandte sich Trevor zu.

»Claire hat Monique und mir ihren Anteil am Hotel zum Kauf angeboten«, sagte Trevor.

»Was soll das heißen? Das kann sie nicht machen. Was zum Henker hat das zu bedeuten? Wo ist sie überhaupt?«

»Keine Ahnung. Sie hat uns nicht gesagt, wo sie hinwollte.«

Luca stand reglos da, während er versuchte, sich einen Reim auf das alles zu machen.

»Dann kauft doch gleich das ganze verfluchte Hotel«, brachte er schließlich heraus und stürmte nach draußen.

Trevor schaute Angelica an. »Alles in Ordnung?«

Sie schüttelte den Kopf. »Was machen wir denn jetzt?«

»Keine Sorge. Der kommt wieder, wenn er genug Dampf abgelassen hat.« Trevor war sich dessen ganz sicher. »Ich werde Monique bitten, nach unten zu kommen und Ihnen unter die Arme zu greifen.«

Angelicas Augen füllten sich mit Tränen. »Das ist wirklich alles meine Schuld«, sagte sie.

Trevor tätschelte ihr die Schulter. »Das glaube ich nicht. Was auch immer heute vorgefallen ist, ich bin sicher, es hat schon vor langer Zeit angefangen …«

Claire brauchte nicht einmal drei Stunden bis Mimsbury. Garantiert würde sie in der kommenden Woche mehrere Knöllchen wegen überhöhter Geschwindigkeit in ihrer Post finden. Und obwohl sie während der Fahrt alle Zeit der Welt gehabt hatte, um über alles nachzudenken, hatte sie nicht ein einziges Mal den Impuls verspürt, umzukehren, oder daran gezweifelt, dass sie das Richtige tat.

Tief in ihrem Herzen wusste sie, dass sie zu Nick gehörte. Und wenn er das nicht so empfand, nun, sie würde sich auch ohne ihn in der Welt zurechtfinden. Dann würde sie noch einmal ganz von vorn anfangen. Zu ihren eigenen Bedingungen.

Sie hatte keine Lust, über Luca und Angelica nachzudenken. Die beiden spielten im Moment keine Rolle. Auf keinen Fall würde sie ihnen die Genugtuung einer Kraftprobe gönnen oder ihnen die Gelegenheit bieten, sich zu verteidigen. Im Grunde genommen fühlte sie sich von Angelica noch mehr verraten als von Luca. Sie schüttelte sich bei dem Gedanken, wie sie sich der jungen Frau anvertraut hatte. Es erinnerte sie an etwas, was sie eigentlich längst wusste – dass Geheimnisse gefährlich waren, dass sie einen verletzlich machten.

Von jetzt an, das schwor sie sich, würde sie nie wieder Geheimnisse haben.

Sie bog in die schmale Landstraße nach Mimsbury ab. Seit sie nach Sausalito geflogen war, war sie nicht mehr dort gewesen – ihre Eltern waren kurz nach ihrer Abreise schon wieder umgezogen –, aber selbst nach all den Jahren war ihr alles immer noch vertraut. Die Hecken und Wiesen leuchteten in saftigem Grün, und hin und wieder fuhr sie an einem Backsteinhaus vorbei, an dem die Kletterrosen blühten. Sie fuhr über die Bogenbrücke, die über den stillen Kanal führte, dann über den Bahnübergang neben dem kleinen Bahnhof, dem Ort ihrer schicksalhaften Begegnung mit den Brüdern Barnes vor einer halben Ewigkeit, und durch einen Tunnel aus Eichenkronen, bis Mimsbury in seiner ganzen Pracht vor ihr auftauchte, malerisch wie eh und je, als erwartete es jeden Moment, dass die Juroren für den Preis für das schönste Dorf eintrafen. Instinktiv ging sie vom Gas, noch ehe sie an dem Schild vorbeifuhr, das Tempo 30 vorschrieb.

Das Mimsbury Arms sah aus wie immer. Sie meinte es sogar riechen zu können – den Rauch des Holzfeuers, den Hopfengeruch des Biers, Mels herbes Parfüm, das Frittierfett in der Küche. Die Sehnsucht nach der Vergangenheit war plötzlich so stark, dass ihr ein bisschen schwindlig wurde, und einen Augenblick lang fragte sie sich, ob es wirklich klug gewesen war hierherzukommen.

Dann folgte sie einer Kurve, und vor ihr erhob sich das Mill House. Der Anblick verschlug ihr immer noch den Atem, so als würde sie es zum ersten Mal sehen. Es stand still und reglos da in der Sommersonne und wartete auf sie, die rötlichen Backsteine, leicht verschwommen in der feuchten Hitze, der kleine Fluss, der sich friedlich durch den weitläufigen Garten wand. Sie fuhr auf den kiesbedeckten Parkplatz vor dem Haus und zog die Handbremse an. Als sie aus dem Auto stieg, hatte sie das Gefühl, als müsste sie eigentlich ein Kamerateam begleiten, als müsste jede ihrer Bewegungen von einem Sprecher mit ehrfurchtsvoller Stimme kommentiert werden.

Der Kies knirschte unter ihren Füßen, als sie zur Haustür ging. Sie durfte nicht darüber nachdenken, was sie tat. Sie musste einfach weitergehen. In ihre neue Lebensphase, was auch immer sie ihr bescheren mochte. Sie klingelte. Es schrillte durch das ganze Haus, ein markerschütterndes Geräusch an so einem friedlichen Nachmittag. Stille. Niemand zu Hause.

Aus irgendeinem Grund hatte sie an diese Möglichkeit gar

nicht gedacht. Was für eine Enttäuschung. Sie trat einen Schritt zurück, kaute auf ihrem Daumennagel, überlegte, was sie tun sollte. Vielleicht in den Pub gehen und warten? Aber das würde ihrem Vorhaben die Dringlichkeit nehmen. Es würde den Schwung verlieren. Sie wollte gerade zu ihrem Auto zurückgehen, als sie ein Klappern hörte. Dann wurde die Tür langsam geöffnet.

Es war Gerald. Sie hatte ihn offensichtlich geweckt. Er wirkte verdattert und zerzaust und blinzelte in das grelle Sonnenlicht, das in die dunkle Diele fiel.

»Verzeihen Sie. Ich habe im Garten ein Nickerchen gemacht und …« Er hatte sie noch nicht erkannt.

»Hallo Gerald«, sagte sie, unsicher, wie viel Begeisterung sie in ihre Stimme legen sollte, da sie nicht wissen konnte, wie er reagieren würde. »Ich bin's. Claire.«

Er wirkte schmächtiger, als sie ihn in Erinnerung hatte. Beinahe gebrechlich. Und er war grau geworden. Aber es waren immerhin mehr als zehn Jahre vergangen, und in Geralds Alter machten zehn Jahre wohl eine Menge aus. Und er war viel dünner geworden, wie es im Alter oft passierte.

Doch plötzlich lächelte er, seine Miene erhellte sich, und dann war der alte Gerald wieder da, der Bonvivant, der Partylöwe, der Charmeur.

»Claire!«, rief er freudig aus. Er trat aus der Tür und umarmte sie, und sie ließ es geschehen. »Meine kleine Claire!« Sie erinnerte sich, wie theatralisch er sein konnte, wenn er aufgeregt war. »Was für eine Überraschung. Ich bin ja ganz fassungslos. Aber wie schön, dich zu sehen!« Er machte einen Schritt zurück und hielt sie auf Armeslänge von sich, um sie näher zu betrachten. »Komm rein. Ich kann dir gar nicht sagen, wie sehr ich mich freue …«

Claire betrat die Diele und fühlte sich von den vertrauten Wänden willkommen geheißen. Es hatte sich nichts verändert. Die Standuhr war noch da, die Zeiger auf zehn nach zwei gerichtet; sie stand an derselben Stelle wie an dem Tag, als Claire sie zum letzten Mal gesehen hatte. Sie tickte immer noch genauso laut und unermüdlich. Es roch nach Bienenwachs und Kokosfaserteppich. Und immer noch lag ein zarter Duft nach Veilchen in der Luft – oder bildete sie sich das ein? Sie konnte sich beinahe vorstellen, wie Isobel die Treppe heruntergelaufen kam und sie überglücklich in die Arme schloss …

»Komm, komm.« Gerald bugsierte sie in die Küche.

Als sie durch die Tür trat, war es, als würde sie eine Zeitreise in die Vergangenheit machen. Sie blieb kurz stehen, überwältigt von ihren Gefühlen. Auch hier hatte sich nichts verändert. Der mit Papierkram, benutzten Henkeltassen und Frühstücksresten übersäte Tisch. Die Familienfotos an den Wänden. Die Aussicht durch die Terrassentür. Der Geruch nach Öl, mit dem der alte AGA-Herd betrieben wurde. Der Duft nach getoastetem Brot, nach frisch gemahlenen Kaffeebohnen …

Alles war ein bisschen unordentlicher, als Isobel es geduldet hätte. In der Vase mit dem Goldrand standen keine frischen Blumen. Die Milch war nicht im Kühlschrank, auf dem Tisch stand der Zucker in der Tüte anstatt in der Zuckerdose, und in der Tüte steckte ein Kaffeelöffel, was Isobel auf die Palme gebracht hätte.

»Was kann ich dir anbieten?«, fragte Gerald, wie immer der perfekte Gastgeber. »Nein, sag nichts. Wenn es jemals einen Grund gegeben hat, eine Flasche Sekt zu öffnen, dann heute …«

Er schaute sie mit einem strahlenden, liebevollen Lächeln an.

Claire fehlten die Worte. Sie war von Gefühlen überwältigt. Erinnerungen an die Vergangenheit mischten sich mit Hoffnungen für die Zukunft. Die ganze Situation machte sie verlegen. Was sollte sie Gerald sagen? Wie sollte sie ihm ihren Besuch erklären?

Aber anscheinend erwartete er gar keine Erklärung von ihr. Er freute sich einfach, dass sie wieder da war. Er nahm eine Flasche Sekt aus dem Kühlschrank, wie sie es ihn so oft hatte tun sehen. Er hatte noch nicht einmal auf ihre Antwort gewartet. Mit geübten Handgriffen entfernte er das Aluminium, dann zog er langsam und vorsichtig den Korken heraus. Er füllte zwei Gläser und reichte ihr eins.

»Wie schön, dass du da bist«, sagte er. »Ich habe über die Jahre so oft an dich gedacht. Mich gefragt, wie es dir wohl gehen mochte. Du siehst gut aus.«

Claire nickte. »Ja, es geht mir auch gut …«, flüsterte sie.

Sie stießen an und tranken. Schließlich fand sie den Mut zu sprechen.

»Ich habe auch an euch gedacht. Oft.« Es war zu viel. Die Erinnerungen waren zu stark. Sie spürte, wie ihr Kinn zitterte. »Es tut mir leid … Es tut mir so furchtbar leid. Alles.«

»Aber meine Kleine, du brauchst dich nicht zu entschuldigen. Es braucht dir nicht leidzutun. Aber wir hatten nie Gelegenheit, dir das zu sagen. Keiner von uns war dir böse.« Er nahm ihre Hand. Sie senkte den Blick und sah, wie alt seine Hand geworden war, knorrig und voller Altersflecken. »Keiner von uns war dir jemals böse, hörst du? Wie denn auch? Du hast nur getan, was du für richtig gehalten hast. Es tut mir schrecklich leid, dass alles so enden musste. Es hat mich damals fast noch trauriger gemacht als Isobels Tod, denn ich wusste ja, dass das passieren musste und hatte mich damit abgefunden. Auch wenn wir nie darüber gesprochen haben, und vielleicht war das das eigentliche Problem. Das ist eben typisch Barnes, so zu tun, als wäre alles in Ordnung, auch wenn das Gegenteil der Fall ist …«

Er schaute ihr in die Augen und lächelte. »Ich freue mich, dass du gekommen bist«, sagte er noch einmal. »Weil ich nie Gelegenheit hatte, mich bei dir zu bedanken. Du hast mir diese letzten kostbaren Wochen mit Isobel geschenkt. Das Weihnachtsfest war ein Traum. Das hätte ich alles nicht erlebt, wenn du nicht gewesen wärst. Sie hat dich gebraucht, um die Kraft zu finden, das, was sie getan hat, wirklich zu tun.«

Claire spürte, wie die Schuldgefühle und die Trauer, die sie zwölf Jahre lang gequält hatten, langsam von ihr abfielen. Tränen liefen ihr über die Wangen, als Gerald sie in die Arme nahm, und sie ließ sich willig von ihm trösten. Nach einer Weile hörte sie auf zu schluchzen. Sie löste sich aus seiner Umarmung, wischte sich die Tränen aus dem Gesicht und lachte verlegen. Sie trank einen Schluck Sekt, um sich zu stärken.

»So gefällst du mir schon besser«, sagte Gerald. »Viel besser.«

Er zog einen Stuhl für sie unter dem Tisch hervor, und nachdem sie Platz genommen hatte, setzte er sich ebenfalls. »Willst du mir jetzt erzählen, warum du hier bist?«

»Hat Nick nichts davon erwähnt, dass wir uns getroffen haben?«

»Nein.« Gerald wirkte plötzlich bedrückt. »Er lässt sich nicht in die Karten gucken. Aber er ist früher als geplant von seinem Junggesellenabschied zurückgekommen. Ich wusste sofort, dass irgendetwas nicht stimmte.« Er schaute Claire an. »Du weißt von der bevorstehenden Hochzeit?«

Sie lächelte wehmütig.

»Ja.«

Gerald zeigte nach draußen. »Ich bin seit zwei Monaten dabei, den Garten auf Vordermann zu bringen. Ich hatte ihn in den letzten Jahren ein bisschen verwildern lassen. Früher hat Isobel sich hauptsächlich darum gekümmert. Ich hab immer den Rasen gemäht, aber sie hat die Blumenbeete gepflegt und die Rosen beschnitten. Ich hoffe, sie wäre zufrieden damit, wie ich alles hinbekommen habe …«

Claire schaute nach draußen. Es war ein englischer Garten wie aus dem Bilderbuch: weiche, volle Blüten, die im Wind nickten, Rosa- und Gelbtöne zwischen allen Schattierungen von Grün. Und mittendurch schlängelte sich das Flüsschen.

»Das hast du großartig hingekriegt«, sagte sie. Jetzt, wo sie sich ein bisschen entspannt hatte und ihre Umgebung besser wahrnehmen konnte, entdeckte sie überall Anzeichen für die Vorbereitungen einer Hochzeit. In einer Ecke der Küche waren Kartons mit Weingläsern gestapelt. An der Wand hing eine Gästeliste. Ein Stapel CDs und daneben ein Laptop; offenbar war jemand dabei, die Musik für das Fest zusammenzustellen – wahrscheinlich Shrimp, der Musikfan in der Familie.

Der Laptop war das einzige Neue in der Küche, fiel ihr auf. Ansonsten war alles so, wie es gewesen war, als sie das letzte Mal hier gesessen hatte.

Gerald stand in der Tür und betrachtete den Garten. Wahrscheinlich dachte er an all die Gartenpartys, die sie ausgerichtet hatten, sah die Geister der Gäste über den Rasen tanzen.

»Ich möchte, dass es ein perfektes Fest wird«, sagte er. »So perfekt, wie Isobel es gestaltet hätte.«

Claires Ohren klingelten plötzlich. Was zum Teufel hatte sie hier eigentlich zu suchen? Sie musste von allen guten Geistern verlassen sein anzunehmen, sie könnte einfach hier hereinrauschen und Nicks Hochzeit torpedieren, bloß weil sie vor Jahren einmal in ihn verliebt gewesen war. Nick gehörte ihrer Vergangenheit an, nicht ihrer Zukunft. Sie konnte den Lauf der Ereignisse nicht aufhalten. Dazu hatte sie kein Recht.

Sie stand auf.

»Gerald, ich muss los. Ich werde erwartet. Ich war auf der Durchfahrt und wollte einfach mal vorbeischauen. Ich hoffe, es wird alles so, wie du es dir wünschst ...«

Gerald drehte sich stirnrunzelnd um. »Nein, geh noch nicht. Nick wird traurig sein, wenn er erfährt, dass er dich knapp verpasst hat. Bleib noch ein bisschen.«

»Nein, es geht nicht.« Claire suchte in ihrer Tasche nach den Autoschlüsseln. »Es war schön, dich wiederzusehen ...«

Gerald war offensichtlich verdattert über ihren plötzlichen Aufbruch. Sie musste machen, dass sie wegkam, ehe er anfing, ihr Fragen zu stellen. Sie ging zu ihm und gab ihm einen Kuss auf die Wange. Als sie sich abwenden wollte, hielt er sie am Ellbogen fest.

»Claire – warum bist du hergekommen?«

Sie schüttelte stumm den Kopf, denn sie konnte nicht sprechen. Je eher sie im Auto saß, desto besser. Auch wenn sie keine Ahnung hatte, wo sie hinfahren würde. Vielleicht zu ihren Eltern? Die würden sich freuen, sie zu sehen; die würden ihr keine peinlichen Fragen stellen. Sie riss sich mit einem verkrampften Lächeln los und wandte sich zum Gehen.

Nick stand in der Tür.

Einen Augenblick lang starrten sie einander an.

»Ich wollte gerade gehen«, sagte Claire. »Ich bin vorbeigekommen, um – um dir viel Glück zu wünschen. Für deine Hochzeit …«

Gerald schaute abwechselnd Nick und Claire an.

»Was geht hier vor?«, fragte er.

Er erhielt keine Antwort. Nick kam in die Küche und ging auf Claire zu, ohne den Blick von ihr abzuwenden.

»Die ist abgesagt.«

Claire schlug das Herz bis zum Hals.

»Die Hochzeit ist abgesagt. Ich war gerade bei Sophie, um es ihr zu sagen.«

Claire hielt sich eine Hand vor den Mund.

»O Gott«, flüsterte sie.

Nick wirkte müde, als hätte er nicht geschlafen.

»Als ich heute Morgen aufgewacht bin, ist mir klar geworden, dass du die einzige Frau bist, die ich je geliebt habe. Sophie ist – eine wunderbare Frau, aber zwischen uns gab es nie …« Er hob hilflos die Hände, konnte es nicht erklären. »Was auch immer. Das, was zwischen meinen Eltern war. Dieses Gefühl, füreinander bestimmt zu sein. Manche Paare haben es, andere nicht.«

Er schaute ihr in die Augen.

»Ich habe ihr erklärt, dass ich sie nicht heiraten kann«, fuhr er fort. »Ich habe ihr gesagt, dass ich sie nicht heiraten kann, weil ich in Wirklichkeit eine andere liebe. Selbst wenn diese andere mich nicht haben will.«

»Aber ich will dich haben«, sagte Claire. »Luca und ich ... Es ist vorbei. Ich bin hergekommen, um dir das zu sagen. Für den Fall, dass es noch eine Chance gibt ...«

Sie machten beide einen Schritt. Sie standen so dicht voreinander, dass sie einander berühren konnten.

»Ich wollte zurück nach Cornwall fahren«, sagte er. »Ich wollte dich bitten, es dir noch einmal zu überlegen. Aber du bist mir zuvorgekommen.«

Er packte sie und zog sie an sich.

Als sie einander in die Arme sanken, hüstelte Gerald verlegen.

»Ich, äh, ich glaube, ich bringe mal den Rasenmäher in den Schuppen.«

Sie nahmen gar nicht wahr, wie er durch die Terrassentür verschwand. Sie hielten einander fest umschlungen, ohne etwas zu sagen, ohne sich zu küssen, hielten sich einfach nur, als wollten sie sich nie wieder loslassen.

Trevor behielt recht. Wie er vorausgesagt hatte, kam Luca am Nachmittag zurück ins Hotel. Er wirkte abgespannt. Mit grimmiger Miene stapfte er wortlos an Angelica vorbei direkt ins Büro.

Angelica brachte ihm einen Brandy. Er saß auf Claires Stuhl und starrte ins Leere. Er trank den Brandy in einem Schluck.

»Danke«, sagte er. »Und ich möchte mich entschuldigen. Mein Verhalten war unverzeihlich.«

Sein Ton war steif – Luca war nicht der Typ, der sich leicht entschuldigte –, aber Angelica verstand das Friedensangebot.

»Ist schon gut«, sagte sie.

»Du kannst dich ab sofort als stellvertretende Chefin betrachten.«

Offenbar hatte er sich während seiner Abwesenheit einen Plan zurechtgelegt. Und dabei war ihm aufgegangen, dass er auf sie angewiesen war.

»In dem Fall«, erwiderte sie, »verlange ich eine Gehaltserhöhung.«

Er sah sie scharf an. »Träum weiter.«

Sie zuckte die Achseln. »Na schön. Dann such dir jemand anders. Aber erwarte nicht von mir, dass ich denjenigen einarbeite.«

Sie schaute ihn an. Irgendwie war der Zauber gebrochen. Er hatte keine Macht mehr über sie. Er war nicht länger der Mann ihrer Träume. Sie hatte sich von ihm genommen, was sie sich gewünscht hatte; sie hatte sich ihren Traum erfüllt. Und auf einmal war er in ihren Augen ein ganz normaler Mann. Nein, nicht einmal das: Er war ein schwacher, unvernünftiger, nicht besonders netter Mann, wenn auch mit einem umwerfend schönen Körper, auf den sie dummerweise abgefahren war.

Hatte sie ein schlechtes Gewissen? Weil sie Claire betrogen hatte? Nein, dachte sie. Claire hatte schon lange gewusst, dass Luca nicht der Richtige für sie war. Dafür hatte sie keinen Beweis gebraucht, aber Angelica hatte ihn ihr trotzdem geliefert.

Wenn sie es nicht gewesen wäre, sagte sie sich, dann wäre es über kurz oder lang eine andere gewesen.

Sie hatte Claire einen Gefallen getan. Ihr den Mut gegeben, auf ihr Herz zu hören.

Sie nahm Luca das Glas weg.

»Los, komm«, sagte sie. »Du musst in die Küche. Du kannst

nicht den ganzen Tag hier rumsitzen und dich selbst bemitleiden.«

Sie verließ das Büro. Sie würde sich nicht von ihm benutzen lassen. Wenn sie eine Gehaltserhöhung bekam, könnte sie es sich vielleicht leisten, von zu Hause auszuziehen. Für sich und Dill eine Wohnung zu mieten. Ihm ein Leben zu ermöglichen, das er verdient hatte. Es würde nicht leicht werden, aber mit ein bisschen mehr Geld würde sie das schon hinbekommen.

Sie und Dill würden das alleine schaffen. Sie brauchten niemand anderen.

Claire und Nick schlenderten Hand in Hand durch Mimsbury. Es war, als wäre sie nie fort gewesen, dachte Claire. Als wäre sie wieder achtzehn.

Schließlich standen sie vor der Kirche. Nick öffnete das Tor, und sie durchquerten den hübschen englischen Friedhof. Die ältesten und verwittertsten Grabsteine hatte man, bevor sie umfielen, flach hingelegt. Das Gras wurde genau auf der richtigen Länge gehalten, nicht zu manikürt, aber man ließ es auch nicht so hoch wachsen, dass es unordentlich aussah, nur gerade hoch genug, dass ein paar Wildblumen zwischen den Halmen hervorlugten. Vögel zwitscherten in den Bäumen, und die Luft war erfüllt von Blütenduft. Es war die perfekte Ruhestätte.

Isobels Grabstein war schlicht: aus weißem Marmor mit einer von Hand eingemeißelten Inschrift, und es stand nur ihr Name darauf sowie ihr Geburts- und das Sterbedatum.

»Sie wollte garantiert nichts Protziges oder Kitschiges«, sagte Nick.

»Nein, bestimmt nicht.« Claire stand mit gesenktem Kopf

vor dem Grab. Sie wollte nichts sagen und auch nicht beten. Sie wollte sich nur erinnern, wollte ohne Schuldgefühle an die lebhafte, schöne Ehefrau und Mutter denken, die Isobel gewesen war. Endlich, auf dem stillen Friedhof, wo nur das Zwitschern der Vögel und das Rascheln des Winds in den Baumkronen zu hören war, empfand sie einen inneren Frieden wie schon seit Jahren nicht mehr. Und sie hoffte, dass Isobel, wo auch immer sie jetzt sein mochte, dasselbe empfand, denn auch wenn das, was sie getan hatte, vielleicht falsch gewesen war, hatte sie es doch verdient, in Frieden zu ruhen.

»Sie fehlt mir immer noch«, sagte Nick in die Stille hinein. »Jeden Tag. Ich werde nie aufhören, mir zu wünschen, sie wäre noch da …«

»Hey.« Claire drehte sich zu ihm um, nahm ihn in die Arme, drückte ihn an sich, versuchte, ihm ein bisschen von seinem Schmerz zu nehmen. Sie wusste, wie nahe Isobel und ihre Söhne sich gestanden hatten, und sie hoffte, dass sie eines Tages, falls es denn dazu kommen sollte, eine ähnlich tiefe Beziehung zu ihren Kindern haben würde.

»Sie hätte sich sehr darüber gefreut, dass du heute hergekommen bist«, sagte er kaum hörbar, weil er sein Gesicht immer noch an ihre Schulter drückte. »Sie hat dich geliebt, weißt du das?«

»Ich hoffe nur, ich kann es ihr eines Tages gleichtun«, sagte Claire, »und so eine gute Mutter sein, wie sie es war.«

»Das wirst du«, sagte Nick. »Da bin ich mir ganz sicher.«

Danach spazierten sie zurück zum Mill House. Sie redeten kaum – sie wollten die Stimmung nicht mit Worten brechen. Im Garten setzte Claire sich unter die Trauerweide am Flussufer. Nick ging ins Haus, um Tee aufzusetzen.

Nachdem er den Wasserkessel aufgesetzt hatte, ging er in sein Zimmer hoch und öffnete die oberste Kommodenschublade. Darin lag eine winzige Schachtel. Sie enthielt einen Ring. Isobels Verlobungsring. Sie hatte ihn ihm hinterlassen, zusammen mit einem kurzen Brief.

Ich hoffe, dieser Ring macht die Frau, die du liebst, so glücklich, wie er mich gemacht hat.

Die weißen Diamanten glitzerten im Licht, das durch das Fenster fiel. Nick erinnerte sich an den Ring an Isobels Hand. Sie hatte ihn nie abgelegt.

Er hatte ihn Sophie nicht geschenkt. Nachdem er ihr einen Heiratsantrag gemacht hatte, war er mit ihr zu einem Juwelier in Sandleford gefahren, und sie hatten gemeinsam einen Ring ausgesucht. Aus irgendeinem Grund hatte es sich nicht richtig angefühlt, ihr Isobels Ring zu geben. Er hatte ihn die ganze Zeit in dieser Schublade aufbewahrt.

Isobel hatte gewollt, dass Claire ihn bekam. Das wusste Nick. Aber heute war nicht der richtige Tag, um ihn ihr zu schenken. Sie brauchten noch etwas Zeit, um die folgenschweren Entscheidungen zu verarbeiten, die sie beide getroffen hatten, indem sie sich von Sophie und Luca getrennt hatten. Ihr heute einen Heiratsantrag zu machen, wäre geschmacklos. Ungebührend hastig. Der Ring lag nun schon seit zwölf Jahren in der Schublade. Er konnte auch noch ein bisschen länger dort liegen bleiben. Nick dachte daran, wie glücklich Isobel gewesen wäre zu wissen, dass der Ring endlich den Weg zu seiner rechtmäßigen Besitzerin finden würde.

Er klappte die kleine Schachtel zu und legte sie zurück an ihren Platz. Dann ging er zurück nach unten in die Küche, goss den Tee auf und füllte einen Teller mit Schokoladenkeksen.

Als er wieder in den Garten kam, lag Claire auf einer Decke in der Sonne und schlief tief und fest. Er stellte das Tablett auf dem Rasen ab und legte sich neben sie. Wenige Minuten später war auch er eingeschlafen.

Es war ein langes Wochenende gewesen.

Das perfekte lange Wochenende

Ich würde, ohne zu zögern, vier lange Wochenenden gegen einen zweiwöchigen Urlaub tauschen. Ebenso wie ich in einem Restaurant die Vorspeisen dem Hauptgang vorziehe, liebe ich die Unmittelbarkeit und Intensität eines Wochenendausflugs – die pikante Würze eines unbekannten Ortes, den Anreiz, alles an diesem Ort in kürzester Zeit kennenzulernen. Mir gefällt es, nicht lange genug an einem Ort zu verweilen, um seiner überdrüssig zu werden. Es ist, wie wenn man auf einer Party auf einen faszinierenden Fremden trifft. Man wird neugierig, will mehr erfahren.

Ich habe mehrere Tricks auf Lager, wie man ein langes Wochenende perfekt gestalten kann. Der erste besteht darin, sich ein Cabrio zu leihen, es zu stehlen oder – die prosaische Variante – zu mieten. Es gibt nichts Schöneres, als das Verdeck zu öffnen, die Musik laut aufzudrehen und Gas zu geben. Selbst wenn Sie nur nach Weston-super-Mare fahren, fühlt es sich an wie ein Abenteuer. Binden Sie sich Ihr Hermès-Halstuch um, setzen Sie Ihre Ray-Ban-Sonnenbrille auf und lassen Sie Ihre Haare im Wind wehen!

Stellen Sie sich eine Playlist für den Ausflug zusammen, am besten zu einem bestimmten Thema – Musik, die zu Ihrem Zielort passt, zum Anlass Ihres Ausflugs oder einfach Stücke, die mit demselben Buchstaben anfangen wir der Ort, zu dem Sie fahren. Hauptsache, es ist Musik, die Ihnen ein Lächeln entlockt – der Soundtrack Ihres Wochenendes.

Ein absolutes Muss ist eine schöne Reisetasche. Stopfen Sie nicht einfach alles in einen alten Beutel. Eine kleine, elegante Reisetasche wird dafür sorgen, dass Sie genau das Richtige einpacken. In den meisten Kaufhäusern gibt es ein breit gefächertes Angebot – ich habe meine himbeerrote Lederreisetasche vor fünf Jahren bei Debenhams gekauft, und sie ist immer noch wie neu.

Ihre Kleidung muss natürlich der Jahreszeit und Ihrem Zielort entsprechen. Aber egal, wo Sie hinfahren, nehmen Sie unbedingt exquisite Nachtwäsche mit. Wir nehmen uns alle Zeit der Welt, um uns tagsüber zurechtzumachen, aber wie groß ist die Versuchung, nachts nachlässig zu werden und in einen alten Schlafanzug zu schlüpfen oder uns ein ausgeleiertes T-Shirt überzuziehen? Für einen Wochenendausflug sollten wir uns ruhig mal ein seidenes Nachthemd leisten und das Gefühl genießen, wie es sich an die Haut schmiegt. Glauben Sie mir, Sie werden sich vorkommen wie ein glamouröser Filmstar.

Außerdem benutze ich für Wochenendausflüge ein ganz besonderes Parfüm: eins, das mir das Gefühl gibt, jemand anders zu sein als eine berufstätige Mutter. Es ist, als würde ich in eine andere Haut schlüpfen, und sei es nur für achtundvierzig Stunden. Jedes Mal, wenn ich Escale à Pondichéry von Dior auflege, weiß ich, dass mir ein Abenteuer bevorsteht.

Und jetzt zu den praktischen Tipps. Ich suche mir immer im Voraus die besten Restaurants heraus und reserviere einen Tisch. Ich möchte nichts dem Zufall überlassen und dann enttäuscht werden. Für mich stehen bei einem Wochenendausflug gutes Essen und guter Wein an erster Stelle, und ich möchte mich nicht mit zweiter Wahl zufrieden geben.

Eine wichtige Regel lautet außerdem: keine Arbeit. Kein Laptop, kein Internet, kein Telefon, kein Twitter, kein Facebook. Und das gilt nicht nur für Sie, sondern auch für Ihren Partner.

Leseliste

Alle unten genannten Bücher können Sie an einem verlängerten Wochenende lesen – keins davon hat mehr als zweihundert Seiten. Es ist ein Genuss, sich an einem freien Wochenende mit einem Buch einzukuscheln und ungestört zu lesen – aber werden Sie nicht allzu beschaulich, es sei denn, Sie sind beide Leseratten.

Die Blütezeit der Miss Jean Brodie – Muriel Spark

Farm der Tiere – George Orwell

Frühstück bei Tiffany – Truman Capote

Die Frau in Schwarz – Susan Hill

Der große Gatsby – F. Scott Fitzgerald

Bonjour Tristesse – Françoise Sagan

Der Liebhaber – Marguerite Duras

Die Unschuldsengel – Henry James

Der lasterhafte Monat – Edna O'Brien

Playlist für perfekte Tage am Meer

To the Sea – Jack Johnson

The Sea – The Doves

The Sea – Morcheeba

Fell in Love at the Seaside – The Kooks

Amongst the Waves – Pearl Jam

Roackaway Beach – The Ramones

Martha's Harbour – All About Eve

At the River – Groove Armada

Pure Shores – All Saints

On the Beach – OceanLab

Sommerrezepte

Hier sind ein paar
von Lucas Rezepten
für das perfekte lange Wochenende.
Sein Kochstil ist sehr verspielt, aber
die Zutaten kann man bekommen –
probieren Sie's aus!

Jakobsmuscheln und Black Pudding mit Selleriepüree

4 dicke Scheiben Black Pudding (nehmen Sie echten Black Pudding wie Clonakilty und nicht irgendeine weiche Blutwurst)
8 frische Jakobsmuscheln – ohne Rogen
1 Sellerieknolle
Hühnerbrühe
1 Apfel, am besten Bramley
Butter
Currypaste

Sellerie schälen, in Stücke schneiden und in der Hühnerbrühe weich kochen. Apfel schälen, in Stücke schneiden und in der Butter weich braten. Sellerie abschütten, Brühe auffangen, zusammen mit dem Apfel und 1 TL Currypaste pürieren, Brühe nach Geschmack zufügen, bis die gewünschte Konsistenz erreicht ist.

Black Pudding knusprig braten, aus der Pfanne nehmen, warm stellen. Jakobsmuscheln von jeder Seite kurz anbraten.

Zum Servieren einen Löffel Selleriepüree auf jeden Teller geben, mit je einer Scheibe Black Pudding und zwei Jakobsmuscheln hübsch anrichten.

Statt Selleriepüree kann man auch Blumenkohlpüree dazu servieren, püriert mit Crème double und etwas Kreuzkümmel.

Krabbenlinguine

400 g Linguine
400 g Krabbenfleisch
1 rote Chilischote, fein gehackt
2 große Knoblauchzehen, gepresst
abgeriebene Schale und Saft von 1 Zitrone
2 EL Olivenöl, kalt gepresst
etwas glatte Petersilie, fein gehackt

Nudeln nach Packungsanweisung garen.

In der Zwischenzeit Krabbenfleisch, Chili, Knoblauch und Zitronenschale in einer Schüssel mit dem Olivenöl mischen.

Nudeln abgießen und in den Topf zurückgeben. Krabbenfleischmischung hinzufügen und alles gut durchmischen. Etwas Olivenöl hinzugeben, mit Meersalz und Zitronensaft abschmecken, großzügig mit Petersilie bestreuen.

Fischsuppe

Eignet sich hervorragend für ein Mittagessen mit Freunden. Tragen Sie auf keinen Fall Weiß beim Kochen oder Essen dieses Gerichts! Es kommt darauf an, eine richtig schöne Tomatensoße als Basis zuzubereiten, dann sehen Sie einfach, was der Fischhändler gerade im Angebot hat. Es gibt keine exakten Mengenangaben – fügen Sie nach Belieben von allem hinzu –, aber je größer der Topf, umso besser. Mit viel frischem, knusprigem Brot serviert, ist dies ein sehr geselliges Gericht, das sich im Townhouse großer Beliebtheit erfreut.

Zwiebeln
Knoblauch
Fenchel
Lauch
Tomaten – frisch oder aus der Dose
Hühnerbrühe
Safranfäden
ein Schuss Pernod, falls zur Hand
abgeriebene Apfelsinenschale
Salz und Pfeffer

Und natürlich verschiedene Sorten Fisch und Meeresfrüchte aus nachhaltigem Fischfang, z. B. Seeteufel, Kabeljau, Loup de Mer, Rotbarbe, Riesengarnelen und Muscheln.

Corned Beef Hash mit Spiegeleiern

Das Brunch im Townhouse by the Sea ist legendär, und dies ist eins der beliebtesten Gerichte für einen faulen Sonntagmorgen.

500 Corned Beef – am besten nicht aus der Dose, sondern vom Metzger
2 EL Worcestersoße
1 große Zwiebel, grob gehackt
400 g Kartoffeln
3 EL Schmalz oder Öl
frischer Thymian
4 frische Eier von glücklichen Hühnern

Kartoffeln würfeln und halb gar kochen – sie sollen noch fest sein. Abschütten, mit einem Tuch bedecken und etwas abkühlen lassen.

Etwas Öl oder Schmalz (dies ist kein Rezept für Kalorienzähler!) in einer schweren Pfanne erhitzen, Kartoffeln hinzufügen und unter Rühren braten, bis sie goldbraun und knusprig sind. Kartoffeln herausnehmen, Hitze reduzieren, Corned Beef und Zwiebeln in die Pfanne geben. Braten, bis die Zwiebelstücke weich und das Corned Beef leicht gebräunt ist, anschließend salzen, pfeffern, einen Schuss Worcestersoße und etwas gehackten Thymian hinzufügen. Kartoffeln zurück in die Pfanne geben und alles noch einmal kräftig erhitzen.

In einer zweiten Pfanne vier Eier braten.

Das Hash auf vier Teller verteilen, jeweils ein Spiegelei obenauf legen. Mit so viel Tomaten- oder Brauner Soße servieren, wie Ihnen beliebt!

Sea Urchin Cocktail

Mitch, der Barmann des Townhouse, mixt diesen großartigen Cocktail an besonders heißen Wochenenden. – Aber nicht zu viele davon trinken!

Für diesen Cocktail brauchen Sie ein Glas Wildhibiskusblüten in Sirup.

3 cl Wodka
1 ½ cl Campari
1 ½ cl Blue Curaçao
1 ½ cl Limettensaft
Wildhibiskussirup
Wildhibiskusblüten

Eine Hibiskusblüte in ein Martiniglas legen, sodass sie aussieht wie ein Seeigel (daher der Name: »Sea Urchin«). Wodka, Campari, Curaçao und Limettensaft zusammen mit gestoßenem Eis in einem Shaker gut schütteln, in das Glas abseihen. Einen Schuss Hibiskussirup hinzufügen, mit Soda auffüllen.

Cornish Clotted Cream Fudge

Kein Ausflug nach Cornwall ist komplett ohne ein oder zwei Stückchen von dem typischen cremigen Cornish Fudge – kaufen Sie eine Tüte von diesen Schmelzbonbons für Ihre daheimgebliebenen Freunde, oder machen Sie sie selbst.

Es empfiehlt sich, bei der Zubereitung dieses Rezepts mit einem Zuckerthermometer zu arbeiten.

225 g Cornish Clotted Cream
275 g brauner Zucker
100 g Rübenkraut
1 TL Vanilleessenz

Eine viereckige Backform (20 cm Seitenlänge) fetten oder mit Backpapier auslegen.

Alle Zutaten bei geringer Hitze in einer schweren Kasserolle schmelzen lassen und mit einem Holzlöffel rühren, bis sich alles gut verbunden hat. Mischung zum Kochen bringen, bis eine Temperatur von 116 ° Celsius erreicht ist. Pfanne von der Kochstelle nehmen und in Eiswasser stellen. Während die Masse abkühlt, weiterrühren, bis die herrliche, körnig weiche Konsistenz erreicht ist. Masse zum Abkühlen in die vorbereitete Form gießen. In Würfel schneiden und genießen.